LOVERBOYS 17

DIE ABENTEUER VON
MILES DIAMOND II

DER DÄMON

VON
DEREK ADAMS

BRUNO GMÜNDER

Die in diesem Buch geschilderten Handlungen sind fiktiv.

Im verantwortungsbewußten sexuellen Umgang miteinander gelten nach wie vor die Safer-Sex-Regeln.

Loverboys 17

Aus dem Amerikanischen von Gerold Hens

Leuschnerdamm 31, D-10999 Berlin

Originaltitel: Miles Diamond and the Demon of Death

Umschlaggestaltung: Stefan Adler
Coverfoto: Terry Studio
Druck: Nørhaven A/S, Dänemark

ISBN 3-86187-047-9

ERSTES KAPITEL

»Diamond! Du ... du ... du ... aaargh!« Rudy hechtete los und hätte mir wahrscheinlich den Kopf abgerissen, hätte Jackson ihn nicht abgefangen und ihm die Arme an den Seiten festgehalten. Rudy kämpfte und zappelte, daß ihm die Adern auf seiner eindrucksvollen Brust wie kleine Kabel hervortraten, aber Jackson ließ nicht los. Zum Glück hat er eine starke Abneigung gegen Gewalt.

»Na komm«, sagte Jackson beruhigend und preßte das Kinn auf Rudys angespannten Deltamuskel. »Wir geh'n rüber und setzen und 'ne Weile hin, Kumpel.«

»Aber ... aber ... aber.« Rudy schien an diesem Abend leicht zu stottern. Gewöhnlich fehlten ihm nicht so leicht die Worte.

»Ich warte dann da drüben, Jackson.« Ich versuchte, gelassen zu klingen. »Das ganze Getue war dem armen Rudy wohl etwas zu viel. Ich wußte gar nicht, daß er so empfindlich ist.«

»Guter Plan, Miles. Ich glaub nicht, daß er sich beruhigt, ehe du außer Sicht bist. Ich will nur-« Urplötzlich versuchte Rudy, sich nach vorne zu werfen. Der arme Jackson brauchte seine ganze Kraft, um ihn festzuhalten.

»Getue? Empfindlich? Du ... du ... du ... Rarrgh!«

Jackson zerrte Rudy rückwärts durch das Gewirr von Schläuchen weg. Rudys nackte Fersen wühlten den Rasen auf und schleuderten große Schollen Torf durch die Gegend. Der Mann hatte echt Kraft in den Beinen.

Rudy beendete seinen angefangenen Satz nie, aber mir schwante, was er dachte. Okay, es war vor allem mein Fehler gewesen. Ich geb's ja zu. Schön, wenn ich drüber nachdenke, war es wahrscheinlich allein mein Fehler, aber was zum Teufel verstehe ich schon von Toastern? Und ich weigere mich kategorisch, die Schuld für den Hitzeschlag des jungen Feuerwehrmanns zu übernehmen. Mit der Hitze hatte ich nichts zu schaffen, daran war er selbst schuld.

Vielleicht sollte ich ein wenig zurückblättern und erläutern, wieso ich hier stehe, splitternackt mitten auf dem Rasen, knöcheltief in Wasser und Feuerwehrschläuchen, und fürchte, daß mein bester Kumpel mich bei erster Gelegenheit umbringt. Alles ist eigentlich ganz simpel - obwohl, so simpel vielleicht doch wieder nicht. Außer mir. Das wenigstens sagt mir Rudy immer, dabei weiß er gar nicht alles.

Egal, bis vor etwa eineinhalb Stunden sah alles eigentlich ganz gut aus. Nach dem Fall mit den Travis-Zwillingen waren Rudy, Jackson und ich, die Taschen voller Kohle, vor kurzem nach Seattle zurückgekehrt. Der Job hatte uns ein kleines Vermögen eingebracht, und vor uns lag das süße Leben wie ein roter flauschiger Teppich gebreitet. Kaum waren wir auf Sea-Tac international gelandet, hatte Rudy einen Immobilienhändler angerufen, und nach ein paar Wochen waren wir in das große Haus in den Highlands eingezogen. In den Garagen, die sich hinzogen, so weit das Auge reichte, standen schicke Autos, hinten gab es einen beheizten Swimmingpool, und rund um die Uhr erfüllte uns unser Personal jeden Wunsch - in meinen wildesten Träumen hätte ich mir das nicht ausgemalt.

Dann, genau heute morgen, ruinierte ich diesen verdammten Toaster. Ich war zum Frühstück runtergegangen und hatte ihn eingesteckt. Ich hätte auch einfach runterrufen und mir was ans Bett bringen lassen können, aber, ehrlich gesagt, war ich das nicht gewöhnt, und so zog ich mir einfach den Morgenmantel über und tappte zur Küche.

Als ich das Brot hineintat und einschaltete, geschah nichts. Kurze Nachforschungen ergaben, daß der Toaster nicht eingesteckt war, also tat ich das Nächstliegende. Bevor ich mich versah, lag ich flach auf dem Rücken, und aus der Steckdose sprühten Funken wie am Unabhängigkeitstag. Langsam setzte ich mich auf. Ich zuckte vom Handgelenk bis zur Schulter. Als ich mich vergewissert hatte, daß ich nicht ernsthaft verletzt war, packte ich die Schur und zerrte den Stecker heraus. Aus der Steckdose schossen weitere blaue Funken, dann war es still.

Ich verzichtete auf den Toast, aß eine Handvoll Cracker und rief einen Elektriker an. Früher hatten Geschäftsleute immer aufgelegt, wenn ich sie anklingelte, was mich glauben ließ, daß die Kreditbehörde Kopien meiner Kontoauszüge im Dutzend verteilte. Diesmal brauchte ich nur meine Adresse zu nennen, und anstatt mich anzufauchen und aufzulegen, dankte man mir überschwenglich für den Anruf und versprach, sofort jemanden zu schicken.

Also, vielleicht patrouillierte der Typ ja in der Gegend und wartete darauf, daß irgendwo die Sicherung rausflog. Jedenfalls schoß nach knapp zwei Minuten ein Kombi die Auffahrt hoch. Es klingelte, aber ich rührte mich nicht, weil ich den offiziellen Portier seine Arbeit tun lassen wollte. Die Idee war toll, als aber das sechzehntönige Geläut zum drittenmal erklang, ahnte ich, daß vom Personal niemand zur Tür geeilt war. Ich steckte den Kopf ins Bedienstetenzimmer, wo mich mehrere ungerührte Blicke kalt über die Ränder teuer aussehender Kaffeetassen empfingen. Ich dachte mir, sie hätten gerade Pause, lächelte und ging selbst aufmachen.

»Ich bin Ed, der Elektriker.« sagte der Mann, als ich die Tür aufriß. Also, den hätte ich auch reingelassen, wenn's Jack the Ripper gewesen wäre. Ich sehe mir Männer nun schon seit einigen Jahren an, und Ed war ein sehr ansehnlicher junger Mann. Mitte zwanzig, groß, breitschultrig, eine widerspenstige Masse aus schwarzen Locken - Ed war atemberaubend. Seine makellos weiße Hose, die einen bemerkenswerten Arsch prächtig zur Geltung brachte, war eng um eine Hüfte gegürtet, die nicht mehr als siebzig Zentimeter messen konnte. Ich liebe Männer mit einem heißen Arsch, und der da stand kurz davor, in Flammen aufzugehen. Seine Backen preßten sich gegen den weißen Stoff wie ein Paar perfekter, saftiger Honigmelonen. Er verlagerte das Gewicht von einem Fuß auf den anderen, und ich sah, wie sich die Muskeln in seinem schmalen, knackigen Unterleib spannten. Es war sehr aufregend.

»Entschuldigen Sie, Sir.« Ich blickte ihm wieder in die Augen. Sein Gesicht bestand aus einer perfekten Kombination aus Flächen und Kanten und wurde von einem Paar kobaltblauer Augen mit extravagant langen Wimpern beherrscht. Er blinzelte, und sie senkten sich auf seine rosigen Wangen. Ich lächelte ihn an, und seine vollen Lippen teilten sich, um zwei Reihen perlweißer Zähne zu enthüllen. Ich mußte mir die Nägel in die Handflächen graben, um ihn nicht an Ort und Stelle anzufallen. »Äh ... Sie haben doch einen Elektriker bestellt, Sir, oder nicht?«

»Oh, ja, natürlich.« sagte ich herzlich. »Bitte, treten Sie

ein.« Ich hielt die Tür auf, und er kam herein, wobei seine Schulter meine Brust streifte. Es war eine einfache, vermutlich zufällige Geste, aber sie erwärmte mich bis in die Zehen. »Ich hatte ein kleines Malheur mit dem Toaster«, erklärte ich, während ich ihn durch den Flur führte. »Ich bekam einen Funkenregen, aber keinen Toast.«

»Sieht ziemlich übel aus«, meldete Ed, nachdem er die Steckdose untersucht hatte.

»Ach, ja?« murmelte ich. Von meinem Standpunkt aus - direkt hinter Ed - sah die Sache keineswegs übel aus. Dieser Arsch!

»Ich glaube, ich muß die Sicherungen im Keller überprüfen. Mit auf der Brust verschränkten Armen stand ich da und schaute Ed tief in die blauen Augen, bis er fortfuhr. »Wo ist die Kellertür?«

»Ich ... ich weiß nicht genau.« Er schaute mich verwundert an. »Das Haus ist groß«, erklärte ich. »Aber wir finden sie schon.« Ich fing an, Türen zu öffnen, wobei ich diverse Schränke, eine Speisekammer, ein Badezimmer und einen Raum entdeckte, der groß genug schien, um ein Flugzeug darin unterzubringen. Endlich hatte ich Glück, und Ed und ich begaben uns in den Keller.

Er war riesig und besser eingerichtet, als das Haus, in dem ich aufgewachsen war. Wir tappten umher, bis Ed den Sicherungskasten fand. Ich blieb - nur falls er jemanden brauchte, der ihm seine Gerätschaften hielt oder so.

»Ich glaub, ich hab's gefunden«, sagte er schließlich, Kopf und Oberkörper tief in einem großen Loch in der Wand. Er kam wieder heraus und wischte sich die Spinnweben vom Gesicht. »Echt dreckig da drinnen«, bemerkte er. »Vielleicht sollte ich die blöde weiße Uniform aus- und meinen Overall anziehen.«

»Aber bitte.« Ich konnte mein Glück kaum fassen. Ich konnte es nicht erwarten, zu sehen, wie er sich aus der blöden weißen Uniform schälte. Zum Glück war er nicht schüchtern. Er knöpfte das Hemd auf, schüttelte es von den Schultern und ließ einen perfekt geformten, unbehaarten Oberkörper sehen, der meinen Blutdruck in gefährliche Höhen trieb. Der Mann hatte kein Gramm Fett am Leib, aber Muskeln! Sein flacher Bauch war gewellt wie ein Waschbrett, und auf seiner obszön gewölbten Brust standen zwei große, rosige Brustwarzen, die aussahen wie Zuckerbonbons. Die Uniformhose verschwand ebenfalls und brachte Beine zum Vorschein, die würdig waren, einen solch herrlichen Körper zu tragen. Ober- und Unterschenkel muskelbepackt und ebenso bar jedes Härchens wie der Rest.

Anstelle einer Unterhose trug er einen Jockstrap, so daß ich, als er sich umdrehte und über seine Werkzeugkiste beugte, seinen Arsch in Augenschein nahm, den ich seit seiner Ankunft beäugt hatte. Die Hose hatte nur einen schwachen Abglanz der Pracht dessen, was sie verhüllte, geboten. Glaubt mir, der Ausdruck ›Knackarsch‹ verblaßte angesichts der festen, vollen, perfekt gerundeten Backen. ›Makellos‹ kam nicht annähernd heran. Überflüssig zu sagen, daß ich, sollte ich als Arschloch wiedergeboren werden, meine Tage zwischen Ed des Elektrikers knackigen Brötchen verbringen möchte.

»Verdammt!« sagte er und schaute auf. »Ich hab meinen bescheuerten Overall vergessen. Er muß noch im Auto sein.«

»Macht nichts«, beruhigte ich ihn. »Hier drunten ist außer uns niemand. Sie können so arbeiten und danach meine Dusche benutzen.« Junge, ich war nur allzu bereit, ihn danach mit meiner Zunge zu baden.

»Naja,« sagte er unsicher. »Ich weiß nicht. Ich muß da auf den Sims klettern, und das ruiniert mir garantiert die Knie.«

»Sie können das als Polster nehmen«, bot ich an und zog hastig meinen Morgenmantel aus. Ed nahm ihn, während seine Augen meinen nackten Leib musterten. Sein Blick huschte kurz über meinen überdimensionalen Schwanz, dann über meinen straffen, bepelzten Oberkörper. Ich spürte buchstäblich die Hitze, als Ed meine breite Brust begutachtete und dann wieder auf meinen Schwanz schaute.

»Äh ... Sie sind ja ganz gut in Form«, bemerkte er, den Blick immer noch auf meinem Schwanz.

»Sie aber auch«, gab ich das Kompliment zurück.

»Ach, ich trainier'n bißchen«, gab er zu, strich sich die Haare aus der Stirn und produzierte einen Bizeps, den man als Skipiste hätte nehmen können. »Na«, fuhr er fort und zwang sich, mir in die Augen zu schauen. »Ich halt mich besser ran. Ich hab noch den ganzen Tag vor mir.«

Ed faltete meinen Mantel und legte ihn ordentlich auf den Sims. Dann nahm er seine Werkzeuge, stieg hinauf und steckte seinen appetitlichen Oberkörper durch das Loch. Ich bedauerte, die ganzen Muskeln verschwinden zu sehen, aber es blieb noch einiges Erfreuliche. Er kniete mit weit gespreizten Knien und Arschbacken, so daß ich zum erstenmal sein geiles kleines Loch zu sehen bekam. Es war eng, glatt und zart rosa und gleichfalls unbehaart. Ich fragte mich, ob er es rasierte und trat näher, um meine Neugier zu befriedigen. Nee, sein Hintern war bleich genug, um ihn als natürlich haarlos zu identifizieren.

Nachdem ich etwa zehn Minuten lang beobachtet hatte, wie der kleine Muskelring an seinem Hintereingang, im Takt seines Pulses zuckte, konnte ich nicht widerstehen, noch näher hinzugehen. Ich beugte mich vor und blies kurz gegen sein Bullauge. Es zog sich so eng zusammen, daß es nahezu verschwand, und in den Tiefen der Mauer hörte ich Ed deutlich aufstöhnen. Nachdem sich die kleine Rosette wie eine Seeanemone wieder geöffnet hatte, wurde ich kühn und berührte die leckere Spitze mit der Zunge.

»Autsch!« schrie Ed, begleitet von einem dumpfen Schlag. »Das hat weh getan!«

»Was?« fragte ich. Verdammt, schließlich hatte ich ihn ja nicht gebissen.

»Ich hab mir den Kopf gestoßen«, erklärte er, wobei sich seine Arschbacken prickelnd zusammenzogen. Da er nichts Negatives über mich im besonderen oder Arschlochlecken im allgemeinen gesagt hatte, leckte ich erneut. Diesmal folgte kein Schlag, sondern ein kehliges Stöhnen - oder Knurren? Egal, ich stützte mich auf dem Sims ab, auf dem er kniete, und machte mich ans Werk.

Ich liebe Arschlöcher. Sie sind so flexibel und können die herrlichsten Gefühle in den ganzen Körper eines Mannes übertragen. Ich leckte, bis Eds Hintern wackelte, dann streckte ich die Zunge heraus und bohrte sie hinein. Es gab nur wenig Widerstand, ein Flattern, ein Zucken, dann totale Kapitulation. Die Tür war offen, und ich steckte tief in der würzigen Hitze. Er war weich wie Seide und schmeckte nach Schweiß, Seife und einer strengen männlichen Schärfe, bei der mir schnell mein Schwanz gegen den Bauch klatschte. Ich hörte, wie Eds Kopf wieder gegen irgend ein Hindernis stieß, aber er beklagte sich nicht einmal. Vielleicht hatte er etwas anderes im Kopf.

Während ich so leckte, ließ ich die Hände zwischen seine dicken Schenkel gleiten, bis meine Fingerspitzen seinen Jockstrap streiften. Sein Schwanz zuckte steif wie ein Schürhaken über den Elastikbund, und seine Eier zogen sich an seinem Schaft zu einem festen Knoten zusammen. Es war leicht, ihn zur Seite zu schieben, um seine Schätze genauer zu inspizieren. Ich zog ihm sein Teil zwischen den Beinen hindurch und fing an, es fachmännisch vom Arschloch bis zur Eichel und wieder zurück, abzulecken. Im Nu tröpfelte er wie ein Wasserhahn, und ich sammelte das Zeug auf und schmierte es mir, um es nicht zu verschwenden, über die fette Schwanzspitze.

Meine Bemühungen zahlten sich aus. Sein enges, kleines Loch klaffte nun und gab den Blick auf den hellrosa Kanal frei. Da ich schon wußte, wie die enge Röhre sich an der Zunge angefühlt hatte, wollte ich jetzt wissen, wie es sich anfühlte, wenn sie die lange, ädrige Stange meines Dödels massierte. Mit diesem Gedanken setzte ich den Fuß auf einen Vorsprung und stieg hinauf.

Ich steckte die Hand unter den Bund seines Jockstraps und wickelte ihn mehrmals ums Handgelenk, damit er eng genug war, um als Zügel zu dienen. Sobald ihm das Band in die Flanken schnitt, fing ich an, ihm die heiße Spalte zu reiben, indem ich den Schwanz in das kleine Tal zwischen den Backen schob, bis mein fetter, bedeckter Knubbel an seiner Hintertür anklopfte. Ich preßte die Spitze ins Ziel, und meine Zehen kringelten sich, als er zärtlich an meiner empfindsamen Eichel knabberte. Mir standen die Brusthaare zu Berge, und ich hatte ihn noch nicht einmal gebumst. Auf dem Gebiet Elektrizität war er eindeutig Experte.

Ich hielt inne, um nachzudenken, wie ich vorgehen sollte. Einerseits sprach viel dafür, es langsam anzugehen und das Gefühl zu genießen, allmählich in die geheime Stelle hineinzugleiten und nach und nach von der tropischen Hitze der gierigen Gedärme eingehüllt zu werden. Wenn man sich andererseits in einem einzigen mächtigen Stoß bis zum Anschlag hineinbohrt, kann das einen echt eiererschütternden Schauer hervorrufen. Im Lauf der Jahre habe ich entdeckt, daß das langsame Vorgehen dem Kerl manchmal zu viel Zeit läßt, um sich bewußt zu werden, wie groß mein Schwanz wirklich ist, also holte ich tief Atem, griff den Zügel fester und rammte ihm den Schwanz bis zum Anschlag in den Arsch.

Ein weiterer Schlag - bei der Menge würde sich der Ärmste bald den Schädel zertrümmern - ein heiseres Bellen, und die Muskeln an seiner Wirbelsäule zuckten zu einzelnen Knoten zusammen. Sein Schließmuskel verkrampfte sich ebenfalls und hätte mir fast den Kreislauf abgeschnitten. Eine ewige Minute lang rührte sich keiner von uns, dann legte Ed los. Sein Arsch fing an, zu zappeln, und ich wußte sofort, daß ich meinen Hammer im Loch eines echten Bottom versenkt hatte.

Es war keine Frage, wer hier die Führung übernahm, und ich hatte nicht vor, sie ihm streitig zu machen. Ich ließ den Jockstrap los, krallte mich über mir fest und war bereit, einem Künstler bei der Arbeit zuzuschauen. Zuerst rieb er seinen Hintern an meinem Bauch, ließ sich von meinem Busch an den Backen kitzeln und stieß tief nach. Dann zuckten seine Hüften nach vorn und gaben nach und nach meinen Schwengel frei, bis nur noch fest eingezwängt die Spitze in ihm steckte. Nachdem er ein bißchen an dem Nervenknoten am Ende meiner Pißröhre geknabbert hatte, kam er wieder auf mich zurück und fing an, sich hart und wild zu ficken.

Ich spürte den festen Knoten seiner Prostata an der Spitze, und er spürte es auch. Er konzentrierte sich auf den magischen Punkt und fing an, die Bauchmuskeln zu spannen und mir mehr Strom durch den prickelnden Leib zu jagen, als in den Kabeln war, an denen er arbeitete. Ich legte ihm eine Hand um die Hüfte, breitete die Finger über seinem Bauch aus und zählte die Wellen, während er fortfuhr zu bocken und zu pumpen.

Da sein steifer Schwengel mir immer wieder gegen die Handknöchel knallte, griff ich ihn mir, wobei meine Handfläche ganz glitschig wurde. Die Beule am Ende der Stange war hart und geschwollen, und als ich nach seinen Eiern tastete, waren sie fast verschwunden, worauf ich deutlich ahnte, daß Ed der Elektriker auch gleich seine Ladung abschießen würde. Wenn ja, dann war das Timing perfekt, denn die intensiven Kontraktionen seines Kanals würden mich in jedem Moment über die Schwelle bringen.

Urplötzlich hielt Ed absolut still. Dann überlief ihn ein leichtes Zittern. Ich hörte ihn japsen. Dann krampfte sich sein Schließmuskel zusammen wie ein Schraubstock, und er fing an, seine heiße Sahne über meine Hände herauszupumpen. Sein Geruch, gepaart mit dem jähen, konvulsiven Zucken seines Arschs, ließ mich explodieren und mein Sperma abschießen, bis es herausquoll und an seinen Schenkeln hinunterrann.

Ich blieb, wo ich war, bis mein Ständer schrumpfte und mein Teil mit einem klebrigen Plop aus ihm herausrutschte. Ich leckte ihn sauber, nahm meinen Mantel wieder an mich - ich gab ihm zwei brandneue Handtücher zum Draufknien - und überließ ihn seiner Arbeit. Als ich ein letztesmal zurückblickte, zermarterte ich mir schon das Gehirn nach einer Ausrede, um ihn alsbald wieder ins Haus zu bekommen - verdammt, der Schuppen hatte jede Menge Stecker, die jederzeit durchbrennen konnten. Ich war schon fast die Treppe oben und auf dem Weg zur Dusche und zu frischen Klamotten, als ich Rudy über den Weg lief.

»Guten Morgen, Miles.« Mißtrauisch beäugte er meinen Morgenmantel. »Was ist denn dir passiert?«

»Wie meinst du das?« fragte ich unschuldig.

»Ich meine, wie zum Teufel kommen die Knieabdrücke

vorne an deinen Mantel?« Ich schaute hinunter und sah die beiden verräterischen Flecke, wo Eds Knie sich in den Schmutz auf dem Sims gebohrt hatten.

»Muß was verschüttet haben.« Ich zuckte die Achseln. Ich versuchte, den Dreck abzuwischen, schmierte aber nur Eds Sperma über den ganzen Zipfel. Ich steckte die Hand in die Tasche und lächelte ihn an. »Ziemlich dreckig da unten.« In diesem Moment kam von Ohr zu Ohr grinsend Ed die Treppe herauf. Er war noch immer erhitzt von unserer Session und stopfte sich beim Gehen das Hemd in die Hose.

»Das müßte funktionieren«, versicherte er mir mit einem Zwinkern. »Bei mir hat's das jedenfalls. Bist 'ne Kanone, Kumpel.« Er versetzte mir einen Klaps auf die Schulter und machte sich auf zum Ausgang.

»Diamond, du bist echt ekelhaft«, schnarrte Rudy anklagend. »Heißt das, du hast die Basis für deine sexuellen Operationen in den Keller verlegt? - nicht daß das unpassend wäre, versteh mich recht. Ich würde nur gern ein Signal installieren, damit ich weiß, wann der Weg zur Waschküche sicher ist.«

»Hey, Rudy, ich hab 'nen Elektriker gerufen, und der kam auch. Ist doch nicht meine Schuld, daß er sich die Klamotten nicht dreckig machen wollte.«

»Ich frag nicht mal nach 'ner Erklärung.« Rudy seufzte und schüttelte seinen Rotschopf. »Sag mir nur, daß das Geld sicher ist.«

Geld! Oh, Scheiße! »Bombensicher, Rudy«, antwortete ich fest.

»Mir ist's ernst, Diamond. Die Mäuse sind ungefähr das Vierfache, was wir zusammen im Leben verdienen könnten. Ich faß es nicht, daß ich dich auch nur in ihre Nähe lasse.«

»Darf ich dich daran erinnern, daß ich es war, der angeheuert wurde, um Daniel Travis zu suchen?«

»Darf ich dich daran erinnern, daß Jackson und ich es waren, die dir immer wieder gezeigt haben, wo's langgeht?«

»Ich weiß, Rudy. Ohne euch hätt ich's nie geschafft. Du weißt, daß ich es als unser Geld betrachte - nicht nur meins.«

»Gut! Du hast dich drum gekümmert? Es angelegt? Es außer Reichweite gebracht?«

»Ich hab mich um alles gekümmert«, log ich beruhigend. »Vertrau mir.«

»Nie im Leben, Diamond.« Er warf mir noch so einen Blick zu, steckte die Hände in die Taschen seiner abgewetzten Jeans und betrat hinter mir das Wohnzimmer. Mit flatternder Libido schaute ich ihm beim Gehen zu. Rudy tat der Jeans echt einen Gefallen, wenn er sie trug; seine muskelbepackten Beine dehnten sämtliche Nähe. Wenn Ed des Elektrikers Arsch ein reines lyrisches Gedicht war, dann war der von Rudy ein episches. Fest, fleischig und von kurzem, kupferfarbenem Pelz bedeckt, ein richtiger Männerarsch. Alles in allem tat er wahrscheinlich ganz gut daran, die meiste Zeit genervt von mir zu sein. Wenn nicht, hätten wir uns innerhalb von Tagen völlig ausgelaugt. Ach, fein.

Ich ging daraufhin meinen Geschäften nach, mit dem festen Willen, Kontakt zu dem Börsentyp aufzunehmen, den ich am vorigen Nachmittag beim Joggen kennengelernt hatte. Er hatte so sattelfest gewirkt, daß ich überzeugt war, er könnte uns helfen, klug zu investieren. Außerdem blies er wie ein Weltmeister, ein Detail, von dem ich Rudy nichts erzählt hatte. Im Lauf des Tages hatte ich jedoch mit anderen Dingen zu tun und vergaß das Geld vollkommen, bis es Zeit war, ins Bett zu gehen. Ich nahm mir vor, die Sache gleich am nächsten Morgen zu erledigen, zog mich aus und schlüpfte unter die Laken.

Es war mitten in einem äußerst geilen Traum mit Ed dem Elektriker, Rudy und einem unbekannten Blonden, als ich merkte, daß mir etwas ins Gesicht leuchtete. Ich schlug die Augen auf und blinzelte wie ein Reh in Scheinwerfer.

»Feuer!« verkündete eine tiefe Stimme.

»Noch nicht ganz, aber es wird schon noch «, stöhnte ich, packte mit beiden Händen meinen Ständer und stemmte die Hüften vom Bett. Das Licht huschte durchs ganze Zimmer, leuchtete dann genau nach oben und brachte einen offenbar sehr hübschen Feuerwehrmann zum Vorschein, voll mit Schutzkleidung und Doppelaxt. »Bist du echt, oder träum ich noch?« fragte ich benommen.

»Ich bin echt, Kumpel.« Der Mann senkte langsam den Strahl zwischen meine Beine. In dem grellen Licht sah mein Schwengel wie aus eine riesige, geäderte Keule. Ich drückte ihn fest, und die Eichel trat hervor wie ein Tennisball. »Der ist aber groß«, sagte der Feuerwehrmann leise pfeifend. »Wenn der nicht ansengen soll, steh besser auf und geh raus.«

»Ich seh gar kein Feuer«, protestierte ich, immer noch nicht überzeugt, daß ich wach war.

»Es hat diesen Flügel noch nicht erfaßt, aber in fünf Minuten ist's soweit. Der Wasserdruck aus den Highlands ist schwach, und wir verlieren die Kontrolle über den Brand.«

»Fünf Minuten ist eine lange Zeit.« Ich winkte den Mann zu mir. »Ich kann's dir echt schön machen in fünf Minuten.«

»Besser nicht.« Seine Stimme war unsicher. »Wir müssen gehen.«

»Wir müssen erstmal kommen«, konterte ich dreckig grinsend. »Komm her - dann kannst du mich retten.« Er trat ans Bett und stellte seine Lampe ab. Ein paar aufgeschnappte Hosenträgerknöpfe später steckte mein Gesicht zwischen den Beinen eines sehr geilen Feuerwehrmanns.

Ich fing an, ihn zu blasen, aber das schien ihn nervös zu machen. Also sagte ich ihm, er solle sich umdrehen, und schob ihm statt dessen einen Arm zwischen die Beine. »Beweg dich«, knurrte ich, packte seinen Schwanz und quetschte ihn. Er schaute mich über die Schulter an, dann fing er an zu bocken, daß seine haarigen Eier an der Innenseite meines Unterarms und sein Schwengel an meiner Handfläche scheuerten.

Ich ließ kurz meinen eigenen zuckenden Prügel los, packte die Lampe und richtete sie auf seinen Arsch. Im Schein zuckten zwei pelzige Kugeln, die in der Mitte von der dunklen Spalte geteilt wurden. Ich steckte die Hand, auf der er ritt, weiter nach oben, über seinen leicht gewölbten Bauch und zog ihn tiefer, bis ich seinen Hammer an meinem Bizeps spürte. Als ich ihn in Reichweite hatte, vergrub ich die Nase in der verschwitzten Vertiefung und fing an, zu kauen.

Hätte ich ihn nicht fest an der Bauchbehaarung im Griff gehabt, wäre er, glaube ich, durchs Zimmer gehüpft. Er grunzte und hoppelte schneller, während sein Arschloch nach meiner Zunge schnappte. Als ich ihn da hatte, wo ich es wollte, fing ich, froh, etwas zu haben, um meine freie Hand zu beschäftigen, wieder zu wichsen an.

»Uhh, uhh aaarghh!« Der Feuerwehrmann gab eine Menge Geräusche von sich, auch wenn sie nicht viel Sinn ergaben. Ich züngelte an seiner Rosette und spürte etwas heiß und glitschig am Unterarm. Er war ein saftstrotzender kleiner Ficker, wogegen nichts zu sagen war. Das kann einem ein Vermögen an Gleitcreme ersparen.

Der Feuerwehrmann war jetzt bis auf Schulterhöhe an meinem Arm heruntergerutscht, so daß meine Hand in der Gegend seiner Titten herumfummelte. Auf der Suche nach etwas zum Festhalten rechten meine Finger durch einen Wald seidiger Haare. Ich identifizierte die Kurve seiner Brust und kniff fest zu, worauf eine harte Brustwarze aus der Matte hervorpoppte. Durch Zwirbeln und Kneifen brachte ich den scharfen Feuerwehrmann dazu, den höchsten Gang einzulegen. Er japste, grunzte und preßte die Schenkel um meinen Arm. Es bedurfte nur ein paar unbedeutender Korrekturen, und er war voll drauf und bereit zum Abspritzen. Ich rammte meine Zunge tief hinein, spannte den Bizeps an und preßte ihm die Eier fest gegen den Arsch. Er heulte und sprudelte kleine heiße Streifen gegen mein Handgelenk.

Ich wollte gerade losspritzen, als er schwer atmend über mir zusammenbrach. Ich schüttelte ihn, aber er war glatt ohnmächtig geworden. Der arme Teufel war so in seinem Orgasmus aufgegangen, daß er hyperventilierte. Ich zappelte mich unter ihm hervor und flitzte zur Tür. Ich berührte sie und zog sofort die Hand zurück. Sie war heiß. Unten begannen Rauchwölkchen aufzusteigen.

Da dieser Ausweg offenbar nicht in Frage kam, schnappte ich meinen Retter, warf ihn mir über die Schulter und wankte zum Fenster. Zum Glück gab es zum Garten hin ein Spalier, an dem sich leider ein dorniger Rosenstrauch bis zum Dach rankte.

Jede Unschlüssigkeit verflog, als eine Explosion die Tür meines Schlafzimmers in Luft auflöste. Flammen und Qualm drangen ins Zimmer, und es wurde sehr schnell sehr heiß. Ich stieg durchs Fenster und kletterte nach unten, wobei ich erfolgreich den meisten Dornen auswich. Ich hatte den Feuerwehrmann gerade an einem Notarztwagen, der mitten in einem Azaleenbeet parkte, abgegeben, als ich auf Rudy und Jackson traf. In genau diesem Moment hatte sich Rudy auf mich gestürzt.

»Hey, Miles.« Ich schreckte auf, als Jackson mir auf die Schulter schlug und mich in die Wirklichkeit zurückholte.

Nervös schaute ich mich um, sah Rudy aber nicht. »Die Nachbarn sind eingesprungen und haben ein paar Klamotten für uns mitgebracht.«

»Danke Jackson. Was macht Rudy?«

»Er ist ein bißchen ruhiger. Zumindest hat er aufgehört, in der Erde zu scharren und deinen Namen zu murmeln.« Jackson zuckte mit seinen starken Schultern und tappte zurück zu Rudy, der in der Nähe auf einem Feuerwehrauto saß.

Ich zog die Kleider an, die er mir gegeben hatte - sie paßten nicht hundertprozentig. Das Hemd war offenbar von einem kleinen Kind gespendet worden, und die Hose erkannte ich als die unseres Nachbarn von gegenüber, der etwa neunzig Zentimeter kleiner war als ich und eine recht breite Hüfte hatte. An mir sah die Hose aus wie eine Bermudashorts, in die locker sechs gepaßt hätten. Ich seufzte und stakste durch das Gewirr von Schläuchen zu Rudy und Jackson.

»Rudy.« Ich lächelte schwach, bereit, wenn nötig loszuspurten.

»Miles, tut mir leid, daß ich die Nerven verloren hab. Das war nur, weil der Feuerwehrkapitän gemeint hatte, das Feuer sei wegen einer falschen Verkabelung ausgebrochen. Nachdem ich ein bißchen nachgedacht hatte, dachte ich mir, daß du nichts damit zu tun haben kannst. Schließlich hast du einen Elektriker gerufen, anstatt selbst zu fummeln.«

»Stimmt Rudy. Ich hab nicht gefummelt - an der Leitung.« Den letzten Teil fügte ich flüsternd hinzu, da ich mich ein ganz klein wenig schuldig fühlte, weil ich den armen Ed abgelenkt hatte.

»Wenigstens ist das Geld in Sicherheit. Wie hieß noch der Aktienhändler?«

»Oh, Scheiße! Das Geld!«

»Miles, sag bloß nicht!« Rudy starrte mich mit geweiteten

Augen an. »Du warst nie bei ihm, stimmt's?« Ich schaute ihn schafsköpfig an und schüttelte den Kopf. »Mann, Diamond, ich glaub's nicht. Na, wenigstens war der Schuppen versichert.«

»Versichert?« Verdammt, ich wußte doch, daß da noch was gewesen war. Es war mir nur nicht eingefallen - bis jetzt, wo es zu spät zu sein schien.

»Oh, nein! Diamond! Du ... du ... du ...« Ich sah, daß Rudys Muskeln sich spannten, und hetzte die Auffahrt hinunter wie ein Karnickel, das von geifernden Hunden verfolgt wird. Die Nacht machte Anstalten, fürchterlich zu werden.

ZWEITES KAPITEL

Ich schreckte auf. Mann, hatte ich einen Albtraum gehabt, Feuer und Pestilenz und durch die Straßen rennend mit einem mörderischen Irren auf den Fersen. Schon beim Gedanken daran schlug mir das Herz schwer gegen die Rippen. Ich griff nach einem Kissen am Kopfende des massiven Betts und vergrub das Gesicht darin.

Irgend etwas stimmte von Grund auf nicht. Das Kissen stank nach verschwitzten Socken und schien mit kleinen, kribbligen Dingern gefüllt zu sein, die mir in Mund und Nase krabbeln wollten. Vorsichtig öffnete ich ein Auge, und die Ereignisse der letzten Nacht stürzten in erschreckend lebhaften Details auf mich ein ... Mein Kissen entpuppte sich als Fortsatz von Rudys rechtem Bein und ähnelte auffallend einem Fuß. Ich wich zurück, da ich mich nicht auf die Selbstbeherrschung meines Kumpels verlassen mochte, sollte er unvermutet aufwachen.

Ich hatte Glück gehabt. Rudy hatte mich nach drei Straßen eingeholt. Für einen Mann seiner Statur ist er pfeilschnell. Ich spürte, wie sich seine mächtigen Arme um meine Knöchel schlangen. Ehe ich mich versah, saß Rudy mir auf der Brust, und seine Knie hielten meine Arme an den Seiten fest. Ich sah, daß seine Riesenfaust auf meinen Kopf zielte, und dachte mir, das sei das Ende. Das berüchtigte Vale-Temperament würde, ungezügelt von Jacksons besänftigenden Worten oder Rudys Gewissen, über mich hereinbrechen. Entschlossen, meiner Vernichtung entgegenzusehen, hielt ich die Augen offen - zumindest so lange, bis Rudy zuschlagen, meinen Schädel wie eine Eierschale spalten und mein Hirn auf dem Pflaster verspritzen würde.

Ich sah eine halbe Ewigkeit zu - lange genug wenigstens, um zu beobachten, wie ein Strom von Schweiß von seiner bepelzten Achsel aus an der Seite hinab zum Bund seiner geliehenen Hose rann - ohne daß die Faust je sank. Das einzige Zeichen, daß Rudy noch lebte, war das stetige Heben und Senken seiner Brust und seine geblähten Nüstern.

»Alles futsch, stimmt's, Miles?« fragte er schließlich. Seine Faust streifte mein Kinn kaum, als er sie senkte und die Hand auf den Oberschenkel legte. »Alles futsch. Nichts übrig.« Seine breiten Schultern fielen herab, und ich spürte einen Tropfen heißer Flüssigkeit auf der Wange, als ein Träne aus einem seiner blauen Augen quoll.

»Rudy«, sagte ich fest. »Wir stehen das zusammen durch, Kumpel. Du kannst auf mich zählen.«

»Miles.« Er schaute mich durchdringend an. »Du Arschloch! Ich will deine häßliche Fresse nie mehr im selben Raum sehen, in dem ich bin - nein, besser im selben Staat. Seit ich dich kenne, muß ich eine Demütigung nach der andern über mich ergehen lassen. Mir steht's bis hier.« Er zeigte etwa in die Höhe seines Adamsapfels. Ich begriff. »Das war's, Miles. *Sayonara. Ciao. Auf Wiedersehen.* Mach's gut.«

Okay, Das letzte verstand ich, auch wenn mir das ausländische Kauderwelsch davor nicht ganz klar war. Ich versprach, mich rar zu machen, aber gegen sein Schicksal kann man nicht an - etwas, auf das ich Rudy hinwies, als uns die Feuerwehr in die Stadt mitgenommen hatte. Die Barmherzigkeit unserer wohlhabenden Nachbarn hatte sich nicht auf eine Einladung für die Nacht erstreckt. Nun, da wir obdachlos waren, schienen wir nicht mehr in die örtliche Bevölkerungsstruktur zu passen. Eigentlich hatten wir auch zuvor schon nicht recht hineingepaßt, aber jetzt war es für jeden offenbar, daß wir gehen mußten.

Zurück in der Stadt hatte es nur eine Möglichkeit gegeben, obwohl Rudy den ganzen Weg gezickt und gezetert hatte. Unser einstiges Bürogebäude war noch nicht der Abrißbirne anheimgefallen, obwohl das Schild ›Baufällig‹, das deutlich quer über dem Eingang hing, kein besonders tröstliches Omen war. Da wir schließlich nur Obdach für die Nacht suchten - keine Luxusbehausung - hatte ich keinen Moment gezögert, als wir den alten Schuppen sahen, der sich majestätisch aus den umliegenden Trümmern erhob. Jetzt waren wir hier, da zurück, wo wir vor knapp sechs Monaten angefangen hatten. Ich setzte mich auf und reckte mich, plötzlich verblüffend guter Laune.

»Guten Morgen, Jungs«, trällerte ich, als sich meine beiden Teilhaber langsam vom Boden erhoben, wo wir genächtigt hatten. Irgendein Strolch hatte die Möbel aus meinem alten Büro geklaut und nichts zurückgelassen als das gerahmte Foto von J. Edgar Hoover. »Das wird ein fabelhafter Tag.«

»Das bezweifle ich«, brummelte Rudy, der mühsam aufstand und benommen aus dem Fenster blickte. »Es regnet.«

»Das ist Seattle.«

»Nein, Miles, das ist ein beschissener Albtraum, nur, ich bin hellwach. Gestern um diese Zeit habe ich über ein ziemlich großes Anwesen geblickt, das zum nicht geringen Teil mir gehörte. Jetzt blicke ich auf eine Abrißbirne und die bezaubernde Alaska Way Unterführung. Ich bin genau da, wo ich angefangen habe.«

»Ist das Leben nicht symmetrisch?« frotzelte ich, von Rudys Nörgelei nicht besonders beeindruckt.

»Diamond, ich-« Rudy brach ab, als Jackson seine Hände zu einer segnenden Geste erhob.

»Aber, Gentlemen, wir wollen doch nicht anfangen, bevor wir Kaffee getrunken haben.« Er nahm eine strategische Position zwischen Rudy und mir ein.

»Entschuldigung«, beharrte ich, entschlossen, meinen Part zu sprechen. »Okay, Jungs, ich übernehme die Schuld für die ganze Scheiße gestern. Das Feuer, die Versicherung, das Geld - war alles mein Fehler.«

»Amen«, murmelte Rudy.

»Okay, du«, brüllte ich, trat auf ihn zu, packte ihn an den Schultern und drehte ihn zu mir um. Meine Finger vergruben sich in seine Schultern - es war als quetsche man eine Steinmauer, nur wärmer. »Ich hab dein Gemecker satt.« Rudy bekam große Augen und wollte protestieren, aber ich machte weiter. »Ich möchte nur daran erinnern, daß du, wenn ich nicht gewesen wäre, immer noch in deinem alten Büro gegenüber auf Klienten warten würdest. In den letzten Monaten hab ich dir Geld, Abenteuer und Reisen in exotische Länder besorgt - und einen Freund. Du warst bettelarm, als ich dich kennenlernte, und jetzt bist du wieder bettelarm. Was soll's? Schlechter stehst du ja wohl nicht da.« Ich holte tief Atem, um weiterzureden, aber Rudy stürzte sich auf mich und schloß mich in seine gewaltigen Arme. Ich hielt den Atem kurz an, ganz gefaßt darauf, die Knochen splittern zu hören, aber es war nur eine Umarmung. Er küßte mich sogar, wobei er genügend Zunge einsetzte, daß ich ihn gerne zurückgeküßt hätte. Offenbar stand er noch tief unter Schock.

»Du hast absolut recht, Miles«, sagte er schließlich, gab mich frei, ließ aber die Hände fest an meiner Hüfte. »Ich bin einfach 'n Arschloch gewesen. Wie heißt es so schön - wie gewonnen, so zerronnen. Es hat Spaß gemacht, solang's lief, aber jetzt ist es Zeit, wieder in die wirkliche Welt zurückzukehren.« Ich drückte die Hand an seine Stirn - er schien kein Fieber zu haben. Rudy schaute mich grinsend an. Ich fing an, mir Sorgen zu machen.

Jackson mischte sich ein. »A propos, ich hab Hunger.«

»Dito« stimmte ich mit Bildern von Speck und Eiern im Kopf zu.

»Also einstimmig. Leider umsonst.«

»Was?« Ich schaute Rudy an, als habe er den Verstand verloren.

»Geld. Das ist die wirkliche Welt, erinnerst du dich?«

»Lena!« rief ich, als hätte ich eine Erfindung gemacht oder Gold entdeckt. Im Gänsemarsch gingen wir aus dem Büro und die Treppe hinunter. Die Erinnerung an das Trinkgeld, das ich Lena gleich nach unserer Rückkehr gegeben hatte, war noch so frisch, daß sie uns ein herzhaftes Frühstück servieren würde.

»Wundert mich kein bißchen«, sagte sie, als ich ihr erklärte, wieso wir wieder auf der Straße standen. »Damals, als ihr mit Kohle hier reinkamt, da hab ich gestaunt. Aber das hier« - sie blickte über den Tisch und musterte unser bizarres Outfit und die verschlafenen, stoppelbärtigen Gesichter - »das wundert mich überhaupt nicht. Nee. Das ist der Miles, wie ich ihn seit Jahren schätze. Manche Dinge ändern sich nie.« Leise lachend ging sie zur Kaffeemaschine.

Während ich noch dasaß und mich bemühte, herauszufinden, ob das nun ein Lob oder ein Schlag in die Fresse gewesen war, brüteten Rudy und Jackson über den Anzeigen. Ich trank meinen Kaffee aus, dann beugte ich mich zu meinen Kumpels und durchforstete die eng bedruckten Spalten. Rudy hatte mehrere Telefonnummern notiert, und selbst Jackson hatte ein paar Anzeigen eingekreist, nur ich fand rein gar nichts.

»Was ist los, Miles?« Rudy nahm einen letzten Schluck. »Nichts dabei, was dir zusagt?«

»Nichts, was meinen Qualifikationen entspricht, Rudy«, erklärte ich geduldig.

»Vielleicht solltest du unter ›Eskortservice‹ nachsehen. Da gibt's 'n paar recht abgefahrene. Könnte deinen Qualifikationen besser entsprechen, als der ganze ›Hilfe gesucht‹-Quatsch.«

»Sehr witzig, Rudy. Zufällig habe ich einen gut positionierten Freund am Seattle Art Museum.«

»Gut was?« kicherte Rudy.

»*Positioniert*. Gut positioniert. Ich bin sicher, er findet eine Stellung für mich.«

»Kein Zweifel, Miles.« Rudy schüttelte den Kopf. »Wahrscheinlich findet er ein paar Stellungen für dich, die nicht einmal im *Kama sutra* stehen. Da mußt du mir von erzählen.«

»Schaut, Leute.« Ich stand auf und drehte mich langsam um. »Das hier paßt nicht gerade für Einstellungsgespräche.«

»Ich finde, du siehst toll aus, Miles«, schmunzelte Rudy.

»Ich seh aus wie'n Clown, Rudy«, knurrte ich und setzte mich wieder.

»Kleider machen Leute, Miles.«

»Klappe, Vale. Mir reicht's.«

«Jungs«, fiel Jackson ein, der eine Brüllerei abwenden wollte. »Um die Ecke gibt's 'n Billigladen. Vielleicht finden wir da was.«

»Und zahlen womit?« fragte Rudy, stets Realist.

»Ich bitte Lena um 'n bißchen Kohle«, seufzte ich. Das Ausmaß dessen, was geschehen war, wurde mir endlich klar. Gestern noch war ich in Geld geschwommen - heute haute ich die Kellnerin in einer Klitsche auf der First Avenue an, mir was zu pumpen, damit ich mir Billigklamotten kaufen und versuchen konnte, bei einer früheren Nummer 'nen lausigen Job zu ergattern. Das Leben kann schon grausam sein!

Lena rückte einen Zehner raus, und zu dritt schafften wir es, ein paar respektable Fetzen zusammenzustoppeln. Es gab nur ein Problem: wir konnten uns nur einen Anzug leisten. Wir einigten uns auf einen konservativ geschnittenen, marineblauen Anzug, den wir alle bei eventuellen Bewerbungsgesprächen tragen konnten. Nachdem wir von dem mageren Wechselgeld, das uns nach dem Einkauf blieb, eine Münze geworfen hatten, war entschieden, daß ich als erster unseren gemeinsamen Anzug mit Schlips in die Welt hinaustragen würde. Ich wusch mich in der Toilette bei Lena und zog mich an. Wir hatten einen Anzug gewählt, der lang genug für mich, breit genug für Jacksons Schultern und weit genug für Rudys schmale Hüfte und seine dicken Oberschenkel war. Das Ergebnis sah aus, als hätte ich mir den Anzug eines Mannes mit gutem Geschmack und außergewöhnlicher Figur geliehen. Rudy richtete meine Krawatte, und Jackson schüttelte mir die Hand, als ich aus dem Lokal und, wie ich hoffte, in die Arbeitswelt trat.

»Ich suche Carl Emmons«, teilte ich der jungen Frau hinter dem Tresen mit. »Ich glaube er ist der Archivleiter.«

»Carl?« Sie warf mir kopfschüttelnd einen ›oh, bitte‹ Blick zu. »Er ist der Leiter seines persönlichen Mops und Besens, und das ist manchmal ziemlich diffizil. Sie sollten vielleicht zuerst mit Matt Scacchi sprechen. Er ist für das Personal zuständig.«

»Danke«, antwortete ich leicht niedergeschlagen. »Äh, könnten Sie mir trotzdem sagen, wo ich Carl finde? Nur um hallo zu sagen.«

»Er müßte im dritten Stock in einem der Konferenzräume sein. Heute ist er dran, dort sauberzumachen.«

»Sie haben mir sehr geholfen.« Ich drehte mich um und ging auf die Freitreppe zu. Meine Hoffnung, hereinzuschneien und gleich einen Job zu ergattern, schwand rasch. Egal, ich hatte Carl eine ganze Weile nicht gesehen, und vielleicht hatte die Frau ihn ja unterschätzt. Das passierte leicht, wenn man ihn nicht in der richtigen Situation antraf.

Ehrlich gesagt, war Carl weder eine besondere Augenweide noch ein prima Gesprächspartner, aber er hatte ein paar Vorteile, die fast unwiderstehlich waren, wenn man in Stimmung war. Einmal war Carl ständig geil, bereit, von einem Moment auf den anderen loszulegen, Tag oder Nacht. Zweitens, und am wichtigsten, produzierte Carls überaktive Libido einen Schwanz wahrhaft majestätischer Ausmaße. Carl, auch zu besten Zeiten nicht feinsinnig, war von ein paar witzigen Kumpels bei der Navy während eines besonders feuchten Landgangs überredet worden, sich einen Zollstock obendrauf tätowieren zu lassen, der am Pißloch mit null anfing und inmitten eines Gewirrs aus dunklen Schamhaaren mit arschaufreißenden siebenunddreißig endete. Ich hatte dieses Monument geiler Manneskraft im Lauf der Jahre ein paarmal frequentiert und konnte die Exaktheit der Meßkünste des Tätowierers bestätigen.

Die Fahrstuhltüren öffneten sich, und ich stieg aus. Zu beiden Seiten des Flurs lagen zahllose identische Türen, aber unter Einsatz meiner detektivischen Fähigkeiten ortete ich rasch vor der zweiten Tür links etwas, das wie ein Wagen für Reinigungsmittel aussah. Ich legte mein Ohr an die Tür, um herauszufinden, ob Carl alleine war. War er nicht.

»Jesses, Emmons«, heulte ein männliche Stimme erbarmungswürdig auf. »Scheiße, du reißt mir ja den Arsch auf.« Ich hatte meinen Mann gefunden, und er war mit dem beschäftigt, was er am besten konnte. Ich öffnete leise die Tür und trat ein. Sofort entdeckte ich Carl, der in der Mitte des großen Konferenztischs kniete und seinen tätowierten Tauchsieder in einen Mann rammte, der bis etwa zur Zwanzigzentimetermarke aufgespießt bäuchlings auf dem Tisch lag.

Carl erkannte mich sofort und winkte mich zu sich. Ich ging zum Tisch und erfreute mich an den Konturen des Mannes, den Carl fickte. Er hatte dichte schwarze Locken, braune Augen, die ihm gerade aus dem Kopf platzen wollten, und volle rote Lippen, die vor Schmerz zu einem kleinen Kreis gerundet waren. Der Mann war groß, hatte breite Schultern, schmale Hüfte und saftige Arschbacken, die sich wie pelzige Melonen um Carls zuckenden Speer wölbten.

»Los, Mann. Mach locker. Du stichst mir noch ins Herz, verdammt!« Carl lächelte bloß, vergrub seine Finger in den Haaren des Mannes und rammte noch ein paar Zentimeter seines fetten Teils zwischen die fleischigen Backen.

»Entspann dich«, säuselte Carl unter kurzen, karnickelartigen Hüftstößen. »Du wolltest diesen Schwanz, jetzt hast du ihn. Entspann dich, und genieß es.« Er hob die Hand und ließ sie mit lautem Klatschen auf eins der beiden Brötchen fallen, was einen roten Abdruck hinterließ. Der Mann heulte auf und krallte sich am Tisch fest, während Carl seine erbarmungslose Attacke fortsetzte.

»Hey, Miles, lange nicht gesehen«, grunzte Carl, der mich wieder mit einem Scheißgrinsen anschaute. Seine Hüften rammelten weiter, und das kleine, knackige Arschloch knabberte an der achtundzwanziger Marke. Er hatte aufgehört, zu jammern und seine Kiefer fest zusammengebissen, als habe er sich in sein Schicksal ergeben. »Steig auf, und mach mit, Kumpel. Das ganze Vorderende von dem Fleischbrocken hier wird ja verschwendet. Wenn die Lippen am anderen Ende genau so süß sind wie an dem hier hinten, lohnt's sich, sich auszuziehen und einzulochen.«

Also, normalerweise hätte ich mich so mittendrin ja nicht eingemischt, aber Carl bat mich drum, und diese vollen, dunkelroten Lippen - die waren zur Verschwendung zu schade. Ich zog meinen Anzug aus, legte ihn ordentlich über einen Stuhl. Der Typ auf dem Bauch sah mich kommen, und als ich mich vor ihn hinkniete, hob er den Kopf und ließ seine rosa Zunge heraushängen.

Ich packte meinen Schwanz an der Wurzel, fuhr langsam mit der Faust bis zum Ende, bis die Haut gute zwei Zentimeter überhing. Der Mann wimmerte, und seine Zunge streifte zart das empfindsame Gewebe. Ich hockte mich auf die Fersen, bis meine Eier an die polierte Tischplatte klatschten, und beobachtete, wie mein Schwanz langsam verschluckt wurde.

Dem Mann unten strömte der Schweiß. Er sammelte sich zwischen den Schulterblättern, glitzerte in den Haaren auf seinem Arsch und tropfte ihm von der Stirn auf meinen Schwengel. Als ich die Hand unter ihn schob, fühlte es sich an, als sei er eingeölt. Seine festen Titten waren unbehaart bis auf einen feinen Hof um die Brustwarzen und in der Vertiefung zwischen den beiden Muskelbergen. Ich zwickte die geschwollenen, großen Warzen, und er zuckte nach vorn und vergrub die Nase in meinem Busch.

Dem tiefen Knurren aus Carls Kehle nach zu urteilen, waren die Brustwarzen mit beiden Enden des Kerls verbunden.

Sein Arsch wackelte, Kehle und Zunge wirkten Wunder an meinem Hammer, und als ich ihm die Hand zwischen die Beine schob, entdeckte ich einen hübsch harten Ständer. Ich quetschte den steifen Schaft, und die Muskeln des Mackers spannten sich, als wolle er explodieren.

Na, er stand auch kurz davor, zu explodieren, und schien Carl und mich gleich mitnehmen zu wollen. Ich sah, wie sein Arsch an dem mächtigen Speer zuckte, den Carl in ihm versenkt hatte. Man konnte geradezu sehen, wie sein Arschloch der Länge nach an dem glänzenden, adernstarrenden Schaft kaute, als Carl schnell und heftig zustieß. Einmal zog Carl ihn ganz heraus, und das Loch schnappte nach Luft, bis Carl ihn wieder hineinrammte.

Ich war auch gleich soweit. Die Hände auf den Tisch gestützt, lehnte ich mich zurück, während der Mann mir die Eier lutschte und dabei ihre Sehnen so weit dehnte, daß ich später würde aufpassen müssen, nicht draufzutreten. Der Junge hatte eine Zunge, bei der mir jeder Nerv im Leib kribbelte, wenn sie über meinen haarigen Sack scheuerte. Ich sah zu, wie sich seine Bizepse spannten und er den Oberkörper vom Tisch stemmte. Sein Kopf hob sich immer weiter, bis meine Eier auf Höhe meiner Eichel waren. Es fing an weh zu tun, aber es war ein Schmerz, bei dem einem das Arschloch juckt, und ich blieb still. Dann, als ich schon dachte, ich könnte es nicht mehr aushalten, schaffte er es, nach meinem Schwanz zu schnappen und ihn zusammen mit den Eiern bis zum Anschlag zu schlucken. Dann fing er an, Liegestütze zu machen und mich zu blasen, wobei er meine schmerzenden Eier benutzte, um Reibung zu erzeugen.

Je fester Carl ihn fickte, desto fester lutschte der Kerl, bis ich zweifelte, ob ich je wieder würde gehen können. Dann tat es mit einem Mal so gut, daß es mich nicht mehr scherte. Ich hörte Carl ächzen und stöhnen und wußte, daß er am Ende der Reise angekommen war, also griff ich nach unten und fing an, den Mann zwischen uns abzuwichsen, der jede Bewegung meiner Hand direkt in Action mit seinem Mund übersetzte. Gleichzeitig wurden meine Finger heiß und klebrig, ich fiel nach vorn und überließ meine Ladung dem Mann mit der goldenen Kehle.

Als alles außer dem Putzen vorbei war, lag der Kerl, jetzt auf dem Rücken, noch lange mit Carls und meinem Schwanz in den Händen da. Mit stumpfsinnigem Grinsen blickte er von Pimmel zu Pimmel, immer noch ungläubig, wie viel Schwanz in ihm gesteckt hatte. Carl bot ihm ein sofortiges Rückspiel an, aber er mußte wieder an die Arbeit und lehnte bedauernd ab. Ich sah zu, wie sein stämmiger Körper unter einer Schicht Kleidung, die ihn als Wächter auswies, und dann im Flur verschwand.

»Gibt's irgend 'ne Aussicht auf'n Job?« fragte ich Carl, als ich nackt auf der Tischkante hockte. »Mir sind scheinbar das Geld und die Aussichten gleichzeitig ausgegangen.«

»Klingt typisch, Diamond. Willst du mir erzählen, du willst Putze werden?«

»Ich will dir erzählen, daß ich nicht verhungern möchte, Carl. Nicht gerade das gleiche wie eine Karriere im Museumsdienst aufzunehmen. Hab ich 'ne Chance auf'n Job?«

»Scheiße, Kumpel, wenn's nach mir ginge, kein Problem. Ich glaub allerdings nicht, daß die jemanden einstellen. Wenn du mich fragst, geht hier was echt Komisches ab.«

»Komisches?« Ich schaute Carl neugierig an. »Was für 'ne Art Komisches?«

»Scheiße, ich muß los.« Carls Pieper summte wütend, bis er ihn unter einem Stuhl am Konferenztisch ausmachte. Er steckte ihn ein, stopfte seinen monumentalen Penis zurück und ging, den Mop kühn über die Schulter geschwungen, zur Tür. »Paß auf dich auf, Junge.« Er zwinkerte und verschwand. Ich legte mich auf die kühle Tischplatte und kratzte mir, noch immer unter dem Nachbeben der echt eiersprengenden Blasnummer, den Bauch.

Ich sammelte gerade meine Klamotten auf, um zu gehen, als ich aus einem Nebenraum Stimmen hörte. Ich bin ja bekannt als berufsmäßiger Lauscher, aber da ich nicht an einem Fall war, wollte ich nicht zuhören. Dann schnappte ich einen Satz auf, der meinen Entschluß zunichte machte.

»Wir stecken in großen Schwierigkeiten, Gentlemen«, sagte ein Mann mit einer solchen Spannung in der Stimme, daß man sie geradezu schneiden konnte. »Die Figur ist verschwunden. Wir haben die gesamte Sammlung durchsucht, aber umsonst.«

»Hat jemand die Polizei benachrichtigt?« Eine andere, weibliche, Stimme.

»Das ist das letzte, was wir tun dürfen, Marguerite. Mr. Grizzard ist in einer schwierigen Lage.«

»Die Figur ist doch gewiß versichert.«

»Ja, meine Liebe, aber die Versicherung hat Solvenzprobleme. Wenn etwas von einem solch großen Schadensfall an die Öffentlichkeit dringt, könnte das den Aktienkurs der Gesellschaft in Mitleidenschaft ziehen. Wir können uns keinerlei Publicity leisten - von keiner Seite.«

»Nicht daß, langfristig gesehen, mit Colmar and Lacey etwas nicht in Ordnung wäre. Wir sehen uns nur gerade vor einer Reihe von hohen Forderungen. Es wäre besser für alle, wenn wir die verschwundene Figur wiederbeschaffen könnten. Ich sage ihnen ganz offen, daß ich nicht glaube, daß wir einer Forderung in dieser Höhe derzeit nachkommen könnten.«

»Fünf sind eine Menge Geld«, sagte jemand leise. Er hatte recht. Ich mußte auch gestehen, daß die Sache sehr interessant wurde. Die Leute da wußten, daß sie ein Problem hatten - was sie nicht wußten, war, daß Miles Diamond nur durch eine dünne Türtäfelung von ihnen getrennt war. Zum Glück für sie steckte ich gerade nicht in einem gefährlichen Auftrag - und zum Glück für mich, hatte ich jetzt vielleicht zumindest eine leise Chance, in den nächsten Jahren etwas anders zu tun, als einen Mop durch die Gegend zu schieben.

»Mr. Grizzard muß seine Figur zurückbekommen; das steht außer Frage. Sie ist das Hauptstück seiner ...« Auf dem Flur vor dem Konferenzraum hörte ich lauter werdende Stimmen und hatte gerade noch Zeit, meine Klamotten aufzuraffen und durch eine unverschlossene Tür zu schlüpfen, bevor sich der Raum mit Menschen füllte.

Der Raum, in den ich kam, schien ein Büro zu sein - ein ziemlich schickes Büro. Dicke Teppiche, die Täfelung blitzblank poliert und die goldgerahmte Landschaft über dem Kamin gewiß keine Malen-nach-Zahlen-Kleckserei. Leider hatte ich keine Zeit, die Inneneinrichtung zu bewundern.

Ich fing an, mich anzuziehen, nur um zu entdecken, daß meine - genauer: unsere - Unterwäsche fehlte. Ich hab's ja nicht sooo mit Unterwäsche, aber ich konnte schon Rudy hören, wenn ich ohne sie ankam. Anders als ein Mantel oder ein Regenschirm, die man jederzeit und überall liegen lassen kann, deutet der Verlust von Unterkleidung auf ein Ausmaß an Achtlosigkeit - oder Verderbtheit, wenn man will - hin, das kaum zu rechtfertigen wäre. Ich fluchte unterdrückt, als ich durch das Schlüsselloch die Gruppe musterte, die um den Konferenztisch versammelt war. Ganz klar, keine zwanzig Zentimeter entfernt von dem elegant beschuhten Fuß einer älteren Dame, lag hübsch geknäuelt die Shorts.

Ich war bereit, ein paar Minuten zu warten, bis die Sitzung zu Ende war, aber dieser Luxus war mir verwehrt. Ich hörte, wie der Knauf an einer anderen Tür zum Büro sich drehte, und hatte kaum Zeit, hinter die schweren Gardinen vor dem wandhohen Fenster zu schlüpfen, bevor der Besitzer des Raums zurückkam.

Ich hörte das Öffnen und Schließen der Tür und das Geräusch eine Schlosses, das zugesperrt wird. Gemurmel, Schritte, Stochern im Kamin, dann das Geräusch eines Körpers, der in einen Sessel sinkt. Gefolgt von einem Seufzer und das Klicken von Eiswürfeln in einem Glas. Toll! Der Inhaber des Büros beabsichtigte nicht, bald zu gehen. Das war nicht gut.

Nach anfänglichen Geräuschen des Niederlassens beschränkten sich die Laute auf ein gelegentliches Klicken von Eiswürfeln, ein Fingertappen und die unterdrückte Litanei ›Ich bin erledigt‹, die ständig von einer Tenorstimme wiederholt wurde, die ich als diejenige erkannte, die zuvor über verschwundene Figuren und Versicherungsprobleme gesprochen hatte. Vielleicht gab es ja, wenn ich es geschickt anfing, immer noch eine Chance, eine erkleckliche Tagesgage und eine prozentuale Beteiligung am Gewinn herauszuschlagen. Wäre es nicht herrlich, ins Büro zurückzurauschen und Rudy einen solchen Deal unter die hübsche Nase zu reiben? Mann, ich müßte nicht mal die fehlende Unterhose erklären.

Kurz darauf machte mich ein anderer Laut glauben, daß ich meine Dienste vielleicht früher als erwartet würde anbieten können. Da war das vertraute Zrrrrp-Geräusch eines Reißverschlusses; das Rascheln einer gelockerten Seidenkrawatte; das Öffnen von Knöpfen; und das Klimpern von Münzen, als die Hose auf den Teppichboden fiel. Noch ein paar undeutbare Geräusche, die mein Interesse erregten, dann ein sehr deutliches Räuspern, als ein Mann sich in die Hand spuckte. Fasziniert lugte ich um die Vorhangkante, um zu sehen, was es da zu sehen gab.

Ich sah das Gesicht eines Mannes, den ich als den Generaldirektor des Museums erkannte. Im Zuge einer großen neuen Ausstellung war er in letzter Zeit oft in den Nachrichten gewesen. Ich selbst kenne mich in Kunst nicht besonders aus, da aber Rudy so beeindruckt gewesen war, wußte ich, daß es sich um etwas Besonderes handelte. Der blonde, leicht kahle Kopf und die feingeschnittenen Züge waren mir vom Fernsehen zwar vertraut, aber der Körper war eine Offenbarung. Ich hatte geglaubt, ein Mann in seiner Position sei zu fein, um auch nur einen Körper zu haben, aber da hatte ich mich getäuscht. Sein Körper war nicht perfekt - bei weitem nicht - aber er ließ einen recht exakten Schluß auf seine erogenen Zonen zu. Der Mann verwandte viel Zeit auf seine Brust - sie wölbte sich über seinem Brustkasten, aufgepumpt fast bis zur Parodie. Er hatte große, fleischige, lutschfreudige Brustwarzen, die auf den übertriebenen Rundungen saßen wie überdimensionale Radiergummis. Ich sehnte mich danach, an ihnen zu knabbern. Glaubt mir, ich habe nichts gegen Obsessionen, wenn sie schön dargeboten werden.

Sein Bauch war einigermaßen flach, wirkte aber ein bißchen weich - kein großes Hindernis, wenn man hinter ihm stand und überlegte, wo man die Hände hinlegen könnte. Sogar sitzend sahen seine Schenkel voll und fest aus, was zu großen Hoffnungen bezüglich der Beschaffenheit seines Hinterteils Anlaß gab. Ich mußte nicht lange auf die Bestätigung warten. Er stand auf und ging zum Kamin, wobei ich einen kurzen Blick auf seinen Arsch unter seinem Jackett erhaschte. Zwei bleiche, volle Kugeln, die sich einkerbten, als er das Gewicht verlagerte.

Er mußte gefunden haben, was er in dem geschnitzten

Kästchen auf dem Kamin suchte, denn der Deckel fiel, und er drehte sich zu meinem Versteck um. Anstatt sich wieder zu setzen, blieb er stehen und blickte ins Weite. Er schüttelte sein Jackett ab; da aber die Hemdsärmel noch zugeknöpft waren, fiel es ihm nur auf die Arme und schlang sich um seine Hüfte wie ein hellblaues Banner. Dadurch wirkte er noch verletzlicher, als wenn er splitternackt gewesen wäre. Der Anblick gefiel mir - ich bekam einen Riesenständer.

Während ich ihn noch bewunderte, hob er eine Hand zu seiner linken Brustwarze. Ich hörte ihn leise aufstöhnen und sah die Muskelmasse auf seiner Brust zucken. Dann fiel seine Hand herunter, und ich erblickte das kleine Gewicht, dessen Krokodilklammer in das weiche Fleisch schnitt. Es mußte schwer sein - es zog die saftige Titte ein gutes Stück über die Rundung des Muskels hinab.

Ich sah, wie er anfing, sich eine dünne Silberkette um den hellrosafarbenen, von krausen blonden Haaren gesprenkelten Sack zu winden. Als er fertig war, brachte er ein größeres Gewicht an, das er aus Hüfthöhe fallen ließ, was ihm ein Stöhnen lustvollen Schmerzes entlockte ... Danach stand der Mann reglos da und sah zu, wie sein Schwanz steif wurde und in Richtung Himmel stieg.

In solchen Momenten kann es etwas peinlich wirken, wenn man sich vorstellt. Schließlich kommen dann unvermeidlich unbequeme Fragen auf: Wer zu Teufel sind Sie? Wieso sind Sie hier? Sagen Sie mir einen guten Grund, nicht den Sicherheitsdienst zu rufen. Mit diesen Gedanken wartete ich, bis er begonnen hatte, an sich herumzuspielen, dann trat ich mit steifem Schwanz, der vor Begeisterung tröpfelte, vor.

»Wer-« setzte er mit schreckverzerrtem Gesicht an. Ich schüttelte den Kopf und küßte ihn, dann ging ich vor ihm auf die Knie und fing an, ihm den Schwanz zu lutschen und gleichzeitig seine gestreckten Eier an der Matte meiner Brust zu reiben.

Alle etwaigen Fragen verebbten zu einem unverständlichen Stöhnen, als ich den Kopf vor- und zurückbewegte und ihm alle Segnungen meiner Vier-Sterne-Zunge zuteil werden ließ.

Während ich mit der Zunge an der fetten Ader entlangfuhr, die sich an der Unterseite seines Pimmels entlangzog, war ich so frei, auch seine wohlgeformte Rückseite zu erkunden. Meine Hände arbeiteten sich über die Innenseiten seiner Schenkel vor, bis die Zeigefinger gegen sein feuchtes Loch stießen. Ein kurzes Fingerwackeln, ein leichter Druck, ein Spannen des Bizeps, und wumm - war ich drin. Er grunzte leidenschaftlich und hieß mich mit gespreizten Beinen im heißen, feuchten Hafen seines Hinterns willkommen.

Ich lutschte ihn noch eine Weile, aber es war klar, was der Mann wollte. Diesen Arsch hatte er nicht umsonst trainiert - das war sicher. Diese fleischigen Backen waren für meinen gierigen Schwanz genau richtig. Ich stellte mich hinter ihm auf, schob die Hände unter sein Hemd, zog seine Arme nach oben und hielt sie fest, so daß seine Fingerspitzen in Höhe meiner Brust waren. Er begriff schnell und fing an, meine Brustwarzen zu zwirbeln, während ich von seinem Loch Besitz ergriff.

Und es war ein schönes Loch. Weich wie Seide, hübsch locker am Eingang, worauf es sich um den Schaft verengte, daß ich den Eindruck hatte, mein Schwengel sei das Äußerste, was ein Mann aufnehmen könnte. Als ich bis zu den Eiern in ihm steckte, fing er an, mit den Hüften zu kreisen, was einen rhythmischen Druck bewirkte, so als steckte mein Dödel in einer Melkmaschine.

Ich fing an, ihm durch den leichten Fettansatz hindurch, unter dem ich auf ein erstaunlich hartes Muskelpaket stieß, den Bauch zu reiben. Unter einer dicken, weichen Schicht war er am ganzen Leib stahlhart. Man durfte ihn nicht unterschätzen - ein Detail, das ich für später abheftete. Vorerst war er Wachs in meinen Händen, seine ganze massige Figur auf den langen Speer konzentriert, mit dem ich ihm im Hinterteil stocherte. Ich stieß hin wie wild, wobei ich nach seiner Prostata zielte, die ich ziemlich regelmäßig traf.

Außerdem spielte ich mit zärtlicher Schonung, die einen krassen Gegensatz zu dem Gewicht und den scharfen Zähnen der Klammer bildete, an seinen Brustwarzen. Mehr als einmal brachte ich ihn an die Schwelle und ließ ihn dort mit bebender Brust und zuckendem Schwanz in der Schwebe. Er versuchte, gewaltsam mit den Händen an seinen Schwanz zu kommen, aber ich hatte nicht vor, loszulassen - nicht, wenn sich bei seiner Gegenwehr das Arschloch so schön anfühlte.

Schließlich kam ich an den Punkt, an dem ich nicht eine Sekunde länger warten wollte. Ich legte eine Hand um seinen Joystick und ließ ihn nach Herzenslust bocken. Mit der anderen massierte ich ihm die Eier zwischen Daumen und Zeigefinger, was die Kontraktionen seines Arschlochs verstärkte und mich schnell über die Spitze trieb. Ich vergrub das Gesicht in seinem Nacken und heulte auf, als meine Sahne durch den Schaft schoß und gegen die zuckenden Wände seines Hinterns klatschte. Sein Schwanz bog sich in meiner Hand, und sein heißes Sperma blubberte klebrig und warm zwischen meinen Fingern hindurch.

»Das war recht eindrucksvoll, Mr.-?« Er hielt inne, damit ich die Lücke ausfüllte.

»Diamond. Miles Diamond. Das Vergnügen war ganz meinerseits.«

»Nicht ganz«, erwiderte der Mann kichernd, als er sich abwandte, um sich wieder zu sammeln. »Ich nehme an, Sie sind nicht einfach hier aufgekreuzt, um mich zu ficken, würden Sie mir also bitte sagen, weshalb Sie hier sind?« Während er sich wieder anzog, verschwand der Gefühlsmensch, und der Geschäftsmann nahm seine Stelle ein.

»Ich suche einen Job, Mr ... Corliss.« Ich sah seinen Namen auf dem Messingschild auf seinem Tisch, und es klingelte etwas. Da er mich nicht korrigierte, fuhr ich fort. »Zunächst hatte ich ja an etwas Schlichteres gedacht, aber dann hörte ich, wie Sie und Ihre Kollegen ein anliegendes Problem besprachen, und ich glaube, Sie könnten meine Hilfe gebrauchen.«

»Es ist nicht klug, zu lauschen, Mr. Diamond«, sagte er kühl, wobei der linke Mundwinkel leicht zuckte. »Es gibt kein Problem, und wir benötigen Ihre Hilfe ganz gewiß nicht. Unsere kleine Begegnung war zwar eine nette Abwechslung an einem sonst ereignisarmen Tag, aber ich fürchte, Sie können ihre sexuellen Talente nicht so ohne weiteres zugunsten eines Jobs ins Feld führen.«

»Nun, vielleicht ist ja Mr. Grizzard an meinen Diensten interessiert.« Sein Gesicht versteinerte zu einer häßlichen Maske, und er ballte langsam die Fäuste. »Sie *kennen* doch Mr. Grizzard, oder?«

»Ich bin mir nicht sicher, von was oder wem Sie hier schwafeln, Diamond. Ich will nur, daß Sie verschwinden. Wenn Sie nicht sofort gehen, rufe ich den Wachdienst und lasse Sie rauswerfen.« Corliss erhob sich halb aus seinem Sessel, und mir fiel seine Kraft ein, die ich beim Ficken gespürt hatte. Es war vielleicht besser, ihn nicht zu sehr zu erzürnen. Für Faustkämpfe war ich momentan nicht in Stimmung.

»Ich gehe.« Ich hob beschwichtigend die Hände. »Ach, Mr. Corliss?« Er sah ungeduldig zu mir auf. »Sie sind ‘ne echt heiße Nummer.« Ich zwinkerte und streckte die Daumen in die Höhe, dann verließ ich das Zimmer. Ich hatte die Tür noch nicht geschlossen, als er den Hörer abnahm und zu wählen anfing. Überzeugt, schon genug zum Nachdenken zu haben, unterdrückte ich den Impuls, zu horchen.

Als ich wieder die Haupttreppe hinabstieg - so eine, die die Hälfte des Gebäudes einnimmt und nirgendwo hinführt - fiel mir hinter der Glaswand an der die Südseite ein großer Mann mit glänzenden, dunklen Haaren und einem gut geschnittenen grauen Anzug auf. Er schien mich anzusehen; als ich ihm jedoch zunickte, schaute er weg. Ich ging langsamer und prägte mir seine breiten Schultern, seinen kräftigen Hals, seinen kantigen Kiefer, und die Art ein, in der stramme Oberschenkel und massive Waden seine Hose ausfüllten. Alles in allem ein bemerkenswerter Bursche, dem ich gerne nachgestiegen wäre. Leider war er, als ich den Ausgang zur Second Avenue erreicht hatte, nicht mehr zu sehen.

Ich umrundete den *Hammering Man* und blieb am Bordstein stehen, um auf Grün zu warten. Um mich herum stand eine recht große Menschenmenge, so daß ich nicht einmal ahnte, wer mich gestoßen haben könnte. Ich weiß nur, daß ich in der einen Sekunde noch von dem Mann im grauen Anzug träumte, und in der nächsten genau vor den 73er Expreßbus fiel. Ich erinnere mich, die Arme ausgestreckt und sie wie Flügel geschwenkt zu haben, aber ich flog nicht - nicht annähernd. Der entsetzte Blick des Fahrers war mir deutlich im Bewußtsein, ebenso das Quietschen der Bremsen - und die absolute Gewißheit, daß er den Bus niemals rechtzeitig würde zum Stehen bringen können, um mich nicht wie ein Insekt zu zerquetschen.

DRITTES KAPITEL

Es schien ewig zu dauern, obwohl nur ein paar Sekunden vergangen sein konnten. Alle meine Sinne waren hellwach. Ich hatte Zeit, den Pickel auf dem Kinn des Fahrers auszumachen, den haarfeinen Riß im Glas der roten Ampel - sogar die auf dem Kühler klebenden Insekten. Hinter mir hörte ich ein lautes Luftschnappen, ein Schrei, der viel zu hoch war, um aus meiner Kehle zu kommen, wildes Hupen, der scharfe Gestank von Dieselabgasen, gemischt mit dem stets gegenwärtigen Salzgeruch vom Puget Sound. Ich spürte den Schweiß an der Seite hinabrinnen, das Kribbeln in den Eiern, als sie sich zusammenzogen, sogar mein Arschloch, das sich ein letztesmal verkrampfte. Es schien, als seien alle Systeme noch lebendig und intakt - was immer mir das auch nützen sollte.

Dann, so schnell mein Sturz begonnen hatte, wurde er wieder umgekehrt. Es war, als würde ein Video zurückgespult und man sähe, wie sich die zerbrochene Tasse wundersam wieder zusammensetzt, die Bombe zum Stillstand implodiert. Ich schwang nach oben, und mein Gesicht wich blitzschnell vor dem Bus zurück. Er streifte kaum meine Schulter, erwischte einen losen Faden meines Jacketts und schlitzte die

Naht auf. Mein Bogen setzte sich fort, und ich sah mich unter den Menschen am Bordstein und musterte ihre verblüfften Gesichter. Welche Kraft auch immer mich abgefangen, gestützt und von der Schwelle des Todes zurückgerissen hatte - ganz davon zu schweigen, daß sie verhindert hatte, daß ich vor allen Leuten auf die Fresse flog -, sie ließ von mir ab, und ich taumelte gegen zwei Geschäftsleute. Instinktiv schoben sie die Schultern vor, um mich aufzuhalten, und ich setzte mich schwer auf den Bürgersteig. Es gab ein paar weitere Reißgeräusche - meine Hose wahrscheinlich. Dann fing die Menge, die das Interesse verlor, als feststand, daß es kein Blut und keine Eingeweide zu genießen gab, an, sich zu zerstreuen.

Ich schaute mich nach meinem Retter um, niemand schien jedoch bekennen zu wollen, daß er mich den Klauen des Todes entrissen hatte. Im Gegenteil hatten mir alle den Rücken zugedreht, und obwohl ich ein paar Hinterteile und Beine unter Hosen verschiedener Farben und Stoffe zu sehen bekam, die ich nicht ungern kennengelernt hätte, kam niemand auf mich zu, um meinen Dank entgegenzunehmen oder auch nur um Telefonnummern auszutauschen. Was vermutlich gut so war - nach den bedauerlichen gestrigen Ereignissen hatte ich kein Telefon mehr.

Ich stand auf, richtete meine Krawatte und machte mich, froh, am Leben zu sein, auf den Weg zu Lenas Laden. Ich zermarterte mir das Gehirn, konnte mir aber um keinen Preis vorstellen, wer mich gerne unter den Rädern eines Fernbusses sehen wollte. Mann, ich schuldete niemandem Geld, ich hatte in letzter Zeit keinen übers Ohr gehauen - ich hatte nicht mal einen wichtigen Geburtstag vergessen, so weit ich mich erinnern konnte. Rudy war der einzige, den ich kannte, der sauer genug auf mich war, um mich umzubringen, aber der wäre nie so hinterhältig gewesen. Nicht Rudy. Der würde darauf bestehen, mich Auge in Auge mit bloßen Händen langsam zu erwürgen und dabei die Liste seiner Erbitterung gegen mich aufzusagen.

Nee, Rudy nicht, aber irgendjemand mußte es gewesen sein. Ich war gestoßen worden - dessen war ich sicher. Ich war nicht gestrauchelt oder gestolpert. Da war nichts gewesen - dann ein kurzer, harter Stoß gegen meinen Rücken und ein Fuß oder ein Schirm an meinen Knöcheln. Ich blickte auf meine Füße. Mein Verdacht bestätigte sich. Am rechten Hosenbein war ein schwarzer Streifen, knapp über dem Knöchel, vermutlich Schuhcreme. Kaum etwas, womit man zur Polizei gehen konnte - schließlich war Schuhcreme weithin im Gebrauch.

Ich grübelte immer noch, als ich ein scharfes Klopfen registrierte. Ich blickte auf und sah Rudy durch das Schaufenster von Lenas Kneipe. Er sah nicht glücklich aus. Meine Hand fuhr nervös zu dem Riß im Ärmel meines - nein, *unseres* - Jacketts, in der Hoffnung, man könne ihn nicht sehen. Man konnte. Ich stopfte mein Hemd in die Hose, als ich bemerkte, daß der Boden meiner Hose vom Bund bis zum Schritt zerrissen und mein nackter Arsch für jeden Beobachter sichtbar war, der zufällig hinschaute. Ich stöhnte innerlich auf, reckte die Schultern und ging seitwärts zur Tür, weil ich Rudy nicht den Rücken zuwenden wollte, solange es nicht unbedingt sein mußte.

»Hey, Jungs«, sagte ich beiläufig, wobei ich beide Hände hinten behielt, um meinen Hintern zu bedecken, während ich das Lokal durchquerte. Es hatte keinen Sinn, sie auch noch gegen mich einzunehmen. »Ihr glaubt nie, was mir gerade passiert ist.«

»Hat'n Hund dich in den Arsch gebissen?« fragte Jackson beim Blick auf meine Handhaltung.

»Nicht ganz.« Ich kicherte schwach. »Noch viel unglaublicher.«

»Miles.« Rudy hatte nur meinen Namen genannt, aber es klang wie ›Was zum Teufel ist mit dem Anzug passiert, du gottverdammtes Stück Hundescheiße?‹ Ich haßte ihn dafür. Es war schwer, ihm Kontra zu bieten, ohne daß es klang, als würde ich überreagieren.

»Rudy«, antwortete ich, ihm zunickend. Ich sagte auch nur seinen Namen, aber es kam ähnlich heraus wie: ›Ja, ich hab den Anzug ruiniert, und ich weiß, daß ich ein Stück Hundescheiße bin, aber ich kann nichts dran machen.‹ Ich haßte mich dafür. »Du bist sauer, stimmt's, Kumpel?«

»Ach, Miles, wie kommst du darauf?« Rudy erhob sich langsam zu seinen vollen einsneunzig und spannte seine breite Brust bedrohlich. Auf seiner Stirn begann eine dünne Ader zu pochen, ganz zu schweigen von der bedeutend dickeren Ader, die auf seinem Bizeps entstand, als er die Faust ballte.

»Ich kann's erklären«, setzte ich an, während ich mich neben Jackson setzte. Mit einem Mal war ich sehr müde.

»Ach, sag bloß«, zischte Rudy gereizt. »Laß mich raten. Du wurdest von einer Bande irrer Proktologen entführt, die auf einer kostenlosen Untersuchung bestanden, aber nicht warten konnten, bis du die Hosen unten hattest? Nein? Na dann wurdest du von Strahlenschutzbeamten angesprochen, die ein Stück Stoff wollten, um es auf Reststrahlung zu untersuchen? Oder vielleicht hat man dich ja gebeten, das diesjährige Playmate fürs Hämorrhoidenposter abzugeben.«

»Rudy!« unterbrach Jackson ihn, und er sank brütend auf seinen Stuhl. Ich war erleichtert - zuletzt hatte er etwas schrill geklungen. »Du weißt, daß Miles sowas nicht absichtlich macht. Es kann nichts dafür, daß er den Ärger anzieht wie ... wie-«

»Wie Scheiße die Fliegen?« ergänzte Rudy die Lücke.

»Rudy!« Ich fing an, mich echt exkremental zu fühlen. »Tut mir leid, aber eben hat jemand versucht, mich umzubringen.« Jacksons Augen wurden schmal, und sogar Rudy hielt eine Minute lang den Mund. Ich berichtete ihnen alles, wobei ich die sexuellen Stellen überging - Rudy regte sich über solches Zeug immer unnötig auf. »So, das war's, was mit dem Anzug passiert ist«, schloß ich. » Tut mir echt leid, aber fast wär er mit eurem Freund vermanscht im Plastiksack zurückgekommen.«

»Irgend 'ne Ahnung, wer dich gestoßen haben könnte, Miles?« Rudy schaute auf und zwinkerte. »Jackson wird übrigens bezeugen, daß ich die ganze Zeit hier war.« Er hatte sich wieder im Griff - momentan zumindest. »Du hast dir's doch im Museum mit keinem verdorben, oder?«

»Auf keinen Fall.« Ich schüttelte heftig den Kopf. »Genau genommen, war ich perfekt. Das heißt, ein perfekter Gentleman.« Genau genommen, war ich ziemlich gut gewesen. Ich hatte nur nicht das Bedürfnis, mich darüber auszulassen, wie gut ich tatsächlich gewesen war. Es hatte keinen Sinn Rudys Anfall guter Laune abzukürzen. »Allerdings bin ich dort auf etwas gestoßen, das uns alle interessieren könnte - geschäftlich, natürlich.«

»Natürlich«, schnaubte Rudy.

»Raus damit, Junge«, drängte Jackson, stemmte die Ellbogen auf den Tisch und beugte sich gespannt vor. »Wenn jemand eine Perspektive braucht, dann wir.«

»Das Museum hat Ärger«, verkündete ich, setzte mich zurück und studierte ihre Gesichter. »Schweren Ärger.« Offenbar überwältigt von meinen Neuigkeiten, starrten sie mich leer an. »Will sagen, dort sind alle Kuratoren, Archivare und Versicherungsagenten aus dem Häuschen und jammern über verlorenes Geld und Skandale und Kunstraub. Wißt ihr, was das heißt, Jungs?«

»Denk erst gar nicht dran, Miles«, stöhnte Rudy. »Nicht noch mal. Das halt ich nicht aus.«

»Rudy, hier geht's um langfristige Schwierigkeiten. Das heißt, jede Menge Kohle, so oder so. Wir haben 'ne Chance, da rein und wieder auf die Füße zu kommen.«

Rudy hob Schweigen gebietend die Hand. »Miles, begreif's doch. Wenn's da Ärger im Museum gibt, was ich bezweifle, dann holen die doch die besten Experten, die man für Geld kriegt. Das ist nicht nur 'ne billige Abstaubernummer.«

»Weiß ich doch, Rudy. Ich bin ja nicht blöd.« Rudy zog die Augenbrauen hoch, sagte aber nichts. »Sie wollen keine Publicity, und ich bin mir verdammt sicher, die Polizei auch nicht. Ich hab genau gehört, daß sie sagten, daß die Versicherung nicht zahlen kann, und daß es sehr schlimm wäre, wenn das an die Öffentlichkeit kommt.«

»Und dann war da noch Corliss, der Direktor. Der hat auch was zu verbergen. Der Mann hat 'n hinterhältigen Blick.« Nicht zu reden von ein paar recht speziellen Vorlieben, die ich jedoch ausließ, da sie meiner Sache nicht förderlich waren. »Ich denke, wir sollten in dem Museum mal 'n bißchen rumschnüffeln.«

»Miles, man geht nicht einfach in ein Museum und schnüffelt 'n bißchen rum. Da gibt's Wächter, ganz zu schweigen von hochmodernen Alarmanlagen.«

»Na, dann könntest du ja einfach zur Öffnungszeit reingehen und einen Blick auf die Sammlung werfen und mir sagen, was du denkst. Sag mir, ob du glaubst, daß es sinnvoll ist, ein Stück dort für Millionen zu versichern.« Rudy bekam große Augen. »Einfach aus Neugier.«

»Wem, sagst du, gehört die Sammlung?« Ich wußte, daß

Rudy gegen seinen Willen interessiert war. Es erwärmte mir das Herz, zu sehen, daß er sich aufrichtete und zuhörte.

»Der Mann heißt Gizzard.« Ich ließ mir das Wort auf der Zunge zergehen.

»Was?« Rudy schaute mich sonderbar an.

»Gizzard«, wiederholte ich. »Ich habe deutlich gehört, daß jemand im Zusammenhang mit der Sammlung Nicholas Gizzard nannte.«

»Grizzard!« brüllte Rudy beinahe. »Nicholas Grizzard, Jr., ein berühmter Sammler mittelamerikanischer Kunst. Seine Sammlung gilt als eine der besten des Landes, wenn nicht der Welt. Ich kann nicht glauben, daß er in irgendwas Anrüchiges verwickelt ist.«

»Ich weiß nur, was ich gehört habe«, erwiderte ich beleidigt. Ich wußte, das etwas nicht stimmte und mochte es nicht, wenn Rudy mich verbesserte, obwohl ich zugeben muß, daß ich nicht gerade Weltmeister bin, wenn's darum geht, Einzelheiten zu schildern. »Ich wette 'n Haufen Geld - wenn ich's hätte, wenigstens - daß dieser Gizzard-«

»Grizzard.«

»-Grizzard bis zum Hals in 'nen Versicherungsbetrug verwickelt ist.«

»Ach, komm schon, Miles.«

»Komm selber, Rudy. Du hast selbst gesagt, daß es im Museum ein unglaubliches Sicherheitssystem gibt. Von 'nem Einbruch war nie die Rede, und trotzdem versammeln sich die ganzen hohen Tiere hinter verschlossenen Türen und reden über bankrotte Versicherungen und verschwundene Kunstwerke. Glaub mir, Kumpel, da ist garantiert was im Busch.«

»Bist du sicher, daß dir der Bus nicht doch über den Kopf gefahren ist, Miles?«

»Jetzt mach mal halblang, Rudy«, warf Jackson ein. »Hör ihn doch mal an. Könnte doch was dran sein. Wenn er recht hat, kann da wirklich Geld für uns alle drinstecken. Wenn ich die Wahl hätte, würd ich das Ding lieber mal auschecken, als mir nach 'nem Bürojob die Hacken abzulaufen.«

»Büro?« Rudy schüttelte sich. »Okay, gleich morgen früh geh ich ins Museum und seh, was ich rausfinde.« Er lehnte sich zurück und trank seinen Kaffee aus. »Was starrst du mich so an, Miles?« Ich war aufgestanden und beäugte Rudys Hose.

Irgendwie hatte er es geschafft, sich eine Jeans zu besorgen. Sie war ausgebleicht, aber sie paßte ihm und schien intakt zu sein.

»Wo hast du diese Jeans her, Rudy?«

»Hä?« Sie schauten mich deutlich erschreckt an. »Oh, nein. Nein. Auf keinen Fall. Diamond, denk nicht mal dran.«

»Kumpel, ich muß mit diesem Gizzard reden.«

»*Grizzard*. Und nein, du kriegst meine Scheißhose nicht.«

»Rudy, ich brauche die Hose. Nur für ein paar Stunden. Das könnte wichtig sein. Ich muß an den Mann ran, bevor er verschwindet oder in den Untergrund geht.«

»Ich glaube nicht, daß das wahrscheinlich ist«, protestierte Rudy, der den Bund seiner Jeans mit stahlhartem Griff festhielt. »Ich denke, wir sollten warten, bis ich Gelegenheit hatte, morgen die Sammlung zu begutachten.«

»Wir sind Pleite, Kumpel. Wir haben kein Geld fürs Abendessen. Wir können es uns nicht leisten, zu warten.«

»Miles hat vielleicht recht«, wandte Jackson ein und legte beruhigend eine Hand auf Rudys Schulter. »Außerdem kann er ja nicht zwei Hosen an einem Tag ruinieren.«

»Was gewettet?« Rudy war eindeutig nicht überzeugt, stand aber auf. »Ich warne dich, Diamond. Wenn du-«

»Rudy!« Ich drückte meine Hand fest an seine Brust. »Jetzt laß den Scheiß, und rück die verdammte Hose raus.« Mehrere Köpfe im Restaurant hatten sich nach uns umgedreht, aber niemand sagte etwas. Rudy seufzte tief, folgte mir aber aufs Klo.

Die Jeans stand mir gut, wenn ich das sagen darf. Am Arsch füllte ich sie nicht so aus wie Rudy, aber es gelang mir, den Schritt und einen Teil des linken Beins mit einer beachtlichen Beule auszustopfen. Ich zog Jacksons T-Shirt und das, provisorisch mit einem diskreten Streifen Klebeband reparierte, Jackett an und gab darin eine recht präsentable, wenngleich etwas legere Erscheinung ab. Ich hoffte, das sportliche Ensemble würde ausreichen, wenn ich an Nicholas Grizzards Tür klingelte, um über seine Kunstsammlung zu sprechen. Je mehr ich allerdings darüber nachdachte, desto schlechter erschien mir die Idee - worauf ich an andere Dinge dachte, zum Beispiel, wie hungrig ich bald sein würde, wenn wir nicht bald ein paar Mäuse auftrieben.

Grizzard besaß ein Anwesen am Lake Washington. Die Zufahrt war eigentlich für die Öffentlichkeit nicht gesperrt, aber die Besitzer hatten offenbar nicht gespart, um sich die weniger Begüterten vom Leib zu halten. Beide Straßenseiten waren von hohen Zäunen, Steinmauern und großzügig verteiltem Stacheldraht samt Videokameras gesäumt. Ein weniger beharrlicher - oder weniger verzweifelter - Mann hätte den nächsten Bus zurück genommen. Aber nicht Miles Diamond.

Ich fing an, Geld zu wittern und hatte keine Lust, umzukehren. Außerdem hatte ich kein Geld für die Rückfahrkarte. Ich reckte die Schultern und stapfte nach Grizzards Adresse suchend die Straße entlang.

Der Mann hatte den höchsten Zaun, den bösartigsten Stacheldraht und, wie mir schien, die ausgefuchsteste Alarmanlage. Ich ging auf das Tor zu, löste den Alarm aus und bekam eine Abfuhr von einem recht mürrisch, aber nicht schlecht aussehenden Wachposten. Als ich zum zweitenmal darum bat, Grizzard sprechen zu dürfen, wurde er grob. Beim drittenmal drohte er, die Polizei zu rufen. Ich dankte ihm und entfernte mich, während ich mir bei jedem Schritt meine Chancen ausrechnete.

Nach nicht einmal dreißig Metern bot sich die Chance in Form einer zum Teil entwurzelten Tanne. Der Baum hatte sich in der Spitze einer Konifere auf der anderen Seite der Mauer verfangen und traf diese genügend hoch über dem Boden, um außerhalb der Reichweite der Videokameras zu sein. Ich schaute mich nach Verkehr um, sah keinen und erklomm den krummen Stamm.

Innerhalb von Sekunden war ich drinnen wieder auf der Erde. Ich verkroch mich ein paar Minuten lang im Unterholz und wartete auf Sirenen, Hundegebell und Scheinwerfer, aber meine unangekündigte Ankunft war unbemerkt geblieben. Ich robbte über das Gelände, bis die Lichter des Hauses in Sicht kamen. Über den Rasen huschend, umrundete ich die Rückseite des Hauses in Richtung Vordertür. Ich hatte mir einen vagen - sehr vagen - Plan zurechtgelegt, mich dem Besitzer vorzustellen und ihm zu versichern, ich könne seine verschwundene Figur finden, als ich einen bewaffneten Mann sah, der das Gebäude bewachte, und wie angewurzelt stehenblieb.

Da ich keine Lust hatte, mit dem Personal zu raufen, stahl ich mich in den Hausschatten. Leider kam der Wächter auf mein Versteck zu. Als er zwei Meter von mir entfernt war, hielt er an, kramte ein Päckchen Zigaretten hervor und steckte sich eine an. Ich zählte die Sekunden, bis er weiterging, als er sich zu meinem Schrecken hinsetzte, ein Transistorradio hervorholte und ein Footballspiel einstellte.

Also, ich hab ja nichts gegen Sport, aber mir fehlte die Zeit, die letzte Hälfte des Spiels Sonics gegen Blazers mitzuverfolgen. Zum Glück war da ein Kellerfenster, das man vergessen hatte, zu schließen. Ich öffnete es leise und schlüpfte unbemerkt ins Haus. Das Fenster hatte ich wegen der Hitze bemerkt, die an meinen Beinen aufstieg. Drinnen stellte ich fest, daß es sich um eine Sauna handelte. Ich riß die Tür auf und betrat eine gekachelte Dusche. Dahinter lag ein voll ausgestatteter Trainingsraum, komplett mit einem voll ausgestatteten Trainierenden.

Der fragliche junge Mann schien etwa achtzehn Jahre alt zu sein, in der ersten Blüte dessen, was eine prachtvolle Männlichkeit zu werden versprach. Er war blond und braungebrannt, er schwitzte vor Anstrengung, er war nur mit einer knappen schwarzen Sportshorts und einem roten Schweißband bekleidet - kurz, man bekam glatt einen Ständer. Ich war mir sicher, daß er nicht der bekannte Kunstsammler sein konnte, den ich suchte, hatte aber dennoch das Gefühl, es sei unhöflich, sich nicht vorzustellen.

»Wer zum Teufel sind Sie?« fragte er, ohne nur eine Sekunde von den Übungen abzulassen, die seinen Bizeps verführerisch wölbten. »Wenn Sie ein Freund von meinem Vater sind, sind Sie im falschen Stock aus dem Lift gestiegen.«

»Ein Freund bin ich streng genommen nicht, obwohl ich ihn gewissermaßen suche.« Fasziniert von der makellosen goldbraunen Haut seines leckeren Oberkörpers trat ich näher. Seine Poren - sofern er welche hatte - waren kunstvoll den Blicken entzogen.

»Sie sehen echt gut aus - für so'n alten Knacker.«

»Alten Knacker?« krächzte ich tödlich verletzt. »Ich muß

dir mitteilen, daß ich mich noch meiner Dreißiger erfreue.«

»Wie mein Vater«, antwortete die Giftspritze und schaute mich unverschämt an.

»Ach.«

»Ich wette, du bist verdammt scharf in der Kiste«, sagte er unverfroren, wobei er seine Übungen fortsetzte. Ich stand jetzt vor ihm und sah einen silbernen Tropfen Schweiß auf seiner saftigen Brustwarze zittern. Er schwankte, dann fiel er herunter und zerplatzte auf dem festen Fleisch seines nackten Schenkels. Ein leichter Stromschlag schoß mir aus den Eiern bis direkt in den Schädel.

»Hab ich schon gehört«, knurrte ich mit jetzt offen lüsternem Blick. »Ich heiße Miles.«

»Aaron.« Er blickte mich aus hellblauen Augen an. »Du starrst mich an, Miles. Ich spüre deine Augen auf mir. Das macht mich scharf.« Ich wußte das zu schätzen. »Wieso gibst du mir nicht auch Zeit, dich anzuschauen?«

Da mir kein guter Grund einfiel, seiner Bitte nicht zu entsprechen, zog ich mich nackt aus und stellte mich in Paradestellung vor ihn hin. Die leisen anerkennenden Laute, die er von sich gab, waren sehr ermutigend.

»Super«, sagte er schließlich. »Total super und 'n Riesengehänge.« Aaron setzte seine Hantel ab und erhob sich langsam, nahe genug, damit ich die Hitze spürte, die von ihm aufstieg. Er steckte die Daumen in den Bund seiner Shorts und zwängte sie herunter, ganz langsam über die muskulösen Beine, bis er, die Hände in Höhe seiner Knöchel, vornübergebeugt war. Anstatt sich wieder aufzurichten, hob er nur leicht den Kopf und fing an, am Arbeitsende meines Dödels zu knabbern. Ich stöhnte vor Lust, und die Haare auf meiner Brust knisterten.

Es fiel mir schnell auf, daß Aaron auf Vorhaut stand. Die

meine bearbeitete er, indem er sie von der klebrigen Eichel wegzog und auf ihr kaute, bis ich vor Schmerz die Faust ballte. Bei einem Burschen wie Aaron kann man allerdings schon ein bißchen Schmerz aushalten, bevor man stop ruft; ich stieß also nur meine Hüfte nach vorn, damit er nicht so fest ziehen mußte.

Während er sich an meinem Überhang gütlich tat, machte ich mich mit jeder Rundung seiner perfekt geformten Backen vertraut. Sie waren fest und glatt und entlang der Mitte von einer tiefen Spalte geteilt, die an einem heißen, feuchten Punkt endete, der zitterte und bebte, als ich mit einem Finger drüberrieb. Ich machte eine kurze Probebohrung, bevor ich zu seinen Eiern überging, und Aaron ruckte nach vorn und schluckte mich voll bis zu den kurzen Haaren. Ich war an eine derart tiefe Kehle bei einem so jungen Mann nicht gewöhnt, und der Effekt war elektrisierend.

Einmal über mir, blieb er, wo er war und spannte die Kehle an, während seine Zunge einen kleinen Tanz auf der Unterseite meines Schwengels vollführte. Hin und wieder züngelte sie über die Lippen hinaus und traf meinen Sack, was den Gefühlen, die mich durchfuhren, eine ganz neue Qualität verlieh.

Während er so bei der Sache war, ragte vor mir sein geiler, kleiner Arsch auf, in dessen verschwitzten Fleischkugeln tiefe Dellen erschienen. Ich steckte den rechten Mittelfinger in den Mund, bis er schön feucht war, dann zog ich eine Linie über Aarons Wirbelsäule hinweg in das dampfende Tal zwischen seinen Backen und machte schließlich an der vollen Rosette seines Hintereingangs halt. Ich bohrte, und das erste Fingerglied verschwand in der Hitze. Er verkrampfte sich an beiden Enden und quetschte Schwanz und Finger fest ein.

Ich krümmte den Finger und pumpte mit der Hüfte, was

den blonden Jungen dazu brachte, sich an beiden Enden ein wenig zu lockern. Sein Arsch war wie ein kleiner Ärmel aus Seide, der meinen Finger umschmeichelte, als ich ihn in seine weichen Innereien bohrte. Ich steckte zwei Finger hinein und stieß bis zum Anschlag vor. Meine Finger trafen auf einen walnußgroßen Knoten, den ich sanft massierte, und ich genoß die Gefühle, als der Blonde anfing, zu zucken und zu rucken. Ich knetete seinen G-Punkt, bis er praktisch vor mir tanzte und seine langen Zehen sich in den dicken Teppich krallten. Dann nahm ich sein markantes Kinn, zog ihn über meine behaarte Brust nach oben und rammte ihm meine Zunge in den Mund.

»Ich will, daß du auf meinen fetten Schwanz steigst«, knurrte ich, wobei ich die Finger krümmte, die immer noch warm in seinem zuckenden Hintern steckten. Aarons Augen waren vor Lust verschleiert, und über Kinn und Hals rannen ihm glitzernde Fäden von Schwanzschleim. Ich leckte ihm die Lippen ab und genoß den Salzgeschmack meiner eigenen Säfte, dann versenkte ich den Kopf und meine Zähne in einer seiner großen, lustgeblähten Titten.

»Aaah!« heulte er auf. Seine Brust zuckte und preßte sich fest gegen meine Lippen. Als ich spürte, daß sein Schwanz gegen meinen Schenkel federte, biß ich noch fester zu, beugte den Arm, trieb meine Finger noch tiefer und hob den jungen Mann an, bis er keinen Boden mehr unter den Füßen hatte. Er riß die Augen auf, und sein Mund bildete in lustvollem Staunen ein vollkommen rundes kleines O. Ich hob ihn noch weiter und zog ihn über meinen strammen, pelzigen Leib, bis wir uns in die Augen blickten.

»Fick mich!« stöhnte er, während er mir die Arme um den Hals und die Beine um die Hüfte schlang. Ich war so steif, daß es schmerzte, und mein praller Schwanz reckte sich hoch in die Luft und preßte seinen geäderten Rücken fest gegen seine heiße Spalte. Ich drückte die Eichel an die zuckende Öffnung, zog die Finger heraus und ersetzte sie durch meinen Bolzen.

Sobald ich eingedrungen war, wurde Aaron in meinen Armen schlaff, und sein Kopf fiel auf seine Schulter, während er Stück um Stück auf mir heruntersank. Ich faßte ihm an den Arsch, knetete das Fleisch und bewegte ihn so dazu, alles aufzunehmen, was ich hatte. Sobald mein Busch an seiner Spalte kitzelte, lebte er zu neuer Action auf. Sein Griff verstärkte sich, er zwinkerte mir lüstern zu und fing an, meinen Schwanz mit aller Kraft zu reiten.

»Oh, ist der groß. Tut das gut. Komm, steck ihn mir rein. Fick mich, Mann, Fick mich!« Aaron wußte, was er wollte und war nicht zu schüchtern, um es einzufordern. Ich ließ ihn noch eine paar Minuten hoppeln und genoß die Reibung seines Pimmels an meinem Bauch, dann fiel ich auf die Knie, rollte ihn auf die Schultern und besorgte es ihm mit schnellen, harten Stößen meines zuckenden Hammers.

Meine haarigen Eier, die ihm an die Wirbelsäule klatschten, stiegen allmählich zu beiden Seiten meines Schafts nach oben. Da Aaron einen wilden Blick bekam und seine Nüstern sich blähten wie die eines bockenden Hengstes, dachte ich mir, die Führung eine Weile ihm zu überlassen. Ich schob die Hand hinter ihn und legte mich zurück, bis er oben saß und ich flach auf dem Boden lag. Die Hände auf meine Brust gestützt, kauerte er sich über mich und fing an, mein Teil Stück für Stück zu bearbeiten.

Er fing mit der Eichel an, indem er aufstand, bis alles außer der Spitze im Freien war, dann seinen Schließmuskel spannte und mich geschickt beknabberte, bis mir auf der Stirn der Schweiß ausbrach. Dann ging er abwärts, wobei die Muskeln in seinen schlanken Schenkeln anschwollen, während er sich langsam und sinnlich Stück für Stück aufspießte. Schließlich rieb er den Arsch an meinem Bauch und hielt mich fest am Boden, während er mit meinem Schwanz in seinen tiefsten Tiefen bohrte.

Ich ertrug es, solange ich konnte, dann packte ich ihn und warf mich wieder auf ihn. Ich spreizte ihm die Beine und fiel, das Gesicht an seinen Hals gepreßt, über ihn her. Ich hatte seinen Pimmel fest zwischen unsere Bäuche geklemmt und rammelte ihn ohne Beherrschung. Sein Stöhnen verstärkte sich zu einem langen, leidenschaftlichen Heulen, während ich den höchsten Gang einlegte und in die Zielgerade einbog.

Meine Eier fingen an zu kribbeln, so daß ich jedes einzelne Sackhaar spürte, deren jedes mir höchst erfreuliche Botschaften ins Gehirn übermittelte. Meine Eichel war angeschwollen, steinhart, und hämmerte gegen seine ebenso harte Prostata, als wir uns auf dem Boden des großen Raumes krümmten und wanden. Aarons Fingernägel bohrten sich in meine Schultern. Ich spürte, wie sein ganzer Leib unter mir zuckte, als mir seine heiße Sahne quer über den behaarten Bauch spritzte.

Nachdem er abgespritzt hatte, wurde er völlig schlaff. Nur die Zuckungen seines überhitzten, kleinen Arschlochs an meinem stochernden Schaft zeigten mir, daß er noch dabei war. Dann fing er an, meinen Hals abzulecken, und das war's. Den Schwanz bis zum Anschlag in ihm versenkt, erstarrte ich und schoß meine Ladung tief in ihn hinein. Stundenlang, wie es schien, pumpte ich weiter mein Sperma aus allen Rohren, bevor ich zitternd ein Ende machte. Dann brach ich keuchend, schwitzend und sehr glücklich über Aaron zusammen.

Ich fing gerade an, die Nachwirkung zu genießen - jene hübschen, kleinen Schockwellen der Lust, die entstehen, wenn der Kerl, den man gerade in den Wahnsinn gefickt hat, den Bauch einzieht oder das Arschloch anspannt - als ich sich nähernde Stimmen hörte.

»Jesses!« schluckte Aaron, der sich unter mir wand, um von meinem Schwanz runterzukommen. Ich fühlte mich unbeschreiblich, aber die Stimmen lenkten mich ab. »Laß mich hoch. Da kommt mein Alter.«

»Was zum-« setzte ich an, brach aber ab. Gerade als ich aufstand, wurde die Tür aufgerissen. Das Echo meines Pimmels, der aus dem engen Arsch des Blonden ploppte, hing noch im Raum, als sich meine Blicke mit denen von Mr. Nicholas Grizzard kreuzten. Sein Arm lag um die Schultern eines gutaussehenden jungen Rothaarigen, und er hatte ein paar seiner Kumpane im Gefolge.

Sofort kam mir der Gedanke, dies wäre vielleicht nicht unbedingt der geeignetste Moment, um ein Gespräch über mittelamerikanische Antiquitäten zu eröffnen. Die fehlende Hose schien meine Seriosität als Detektiv doch ein wenig zu beeinträchtigen. Ich weiß nicht wieso, aber ich habe die Erfahrung gemacht, daß einen so etwas im allgemeinen ins Hintertreffen bringt. Um erfolgreich zu sein, würde ich meine Fähigkeiten etwas aufwerten müssen.

»Rrarghhhhh!!« Ich bin mir nicht ganz sicher, ob Grizzard sich genau so ausdrückte, aber es kommt der Sache nahe. Für einen Mann seiner Statur bewegte er sich verblüffend schnell, und ich bin mir sicher, er hätte mich gepackt, wäre Aaron nicht gewesen. Der sprang auf, warf sich seinem Vater entgegen und brach hysterisch in Tränen aus.

»Oh, Daddy!« heulte er. »Es war so schrecklich. Der böse Mann da hat mich zu fürchterlichen Sachen gezwungen. Halt mich fest, Daddy. Ich hab so Angst.« Grizzard senior hielt inne, um seinen Erben zu trösten, was mir den Sekundenbruchteil zur Flucht verschaffte. Ich warf einen letzten Blick auf Aaron - er leckte sich die Lippen und zwinkerte mir über die väterliche Schulter zu - dann packte ich meine Sachen und entkam durch die Saunatür. Zum Glück hatte sie innen ein Schloß - eines, das die Gorillas, die mir nachsetzten, zwei Sekunden lang aufhalten würde.

Zwei Sekunden reichten mir, um auf die Bank zu steigen und mich durch das Fenster in die Büsche zu schlagen. Zum Glück hatte der Raucher seinen Posten verlassen. Der Weg war frei. Ich stürmte über den Rasen, durch die bewaldete Umfriedung und war über der Steinmauer, bevor auch nur die Scheinwerfer aufflammten. Unter einem Gebüsch am Straßenrand verkroch ich mich und zog meine Klamotten an. Zum Glück hatte ich die Jeans, die Schuhe und eine Socke. Leider fehlten T-Shirt, Jackett und Gürtel. Zum Glück hatten sie keine verräterischen Hinweise wie Wäschezettel oder Brieftaschen enthalten. Leider würde Rudy bemerken, daß ein weiterer Teil unserer gemeinsamen Garderobe fehlte. Zum Glück …

Plötzlich bemerkte ich das Auto, das fast direkt mir gegenüber parkte. Ich blinzelte, und im Dämmerlicht zeichneten sich die Züge eines Mannes ab. Es war der gleiche Mann, den ich schon im Museum gesehen hatte, der hübsche Bursche in Grau. Ich war mir sicher, so sicher, daß ich aus dem Gebüsch sprang und kühn über die Straße auf ihn zuging.

Ich kam nie an. Im Augenwinkel sah ich den leuchtenden Umriß, konnte aber nicht mehr reagieren. Eine Sekunde lang hatte ich den Eindruck, der Mann in Grau würde mir direkt in die Augen schauen. Dann spürte ich einen scharfen Schmerz in der Seite, während ich durch die nächtliche Luft flog. Mir war deutlich, als würde ich mit weit ausgebreiteten Armen und Beinen Räder schlagen. Dann prallte ich auf, und inmitten eines Feuerwerks erschienen die Sterne. Und dann war es aus.

VIERTES KAPITEL

Ich hatte die wildesten Träume. Ich war in Baumwollstreifen gepackt - ganz bleich und zerknittert und feuchtkalt - und der hübsche Mann in Grau beugte sich über mich. Es war ganz komisch, denn er schwebte über dem Boden und bewegte die Lippen, ohne etwas zu sagen. Dann stieß er mich an. Dann schwebten wir zusammen durch die Luft.

Dann war da ein schnurrendes Geräusch, und es wurde angenehm warm. Ich streckte die Hand aus. Meine Finger bogen sich um eine massive Beule, die immer größer wurde, bis sie nicht mehr in meine Hand paßte. Oh, Mann, sie hatte sich so gut an meiner Haut angefühlt, so warm und fest und tröstlich. Den Bauch voller Schmetterlinge, fuhr ich mit den Fingern daran herunter, als ich merkte, wie groß sie war. Ich erinnerte mich, mich nach ihr umgesehen zu haben, sie aber nicht hatte sehen können. Dann war alles wieder verschwommen.

Mein Körper schreckte hoch, und meine Augen klappten auf, aber es war noch dunkel. Ich wurde mir der Schmerzen in Seite und Rücken und eines Lakens auf meinem Körper bewußt. Ich blinzelte ins Dunkel, aber keine Spur von dem

Mann in Grau. Dann streckte ich die Hand unter den steifen Laken hervor, in der Hoffnung, wieder die große, warme, tröstende Beule zu finden. Meine Hand traf auf etwas und schloß sich fest um ein Paar dicker, fester Eier. Ich drückte zu und forschte weiter nach dem Schaft des Pimmels. Ich fand einen, der im Verhältnis den Eiern entsprach, und fing an, rhythmisch zu ziehen. Mein Traum wirkte so real, und ich wollte, daß das so blieb, um das Gefühl lebendig zu erhalten. Ich beugte den Arm, um die fetten Klöten näher heranzuziehen, vielleicht nahe genug, um das Gesicht darin zu vergraben und eine Nase vom würzigen Duft meines geheimnisvollen Mannes zu ergattern. Vielleicht, wenn ich Glück hatte, nahe genug, um seine Manneskraft an meiner Wange zu spüren.

»Miles«. Er wußte meinen Namen, den er mir aus weiter Ferne zurief, um mich anzufeuern.

«Ja«, stöhnte ich leidenschaftlich und verstärkte meinen Griff. Ich spürte, wie der mächtige Schaft, von den lustvollen Schmerzstößen angeregt, an meinem Handgelenk rieb.

»Miles! Herrgott!« Es klang jetzt drängender, und ich fühlte, wie die kräftige Hand des Mannes an meinem Handgelenk ebenfalls den Druck verstärkte. Ich hob den Kopf, öffnete den Mund und streckte die Zunge heraus, während ich ihn immer näher zog, indem ich unnachgiebig an den Eiern zerrte. Seine Schwanzspitze streifte meine Wange, und ich schoß nach vorn, schluckte den großen, heißen Knoten und schleckte gierig an dem dicken, geäderten Schaft.

»Hör sofort auf, verdammt!« Meine Augen klappten auf, als eine riesige Hand meine eigenen intimen Teile packte und sie eindeutig lieblos quetschte. Der Raum war nicht mehr völlig dunkel - über meinem Kopf flackerte ein dünner Strahl, der einen massiven Unterarm mit dichtem, wie Kupfer glänzendem Fell beleuchtete. Mein Blick wanderte über die Rundungen eines riesigen Bizeps, eine breite Brust mit noch mehr braunrotem Fell und über den Hals zu einem sehr hübschen, sehr vertrauten Gesicht.

»Rudy?«

»Laß meine verdammten Eier los, Miles. Wenn nicht, zerquetsch ich dir deine wie Weintrauben.«

»Rudy!« Ich lockerte den Griff, zögerte aber, loszulassen. Rudy hatte so schön große Eier in einem so großen, schlaffen Sack. Ich weiß, man sollte einem Geschäftspartner gegenüber anders empfinden, aber ich konnte nichts dagegen tun.

»Laß los, Miles!« Rudys Griff wurde sehr schmerzhaft. Ich gab die verlockenden Kugeln frei. Ein Blick nach unten zeigte mir zu meiner stillen Freude, daß sein Schwanz pfeilgerade von seinem Körper abstand, und ich schmeichelte mir, daß er vielleicht doch ein bißchen von seinem alten Kumpel angetan war.

»Du bist wirklich ein perverses Schwein, Diamond«, knurrte er, während er das flackernde Licht - einen Kerzenstumpf, wie sich herausstellte - näher an meinem Kopf abstellte. »Ich sitze die halbe Nacht neben dir und mache mir Sorgen, ob du stirbst, und du dankst es mir, indem du versuchst, mir einen zu blasen. Was würde Jackson wohl denken, wenn er das sähe?«

»Jackson ist kein eifersüchtiger Typ, wie du weißt, Rudy. Außerdem haben wir das schon früher gemacht.«

»Das war eindeutig unter Zwang. Und es hat mir kein bißchen gefallen.«

»Du kannst vielleicht lügen, Rudy.« Ich zwinkerte ihm zu und setzte mich auf. Mein Laken, das sich als alte Zeitung entpuppte, flatterte zu Boden, so daß ich nackt mitten in meinem alten Büro saß. »Wie bin ich hergekommen? Ich hatte bei Grizzard ein paar Nachforschungen angestellt. Dann weiß ich nichts mehr.«

»Da kann ich nicht viel helfen, fürchte ich«, seufzte Rudy und setzte sich mit nacktem Arsch neben mich auf den Boden. »Jackson und ich gingen, als Lena zumachte. Als wir hierher kamen, lagst du halbnackt und eiskalt auf der Schwelle. In der Nähe war kein Mensch, der dich hergebracht haben konnte, und keiner von denen, die im Eingang neben dir pennten, konnte sich an deine Ankunft erinnern. Wir untersuchten dich und beschlossen, dich raufzutragen. Da Jackson sagte, du hättest dir nichts gebrochen, und deine Pupillen auf Licht reagierten, dachte ich mir, du hättest keine schweren Verletzungen. Außerdem hatten wir kein Geld, um den Notarzt anzurufen.« Rudy seufzte schwermütig.

»Ich fühl mich scheiße«, murmelte ich, und heulte auf, als ich tief Atem holte. Es war, als hätte man mir einen Hammer gegen die Rippen geschlagen.

»Und allzu gut aussehen tust du auch nicht«, verkündete Rudy eindeutig zu befriedigt, um mich glücklicher zu machen. »Aber mach dir keine Sorgen. Du bist nur ein bißchen angeschlagen.« Er wandte sich mir zu, und ich spürte, wie sein Blick sich in meinen Kopf einbrannte. Ich schaute lieber nicht hin. »Was ist mit den Klamotten passiert?«

»Äh ... ich weiß nicht. Vielleicht bin ich ausgeraubt worden, nachdem man mich niedergeschlagen hat.« Ich erinnerte mich vage daran, daß ich nach der Begegnung mit Grizzards sexy Sprößling kleidungsmäßig etwas klamm gewesen war, hielt das aber für kein ideales Thema, um es Rudy gegenüber anzuschneiden - zumindest solange wir alleine waren.

»Vergiß es. Ich weiß, was los war.«

»Aber Rudy, was meinst du nur damit?« Ich bemühte mich

um einen Ton verletzter Unschuld. Es gelang mir nicht annähernd.

»Miles«, knurrte Rudy und zupfte so fest an einem Büschel meines Bauchfells, daß es mir die Tränen in die Augen trieb. »Ich hab dich untersucht, als wir dich fanden. Du warst mit getrocknetem Sperma überzogen. Da eine einsame Wichsnummer höchst unwahrscheinlich erscheint - wenn man dich kennt - nehme ich an, du hast es mit jemandem getrieben. Typisch Diamond, bei jedem Fick verlierst du die Klamotten. Ich weiß, das klingt vielleicht gemein, aber es stimmt. Ich wüßte nur gerne, wo ich nachschauen müßte, wenn ich mich auf die Suche nach den einzigen Kleidern machen würde, die wir hatten.«

»Nun, ich glaube, die sind in der Obhut von Mr. Nicholas Grizzard.«

»Du hast Grizzard gebumst?« Rudy wirkte schockiert.

»Nicht ganz. Ich hab ein Mitglied der Familie gebumst.« Rudys Augenbrauen schossen nach oben. »Seinen Sohn, genau gesagt.«

»Du hast ein unschuldiges Kind gefickt?« Jetzt wirkte Rudy wirklich schockiert.

»Wohl kaum. Er war erwachsen und alles andere als unschuldig. Tatsächlich hat er mich verführt.« Rudy schaute mich zweifelnd an. »Egal, meine Nachforschungen wurden unterbrochen, als unvermutet Grizzard senior auftauchte. Tut mir leid, Rudy, da war nichts zu machen.«

»Kein Zweifel, Miles.« Rudy stand auf und streckte sich, wobei er die gefalteten Hände über den Kopf hob, so daß die feuchten Ringel in seinen Achselhöhlen zu sehen waren. Ich war versucht, ihn abzulecken, begnügte mich aber damit, den strengen Duft einzusaugen. »Also, wenn das Museum öffnet, gehe ich als allererstes hin. Dann in die Bibliothek, falls ich dort noch was nachschauen muß.« Er schlug die breiten Arme vor die nackte Brust und schaute mich durchdringend an. »Ich weiß nicht wieso, aber ich muß zugeben, daß ich durch das, was du glaubst gehört zu haben, als du gestern Gott-weiß-was im Museum gemacht hast, neugierig wurde.«

»Hey, Rudy, seit ich gestern hier rausgegangen bin, versucht man, mich umzubringen.« Ich nickte bedeutungsschwer.

»Dafür sind etliche Motive denkbar, Diamond. Ehrlich gesagt, hab ich selbst ‘ne ganze Liste.«

»Sehr witzig.«

Rudy legte mir schwer den Arm über die Schulter und kniff mir schmerzhaft in den Bizeps. »Außerdem, wenn sich die Lage nicht bald bessert, verhungern wir ohnehin noch diese Woche.«

»Danke, Rudy«, murmelte ich und machte mich frei. »Du weißt, wie leid mir tut, was in letzter Zeit passiert ist. Irgendwie entgleiten mir die Dinge.«

»Ja. Irgendwie. Reden wir nicht drüber, Miles. Sonst krieg ich das Bedürfnis, dir die Finger um den Hals zu legen und schön langsam und fest zuzudrücken.«

»Oh, verstehe.« Ich ließ das Gespräch versiegen. Es schien zu nichts zu führen. »Wo ist Jackson?« Ich hatte nichts von ihm gesehen, seit ich mit der Hand zwischen Rudys Beinen zu mir gekommen war.

»Hier drüben, Miles«, brummelte er schläfrig irgendwo links von mir. »Komm wieder ins Bett«, rief er Rudy zu. Rudy rutschte vom Tisch und kuschelte sich neben seinen Freund. Ich hörte, wie sie einschliefen und legte mich auf den harten Boden zurück.

»Mir ist kalt«, jammerte ich kurz darauf, nachdem meine Bemühungen, mich mit der Zeitung zuzudecken, gescheitert waren.

»Komm schon her, Kumpel«, murmelte Jackson. Ich setzte mich auf und kroch zu ihnen. Ich kuschelte mich an Jacksons massiven Körper und war eingeschlafen, kaum daß ich die Wange an seinen dicken Arm geschmiegt hatte.

Man sagt, daß die Dinge bei Tageslicht gleich viel besser aussehen, aber ich glaube, man - wer immer das sein mag -, übertreibt da. Wir erwachten mit der Aussicht auf einen düsteren, grauen Himmel, aus dem der Regen gegen das verdreckte Fenster prasselte. Ich versuchte, es zu ignorieren, indem ich die Augen schloß und wieder einschlief, aber Rudy und Jackson standen auf, und es sprach nur wenig für einen einsamen Schlummer auf den schmutzigen Fliesen.

Mit ächzenden Gelenken und bei jedem Atemzug stechenden Rippen rappelte ich mich auf. Ich begutachtete die grün-roten Streifen, die meine linke Seite von der Achsel bis zur Hüfte zierten. In allen grellen Details kamen mir die Ereignisse der letzten Nacht zu Bewußtsein. »Auto«, verkündete ich.

»Wie bitte?« Rudy schaute mich fragend an.

»Ich wurde von einem Auto angefahren«, erläuterte ich. »Ich ging gerade über die Straße, um mit dem Mann in Grau zu reden, als aus dem Nichts ein Auto auf mich zugerast kam - ohne Licht, wie ich hinzufügen möchte - und versuchte, mich zu überfahren.«

»Was für ein Mann in Grau?« fragte Jackson. »Hat er versucht, dich zu überfahren?«

»Nein. Ehrlich gesagt, bin ich überzeugt, daß er es war, der mich ständig rettet, seit ich davon Wind bekommen habe, daß im Museum etwas abgeht.« Ich schilderte die Begegnungen mit ihm.

»Du glaubst also, er verfolgt dich?«

»Ich glaube nicht. Ich fang an, zu glauben, er verfolgt die gleichen Spuren wie ich.«

»Aber aus sichererer Entfernung«, frotzelte Rudy.

»Viel sicherer«, gab ich reumütig zu. »Trotzdem, wer es auch ist, ich bin froh, daß er auf meiner Seite ist.«

»Nimmst du an«, erwiderte Rudy, stets der Skeptiker.

»Ich nehme an, er versucht, mich am Leben zu erhalten. Angesichts dessen, was er bisher getan hat, erscheint mir das sicher.«

»Vielleicht solltest du Kontakt zu ihm aufnehmen.«

»Jackson, jedesmal, wenn ich das versuche, werde ich fast gekillt.«

»Das solltest du dir vielleicht zu Herzen nehmen«, bemerkte Rudy düster. »Sollten wir vielleicht alle.«

»Hör auf, Rudy«, widersprach ich. »Ich weiß, daß wir an was dran sind. Ich spür's genau da.« Versehentlich schlug ich mit der Hand auf meine lädierten Rippen und stöhnte laut auf.

»Zweifellos, Miles. Ich bin sicher, hier spürst du's auch.« Rudy griff sich zwischen die Beine. Er bekam ein Ei zu fassen, während das andere seinen Fingern entglitt und verführerisch gegen seinen muskulösen Schenkel klatschte.

»Schluß jetzt, Jungs!« Jackson schüttelte den Kopf. »Ich weiß nicht, wie's euch geht, aber ich hab Hunger. Ich bin sogar süchtig nach Essen. Sowas wird man nur schwer los, und ich hab keine Lust auf Entzugserscheinungen. Ziehen wir uns an, und versuchen wir, 'n bißchen Kohle aufzutreiben.« Wir teilten unsere spärliche Garderobe unter uns auf und schafften es - mühsam - einigermaßen anständig auszusehen. Rudy ging zum Museum, Jackson machte sich auf die Suche nach einstigen Partnern, die ihm vielleicht einen Übergangsjob beschaffen konnten, und ich wanderte ziellos in den trüben Morgen hinaus.

Ich bildete mir nicht ein, beim Museumsleiter zu einer Wiederholungsnummer willkommen geheißen zu werden, ungeachtet der am Vortag erbrachten Leistungen. Wenn Corliss und Grizzard, wie ich vermutete, unter einer Decke steckten, hatten sie sich wahrscheinlich über meinen unerbetenen Besuch bei Grizzard verständigt. Auch ohne das wirkte Corliss nicht wie jemand, dessen Einstellung sich durch einen weiteren Fick bessern würde. Außerdem hatte ich den Verdacht, daß es ihn, mochte er es auch nicht selbst arrangiert haben, nicht besonders bekümmert hätte, wenn ich unter dem Bus gelandet wäre, der beinahe meinen endgültigen Abgang bewirkt hatte. Zur Bibliothek zu gehen, um Rudy zu helfen, erschien sinnlos, wenn man bedachte, daß ich manchmal Mühe habe, einen Namen im Telefonbuch zu finden. Einen Job zu suchen, erschien genau so sinnlos. Ich trug wieder die kurzen Hosen, in die sechs Mann paßten, und ein zerrissenes T-Shirt. Kein Ensemble, um eventuelle Arbeitgeber zu begeistern. Dennoch mußte ich etwas unternehmen.

Man stelle sich meine Verblüffung und mein Entzücken vor, als ich nach ein paar Blocks in einem Schaufenster am Pioneer Square auf das folgende Schild stieß: MÄNNLICHE FREIWILLIGE FÜR GANZKÖRPERMASSAGE GESUCHT. HONORAR BAR AUF DIE HAND. AUSKUNFT IM LADEN. Das schien zu schön, um wahr zu sein. Ich schaute mir die Ladenfront an - ein paar gerahmte Bilder mit hübschen jungen Männern und ein geschmackvoll gestaltetes Schild, das aller Welt verkündete: THE TALBOT AGENCY.

Der junge Mann am Empfang beäugte etwas fragend meine Aufmachung, schien jedoch mehr an meinem Bizeps und den Bauchmuskeln, die sich durch die Risse des T-Shirts abzeichneten, interessiert zu sein, als an meiner unorthodoxen Garderobe. Egal, er drückte einen Knopf, und die Tür hinter ihm öffnete sich nach innen. Ich trat ein, und innerhalb von zwanzig Minuten hatte ich geduscht, mich rasiert und die Haare gewaschen und lag nackt auf einem Massagetisch in einer köstlich warmen Kabine, die angenehm nach Eukalyptusöl duftete.

Ich war schon auf dem Weg ins Land der Träume, als die Tür aufging und zwei Personen eintraten. Schläfrig öffnete ich die Augen, wurde bei dem Anblick, der sich mir bot, jedoch hellwach. Der vordere Mann war etwa in meinem Alter - Mitte dreißig - und hatte offenbar einen großen Teil seines Lebens damit zugebracht, seinen Körper in die derzeitige Spitzenform zu trimmen. Er war nicht übertrieben muskulös, hatte aber eine Figur wie für eine Anatomie-Schautafel: kantige Brust, Schultern, breit wie Schwingen, Bauchmuskeln, an denen man sich schneiden konnte, und Beine, an denen sich jeder einzelne Muskel deutlich abzeichnete. Er war nicht besonders hübsch, aber seine hochmütige Selbstsicherheit - ganz zu schweigen von der obszön dicken Beule in seiner Sporthose - ließen diesen kleinen Makel fast sofort vergessen.

Sein Begleiter hatte das Gesicht eines Engels - und den Körper eines erwachsenen Mannes. Er war vermutlich keinen Tag älter als achtzehn, aber er war über einsachtzig groß und mußte etwa zwei Zentner wiegen, mindestens. Offensichtlich betrieb er Krafttraining; seine Muskeln sahen aus, als wollten sie die Haut sprengen. Er hatte sich einen Bart wachsen lassen, wahrscheinlich um älter auszusehen, und auf Brust und Unterarmen wuchs eine dichte Matte aus flaumigen, braunen Haaren. Seine rosigen Wangen und der schüchterne Blick ließen ihn aussehen wie einen Engel, dem man eine Luftpumpe in den Arsch gesteckt und ihn bis zum Platzen aufgepumpt hatte. Seine knappen Shorts verhüllten kaum seinen Knackarsch, bei dessen Anblick allein meine Zunge schlabberte, und seine kräftigen Beine waren fast vollständig, aber nicht ganz, von glänzenden Kringeln haselnußbraunen Fells überzogen. Er sah, daß ich ihn abcheckte und wurde knallrot. Ich mochte ihn sofort.

»Heute lernen wir die Kunst der Massage«, verkündete der Ältere, versetzte der Tür einen Tritt und baute sich rechts von mir auf. »Wir konzentrieren uns auf folgende Bereiche. Zuerst die Brust.« Er klatschte eine Hand auf meine rechte Titte und fing an, sie kräftig zu kneten. »Das führt uns zum Bauch.« Seine Hand glitt über meinen Oberkörper und fing an, die Locke zu zwirbeln, die unterhalb meines Bauchnabels wächst. Diese spezielle Locke ist sehr empfindsam; ihre Wurzeln reichen tief bis zu meinen Eiern. Ich stöhnte, und er zupfte noch einmal. »Dann bearbeiten wir die Oberschenkel.« Er legte mir eine Hand aufs Knie und arbeitete sich an der Innenseite meines Oberschenkels nach oben. Ich bebte leicht und spreizte die Beine ein Stück weiter. »Schließlich, Nate, befassen wir uns mit dem Genitalbereich.« Er riß das Handtuch von meiner Hüfte und warf es beiseite.

»Hier gibt's viel zu tun, stimmt's, Mr. Jamison?« Der junge Mann klang eindeutig, als würde er sich für die heutige Übung erwärmen.

»Ich versprech dir, du wirst alle Hände voll zu tun kriegen, Nate«, versicherte ihm sein Lehrer. Ich drehte den Kopf wieder zu seinem prallen Paket. Ich hatte das Gefühl, Nate stand etwas bevor.

»Äh, und was soll ich machen?« fragte ich, indem ich den Kopf hob und von einem zum andern schaute. Ich wußte genau, was ich tun wollte - besonders mit dem leckeren, übertrainierten Nate - war mir aber nicht sicher, wie ich mir mein Geld verdienen sollte.

»Ich würde sagen, Sie machen das schon recht gut«, kicherte Jamison und griff nach meinem Schwanz. Er drückte fest zu, und mein Pimmel wuchs um gut drei Zentimeter. Dann ging Jamison dazu über, mir mit meinem eigenen Teil auf den Bauch zu klopfen. Das leichte Grinsen in seinem Gesicht wurde breit, als meine Eichel den Bauchnabel erreichte und sich dann weiter zur Brust hin reckte.

»Ohh!« stöhnte Nâte mit gierig blitzenden Augen.

»Wir hängen dem alten Brauch an, daß der Kunde König ist - sofern er für seine Wünsche zahlen kann«, fuhr Jamison fort. »Ich würde sagen, Nate ist so weit, um mit fast allem fertigzuwerden. Ich überlasse es Ihnen, meine Theorie zu testen.«

»Ohh!« stöhnte Nate wieder, diesmal etwas lauter. Es war ein einfaches Geräusch, kam aber aus tiefstem Herzen. Ich fragte mich beiläufig, wie oft ich ihn in der nächsten halben Stunde wohl dazu bringen könnte, es zu wiederholen, und entschied, es sei wert, es herauszufinden.

»Fang an!« bellte Jamison, der sich plötzlich wie ein Schleifer anhörte. Ich warf ihm einen Blick zu - er schaute finster drein. Ich fürchtete, der arme Nate würde streng beurteilt werden. Der junge Masseur ging um den Massagetisch und preßte seine heißen Hände fest auf meine Brust. Sein Finger waren kurz, aber stark und kneteten die festen Muskeln mit aller Kraft.

Ich musterte seine dicken Arme und seine eindrucksvollen Brustmuskeln, die unter der Arbeit zuckten und bebten. Mit zusammengepreßten Lippen und leicht flatternden Nüstern starrte er auf mich herab. Es war mir zuwider, seine Konzentration zu stören, aber ich wollte, daß seine ernste Miene verschwand.

Ich hob die Arme über den Kopf, darauf achtend, daß sein

fester Griff auf meiner Brust nicht nachließ. Meine Fingerspitzen streiften den Stoff seiner Shorts. Dann faßte ich hin. Ich fuhr über die zarte Haut seiner inneren Schenkel und hinein in die Beine seiner Hose. Je höher ich kam, desto größer wurden seine Augen, bis sie dem Ärmsten fast vor die Höhlen traten. Dann stieß ich auf seine opulent behaarten Eier, und sein Bauch wurde hart wie ein Waschbrett, als er ihn fast bis zur Wirbelsäule einzog.

Da sein kleiner Stummelschwanz bereits rosa leuchtend aus dem Bund seiner Shorts lugte, machte ich kehrt und zeichnete die Kerbe von den Eiern zum Arschloch nach. Seine Spalte war so fest zusammengekniffen, daß ich mich eine Weile mit der Erkundung seines muskulösen Hinterns begnügte. Zu meiner Verblüffung war er bis auf einen leichten, seidigen Pelz, der bewies, daß er nicht rasiert war, völlig unbehaart.

Nach kurzer Zeit fand ich das Hemmnis seiner verdammten Shorts lästig, also tat ich das mir am logischsten Erscheinende - ich packte sie fest am Bund und riß sie ihm herunter. Nate schnappte mächtig nach Luft, blieb aber bei der Sache und ließ meine Brust nicht los. Beinahe drohte der stetige Druck, den Muskel vom umgebenden Gewebe zu trennen. Ich wollte ihn nicht kränken, aber die Lust ließ nach. Zum Glück trat, als Nates Shorts fielen, sein Lehrmeister dazwischen, um ihm zu helfen, sich auf die Arbeit zu konzentrieren.

»Die Titten!« schnarrte er, ging auf Nate zu und beugte sich bedrohlich nach vorn.

»Häh?« Nate war durch den einfachen Befehl unerklärlicherweise verwirrt.

»Ich sagte ›Titten‹, du Null!« zischte Jamison. Seine Hand schoß vor und krallte sich in den hervorstehenden rosa Knubbel auf der linken Brust des unglückseligen Nate. Jamison zwirbelte ihn roh und zog den kleinen Fleischknoten bösartig einen guten Zentimeter weit.

»Oooh!« schluchzte Nate, und in seine großen Augen traten Tränen. »Tut mir leid. Ich hab doch nur ... nur-«

»Nur was?« knurrte Jamison, während er fortfuhr, die Brustwarze zu martern.

»Nichts!« wimmerte Nate, dessen Daumen und Zeigefinger sich nun über meine fleischigen Knoten schlossen. Ein Lustschauer fuhr mir von der Brust in die Eier, und mein Schwanz klatschte gegen meinen Bauch. Ich stöhnte hörbar, um die beiden darauf hinzuweisen, daß Nates Versehen bereinigt war. Jamison ließ Nates Brustwarze los, trat zurück, und lehnte sich an die Wand. Der einfach Akt, die Titte des Jungen zu zwirbeln, hatte den Schwanz des Lehrers um mindestens fünf Zentimeter verlängert. Er sah mehr denn je wie eine Keule aus. Wenn der noch steifer wurde, drohte er die teure Sportshorts zu sprengen.

Nate war so erleichtert, daß sein ganzer Körper sich entspannte, einschließlich seiner herrlichen, festen Backen. In Sachen des Herzens - oder des Pimmels - stets Opportunist, reagierte ich rasch und quetschte so viele Finger wie möglich in die heiße, pelzige Spalte. Seine Backen krampften sich augenblicklich zusammen, aber zu spät. Ich hatte mein Ziel erreicht und war nicht gewillt, loszulassen - selbst wenn er mir alle Finger brach.

Zum Glück war der Druck eher angenehm als schmerzhaft. Ich wackelte mit den Fingern, bis mein Daumenballen an den elastischen Ring seines Schließmuskels traf. Ich drückte sachte dagegen, aber das kleine Loch blieb fest verschlossen. Ich bohrte nach, ohne Erfolg. Mein Interesse spitzte sich zu, ich stieß und bohrte und drückte, nichts half. Nate war luftdicht an diesem Ende, und ich vermutete fest, daß - zumindest bis zu diesem Moment - sein Arschloch immer eine Einbahnstraße gewesen war. Ich drehte ein wenig die Hand und dachte über einen Alternativplan nach, um mein Ziel zu erreichen. Beim Gedanken allein, ich könnte es wirklich mit einer ungepflückten Frucht zu tun haben, wurde mein Schwanz so steif, daß er sich schwer zuckend von meinem Bauch erhob, einen dicken Lusttropfen absonderte, um dann ohne Stütze noch fünf Zentimeter aufzusteigen.

Ich umfaßte seinen Arsch, holte tief Atem, spannte die Muskeln und fing an, Nate vom Boden zu heben. Er schluckte wieder, erhob aber keinen Einspruch, als er den Boden unter den Füßen verlor. Es war ein Kampf, aber ich schaffte es, ihn anzuheben, bis er direkt über meinem Gesicht aufragte. Mit den Händen stützte er sich auf meiner Brust ab und mußte die Beine spreizen, damit er sich nicht die Knie an der Tischkante anstieß. All das arbeitete mir zu und verschaffte mir einen atemberaubenden Blick auf sein rötlich-braunes, verzweifelt zuckendes Loch, bei dem einem das Wasser im Mund zusammenlief.

Da mir Nate zu schwer wurde, ließ ich ihn herunter und setzte ihn direkt auf meinem Gesicht ab. Meine Nase schmiegte sich in seine Spalte, seine Eier baumelten mir am Kinn, und seine saftigen Brötchen versperrten mir die Sicht, sein Arschloch aber küßte heiß meine Lippen, und ich war jetzt tatsächlich auf dem Weg zum Glück.

Bald wurde mir klar, daß ich einfach mit dem falschen Messer versucht hatte, die Auster zu knacken. Was meinem Daumen so hartnäckig widerstanden hatte, gab nun den sanfteren Forderungen meiner langen, schlüpfrigen Zunge allmählich nach. Ich begnügte mich anfangs damit, sein würzig-köstliches Loch zu kitzeln, bis er sich entspannte und mich schließlich in seine noch unberührte Liebeshöhle vorließ.

»Ooooh!« seufzte Nate. Wenn ich hätte sprechen können, hätte ich ihm beigepflichtet. So wurde mein Schwengel nur noch steifer, als wolle er die Haut durchbohren. Nates Widerstand ließ nach, und meine Zunge tauchte ab in einen feuchten Tunnel, der seidenweich und flammend heiß war. Ich bewegte die Zunge, und Nate seinerseits bewegte den prallen Arsch. Er war offensichtlich ein guter Schüler.

Ich fuhr mit den Händen an Nates muskelstarrenden Seiten aufwärts, machte einen kleinen Umweg am Brustkasten und hielt an, um mich mit seinen Brustwarzen vertraut zu machen. Er verkrampfte sich, aber anstatt sie mit der Brutalität seines Lehrers zu bearbeiten, ging ich behutsamer vor und kniff zärtlich in die kleinen Fleischknoten, während ich ihn veranlaßte, sich vorzubeugen. Wieder begriff er schnell. Innerhalb von Sekunden schmatzten seine Lippen an meiner fetten Säule.

Nate schlabberte den Saft, der aus mir herausquoll, und fing darauf an, Stück um Stück, Ader um Ader meinen Schwengel zu erkunden, ganz langsam von der Spitze bis zu den Eiern und wieder zurück. Als er nach vorn ging, scheuerte sein Schwanz im Tal meiner Brust, und sein Gewicht verlagerte sich, so daß ich den Kopf heben konnte. Ich schaute zu Jamison - er hatte den Schwanz aus der engen Hose geholt und wichste den langen Schaft, während er mich eifersüchtig anblickte. Er hatte ein gemein aussehendes Gerät, dick wie eine Bierflasche, lang genug, um in die tiefsten Tiefen vorzustoßen. Ich zwinkerte ihm zu - dann machte ich mich wieder über den saftigen Nate her.

Ich leckte Nates Loch von Haaren frei, um die Zunge tief in den engen Kanal zu bohren und kreisen zu lassen. Nach einiger Zeit zog ich sie heraus und beobachtete das kleine Loch, das sich bemühte, sich wieder fest zu schließen. Der Ärmste schien jedoch nicht mit ganzem Herzen dabei zu sein. Ich mußte nur blasen, und er machte weit auf, so daß ich das rosige Innere sehen konnte.

Während ich so dalag und an seiner zarten Rosette knabberte, bewies Nate recht eindrucksvolle Talente als Schwanzlutscher. Ich weiß nicht, wer sein glückliches Versuchskaninchen gewesen war, aber ich beneidete den Schweinehund fast, der seinen Schwanz für diese Übungen zur Verfügung gestellt hatte. Nachdem er die Eichel so leidenschaftlich geküßt hatte, daß ich von seiner Ernsthaftigkeit überzeugt war, hatte er mich in einem Stück geschluckt, ohne halt zu machen, bevor seine Nase gegen meine Eier stieß. Mein Kopf flog vom Tisch, und meine Zunge versank bis zur Wurzel. Langsam wich er zurück, seine Lippen blieben aber fest geschlossen und erschütterten mich mit Strömen intensiver Lust, die mir alle Körperhaare zu Berge stehen ließen.

Ich wußte, daß es nicht lange dauern würde, besonders als er anfing, meine Eier an meinem Oberschenkel zu reiben, wobei er die Sehnen derart dehnte, daß ich den Schmerz bis in den Unterleib spürte. Da ich entschieden andere Pläne für Nates heißen Arsch hatte, als ihn als schmackhafte Leckerei zu benutzen, während er mir den Schwanz lutschte, blies ich Luft hinein, um ihn zu öffnen und versetzte ihm einen festen Schlag auf seine seidigen Backen.

»Zeit für'n Tempowechsel«, verkündete ich.

»Häh?« Nate gab mich mit einem dicken, feuchten Schlabbern frei.

»Ich will, daß du dich umdrehst, und dich auf mich setzt«, erklärte ich, wobei ich an einer nassen Locke in seiner Spalte zupfte. »Komm schon, Kumpel. Ich bin mehr als bereit.«

Nate tat wie geheißen und hockte sich mit nervösem Blick über mir auf den Tisch. Ich griff ihm zwischen die Beine und zog meinen klebrigen Schwengel zurück, bis er an seinem schleimigen, kleinen Loch saß.

»Uff ... nein!« quiekte er, und seine Muskeln verkrampften sich. »Nein ... ooooh!« Ich stieß die Hüften nach oben und drang ein. Sein Hintereingang war wehrlos, völlig korrumpiert von meiner großartigen Zunge. Sobald seine Muskeln wieder reagierten, schlossen sie sich um meinen steifen Schaft, um meinen Genuß zu steigern.

»Ich-ich kann nicht«, protestierte Nate mit geballten Fäusten und zuckenden Oberschenkeln, bereit, vom Tisch zu springen. Seinem Lehrer schwante Ärger, und er sprang in die Bresche. Er kletterte zu uns auf den Tisch und drückte Nate an beiden Schultern nach unten. »Ooooooh!« heulte Nate mit aufgerissenem Mund, als mein Schwanz ihn bis zum Anschlag aufspießte.

Jamison hielt den Druck mit seinem ganzen Gewicht aufrecht, damit der Junge keinen weiteren Fluchtversuch unternehmen konnte. Nicht damit zufrieden, ihn einfach festzuhalten, fing er an, ihn immer wieder hochzuziehen und erneut auf meinen harten Stachel hinunterzustoßen.

Allmählich verschwand der gepeinigte Blick, und Nates Geheul verstummte, als sein Widerstand hinweggerammelt wurde. Meine Eichel knallte gegen den fetten Knoten seiner Prostata, und in der uralten Arschfickschlacht obsiegte die Lust über den Schmerz. Nate fing an, ohne Unterstützung seine Kniebeugen zu absolvieren, und Jamison konnte seinen Platz neben dem Tisch wieder einnehmen und seinen Schwengel im Takt zu Nates auf- und abhüpfendem Leib wichsen.

Ich kam an die Schwelle, als Nate die richtigen Knöpfe drückte. Sein Arschloch verkrampfte sich, packte zu wie ein Schraubstock, und sein Mund öffnete sich zu einem kleinen Kreis purer Lust. »Aaaaaah!« seufzte er in Abwandlung seines Vokabulars, als der Saft aus seinem rosa Stummel herausquoll und mir in sahneweißen Streifen gegen die schweißüberströmte Brust klatschte.

Als sich sein Kanal zum drittenmal über meinem Speer zusammenzog, gab ich nach und füllte seine Eingeweide mit meiner heißen Ladung. Nate schaute auf mich herab und preßte die Hände auf den Bauch. »Mann, ich verbrenn da drinnen!« schrie er und kam erneut wie wild. Ich war von seiner Begeisterung so angetan, daß ich mich kerzengerade aufsetzte, ihn auf die Schultern zurückschubste und ihn rammelte, bis ich selbst die zweite Ladung abschoß. Nate verdrehte die Augen, als er spürte, wie mein heißes Sperma sein strapaziertes Arschloch überschwemmte.

Gerade als meine Eier anfingen, wieder von der Schwanzspitze nach unten zu wandern, kam Jamison zum Tisch, stopfte Nates Schmollmund mit seiner fetten Eichel und legte ihm die Hände auf die breite Brust. Der junge Mann saugte geräuschvoll und stöhnte ekstatisch, als sein Lehrer ihn mit einem naturbelassenen Testosteronhappen fütterte. Nate schluckte gierig, aber trotzdem lief das Sperma über, blubberte neben Jamisons Schwanz heraus und rann über Nates rosige Wangen.

Ich hätte eine dritte Runde eingelegt, wäre Jamison nicht dazwischengetreten und hätte uns getrennt. »Vielen Dank, Sir«, sagte er ernst, »aber Nate muß noch viel lernen, bis wir ihn selbständig arbeiten lassen können. Sie können duschen und Ihr Geld am Tresen abholen.«

»Es war mir ein Vergnügen, Sir.« Nates Brust hob und senkte sich noch. Er stand auf und humpelte auffällig o-beinig hinaus. Ich zwinkerte ihm zu, als die Tür sich hinter ihm schloß. Ich zweifelte nicht daran, daß ihm eine steile Karriere als persönlicher Begleiter bevorstand.

Danach stand ich in der Dusche unter dem heißen Wasser, wobei ich mich ein bißchen schuldig fühlte, weil ich es mir hatte so gut gehen lassen, während Rudy und Jackson unterwegs waren, damit wir wieder auf die Beine kamen. Andererseits hatte ich dreißig Dollar verdient, was einen bedeutsamen Beitrag zu unserer Kasse darstellte. Ehrlich gesagt, konnte ich es kaum erwarten, Rudy alles zu erzählen. Er würde schäumen.

Ich schwelgte noch in Gedanken über die vorteilhafte Begegnung, als zwei Männer den Umkleideraum betraten und anfingen, sich auszuziehen. Ich blickte über die Schulter, als sie die Dusche betraten. Beide waren jung, scharf und sehr gut gepflegt, was mich vermuten ließ, sie gehörten dem Stall junger Typen an, die für die Agentur arbeiteten, bei der Nate ausgebildet wurde.

»Scheißtag«, sagte der erste, ein großer Braunhaariger mit knackigem Körper, klassisch hübschem Gesicht und einem gewaltigen Schwengel.

»Gar nichts gegen meinen«, antwortete der Rothaarige, der hinter ihm eintrat. »Ich hab gerade die schlimmste Nacht meines Berufslebens hinter mir.« Den Rothaarigen kannte ich, konnte ihn aber nicht unterbringen. Mir war, als sei ich ihm erst kürzlich begegnet.

»So?« Der Braunhaarige legte ihm die Hand auf die Schulter und zog ihn unter den Wasserstrahl.

»Ich hatte doch so ‘ne Supernummer bei so ‘nem reichen Macker am Lake Washington. Wir aßen zu Abend - Kerzen, Wein, leise Musik, die ganze Latte - und dann schlägt er vor, wir könnten uns eine Weile in die Sauna setzen. ›Klar‹, sag ich. Wir gehen also runter, und da ist so ein geiler Macker, der ‘nem blonden Jungen die Scheiße aus dem Leib vögelt.

Der Kleine ist hübsch und sieht aus, als würd's ihm mit dem Ding im Arsch prächtig gehen.«

»Und, wo ist dann das Problem?« Der Braunhaarige kam nicht drauf. Mir meinerseits war, als wüßte ich genau, wovon der Rotschopf sprach.

»Hey, der Fick war nicht das Problem. Der Kleine hatte den dicken Hammer 'n Viertelmeter drinstecken - ich rede hier von 'nem Weltklasseschwanz, Jim. Echt schönes Stück. Nein, das Problem war der Typ, mit dem ich zusammen war. Es stellte sich raus, daß der Kleine sein Sohn war und der Alte es bei weitem nicht so gut aufnahm wie der Junior, wenn du weißt, was ich meine.«

»Wie ekelhaft«, knurrte der Braunhaarige und rümpfte die Nase.

»Was?«

»Den Sohn von 'nem Kerl zu ficken.«

»Äh ... du bist auch der Sohn von 'nem Kerl, Jim.«

»Ach ... ja. Glaub schon.« Jim zuckt die Achseln. Zu seinem Glück hatte er ein hübsches Lächeln und einen fetten Schwanz. Als Raketenforscher wäre er wahrscheinlich nicht weit gekommen.

»Egal, Mr. Hochmoralisch, der Kleine war alt genug - und knackig genug, damit 'ne Leiche 'nen Ständer gekriegt hätte. Ich persönlich denke, Daddy war nur eifersüchtig, weil der andere Kater ihn zuerst abgegriffen hat.« Jim rümpfte wieder die Nase, schwieg aber. »Die Nacht war jedenfalls im Eimer. Der Typ - der, der's dem Kleinen besorgte - macht die Fliege, und sie finden ihn nicht. Ist das zu glauben? Zwanzig Riesen für die Alarmanlage, 'ne Privatarmee von Wächtern, und der Macker kommt davon. Und dann konnte ich mir die ganze beschissene Nacht lang das Gekeife und Gezeter von Daddy anhören ...«

»Wieso bist du nicht abgehauen?«

»Ging nicht. Ich hab 'ne Menge verdient. Und als wir dann loslegten, war ich irgendwie angebunden, weißt du?« Der Rotschopf kicherte und zeigte die schwachen Spuren eines Seils am Handgelenk. »Egal, der Typ fickt mir die Seele aus dem Leib - dreimal hintereinander, verdammt. Und ich war für die ganze Nacht gebucht, nicht stundenweise. Und um alles noch schlimmer zu machen, quatscht er im Schlaf, und ich lieg die ganze Nacht da und hör ihn zetern und geifern, wie beschissen das Leben doch ist. Dauernd hatte er's damit, daß jemand hinter was her ist, das ihm gehört, und daß der bescheuerte Kurator, der ihn übers Ohr hauen will, ihn nicht ranlassen will.«

»Welcher Dreckskerl will ihn übers Ohr hauen?« Ich konnte Jim die Frage nicht verdenken. Ein Weltklasseerzähler war der Rote nicht.

»Keine Ahnung«, zuckte der Rote die Achseln.

»Äh ... was ist ein Kurator?«

»Bin ich 'n Lexikon?«

»Entschuldige, daß ich gefragt hab«, knurrte Jim offenbar gekränkt.

»Ich weiß nur, daß er sich Sorgen um irgend 'ne bescheuerte Sammlung von irgend 'nem Mist machte.«

»Und?«

»Und da hab ich 'n Stück mitgehen lassen, als ich morgens raus bin. Hätt ich nicht tun sollen, aber es stand auf 'nem Tisch im Büro. Was soll ich sagen?«

»Du bist 'n Arschloch, Gary.« Jim lachte. »Meinst du, es ist was wert?«

»Also für mich sieht's aus wie 'ne blöde Keramik, aber der Typ war anscheinend ganz heiß drauf. Er protzte damit, er sei 'n ganz dicker Experte für so'n Zeug. Als ich sagte, daß das wie Müll aussieht, meinte er, es sei mehr wert als ich im ganzen Leben. Sagte, es wär was Kolumbianisches.«

»Was Kolumbianisches? Drogen vielleicht?«

»Nee. Kein Haschisch. Das hab ich schon überprüft.«

»Na, vielleicht sind die Drogen ja innendrin, Mann.«

»Dann brechen wir's vielleicht auf. Vielleicht. Später.« Der Rote packte den riesigen Hammer seines Kumpels. »Warum läßt'e mich jetzt nicht einfach an deinem dicken, alten Schwengel lutschen? Zu der ganzen Scheiße dazu, hatt ich heute noch kein Frühstück.«

Während der Rotschopf vor seinem Kumpel in die Knie ging, duschte ich mich rasch ab und ging in den Umkleideraum. Mann, es konnte nicht allzu viele Männer geben, die ihre Söhne letzte Nacht beim Ficken erwischt hatten - besonders nicht Männer, die Keramiksammlungen besaßen und bescheuerten Kuratoren mißtrauten.

Ich trocknete mich schnell ab. Dann machte ich etwas Ungehöriges. Zuerst stahl ich ihre Klamotten: Hemden, Hosen, Schuhe, Socken, alles. Ich hatte das Gefühl, sie könnten sie viel leichter ersetzen, als ich sie legal besorgen. Geld oder Ausweise nahm ich nicht - das wäre zu verwerflich gewesen. Mein Herz raste, als ich in der Tasche des Rothaarigen einen Jockstrap beiseite schob und auf eine etwa achtzehn Zentimeter hohe Steinfigur stieß. Sie blickte grimmig, hatte einen Schmerbauch, einen kunstvollen Ferderschmuck und einen winzigen Ständer. Sie hätte keinen Schönheitswettbewerb gewonnen, aber irgendwie gefiel mir der kleine Wichser. Außerdem, wenn das die Art von Figur war, von der sie im Museum gesprochen hatten, war sie wahrscheinlich genug wert, damit man ihr Aussehen vergaß. Bei Menschen konnte Geld das bewirken - bei Statuen vermutlich auch. Ich schnappte sie mir und stopfte sie zusammen mit der restlichen Beute in die

Tasche. Ich war versucht, den Kopf durch die Tür zu stecken und dem Rotschopf für all die schönen Dinge zu danken, die er über mich und mein mächtiges Gerät gesagt hatte, dachte mir aber, es könne unzweckmäßig sein. Beim Hinausgehen entschuldigte ich mich stumm bei den beiden geilen Männern.

FÜNFTES KAPITEL

Als ich auf dem Rückweg von meinem zermürbenden Kurzjob bei Lena vorbeikam, bemerkte ich, daß Rudy und Jackson ihren Platz am Fenster wieder eingenommen hatten. Wenn wir nicht aufpaßten, würde Lena noch Miete berechnen. Als ich eintrat und zum Tisch kam, mußte Rudy zweimal hinsehen.

»Ich glaub's nicht«, bemerkte er kopfschüttelnd. »Du kommst mit mehr Klamotten zurück als vorher. Die passen sogar zusammen. Miles, ich bin beeindruckt.«

»Schnauze, Vale.« Ich setzte mich und verstaute die Tasche mit den unrechtmäßig erworbenen Schätzen unter dem Tisch. »Zufällig hab ich auch ein paar neue Fetzen für Jackson.« Ich warf ihm eine Khakihose und ein gelbes T-Shirt zu. Er fing sie auf und grinste anerkennend.

»Ist da auch was für mich drin, Diamond?« Rudy schien zu schmollen.

»Klar, Rudy. Fang.« Ich griff in die Tasche und warf ihm den leicht verschmutzten Jockstrap des Braunhaarigen zu. Im Beutel zeichneten sich noch schwach der große Schwanz und die Eier ab, und in dem Gewebe hatten sich ein paar krause, braune Haare verfangen. Ich hätte mich nicht geduckt, wäre er auf mich zugeflogen, aber offenbar teilte Rudy meinen Geschmack in Sachen Suspensorien nicht. Er tauchte elegant ab, und das Ding segelte durch den Raum und landete auf einem dreistöckigen Clubsandwich.

»Hol's dir, Rudy«, frotzelte ich. Rudy drehte sich mit rotem Kopf um, den Schaden zu begutachten. Leider interpretierte die korpulente Dame, die sich das Sandwich hatte schmecken lassen, es dahingehend, daß Rudy den Sackhalter auf sie geschleudert hatte. Sie erhob sich langsam und walzte mit blitzenden Augen und mahlenden Kiefern auf uns zu. An unserem Tisch machte sie halt und schaute erbost von einem zum anderen. Dann, noch ehe einer etwas tun oder ein Wort der Entschuldigung äußern konnte, packte sie Rudy bei den Haaren, riß ihm den Kopf zurück und stopfte ihm den Jockstrap in den Mund. Um den Schwung nicht zu verlieren, riß die Frau, ohne innezuhalten, Rudys Kopf wieder nach vorne und knallte ihn hart auf die Kunststoffplatte. Die Salz- und Pfefferstreuer tanzen, und die Serviettenbox ergoß ihren Inhalt vor uns auf den Fußboden. Die Frau warf einen letzten Blick in die Runde, offenbar um Jackson und mich davor zu warnen, auch nur den leisesten Einwand zu erheben, dann stampfte sie rot vor Wut aus dem Lokal.

»Rudy?« Jackson legte Rudy sachte eine Hand auf die Schulter. Der Arme sah aus, als hielte er Rudy für tot. Ich hatte mehr Vertrauen in Rudys harten Schädel, behielt das jedoch weise für mich.

»Oooh!« Rudy hob den Kopf und schaute sich vorsichtig nach seiner Angreiferin um. Er brummelte etwas, aber das Dessous, das den unglückseligen Vorfall ausgelöst hatte, hing ihm noch immer aus dem Mund und erstickte, was er hatte sagen wollen.

»Sprich nicht mit vollem Mund«, ermahnte ich ihn, alle

Vorsicht in den Wind schlagend. Es war kein glücklicher Schlag.

»Diamond!« brüllte Rudy. Der Jockstrap traf die Tischplatte mit einem feuchten Plop. Rudy packte mich am Hals und zerrte mich halb über den Tisch. Augapfel in Augapfel starrte er mich mordlüstern eine gute Minute lang böse an. Ich starrte ihm in die tief grünen Augen zurück und wagte nicht, zu blinzeln. Zum Glück trat das Schicksal in Gestalt von Lena dazwischen und rettete mir den Hals.

»Ähem!« Lena räusperte sich mit einer Autorität, wie man sie nur durch lebenslanges Kettenrauchen von filterlosen Zigaretten erwirbt. In unserer Konzentration gestört wandten wir uns Lena zu. Sie wirkte nicht glücklich.

»Ich hab euch ‘ne Menge durchgehen lassen, Jungs, aber jetzt ist Schluß.« Sie blickte auf den anstößigen Jockstrap. Rudy wollte ihn vom Tisch wischen, aber Lena war schneller. Sie packte ihn am Bund und hielt ihn uns unter die Nase.

»Habt ihr je gesehen, daß ich hinter der Theke meinen BH über dem Kopf herumgewirbelt hätte?« Wir schüttelten die Köpfe. »Eben. Noch Fragen?«

»Lena«, setzte ich an. »Es war alles mein Fehler. Ich übernehme die volle Verantwortung.«

»Bezahlst du mir das Clubsandwich, Schätzchen?«

»Also, äh ... also, wir sind im Moment etwas klamm. Setz es doch einfach auf meinen Deckel, okay?«

»Miles« -Lena schaute mich nachdenklich an- »Wenn ich deine Mutter wäre, würde ich ernsthaft eine postnatale Abtreibung in Erwägung ziehen.« Ich wollte antworten, sank dann aber auf meinen Stuhl, um die Bedeutung ihrer Worte zu ermessen. »Ich glaube, ihr Jungs solltet abziehen und mir eine Pause gönnen, damit ich mich an eure stärkeren Seiten erinnern kann, wenn wir uns wiedersehen.«

»Frühstück morgen wäre zu früh - stimmt's?«

»Viel zu früh, Miles. Macht's gut.«

Lena hielt uns die Tür auf, und wir trotteten niedergeschlagen in die abendlichen Schatten hinaus.

Im alten Büro wieder um das Hoover-Foto versammelt, wußten wir, daß die Lage einen kritischen Punkt erreicht hatte. Die Abrißmannschaften hatten schon begonnen, an den Ecken des Gebäudes zu knabbern, und ich zweifelte nicht daran, daß das alte Haus an der Ecke Western und Columbia Street schon morgen um diese Zeit nurmehr Erinnerung sein würde. Etwas mußte geschehen - und zwar bald - oder wir saßen wieder auf der Straße.

»Okay, Jungs. Das war's. Ich hab die Faxen dicke.« Jackson knallte die Faust auf den Fußboden, und seine Stimme klang ungewohnt harsch. Rudy und ich saßen in entgegengesetzten Ecken des kleinen Verschlags und taten unser Bestes, uns zu ignorieren - nicht einfach, wenn man bedachte, daß wir uns von unserer jeweiligen Ecke aus hätten berühren können. »Hier muß sich was tun, sonst sitzen wir bald echt in der Scheiße. Also, wie ich es sehe, bietet sich uns nur der Deal mit dem Museum, den Miles ausbaldowert hat.« Jackson schaute mich an. Ich nickte weise.

»Rudy hat sich fast den ganzen Tag in der Bibliothek rumgetrieben und nachgeforscht. Sag doch mal, Junge.«

»Mrmrhmph.« Es hörte sich an, als würde Rudy immer noch auf dem Jockstrap kauen.

»Komm schon, Rudy.« Ich stand auf. »Du kannst mir eine verpassen, wenn's dir dann besser geht.«

»Nein, Miles. Ich will dir keine verpassen. Ich hab Angst, du genießt es noch. Ich komm mit alldem nicht besonders gut zurecht. Einen Herzschlag lang war ich reich, und es hat mir echt gefallen. Jetzt bin ich wieder arm, und das nervt gewaltig.« Er stand auf und legte mir schwer die Hand auf die Schulter. »Außerdem mag ich's nicht, wenn ich von fremden, fetten Weibern die Sackhalter von fremden Männern zu fressen bekomme - wenigstens nicht vor meinen Freunden.« Er zwinkerte mir zu. Die Krise war überwunden.

»Jetzt sag mal, Rudy, was hast du rausgefunden?« Meine aufregendste Entdeckung hatte ich noch nicht aus der Tasche gezogen. Ich lächelte selbstgefällig und lehnte mich an die Wand. Die kleine Steinfigur würde eine nette Illustration zu Rudys Bericht abgeben.

»Nun, Gentlemen, es war ein produktiver Tag«, fing Rudy an und machte eine Pause, um sich zu strecken. Dadurch traten seine seitlichen Muskeln hervor, und die Wellen auf seinem Bauch kräuselten sich. Da wir uns alle bis auf die Unterwäsche ausgezogen hatten, um unsere spärliche Garderobe zu schonen - für einen Luxus wie Wäschewaschen fehlte uns das Geld - sah ich jeden Muskel, konnte jedes seidige Kupferhaar an seinem Leib zählen. Ich konzentrierte mich auf die saftigen Brustwarzen und, so gut es ging, auf jedes seiner Worte.

»Nicholas Grizzard ist tatsächlich der bedeutendste Sammler mittelamerikanischer Kunst an der Westküste. Seit fast zwanzig Jahren. Er sammelt gutes Zeug, aber soweit ich es beurteilen kann, ist keiner der Gegenstände als unschätzbar zu bezeichnen.«

»Das heißt?«

»Das heißt, daß, wenn das stimmt, was du über Millionen an Versicherungssummen gehört hast, jemand wahrscheinlich eine Nummer abziehen will.«

»Ich weiß, daß Grizzard und dieser Kurator Gauner sind«, sagte ich und schwelgte in dem Gedanken, den beiden Halunken einen oder zwei auszuwischen.

»À propos Grizzard und Corliss«, fuhr Rudy fort, während er an den langen, braunen Locken zupfte, die sich so verführerisch um seinen Nabel kringelten. Das war eine Angewohnheit von ihm, und jedesmal hätte ich diese Aufgabe - ob mit den Lippen oder sogar mit der Arschspalte - für ihn gerne übernommen. Mein Blick senkte sich und erfaßte den dünnen Stoff seines Slips, den Rudys Schwanz und Eier spannten. Ich hatte seinen Schwengel oft genug gesehen, um zu wissen, daß er beschnitten war und oben am Schaft lauter Sommersprossen hatte. Mann-oh-Mann, ich konnte ihn fast sehen - den rosigen Knubbel zwischen den großen, pelzigen Eiern, hübsch feucht und kuschelig.

»... hinschaust? Miles! Diamond, Herrgott!«

»Was?« Schuldbewußt schreckte ich auf, und mein Blick ruckte von Rudys Schritt zu seinem Gesicht. »Äh ... tut mir leid.«

»Du bist total pervers, Diamond.« Rudy seufzte kopfschüttelnd. »Du hast nicht ein Wort gehört von dem, was ich gesagt habe.«

»Das stimmt überhaupt nicht«, protestierte ich.

»Ach ... und worüber hab ich geredet?«

»Naja ... über mexikanische Keramik. Und ... und ... naja, über den Kurator halt.«

»Siehst du, Jackson?« Rudy wandte sich unserem Kumpel zu, der seinen brutalen Angriff auf meinen Charakter bestätigen sollte. Jackson zuckte die Achseln. Rudy blickte zu mir zurück. »Ich schwöre, dein Hirn ist in Sperma eingelegt, Diamond. Denkst du eigentlich je an etwas anderes als Sex?«

»Nicht oft«, murrte ich, verletzt von seinen ungerechten Bemerkungen. »Du bringst mich nur zufällig ein bißchen außer Fassung«, brummelte ich. »Ich weiß, es ist dir zuwider, aber ich kann nichts dran machen.«

»Er findet dich einfach scharf, Junge«, kicherte Jackson. »Da muß ich ihm zustimmen.«

»Toll!« seufzte Rudy kopfschüttelnd und schlug die Arme über der Brust zusammen. »Jetzt hab ich zwei Perverse am Hals.« Verdammt, wenn es den Idioten wirklich gestört hätte, angestarrt zu werden, hätte er sich ja etwas weniger Knappes überziehen können. Eigentlich war ich mir fast sicher, daß das Paket in seinem Slip größer geworden war, seit wir angefangen hatten, darüber zu reden, wie scharf ihn alle Welt fand.

»Okay, Miles, hör zu.« Ich war ganz Ohr und blickte Rudy fest in die Augen. »Anfang der Siebziger waren Grizzard und Corliss Partner in einer Galerie für frühkolumbianische Kunst. Mit ein paar spektakulären Ankäufen erregten sie landesweites Interesse. Bedeutende, schwerreiche Sammler von der Ostküste kamen zu ihnen.«

»Bis jetzt klingt's wie ein Märchen«, warf ich ein. »Und wann kommen wir zu den schmutzigen Sachen?«

»Geduld.« Rudy ließ die Knöchel knacken und steckte die Hände hinter den Rücken, was dazu führte, daß seine Brust sich wölbte wie ein Felsvorsprung. Ich bemühte mich, ihm in die Augen zu schauen, aber die Versuchung war stark. In dem kleinen Raum wurde es sehr heiß.

»Irgendwann bekam einer der Sammler ein Stück, das nicht echt war. Mann, es war nicht mal eine gute Kopie. Grizzard und Corliss leugneten, etwas Illegales getan zu haben, und entschädigten den Sammler sofort. Ich vermute, der Kerl hat mehr gekriegt als er erwartet hatte, denn er weigerte sich, darüber zu sprechen.«

»Bestechung?«

»So ähnlich.«

»Und ohne das eigentliche Opfer war nichts zu beweisen«, schnaubte ich angewidert. »Geschickter Zug.«

»Nicht geschickt genug. Egal, andere fingen an, ihre geliebten Schätze auch zu überprüfen, nur um festzustellen, daß einige überteuert, einige nicht ganz das, was sie angeblich sein sollten, und einige schlicht gefälscht waren. Corliss und Grizzard gelang es, nicht wegen krimineller Verstöße belangt zu werden, und beide verschwanden aus der Kunstszene.«

»Und wie wurde dann Corliss Kurator des Museums?«

»Gute Beziehungen«, sagte Rudy. »Anscheinend gehörte sein alter Kumpel Grizzard zum Vorstand des Museums. Als die Stelle letztes Jahr frei wurde, konnte Grizzard ein Wort für ihn einlegen. Der Mann hatte ausgezeichnete Referenzen - auf dem Papier wenigstens. Ich nehme an, beim Einstellungsgespräch erinnerte sich niemand mehr an die kleine Affäre mit den Fälschungen.«

»Was für ein Plan!« Jackson pfiff leise. »Jetzt sitzt er am Ruder eines großen Museums und sein Kumpan im Vorstand. Mann, da sollte schnell etwas unternommen werden, bevor die mit dem Zeug abhauen. Wie haben die Leute nur so ein kurzes Gedächtnis?«

»Geld«, sagte Rudy ruhig. »Tonnenweise. Grizzard hat's wie Heu, und er hat's im Lauf der Jahre recht großzügig verteilt. Die Leute vergessen alles Mögliche, wenn genug Kohle im Spiel ist.«

»Hat er eine Bank ausgeraubt?« fragte ich halb im Scherz.

»Nein, aber sein Urgroßvater hat einen ganzen Staat ausgeraubt.«

»Was?«

»Anscheinend hatte sein Urgroßvater um die Jahrhundertwende die Kontrolle über die Versorgung. Alles völlig legal - zumindest bis Teddy Roosevelt die Trusts zerschlug. Grizzard hat so viel Geld, daß er's verbrennen kann.«

»Und warum versucht er dann, die Leute abzuzocken?« fragte Jackson.

»Aus purem Spaß daran, nehm ich an. Es gab nie einen Beweis dafür, daß er tatsächlich jemanden betrügen wollte. Trotzdem finde ich es interessant, daß das Thema mittelamerikanische Kunst erneut im Zusammenhang mit den beiden Vögeln aufkommt. Ein bißchen zu sauber.«

»Du glaubst mir also?« Ich war von den Socken. Rudy war von Grund auf skeptisch gegenüber allem, was ich sagte.

»Ja, Miles - nenn's idiotisch, aber-«

»Danke Rudy.«

»Um ganz ehrlich zu sein, du warst es nicht allein. Ich sprach mit einer alten Freundin, die ich in der Bibliothek getroffen habe, und sie sagte mir, sie habe auch gehört, daß im Museum etwas im Busch sei. Ihr Mann ist auch im Vorstand, und heute Morgen wurde eine Notsitzung einberufen.«

»Einzelheiten?«

»Nichts genaues. Sie hatte den Eindruck, daß es irgendwelche Schwierigkeiten mir der laufenden Ausstellung gibt, wußte aber nicht, welche. Also ging ich selbst im Museum vorbei, aber soweit ich sehen konnte, fehlte nichts - anfangs jedenfalls. Die Grizzardsammlung war zu sehen - nichts wirklich Spektakuläres, soweit ich es beurteilen kann.« Rudy machte eine Pause und schaute nach Inspiration suchend zur Decke. »Ich nehm's zurück. Es war nicht mal annähernd spektakulär. Genau genommen, war's nicht mal interessant. Ich hab schon bessere Keramik auf dem Flohmarkt in Mexico City gesehen. Es würde mich wundern, wenn es auch nur alt war. Ehrlich gesagt, war's ziemlich minderwertig.«

»Und sonst war nichts damit?« fragte ich. »Was zum Beispiel?« Rudy schaute mich mißtrauisch an.

»Hat nichts gefehlt?« Ich brannte darauf, ihm meine Entdeckung unter die Nase zu reiben.

»Komisch, daß du's erwähnst, Miles.« Er musterte mich. Fragt nicht, wieso, aber ich kam mir vor wie ein Insekt im Biologiekurs. »Zuerst merkte ich nichts. Dann, als ich den Katalog las, fielen mir ein paar Unstimmigkeiten auf. Elf Stücke in einer Vitrine, in der zwölf sein sollten - so Sachen. Im Grunde hätte man ohne die Beschreibungen im Katalog gar nichts bemerkt. Sie waren sehr detailliert - das Zeug, das kaum einer liest, wenn er nicht nach irgendwas forscht. Wenn ich nicht danach gesucht hätte, wäre mir nichts aufgefallen.«

»Könnte es etwas wie das hier gewesen sein?« Ich ertrug es keine Sekunde länger - ich mußte meine Entdeckung präsentieren. Aufgeregt wühlte ich in der Tasche. Nachdem ich von den fehlenden Stücken im Museum gehört hatte, tanzte mir die Vorstellung von Belohnungen im Kopf herum. Vielleicht war das unsere Rückfahrkarte ins süße Leben. Wenn schon sonst nichts, wollte ich Rudys verblüfften Blick genießen, wenn ich ihm die Skulptur unter die Nase hielt.

Nun ja, er war verblüfft, aber nicht aus dem Grund, den ich mir gedacht hatte. Ich nahm die Figur und hielt sie Rudy triumphierend hin. »Was meinst du dazu?«

»Mann Gottes, Diamond! Wo zum Teufel hast du die gefunden?«

»Genau hier in der Tasche.« Ich genoß den verwunderten Ausdruck auf Rudys Gesicht. Ich informierte ihn über das Gespräch, das ich in der Dusche belauscht hatte. »Der Rothaarige erzählte seinem Kumpel, er hätte sie bei Grizzard gemopst. Könnte das eins der fehlenden Stücke sein?«

»Es hat gefehlt, stimmt schon - aber nicht in Grizzards Sammlung.« Rudy nahm mir die Figur ab und betrachtete sie ehrfürchtig.

»Was ist?« platzte ich immer aufgeregter heraus. Wenn Rudy es für etwas Besonderes hielt, dann bestand die Chance, daß es so war.

»Das ist unfaßbar, Miles. Mein Gott, ich glaub's nicht. Schau dir diese Arbeit an.« Er drehte den häßlichen kleinen Scheißer in den Händen und musterte ihn von allen Seiten. Auf mich wirkte er wie ein scheußlicher, glupschäugiger Troll. Ich hätte ihn mir nicht auf den Kaffeetisch gestellt. Dazu kam, daß die Rückseite beschädigt aussah. Manchmal verstand ich Rudys Geschmack nicht.

»Also, was ist es?« fragte Jackson mit einem Blick über Rudys Schulter. »Spuck's aus.«

»Dies, Gentlemen, ist, wenn ich mich nicht irre, der Dämon des Todes.« Rudys Stimme zitterte vor Aufregung. Irgend etwas stimmte da nicht.

»Reizend«, sagte ich, nun sicherer denn je, daß ich das Ding nicht dauerhaft um mich haben wollte. »Und wer ist dieser Dämon, wenn er zu Hause ist?«

»Das weiß niemand. Der Legende nach-«

»Legende? Das wird ja immer besser.«

»Wie ich schon sagte ...« Rudy warf mir einen ›Halt's Maul‹-Blick zu. Ich hielt es - vorerst zumindest.

»... kam dieses Ding in den 30er Jahren nach Mexico City. Irgendein alter Schatzsucher, der jahrelang im Küstendschungel westlich von Mexico City nach dem Aztekenschatz gesucht hatte, erschien eines Tages auf dem Straßenmarkt und versuchte, den kleinen Kerl zu verkaufen. Zufällig war am gleichen Tag Professor Oskar Heimreich, einer der Pioniere in mittelamerikanischer Archäologie, auch auf dem Markt. Mit einem Blick erkannte er, daß der Alte etwas Wertvolles hatte. Er kaufte es und fragte ihn, wo er es gefunden hatte. Der Alte sagte ihm, er habe eine Karte der Gegend in der Satteltasche. Sie wollten zu seinem Esel gehen, aber der Schatzsucher trat auf die Straße und wurde von einem Bauernkarren überfahren. Der Archäologe hat den Esel nie gefunden.«

»Tolle Story, Rudy. Woher, zum Teufel, weißt du solche Sachen?« Ich würde nie aufhören, über sein merkwürdigen Kenntnisse zu staunen.

»Ach, ich erinnere mich nur an einen Kurs, den ich mal an der Universität belegt habe, Miles«, sagte er selbstgefällig. Ich wollte schon fragen, wie ein so gebildeter Mensch so heruntergekommen sein konnte. Aber das erschien mir zu grausam. Ich ließ es sein. »Die Indianer in dem Karren, der den Schatzsucher überfahren hatte, versuchten, die Figur zurückzubekommen, aber der Archäologe schaffte es, ihnen zu entwischen.

Das war das letzte, was man wußte, bis vierzig Jahre später jemand im Keller des anthropologischen Museums in Mexico City über das Ding stolperte und es ausgestellt wurde. Dann wurde es vor etwa zehn Jahren gestohlen, als das Museum Opfer eines aufsehenerregenden Raubes wurde.« Rudy stellte die Figur vorsichtig auf den Fußboden. »Ich frage mich, wie zum Teufel Grizzard es geschafft hat, es in die Finger zu bekommen.«

»Wahrscheinlich hat er zwielichtige Freunde«, vermutete ich. »Jedenfalls, jetzt haben wir's. Was meinst du, sollen wir damit machen?«

»Es den Behörden übergeben?«

»Und ob, dem Seattle Art Museum, etwa?« Ich schüttelte den Kopf. »Ich glaub nicht, Jackson. Ich habe nicht viel Vertrauen in die Geschäftsleitung dieser Institution. Außerdem, wenn es so wertvoll ist, wie Rudy glaubt, muß das Museum eine Belohnung für die Wiederbeschaffung aussetzen.«

»Es ist komisch mit dem kleinen Burschen«, warf Rudy mit gerunzelten Augenbrauen ein. »Alle anderen Stücke, die gestohlen wurden, waren aus purem Gold - meistens aztekisch. Ich konnte mir nie vorstellen, wieso sie den mitgenommen haben. Er ist wundervoll, aber nicht die gleiche Liga - zumindest nicht aus Diebessicht.«

»Vielleicht war er einfach da und ist im Eifer des Gefechts mitgegangen.«

»Nein, Miles. Das Stück stand auf einer Galerie im zweiten Stock, eine halbe Straße entfernt von den anderen Galerien, die geplündert wurden. Nein, der wurde mit Absicht gestohlen.«

»Wieso ist er so wertvoll?« fragte ich.

»Ich denke nicht, daß er an sich so viel wert ist«, antwortete Rudy. »Vielleicht ist er der Schlüssel zu etwas. Professor Heimreich schien das jedenfalls zu glauben. Und auch die Museumsdiebe.«

»Ich frag mich, wie er hier in Seattle in Grizzards Besitz gelandet ist.« Jackson ging zwischen uns auf und ab. »Glaubst du, er hat ihn seit dem Raub?«

»Ich bezweifle es. So viel ich weiß, ist keines der Kunstwerke je wieder aufgetaucht. Zum Verkaufen waren sie viel zu heiß. Ich nehme an, sie sind erst kürzlich wieder in Umlauf gekommen. Ich möchte wirklich wissen, woher Grizzard ihn hat. Ich würde wetten, er war erst kürzlich in Mexiko.«

»Na«, sagte ich, als ein Licht auf meinem geistigen schwarzen Brett aufblitzte. »Wir kennen doch jemanden, der schwer im Importgeschäft steckt.«

»Mann, du machst wohl Scherze«, protestierte Jackson japsend.

»Dieser Irre, der versucht hat, uns umzubringen?« blaffte Rudy. »Du spinnst wohl!«

»Achte auf deine Ausdrücke, Rudy! Hört zu, Nelson Chin hat uns schließlich, wie ihr wißt, den Arsch gerettet. Außerdem mochte er mich. Ich denke, ich statte Mr. Chin einen kleinen Besuch ab. Nur um unsere Bekanntschaft zu erneuern.«

»Das ist deine Beerdigung, Diamond.«

»Ich hoffe nicht, Rudy«, widersprach ich und griff nach meiner Hose. »Soweit bin ich noch nicht ganz.«

Rudy hatte nicht unrecht. Nelson Chin konnte sehr gefährlich werden. Dummerweise war er auch noch sehr sexy. Nachdem er seine Mordpläne aufgegeben hatte, waren wir sehr gut ausgekommen. Genau genommen, hatte er mich sogar vor diesem Psychopathen David Travis gerettet und mich am Leben gelassen. Ich hoffte, daß er noch angenehme Erinnerungen an unsere gemeinsame Zeit hegte.

Von der Straße aus wirkte sein Büro in Chinatown wie eine verlassene Absteige. Ich stieß die Tür auf und bahnte mir den Weg durch den Müll auf der Treppe. Es erstaunte mich ein wenig, daß keiner seiner Gorillas herumlungerte, um unerwartete Besucher abzufangen. Wie sich herausstellte, lauerten sie lediglich auf den oberen Absätzen.

»Was zum Teufel willst du hier, du Penner?« knurrte ein unattraktiver Kerl in schlecht sitzendem Anzug und bohrte mir eine Kanone in die Rippen.

»Deinen Boss besuchen«, sagte ich ruhig, in der Hoffnung, er würde zuerst seinen Chef fragen, bevor er mich durchlöcherte. »Sag ihm, Miles Diamond ist da.«

»Wie kommst du drauf, ich würd ihn mit 'nem Haufen stinkender Scheiße wie dir belästigen?« Der Bursche hatte offensichtlich nicht die Vorzüge einer vornehmen Erziehung genossen. Ich vermutete stark, daß unter dieser rauhen Schale kein Herz aus Gold schlug.

»Sag ihm einfach, ich bin da«, bluffte ich. »Es sei denn, du willst ihm erklären, wieso du einen seiner besten Freunde umgenietet hast. Na los, Hübscher - du wirst dich noch drüber freuen.« Er zeigte mir seine halb verrotteten Zähne und stieß mich vor sich her ins Büro. Ich kühlte mir die Hacken in Chins Vorzimmer, während er verschwand, um meine Botschaft zu überbringen.

Keine Minute danach kam der Märchenprinz zurück. Sein Benehmen hatte sich nicht wesentlich gebessert, aber wenigstens zielte er nicht mehr mit der Pistole auf mich. »Er ist da drin.« Er nickte über die Schulter, dann nahm seinen Posten an der Tür wieder ein.

Ich überquerte den dicken Teppich durch Chins eigentliches Büro und öffnete die Tür zu seinem privaten Trainingsraum. Chin stand in der Mitte und absolvierte ein höchst ungewöhnliches Trainingsprogramm. Ein Blick überzeugte mich, daß ich so etwas auch in meine eigenen Übungen aufnehmen sollte.

Wenn überhaupt, sah Nelson Chin noch appetitlicher aus, als ich es in Erinnerung hatte. Vielleicht hatte er durch sein neues Kraftprogramm noch mehr Muskeln bekommen, oder seine Figur war noch ansehnlicher geworden. Jedenfalls, unter seiner makellosen Elfenbeinhaut schwollen und zuckten die Muskeln. Die Deckenbeleuchtung betonte liebevoll den mächtigen Bizeps, den Vorsprung seiner breiten Brust, den Waschbrettbauch, die kräftigen Oberschenkel - und so ging es immer weiter.

Er absolvierte gerade einen Satz faszinierender Kniebeugen, splitternackt, und sein Schwanz stand ihm bis zum Bauch. Über seinen Schultern lag eine Hantel, und es war leicht zu erkennen, weshalb er so hingebungsvoll bei der Sache war. Er stand über einer Bank, und seine haarigen Eier baumelten über dem Mund eines der atemberaubendsten blonden Jünglinge, die ich in letzter Zeit zu Gesicht bekommen hatte.

Der Kleine sah keinen Tag älter als achtzehn aus, hatte es aber in der kurzen Zeit geschafft, sich eine unglaubliche Figur zuzulegen. Er sah aus wie ein verderbter, steroidsüchtiger Engel - jeder einzelne Muskel war fast absurd überentwickelt. Wenn er auch nur noch eine Übung mit den Gewichten gemacht hätte, wäre er glatt aus seiner gebräunten Haut geplatzt. Zur Zeit war er äußerst angespannt; die Hände hinter dem Kopf und die Beine leicht angehoben, bemühte er sich, Chins fette Eier zu lecken.

Chin quälte ihn, ließ ihn warten, was mir die Gelegenheit bot, jedes saftige Detail des lüsternen Stillebens vor mir in mich aufzusaugen. Anders als die meisten Bodybuilder, die ich kannte, rasierte der junge Bock unter Chin seinen Körper nicht. Er gehörte zu jenen wirklich erfreulichen Raritäten: ein stark behaarter, echter Platinblonder. Brust, Bauch, Beine, Arme - wohin man sah, war der Kerl mit dichtem Fell bewachsen, das aussah wie gesponnenes Gold. Was mich betraf, so betonte es die unglaubliche Muskulatur eher noch und verlockte mich noch mehr, die Hand auszustrecken und zuzufassen.

Das Dumme war, ich wußte nicht, wo ich zuerst anfassen sollte. Da war der Waschbrettbauch mit den tiefen Rillen und der weichen Seide. Da waren die massiven Schenkel, die einem den Schädel hätten knacken können, hätte man den Kopf dazwischengesteckt. Dann war da die Brust, zwei gleichmäßige Felsen, die vor Anspannung bebten. Ich hätte mein Geld - und meine Lippen, wäre das gegangen - auf die saftigen, rosa Brustwarzen legen können, die wie reife Beeren herausragten. Angeschwollen ragten sie gute anderthalb Zentimeter über den Muskel hinaus und glitzerten von der Schmiere, die aus Chins steifem Schwanz tröpfelte. Wenn ich schon nicht an die rosigen, kleinen Knubbel kam, hätte ich für den dunkelroten Pilz am Ende seines starren Schwengels optiert, der über seinem Bauch aufragte, wie eine Mohnblume in einem reifen Weizenfeld.

Schließlich gab Chin nach und beendete seine Kniebeugen. Seine Eier rollten über die Lippen des Engels und verschwanden, als der Kleine weit aufmachte und geräuschvoll zu lutschen begann. Chins Schwanz klopfte ihm an den Bauch. Ein dicker Batzen Lusttropfen trat aus und zerschellte auf der heftig sich hebenden und senkenden Brust des Blonden. Auf Chins Oberschenkeln traten die Adern hervor, und sein Mund verzog sich in reinster Lust, was mich vermuten ließ, der blonde Engel habe die Zunge eines kundigen Meisters.

Mein Schwanz war augenblicklich steif geworden, und ich grunzte, während ich ihn richtete, um ihm etwas Platz zu schaffen. Chin schlug die Augen auf, wobei sich der Schleier der Lust kurz hob, als er mich anschaute.

»Miles Diamond. Welch angenehme Überraschung.«

»Es tut mir leid, Sie in einem solch intimen Augenblick zu stören«, sagte ich und leckte mir hungrig die Lippen. »Ihr Türsteher hat versäumt, mir mitzuteilen, daß Sie ... äh, beschäftigt sind.«

»Ich trainiere nur einen neuen Rekruten«, antwortete er, während er wieder eine aufrechte Position einnahm. Seine Eier rutschten schnalzend aus dem Rosenmund des Engels und klatschten an seinen Schaft. Bei dem Geräusch kribbelte mein eigenes pelziges Gehänge einträchtig mit. »Bitte, Miles, machen Sie mit.«

»Es würde ihn nicht stören?« Ich nickte zu dem Engel hin.

»Besser für ihn, wenn nicht«, stellte Chin sachlich fest. »Er ist im Training, wie ich schon sagte. Als Experte auf dem Gebiet könnten Sie mir vielleicht sagen, wie sein Stand ist.« Da man solche Einladungen nicht oft bekommt, dachte ich nicht lange nach. Ich zog mich aus, und trat ans untätige Ende des Engels.

»Thomas wird tun, was Sie wollen, nicht wahr, Thomas?« Der blonde Engel blinzelte und nickte. Seine Beine zitterten unter der Anspannung, sie ein kleines Stück über der Bank zu halten, und aus der Nähe sah man, daß seine makellose Haut vor Schweiß glänzte. Mir war danach, dem armen Jungen zu sagen, er solle sich entspannen, bevor er einen Krampf bekam - beinahe.

»Arschloch!« bellte ich. »Herzeigen.« Mit gestreckten Zehen hoben sich seine Beine in einem anmutigen Bogen, bis sie sich in einem Neunzig-Grad-Winkel zu seinem Rumpf befanden. Ich sah fleischige Backen mit einer verlockenden Spalte in der Mitte, aber nicht eine Spur von dem, wonach ich suchte.

»Beine spreizen!« kommandierte ich. Sie formten ein weites V, bei dem sich die Spalte weit öffnete und unter seinen verknoteten Eiern eine feuchte, rosige Knospe zum Vorschein kam. Ich trat einen Schritt vor, so daß mein Schwengel wie eine Wünschelrute auf den Punkt zeigte. Ich habe schon viele Arschlöcher gesehen, und das von Thomas dem Engel war ein besonders schönes Exemplar. Die Lippen, die es umgaben, waren so voll und weich wie die, die sich am anderen Ende gerade so kuschelig um Chins Eier geschlossen hatten.

Ich leckte über den rechten Mittelfinger und berührte mein Ziel. Es flatterte, öffnete sich und schnappte nach meinem ahnungslosen Finger wie eine Venusfliegenfalle. Ich war so verblüfft, daß ich die Hand zurückzog und mich vergewisserte, daß ich noch alle Finger hatte.

»Schau an«, kicherte Chin. »Er beißt.«

»Ich seh's«, nickte ich und betrachtete die verführerisch leckere Öffnung mit neuem Respekt.

»Versuchen Sie's mit den Eiern«, schlug Chin vor, der zu einer weiteren Runde Sackfolter in die Knie ging. Ich befolgte seinen Rat und lachte anerkennend, als das Loch des Blonden sich immer weiter öffnete, bis ich vom Anblick seiner heiß leuchtenden rosa Innereien fast geblendet wurde. »Schmeckt so gut, wie's aussieht«, teilte Chin mir mit, dessen Tonlage anstieg, als seine Eier tiefer in die enge Kehle des Engels gesaugt wurden.

Ich beugte mich vor und rammte meine Zunge bis zum Anschlag in das klaffende Loch. Der Kanal wollte sich schließen, aber ich packte den Kleinen an den Eiern und drückte so fest zu, daß er es sich überlegte. Ich leckte überall in ihm herum, wobei ich so tief stocherte, wie es ging, und den scharfen Duft seiner Arschsäfte einsog.

Inzwischen war mein Schwengel so steif, daß er schmerzte und mich, gierig auf Action, wild in den Eingeweiden kitzelte. Ich schleckte noch einmal an der heißen Höhle, dann stand ich auf und setzte, bereit, zuzustoßen, den Bolzen ins Ziel.

Ich zog die Haut zurück, legte die rote Eichel frei und rammte die Hüften nach vorn.

Fasziniert beobachtete ich, wie seine Rosette sich einbeulte und meinen Brocken schluckte. Sie stülpte sich über die glänzende Spitze und legte sich kuschelig um den dicken Rand. Ich schwöre, es war, als würde ich in einen Abgrund gesogen, noch mehr von der unglaublichen Muskelbeherrschung des Engels als von der eigenen Begierde.

»Wie zum Teufel haben Sie ihm das beigebracht?« keuchte ich mit einem Blick auf den herrlich pelzigen, muskelstarrenden Leib, der uns so geschickt verwöhnte.

»Das ist nicht mein Verdienst«, gab Chin zu, während er endlich seine Hantel ablegte und sich schwer auf den blonden Kopf des jungen Mannes setzte. Chin schob sich ein Stück nach oben, um seine Eier außer Reichweite zu bringen, und ließ den Engel zur Abwechslung an seinem Arschloch arbeiten. »Er ist schlicht und einfach ein Genie.« Chins Finger rechten durch die blonde Seide auf dem Rumpf seines Lehrlings. »Tolles Fell auch.« Chin schaute mich an und zwinkerte verschlagen. »Und Sie wissen ja, was ich davon halte.« Ich nickte, während er an einer der Locken auf meiner Brust zupfte. »Als er hierher kam, wollte er sie tatsächlich abrasieren, aber das habe ich streng verboten.« Chin packte zwei Handvoll Bauchfell und zog so fest, daß sich die Hüfte des jungen Mannes aufbäumte, und er das letzte Stück meines Hammers schluckte.

»Herrje!« stöhnte ich und verdrehte die Augen. »Der hat ja auch noch da drinnen Muskeln.«

»Warten Sie, bis Sie das sehen.« Chin griff nach den Brustwarzen des Engels und fing an, sie rhythmisch zu kneten. Wenn der Kleine hätte Milch geben können, wäre sie Chin über geschickte Finger geschossen. Er zog und zwirbelte und streckte die weichen, rosa Knubbel, bis sich das Fleisch ringsum auch abhob. Als sie bis zum absoluten Maximum gespannt waren, zwickte er sie brutal, dann ließ er los und schlug mit all seiner beachtlichen Kraft auf die Brust des Jungen. Danach packte er das gemarterte Fleisch und fing von vorne an.

»Scheiße!«, kreischte ich nach der ersten Runde seiner Mißhandlungen.

»Nett, hm?« frohlockte Chin. Ich konnte nur blöde nicken; mein Schwanz zuckte wie wild. Der Arsch des Engels hatte ein Eigenleben, als würde eine Legion winziger Fäuste jeden einzelnen geäderten Zentimeter meines Schwengels kneten.

Ich drang tiefer ein, um herauszufinden, ob er den Fickkanal über die ganze Länge hinweg so beherrschte. Er tat es.

Gerade als ich den letzten Rest meines Bolzens versenkte, legte Thomas mir die Beine um die Hüften, die Füße verhakten sich hinter mir und hielten mich fest gefangen. Ich sank auf den schwitzenden, keuchenden Leib, ganz damit einverstanden, mir von ihm den Bauch zerquetschen zu lassen, wenn er es wollte.

Meine Lippen klatschten auf die arme, gefolterte rechte Brustwarze. Neugierig, ob eine andere, etwas sanftere Technik zu den gleichen erstaunlichen Ergebnissen führen würde, küßte ich den aufgeblähten Knoten und fing an, zu lecken, wobei ich die Oberfläche kaum mit der Zunge berührte. Die Zuckungen in seinem Arschloch wurden zu einer langsamen, beruhigenden Massage, bei der sich mir die Zehen kringelten.

Ich fickte ihn mit dem gesamten Schwanz, indem ich den langen, dicken Schaft bis an die Eier versenkte und dann langsam wieder herauszog. Wenn die Eichel die angeschwollene Prostata erreichte, stieß ich ein paarmal dagegen, worauf sein Schwanz mir gegen den behaarten Bauch klopfte.

Chin, der noch immer auf Thomas' Gesicht saß, schaute uns aufmerksam zu und ließ sich - den schlabbernden Geräuschen nach, die von Thomas kamen, zu urteilen - das Rimming des Jahrhunderts verpassen. Auf einmal steckte er sogar beide Hände zwischen uns und wühlte in dem Gemenge aus schwarzen und silbernen Haaren.

»Zwei behaarte Männer«, stöhnte Chin, während er die Finger in meinen Haaren vergrub und meinen Kopf nach oben zog, so daß ich ihm in die Augen schaute. »Ich hoffe, es stört Sie nicht, wenn ich zwischen euch beide komme.« Ich hatte Chins Arsch schon einmal genossen und wußte keinen Grund, wieso ich nicht einen zweiten Schuß landen sollte, wenn es ihm darauf ankam. Ich knurrte zustimmend und stand auf.

Der Engel wimmerte, als mein Schwanz aus ihm herausflutschte, und sein Arschloch klaffte einsam, aber nur kurz. Stets aufmerksam, holte Chin einen Dildo erschreckender Ausmaße unter der Bank hervor. Er schmierte ihn ein, setzte ihn am Arschloch des Engels an und drückte zu. Thomas wurde sehr still, widersprach aber nicht, als Chin ihm mit einem Stoß den riesigen Plastikschwengel hineinrammte.

Sobald er Thomas fest versiegelt hatte, hockte er sich auf ihn und führte den steifen Schwanz des Blonden an sein eigenes spucketriefendes Loch. Chin rutschte zurück, schluckte das Stück und legte sich dann auf seinen muskulösen Schüler. Der Anblick meines früheren Sexpartners und manchmal auch Gegners, der mir mit gespreizten Beinen seinen vollkommen geformten, steinharten Arsch hinstreckte - ganz zu schweigen vom Anblick des Hammers des Engels, der bereits in die Pforte männlicher Lust eindrang - hatte die beabsichtigte Wirkung. Ich ging ins Ziel, bohrte und ließ mich auf den Haufen fallen und fing an, zu ficken.

»Uhhhh!« bellte Chin und bockte. Die Bewegung war weniger bestimmt, mich abzuwerfen, als mich vielmehr bis zu den Eiern in seinen gut gefüllten Arsch zu versenken. Ich schlang die Arme um die gemeißelte Brust von Nelson Chin, der Engel verhakte seine Hände hinter meinem Rücken, und zu dritt fingen wir an, zu rocken und zu rollen.

Chin wand sich zwischen uns wie ein aufgeregtes Hündchen, offensichtlich überwältigt von dem Gefühl, inmitten dieses pelzigen Sandwichs festzusitzen. Ich rieb meine behaarte Brust an seinen Schultern und knabberte an seinem Ohr, während ich mit den Hüften schnell und hart zustieß. Ich spürte den Schwanz des Blonden Luströhre an Luströhre gequetscht an meinem eigenen scheuern. Das Gefühl seiner aufgeblähten Eichel an meinem Lustknoten ließ mich an der Schwelle der Ekstase schwanken, und ich konnte mich kaum beherrschen. Dennoch, es war eine seltene Gelegenheit, und ich wollte nicht zu rasch abspritzen. Ich freue mich, berichten zu können, daß ich mit etwas Konzentration - und einer recht ausgefuchsten Muskelkontrolle - den Orgasmus in Schach hielt.

Nach einigen Minuten reiner Seligkeit spürte ich, daß das Sperma des Engels sich in Chin aufstaute, und hatte darauf das Vergnügen, den unerschütterlichen Nelson Chin wie einen Hund aufheulen zu hören, als er seine Ladung über den Waschbrettbauch seines Schützlings ergoß.

»Fick mich, Diamond!« keuchte Chin. »Spritz ab, Mann. Ich halt's nicht mehr aus!« Ungerührt ignorierte ich sein Flehen um Gnade und rammelte ihn mit aller Kraft, bis ich ihm meine Sahne in die verwüsteten Gedärme geschossen hatte und mein Schwanz schlaff geworden war. Chin zog sein Loch zusammen und spie uns beide in die Kälte hinaus.

Nach etwa zehn Minuten glaubte ich, wieder aufstehen zu können und stieg von Chins breitem Rücken. Ich griff unter ihn und half ihm hoch, worauf ich ihn an mir festhielt, bis er sich schließlich mit einem uncharakteristischen Kichern lustvoller Befriedigung von mir befreite. Etwas benommen ausschauend blieb Thomas wo er war, den Schwanz immer noch steif und den Dildo immer noch im Arsch.

»Thomas?« Chin beugte sich über ihn und zwickte ihn in die linke Brust. Die großen blauen Augen klappten auf und stellten sich mühsam auf Chins Gesicht ein. »Stemm ein paar Gewichte«, schlug Chin vor. Thomas schüttelte den Kopf und stand auf. Er lächelte mich unschuldig an - keine geringe Leistung angesichts der Umstände - dann trottete er durch den

Raum; der Dildo ließ ihn ein wenig o-beinig wirken. Er nahm eine Hantel von einem Gestell und stellte sich, bereit, sich noch zu höheren Höhen zu pumpen, vor einen Spiegel.

»Schön, dich zu sehen, Miles«, sagte Chin, als wir in einer Wanne am anderen Ende des Raumes saßen und Weißwein schlürften. »Du hast mir gefehlt.«

»Das bezweifle ich«, kicherte ich und nickte zu Thomas, der inzwischen emsig an seinen Seitenmuskeln arbeitete.

»Kein Ersatz für einen richtigen Mann«, seufzte er. »Ach ja, man tut, was man kann. Also, Miles, was kann ich für dich tun? Ich nehme nicht an, daß du nur zum Plaudern gekommen bist.«

»Nicht wirklich«, gab ich zu, nahm noch einen Schluck und versank bis zum Hals im sprudelnden Wasser. Meine Zehen streiften Chins inneren Oberschenkel. Ich ließ sie dort. »Ich hoffte, du könntest mir etwas über Importe erzählen.«

»Importe?« Er wiederholte das Wort, als hätte er es noch nie gehört.

»Mexikanische Importe«, erklärte ich. »Vor allem den Import von Kunstobjekten, die eigentlich nicht für den Import bestimmt sind.«

»Miles, du schockierst mich.« Er zündete sich eine Dunhill an und inhalierte, ohne im mindesten schockiert auszusehen. »Was interessiert dich an mexikanischen Importen? Willst du eine Mariachiband gründen?«

»Sehr witzig, mein Freund. Zufällig ist in den letzten Tagen etwas passiert, was meine Gedanken in den Süden hat schweifen lassen.«

»Ich dachte, du hättest dich zur Ruhe gesetzt, Miles. Es wurde gemunkelt, du und deine Freunde hättet bei dem Travis-Fall ein kleines Vermögen gemacht.«

»Tja, also wir hatten ein paar Rückschläge. Genau genommen, hat es uns bis auf den Nullpunkt zurückgeschlagen.« Ich informierte ihn über den unglücklichen Zusammenbruch meiner häuslichen Arrangements. »Wie du dir vorstellen kannst, bin ich etwas knapp bei Kasse.«

»Du könntest jederzeit für mich arbeiten, Miles.«

»Danke. Ich glaube, das würde mich überfordern.« Ich schaute zurück zu Thomas. Er machte mit einer Hantel hinter dem Kopf Sit-ups an einer schiefen Ebene. Ihn nur anzusehen, erschöpfte mich.

»Was genau interessiert dich dann an Mexiko? Nicht daß ich irgendwie helfen könnte.«

»Hast du je von einer kleinen Figur namens Dämon des Todes gehört?« Ich suchte in seinem hübschen Gesicht nach einer Reaktion. Sie kam schwach, aber augenblicklich. Seine Pupillen weiteten sich und seine Nasenflügel bebten, was darauf hinwies, daß er Geld roch.

»Vage Gerüchte, was willst du darüber wissen?«

»Äh ... eigentlich nicht viel«, log ich. »Ich hab nur gehört, daß eine solche Figur - sollte es sie wirklich geben - für irgend jemanden, irgendwo von Interesse sein könnte.«

»Komm schon, Diamond«, schnaubte er, setzte sich aufrecht hin und zog wieder an seiner Zigarette. »Ein bißchen Vertrauen. Der Dämon des Todes ist nicht einfach etwas, das beiläufig bei einem Gespräch im Schwimmbad erwähnt wird. Wer hat dir davon erzählt?«

»Äh ... mein Freund Rudy Vale ist kürzlich bei seiner Lektüre zufällig auf einen Hinweis gestoßen.«

»Wie geht es dem bemerkenswerten Mr. Vale?« Chins Nasenflügel bebten erneut, obwohl diesmal Geld nicht der Grund zu sein schien.

»Ich wußte gar nicht, daß du dich an Rudy erinnerst, ganz zu schweigen an ihm interessiert sein könntest.«

»Wie könnte ich mich nicht für ein solches ... Exemplar interessieren?« Chin seufzte und blies eine Rauchwolke über seinen Kopf. Meine Zehen krümmten sich und stießen an den konkreten Beweis seines Interesses. Es war groß.

»Rudy geht's sehr gut«, versicherte ich ihm. »Wie gesagt, er stieß nur zufällig auf einen Hinweis auf den Dämon des Todes und erwähnte es. Es klang faszinierend.« Sein Blick sagte mir, daß er wußte, daß ich log, er schien aber über meinen Mangel an Aufrichtigkeit nicht im mindesten beleidigt zu sein.

»Soviel ich weiß, ist der Dämon des Todes nichts weiter als eine reizvolle kleine Legende.«

»Glaubst du, an der Legende ist was Wahres?« fragte ich, bemüht, harmlos zu klingen.

»Du meinst den Teil, der besagt, daß er der Schlüssel zu einem unvorstellbaren Schatz ist?« Jetzt war es an mir, mit den Nasenflügeln zu beben! Von einem großen Schatz hatte Rudy nichts erwähnt. »Ich fürchte, dieser Teil schmeckt etwas zu sehr nach Indiana Jones, Miles.«

»Wahrscheinlich«, räumte ich ein, während in meinem Kopf die Rädchen klickten. Schon der Gedanke, wir könnten uns im Besitz eines Schlüssels zu märchenhaften Reichtümern befinden, ließ mein Blut wallen. Ich hatte noch mehr Fragen, zögerte aber. Es war nicht klug, Nelson Chin mehr wissen zu lassen, als ich schon ausgespuckt hatte. Wir plauderten noch ein paar Minuten. Dann stand ich auf, um zu gehen.

»Bitte, Miles, du bist gerade erst gekommen«, widersprach Chin, anscheinend ehrlich bedauernd, mich gehen zu sehen.

»Tut mir leid, Nelson, aber ich muß los.«

»Thomas«, schnarrte Chin. Der Engel spitzte die Ohren und tappte zur Wanne. »Komm zu uns, Thomas.« Der Engel glitt neben mir in die Wanne, und jeder Gedanke, irgendwo hinzugehen, zog sich in die Tiefen meines Bewußtseins zurück.

Ich kam nicht vor dem nächsten Morgen aus Chins Büro hinaus. Als ich wieder die in die Hose stieg, hatte ich mindestens einmal in jede einzelne von Thomas' köstlichen Öffnungen ejakuliert. Der Junge war ein Genie. Ich war gewiß, daß ihm eine glänzende Zukunft bevorstand. Chin brachte mich persönlich zur Tür, und der Seidenmantel um seine knackige Figur ließ Einzelheiten erkennen, die mich den Abschied bedauern ließen.

»Ein letzter Rat, Miles«, sagte er, während er mir die Tür aufhielt.

»Ja?«

»Vergiß den Dämon des Todes. Es könnte sich erweisen, daß er genau das ist, was sein Name sagt.«

»Was soll das heißen?«

»Auf Wiedersehen, Miles.« Er schlug mir sachte die Tür vor der Nase zu und ließ mich auf dem schäbigen Treppenabsatz stehen. Vergessen? Auf keinen Fall. Verdammt, jetzt, da ich ernsthaft darüber nachdachte, hätte ich ihn Chin gegenüber am besten gar nicht erwähnt. Ich war halb davon überzeugt, daß er schon am Telefon hing, um Informationen einzuholen und zu versuchen, mir eins auszuwischen. Soweit sollte es nicht kommen - nicht wenn ich ein Wörtchen mitzureden hatte.

Ich ging etwa einen Block von Chins Büro auf der King Street und überlegte, wie ich Jackson und vor allem Rudy überzeugen sollte, daß wir nach Mexiko mußten, als ich auf der anderen Seite eine vertraute Gestalt bemerkte. Der geheimnisvolle Mann in Grau lehnte an der drachenverzierten Fassade eines chinesischen Restaurants und gab vor, die

Times zu lesen. Wer war der Mann, und wie zum Teufel fand er mich immer wieder?

Ich was sauer. Dann erinnerte ich mich - oder glaubte es zumindest -, daß er mir das Leben gerettet hatte, als ich von dem Auto angefahren worden war. Vielleicht war es das Beste, über die Straße zu gehen und mich vorzustellen - am Ende den Mann sogar kennenzulernen. Dann, wenn wir uns beim Vornamen nannten, konnte ich ihn fragen, wer verdammt er war und wieso zum Teufel er mich verfolgte.

Ich wartete an der Ecke auf Grün, als ich aus dem Augenwinkel etwas bemerkte, das mich von dem Mann in Grau ablenkte. Ich sah blitzartig einen nackten Arm, der gleich wieder verschwunden war. Dann rollte ein mittelgroßer schwarzer Stein über die leicht abschüssige Straße auf mich zu. Ich wollte mich gerade abwenden, als ich feststellte, daß der Stein keineswegs ein Stein war. Dazu war er zu regelmäßig - er blitzte in der Morgensonne wie matter Stahl. Ich wurde mir der Tatsache bewußt, daß es sich um eine Handgranate handelte, im gleichen Augenblick, als sich meine Beine spannten wie Federn und mich mit einem Satz auf einen offenen Müllcontainer zutrugen. Mir blieb nicht viel Zeit, mich für meinen Erfolg zu beglückwünschen, denn plötzlich wurde die Welt um mich her ganz rot und höllisch laut.

SECHSTES KAPITEL

Ich streckte die Nase über den Container, sobald ich festgestellt hatte, daß mir keine wichtigen Körperteile fehlten. Aus den Häusern kamen wild gestikulierend Leute geströmt. Autos standen auf den Gehsteigen. Die Wucht der Explosion hatte einen Hydranten weggefegt, der nun Wasser sprühte wie ein Geysir. Ich sah Polizeiautos mit Blaulicht, neben denen sich Polizisten mit gezogener Pistole duckten. Der Mann in Grau war nirgends zu sehen.

Das Komischste war, daß alles still war. Nach dem ohrenbetäubenden Krach der Handgranate hörte ich nichts. Dann kam mir, daß ich vom Knall taub geworden sei. Ich testete meine Theorie, indem ich an die Wand des Containers klopfte. Nichts - nicht einmal ein dumpfer Schlag. Na toll! Wenn das lange anhielt, würde es eindeutig zum Handikap werden.

Ich kletterte aus dem Container und wischte mir den gebackenen Reis mit Schweinefleisch ab, der mir an Hose und Hemd klebte. Ich fuhr mir durch die Haare und entfernte mehrere angeknabberte Garnelenschwänze. Die eingehendere Untersuchung meiner Khakihose und des weißen Hemds brachte Spuren scharfen Senfs, süß-saurer Soße und Bohnensprossen zu Tage. Außerdem etwas Undefinierbares, das aussah und roch, als habe es schon längere Zeit in dem Container mariniert.

Ich beendete die Inspektion, als ich sah, daß zwei Polizisten in meine Richtung blickten. Da ich nicht in der Stimmung - oder dem Zustand - war, mit den blauen Jungs zu reden, verzog ich mich in die Gasse, in der sich der Attentäter versteckt hatte, und machte mich fluchtartig aus dem Staub. Als ich mir nach sechs Straßen und einem Dutzend Blicke über die Schulter relativ sicher war, nicht verfolgt zu werden, lenkte ich meine Schritte zurück zur Ecke Western und Columbia.

Meine angeknackste Laune war endgültig dahin, als ich anstelle meines alten Bürogebäudes das große Loch in der Erde sah. Kurzzeitig erfaßte mich Panik bei dem Gedanken, daß Jackson und Rudy drinnen gewesen sein könnten, als das Gebäude dem Erdboden gleich gemacht worden war, aber dann sah ich in einem Eingang auf der anderen Straßenseite zwei vertraute Gestalten. Jackson stand mit den Händen auf dem Rücken da, seine verknautschten Züge wirkten niedergeschlagen. Rudy kauerte schwermütig neben der Tasche, die unsere gesamtes Hab und Gut enthielt.

»Hey, Jungs«, rief ich und winkte zögerlich. Meine Stimme klang wie aus einem tiefen Brunnen.

»Ssss.« Jacksons Stimme war ein wenig belegt.

»Diamond!« ertönte scharf Rudys Bariton.

»Ich hab gerade was total Verrücktes erlebt«, setzte ich an.

»Wenn es mit Sex zu tun hatte, will ich nichts davon hören.« Rudy starrte ungläubig auf meine Kleider. »Das waren *meine* Klamotten!« heulte er auf; offenbar erinnerte er sich daran, daß ich versprochen hatte, er könne sie wieder tragen, wenn ich meinen Gang erledigt hatte.

»Du siehst toll in deinen Sachen aus«, beteuerte ich.

»Ich seh aus wie ein billiger Stricher mit schlechtem Geschmack«, knurrte er, stand auf und preßte sich die Hände an den Kopf. »Ich hasse dich, Diamond. Hörst du?«

»Kaum«, brummelte ich. »Rudy, du siehst gut aus. Die Hose ist ein bißchen eng, aber du hast die Statur dafür.« Sie saß wie Stretch an ihm und wirkte ein wenig unbequem. Ich erkannte sie nicht als Teil unserer Garderobe, hielt es aber nicht für angebracht, Modefragen zu diskutieren.

»Ich habe einen sehr netten Abend mit Mr. Nelson Chin verbracht«, legte ich los. »Ich glaube, er war informativer, als er dachte.«

»Freut mich, zu hören, daß du informiert bist, Diamond«, schnaubte Rudy. »Was hast du erfahren? Das heißt, außer wie es ist, in gekochtem Reis zu ficken.«

»Wieso bist du so verdammt biestig heute morgen«, fragte ich, von seinem Ton ein wenig gekränkt.

»Ach, ich weiß nicht. Vielleicht liegt es daran, wie wir geweckt wurden.« Er blitzte mich an und biß die Zähne zusammen. »Eine Abrißbirne ist durchs Fenster gekracht und hat uns nur knapp verfehlt. Wir sind gerade so lebend rausgekommen.«

»Ihr habt doch den Dämon des Todes mitgenommen, oder?« Voller Panik schnappte ich nach Luft.

»Ja, haben wir - danke für dein Mitgefühl.« Rudy kam auf mich zu und legte mir beide Hände um die Gurgel. »Sag mir einen Grund, dir nicht den Kopf abzureißen und ihn dir in den Arsch zu rammen, Miles. Nur einen. Es muß nicht mal ein besonders guter sein. Weißt du einen?«

»Um Himmelswillen! Jetzt hört schon auf, rumzuzicken, Jungs.« Jackson legte Rudy die Hand auf die Schulter und schob ihn weg. Dann nahm er Rudys Platz ein; seine Hände auf meinen Schultern fühlten sich weniger bedrohlich an als die von Rudy an meiner Kehle. »Miles, sag mir bitte, was du rausgefunden hast. Sitzen wir jetzt endgültig auf der Straße, oder kommen wir da nochmal raus?«

»Gentlemen, wenn es stimmt, was ich gehört habe, könnte es uns bald wieder prächtig gehen.« Rudy sank wieder kopfschüttelnd neben der Tasche zu Boden. Jackson blieb, wo er war. Ich musterte meine Kumpels triumphierend.

»Hör auf, 'ne Show abzuziehen, Miles«, warnte mich Jackson. »Spuck's aus.«

»Was würdet ihr sagen, wenn ich euch verrate, daß der Dämon des Todes der Schlüssel zu einem Schatz jenseits eurer wildesten Träume ist?«

»Ich würde sagen, du hast gekochten Reis in die Birne gekriegt.« Rudy schaute auf und grinste gemein. »Was, wie ich hinzufügen möchte, deinen IQ bedeutend steigern könnte.«

»Fein, Vale«, knurrte ich. »Meinetwegen bleib hier sitzen und verfaule. Jackson, willst du mitkommen und die Chance auf märchenhafte Reichtümer beim Schopf packen oder lieber hier bei Rudy bleiben und die Konkurrenz um den Miß-Wohlfahrt-Titel mitmachen?«

»Du mieses Miststück!« Rudy stürzte sich mit hochrotem Kopf auf mich. Zum Glück war Jackson zwischen uns kein leichtes Hindernis.

»Schluß! Alle beide!« schrie er und schob seine Pranke zwischen uns. »Ich hab das Gebrüll und die Beleidigungen satt. Miles - hör auf, Rudy zu reizen. Rudy - hör auf, so stinkig zu sein. Hört zu. Miles' Hoffnungen auf einen verborgenen Schatz hören sich zwar ziemlich hirnrissig an, aber wir haben keine derart große Wahl, um die Chance auf einen großen Coup sausen lassen. Verdammt, wenn alle Stricke reißen, können wir das kleine Prachtstück immer noch zurückgeben und eine Belohnung kassieren.«

»Klar, oder ins Monroe Staatsgefängnis wandern - wenn wir das Glück haben, wieder an die Staaten ausgeliefert zu werden.«

»Rudy«, herrschte Jackson ihn an. Rudy schnaubte, hielt aber den Mund.

»Also, Jungs, wohin geht's?«

»Irgendwo nach Mexiko?« tippte ich. Die Details waren mir nicht so vertraut.

»Mexico City«, brummte Rudy. »Dort war der Dämon zuletzt zu Hause. Irgendein Antiquitätenhändler mit 'nem Laden dort hatte in der Kunstsache mit Corliss und Grizzard zu tun. Da können wir so gut wie anderswo anfangen.«

»Olé!« Ich schnippte mit den Fingern und stampfte mit dem Absatz auf den Bordstein. Um mich her fielen Reiskörner wie klebriger Schnee aufs Pflaster. Jackson schüttelte den Kopf. Rudy winkte nur ab.

»Jetzt kein Wort davon, was wir vorhaben«, warnte Jackson uns, als wir vor der Tür eines schlichten Bungalows warteten. »Ich traue meinem Schwager nicht über den Weg. Wir sagen, wir werden verfolgt und müssen schnell aus der Stadt raus. Ich hab meiner Schwester im Lauf der Jahre oft ausgeholfen, und ich bin sicher, sie kriegt's für uns hin. Noch Fragen?«

»Kann ich kurz duschen?«

»Ich tu mein Bestes, Miles. Verrat bloß nichts.« Ich wollte schon etwas sagen, aber die Tür öffnete sich einen Spalt, und ich hielt den Mund.

»Elmo?« Eine mausgraue Frau beäugte uns mißtrauisch.

»Vera. Dürfen wir reinkommen?«

»Klar. Denk schon. Davey ist auf Arbeit.«

»Arbeit?« Jackson klang ehrlich erstaunt.

»Ja. Arbeit. Die Leute von der Rentenkasse sind ihm mit der vorgetäuschten Rückenverletzung draufgekommen. Er hat für drei Jahre Drückebergerei zurückzahlen müssen. Das oder er wäre in den Knast gewandert.« Vera zuckte die Achseln, dann riß sie die Tür auf, und wir betraten das Wohnzimmer.

Es sah ebenso heruntergekommen aus wie die arme Vera. Möbel, Wände, Teppich - alles war zu einem einheitlichen Senfgelb verblichen. Auf dem Kaffeetisch stapelten sich Zeitungen und schmutzige Teller, und über der Sofalehne hing eine nicht ganz saubere Männerunterhose. Vera griff danach und stopfte sie unter ein Kissen, dann setzte sie sich schwer hin.

Nachdem er uns vorgestellt hatte, rückte Jackson mit seiner Bitte um Hilfe heraus. Vera schien anfangs zu zögern, aber nach etwas Drängen stimmte sie zu. Ich entschuldigte mich, um rasch zu duschen, während Rudy und Jackson nach draußen gingen und versuchten, den alten Kombi anzuwerfen, den Vera uns leihen wollte.

Veras Begeisterung für Sauberkeit und Putz zeigte sich auch im Bad. Auf dem Waschbecken stand ein Aschenbecher, dessen Inhalt sich in das Becken ergoß und den Abfluß verstopfte. Die Kloschüssel wies einen Hauch von Rosa auf, der weniger von der Farbe des Porzellans herzurühren schien als von irgendeiner organischen Abscheidung, und ein Blick auf die Wanne genügte, um mich zu überzeugen, daß ich eine Dusche in Schuhen brauchte.

Bedacht, nicht mit dem Fußboden in Kontakt zu kommen, zog ich die Kleider aus. Sie waren schmutzig - aber es gab eine Grenze. Ich wollte gerade das Wasser aufdrehen, als die Tür aufflog.

»Wer zum Teufel bist du?« Der Sprecher war ein junger Penner mit Glatze, dem Wort CHAMÄLEON in grobschlächtiger Blockschrift auf der rechten Schulter und einer Sicherheitsnadel in der linken Brustwarze. Er war nackt, bis auf einen Slip, dessen deutliche Flecken mich vermuten ließ, daß er der stolze Besitzer des Exemplars war, das im Wohnzimmer ausgestellt gewesen war. »Antwort, Scheißkopf.«

»Ich bin ein Freund deines Onkels Elmo«, erklärte ich, während ich versuchte seine Kraft einzuschätzen, sollte er angreifen. Er hatte eine kräftige Brust und breite Arme, aber über seinen Augen lag ein verräterischer Schleier. Ich glaubte, notfalls leicht mit ihm fertig zu werden.

»Die dreckige Schwuchtel?« Der Penner spuckte angewidert aus. »Der ist doch nur 'n Schwanzlutscher.« Er schaute mich von oben bis unten an. »Bist du auch 'n Schwanzlutscher?«

»Schau, Kumpel. Ich will nichts als duschen. Wieso-«

Seine Hand schoß nach vorn, als wolle er mich niederstoßen. Ich trat elegant zur Seite, packte die Hand und nutzte seinen Schwung aus, um sie ihm umzudrehen, bis der Ellbogen nach oben zeigte und sein Daumen sich zwischen die Schulterblätter bohrte. Er winselte und ging in die Knie.

»Laß los, Mann. Du brichst mir ja den Scheiß-Arm.« Das stimmte nicht ganz, aber es trieb ihm die Tränen in die Augen.

»Hast du 'n Problem, Kumpel?« knurrte ich und bohrte ihm den Finger noch ein paarmal in den Rücken.

»Nein ... Sir«, flüsterte er und leckte sich die Lippen.

»Wenn ich loslasse, benimmst du dich dann?«

»Vielleicht«, erwiderte er mit schüchternem Lächeln. Ich war mir nicht sicher, welches Spiel er spielte, aber er spannte mich nicht lange auf die Folter.

»Heilige Scheiße«, brüllte ich, als ich auf ihn hinunterschaute. So etwas hatte ich im Leben noch nicht gesehen -

und gesehen hab ich schon einiges. Er machte es wieder, und das Tattoo erklärte sich von selbst. Der Penner hatte die längste Zunge, die ich je gesehen hatte. Als er sie herausstreckte, streifte sie über die Unterseite meines Schwengels und leckte kurz an meinen Eiern, ehe er sie wieder einrollte. Ich hatte von Kerlen gehört, die sich die Augenbrauen ablecken konnten, aber dieser Knabe wäre bis über die Glatze gekommen! Es war ein bißchen abgefahren, fühlte aber sich echt gut an.

»Aufhören!« befahl ich.

»Warum. Ist doch gut, oder?« Gegen diese Logik war schwer anzukommen. »Wenn du kein Schwanzlutscher bist, ich bin bestimmt einer.« Er schickte sich an, es mir zu zeigen. Seine Zunge schoß wieder heraus und schlabberte etwa zehn Zentimeter hinter der Eichel um meinen Schaft. Ich stöhnte, meine Eier kribbelten, und ich stieß die Hüften vor, um ihm Gelegenheit zu geben, zu zeigen, was er konnte.

Seine Zunge glich einem biegsamen Dolch - lang und wahnsinnig geschmeidig - und verjüngte sie sich zu einer dünnen rosigen Spitze. Ich weiß nicht, welche Übungen es gibt, um die Zunge stark und beweglich zu machen - vielleicht kam es ganz von selbst. Egal, es war faszinierend, als sie sich wie der Tentakel eines Tintenfischs um meinen schnell steif werdenden Schwanz wickelte.

»Ordentlicher Schwengel, Junge«, murmelte er, wobei er zum Sprechen die Zunge kurz wieder einzog. »Geile Vorhaut.« Ich griff nach unten und drehte die Sicherheitsnadel in seiner Brustwarze. Er stülpte sich über mich und steckte seine talentierte Zunge rasch zwischen Kappe und Eichel. Er schlabberte herum, bis ich zu tröpfeln anfing, dann vergnügte er sich damit, zu sehen, wie weit er die dünnen Fäden meiner Lusttropfen ziehen konnte, bevor sie abrissen.

Da ich ihm nicht traute, hielt ich ihm immer noch den Arm

fest, aber er versuchte nicht, freizukommen. Er stopfte nur die freie Hand in die Unterhose und fing an, zu wichsen, ohne den Schwanz aus dem verpißten Ding zu holen.

Als er das Spiel mit den Fäden müde war, machte er sich wieder über mich her und fing an, zu beweisen, daß er tatsächlich ein ›verdammter Schwanzlutscher‹ war. Der Penner war ein Naturtalent. Er saugte an meiner Eichel, bis mir der Schweiß ausbrach, dann ging er ganz über mich und rammte seinen kugelförmigen, geschorenen Kopf in unglaublichem Tempo gegen meinen Bauch. Ab und an zwängte er sich meinen Schwanz tief in die Kehle und schlang mir die Zunge um die Eier, um die weichen Bälle abzuschlecken, bis sie kribbelten.

Als er mich an die Schwelle gebracht hatte - verkrampfte Oberschenkel, die Eier zusammengeschnurrt, den Bauch bis zur Wirbelsäule eingezogen - gab er die Spitze frei, und ließ die Zunge um den Übergang von Schaft zu Eichel tanzen. Ich spannte die Bauchmuskeln, um möglichst lange auszuhalten, aber der Penner ließ nicht ab. Schließlich gab ich auf und ließ mir mit einem langgezogenen Stöhnen die Eier trockenlegen.

Als ich meine Ladung verschossen hatte, krabbelte er auf die Füße und molk mir die letzten Tropfen aus dem Schwengel - und verschmierte sie vorne auf seinem Slip. »Für meine Sammlung«, sagte er schüchtern blinzelnd. »Echt geil«, stöhnte er und zwickte mir zum Abschied in die Vorhaut. Dann schlüpfte Chamäleon aus der Tür, und ich war ganz allein.

Als ich nach draußen kam, summte ich eine kleine Weise. Jackson saß hinter dem Steuer eines Kombis, der schon bessere Tage als Lieferwagen für Wonder Bread gesehen hatte. Der Schriftzug war übermalt worden, aber die charakteristischen roten und gelben Punkte waren unter der dicken Dreckschicht an beiden Seiten noch zu sehen.

»Geile Reifen«, zwitscherte ich, und zwinkerte Rudy zu, der vor dem Wagen stand und zweifelnd den Kopf schüttelte.

»Bettler können sich's nicht aussuchen, Jungs«, rief Jackson. »Steigt ein. Wir haben einen langen Weg vor uns.«

Rudy flitzte zum Beifahrersitz. Ich konnte mir denken, weshalb er es so eilig hatte. Die Brotregale hinten im Wagen waren abgebaut, aber nicht durch Sitze ersetzt worden. Ich starrte in die ungepolsterte, düstere Leere.

»Nicht grade Luxus, stimmt's?« bemerkte ich gelassen und suchte vergeblich nach einem Plätzchen.

»Vielleicht können wir ja Lenas Couch für dich ausleihen«, sagte Rudy schnippisch. »Was hast du eigentlich so lange im Bad gemacht?« Er drehte sich mißtrauisch um. »Du warst ja Ewigkeiten weg.«

»Hab mich nur saubergemacht.« Ich hätte mich nicht bemühen müssen. Jackson drehte gerade den Schlüssel, als Chamäleon, immer noch nur in der dreckigen Unterhose, aus dem Haus stapfte.

»Halt die Ohren steif ... Sir!« rief er vielsagend grinsend. Ich winkte, und er zeigte kurz seine erstaunliche Zunge.

»Bleib am Ball, Chamäleon!« rief ich zurück.

»Chamäleon?« Rudy fuhr in seinem Sitz herum und spießte mich mit Blicken auf.

»Spitzname«, antwortete ich harmlos.

»Jesses, Miles, der Kleine war erst zwölf, als ich ihn das letztemal gesehen habe«, winselte Jackson.

»Wann war das?«

»Äh ... mal sehen. Ach, so vor etwa sieben, acht Jahren.« Ich rechnete schnell nach und entspannte mich.

»Perversling!« brummelte Rudy.

Jackson legte den Gang ein und holperte aus der Einfahrt. Beim ersten Abbiegen verlor ich den Halt und knallte hilflos gegen die Rückwand, während ich vergeblich nach etwas zum Festhalten fuchtelte.

»Wie weit ist es eigentlich bis Mexiko?« fragte ich, während ich wieder nach vorn kroch und mich an Rudys Lehne klammerte.

»Ach, so dreitausend Meilen, plus/minus ein paar hundert.«

»Scheiße!«

Abgesehen von den entgeisterten Blicken unserer Autofahrerkollegen begann die Fahrt recht ereignislos. Als wir bis Portland gekommen waren, hatte ich genügend gejammert, damit Jackson an einem Billigladen anhielt und ein paar notwendige Sachen besorgte. Darunter vor allem zwei alte Matratzen zur Polsterung, einen Haufen Kissen und eine antiquierte Kühlbox. Jackson entdeckte einen alten Brenner und eine Laterne, und wir waren bereit für unseren Treck nach Süden.

Wir wechselten uns beim Fahren ab und schafften es bis zum Abend des folgenden Tages, die alte Kiste an der Küste entlang bis kurz vor San Luis Obispo, Kalifornien, zu steuern. Keine geringe Leistung, wenn man bedachte, daß unsere Höchstgeschwindigkeit auf der Autobahn keine fünfzig Meilen betrug. Inzwischen waren wir sechsunddreißig Stunden am Stück unterwegs und alle ein bißchen lädiert. Ich erblickte einen unberührten Streifen Strand, und da ich hinter dem Steuer saß, bog ich vom Highway ab und hielt an einer Klippe über dem Pazifik an.

»Was?« murmelte Rudy schläfrig. »Wo sind wir?«

»Wir halten hier für heute«, verkündete ich, trat auf die

Bremse und stellte den Motor ab. Der alte Kombi ruckte wild, furzte und wurde zitternd still. Ich hoffte inständig, ihn am nächsten Morgen wieder in Gang setzen zu können.

»Ist das nicht ein ›Camping verboten‹ Schild da drüben?« fragte Rudy und zeigte an meiner Nase vorbei durchs Fenster.

»Wir campen nicht, wir halten nur für eine Weile an«, beruhigte ich ihn.

»Stimmt.« Rudy klang nicht überzeugt, aber er machte keinen Aufstand, und es war beschlossen. »Ich weiß ja nicht, was ihr macht«, bemerkte ich, während ich ausstieg und mich streckte, »aber ich geh ein bißchen am Strand spazieren. Seit eineinhalb Tagen sehe ich Ausschnitte von diesem Ozean, und den will ich mir mal näher betrachten.«

»Bin dabei«, sagte Jackson und steig aus. »Ich muß mal raus aus der Klapperkiste. Mir kommt's vor, als würde ich seit anderthalb Tagen auf 'nem Vibrator sitzen. Mann, ich hasse das Dreckding.«

»Ebenso«, brummte Rudy. »Ich bin mir nicht sicher, ob ich's noch länger aushalte. Vielleicht wär's doch nicht so übel gewesen, auf Stütze zu gehen.«

»Kommt, Jungs«, zwitscherte ich. »Eine kleine Runde Schwimmen und ein guter Nachtschlaf werden alles wieder zurechtrücken.« Meine Reisegefährten wirkten bestenfalls skeptisch. Trotzdem zogen wir uns alle aus und legten unsere Badekleidung an - noch ein Fund aus dem Billigladen. Rudy und Jackson hatten sich weite, alte Shorts ausgesucht, die in ein Rentnerparadies in Florida gepaßt hätten. Ich hatte etwas Rassigeres gewählt, nämlich einen neongelben Badeslip, der meine privaten Teile nur mühsam privat erhielt. Ich richtete den fadenscheinigen Stoff um meinen Schwanz und die Eier, schnürte die Kordel und stieg aus dem Kombi.

»Mein Gott, Miles«, schnaubte Rudy. »Du siehst aus wie eine Reklame für Chiquitabananen. Hast du überhaupt keinen Anstand?«

»Nein«, antwortete ich wahrheitsgemäß. »Meinst du, ich sollte?«

»Du siehst heiß genug aus, um Farbe zum Schmelzen zu bringen.« Jackson schüttelte den Kopf. Ich faßte es als Kompliment auf.

Wir gingen zum Strand. Rudy und Jackson entschieden sich für einen Spaziergang, im Sonnenuntergang. Ich sah ihnen nach, bis ihre Gestalten mit den Schatten der Klippen verschmolzen und ging ins Wasser.

Er war so kalt, daß meine Eier zusammenschnurrten und mein Schwanz gut auf die Hälfte einschrumpfte, was wenigstens zeitweise dem Platzproblem in meiner Badehose abhalf. Ich schwamm etwa hundert Meter hinaus und sah die Sonne im Ozean versinken, dann paddelte ich ins seichte Wasser zurück. Bei Sonnenuntergang hatte eine kühle Brise eingesetzt, die mich zum Kombi zurücktrieb.

Als ich den Hügel hinaufkletterte, wurde mir wärmer. Mein Schwanz kehrte zu seiner normalen Größe in Ruhestellung zurück, und auch meine Eier kamen wieder zum Vorschein. Etwa auf halber Strecke gab meine Badehose den Geist auf, und all meine Schätze klatschten mir schwer gegen die Schenkel. Ich versuchte erfolglos, sie wieder zurückzustopfen und beendete den Aufstieg.

Inzwischen hatte ich einen halben Ständer bekommen und überlegte, ob ich mir nicht erst mal einen runterholen sollte. Als ich jedoch zum Kombi kam, bemerkte ich, daß ich nicht allein war. Direkt hinter der hinteren Stoßstange parkte ein Jeep der California State Parks, in dem eine dunkle Gestalt saß, die vermutlich auf uns wartete, um uns einen Strafzettel zu verpassen. Ich war ein bißchen genervt - Mann, ich konnte Rudy schon wieder zicken hören. Außerdem hatten wir kein Geld für Strafzettel übrig. Meine Einkünfte aus dem Massagesalon und das Geld, das Jackson seiner Schwester aus dem Kreuz geleiert hatte, wurden schon ziemlich knapp.

Ich beklagte noch diese traurige Wendung der Ereignisse, als meine Gedanken völlig durch den Ranger abgelenkt wurden, der hinter dem Steuer seines Jeeps hervorkam. Sein Gesicht lag im Schatten seines Mützenschirms, aber es war noch hell genug, um zu sehen, daß die Uniform einen beachtlichen Körper verbarg. Die kurzen Hemdsärmel waren über grapefruitgroße Bizepse gerollt, und seine Brust drohte, die Knöpfe zu sprengen. Seine Hose bedeckte - ohne sie zu verbergen - ein Paar atemberaubende Schenkel, ein Gefallen, den sie auch dem fetten Paket zwischen seinen Beinen erwies.

»Interessante Badehose«, bemerkte der Ranger mit einem Blick zwischen meine Beine. Es klang, als sei es ihm ernst.

»Ist irgendwie geplatzt«, gab ich zu, ohne zu versuchen, die Sache ins Reine zu bringen. Mein Interesse an dem Ranger war bereits zu offensichtlich, um es zu verbergen - was die alte Badehose ohnehin nicht vermocht hätte.

»Tja, könnte man wohl so sagen.« Er schaute mir wieder ins Gesicht, und ich sah den Ansatz eines Grinsens unter dem breiten Mützenschirm. »Sie dürfen nach Sonnenuntergang hier nicht parken.« Er deutete auf das Schild, das Rudy bei unserer Ankunft bemerkt hatte.

»Tut mir wirklich leid.« Ich zupfte abwesend an den Härchen, die meinen flachen Bauch teilten. »Es ist nur so, daß meine Freunde und ich seit zwei Tagen unterwegs und todmüde sind.«

»Dann sind Sie nicht alleine?« Es klang enttäuscht.

»Sie machen einen Spaziergang am Strand«, beruhigte ich ihn. »Einen langen Spaziergang.«

»Ich verstehe.«

»Wir haben nur angehalten, weil wir fürchteten, von der Straße abzukommen, wenn wir weiterführen. Können Sie nicht ein Auge zudrücken?«

»Tja ...« Sein Blick wanderte wieder nach unten. Mein Schwanz war noch mehr gewachsen und hatte einen Punkt erreicht, an dem ein weiterer Anstieg des Blutdrucks auch seinen Anstieg bewirkt hätte. Der Ranger ließ seinen linken Bizeps zucken, was auch wenig half. »Vielleicht kommen wir ja zu einer Art Deal, Mister.«

»Diamond«, ergänzte ich, um unsere Verhandlung ein wenig persönlicher zu gestalten. »Miles Diamond. Zu Ihren Diensten.«

»Ranger Rick Patton«, erwiderte er, nahm die Mütze ab und warf sie durchs Fenster seines Jeeps. Angesichts seines Tonfalls und seiner Körpersprache hatte ich das sichere Gefühl, daß die Dinge einen guten Verlauf nahmen.

Ranger Rick entsprach eher meiner Vorstellung von einem kalifornischen Surfer als von einem Ranger - dichte blonde Haare, die ihm ins Gesicht fielen, tiefe Sonnenbräune und große, weit auseinanderstehende Augen, die momentan damit beschäftigt schienen, sich jede Rundung und Ausbeulung meiner Figur einzuprägen.

Ranger Ricks große rechte Hand hob sich langsam. Zuerst dachte ich, er wolle sich nur die blonde Mähne aus der Stirn streichen, aber die Hand bewegte sich auf mich zu. Er rieb über meine Brust und wuschelte in den Haaren, die nass an der Haut klebten. Als seine Finger meine angeschwollenen Brustwarzen berührten, grunzte ich vor Lust. Auch mein Schwanz, der dabei das Gleichgewicht verloren hatte, ragte starr zwischen uns auf und zeigte auf sein zuckendes Paket.

»Was dagegen, wenn ich nachschaue, wohin das da führt?« fragte er heiser, während seine Hand sich durch die Locken bewegte, die von meiner Brust zwischen die Beine reichten.

»Schauen Sie nach, wo Sie wollen«, bot ich großzügig an. »Ich hätte nichts dagegen, selbst ein bißchen nachzuschauen.« Während Ranger Ricks Finger immer tiefer wanderten, fing ich an, Knöpfe aufzuknöpfen, Gürtel zu lösen, Reißverschlüsse zu öffnen und ihn hastig auszuziehen. Nach ein bißchen Schütteln und einiger geschickter Fußarbeit fiel die Uniform zu Boden und enthüllte den Mann darunter.

Vom blonden Kopf bis zu den braungebrannten Füßen war Ranger Rick eine einzige Augenweide. Er hatte so viel Schönes an sich, daß man es kaum auf einen Blick würdigen konnte. Breite Schultern, kräftige Brust, Waschbrettbauch. Um nicht abgelenkt zu werden, erfreute ich mich nur an ein paar seiner appetitlichen Merkmale. Zuerst den Brustwarzen, die so voll und geschwollen waren, als ob eine Biene hineingestochen hätte. Ich beugte mich vor und züngelte an seiner linken, und Ranger Rick knurrte sexy. Ich nahm das als Einladung, versenkte die Zähne in das satte Gewebe und schüttelte leicht den Kopf hin und her.

Die Reaktion kam augenblicklich. Der Muskel hinter der Brustwarze schwoll zu noch monumentaleren Proportionen an, und ich spürte etwas von unten an meinen pochenden Ständer klopfen. Sein Schwanz gehörte eindeutig in die Oberliga. Unsere Schwengel lagen parallel, seiner etwas unterhalb von meinem. Seine Eichel stieß gegen meine Eier, und meine zielte auf seinen Bauch. Unsere Schäfte waren ebenbürtig, nur war seine Eichel größer - fast wie ein Tennisball - und unbedeckt.

Zu näherer Inspektion ging ich langsam in die Knie und

hinterließ auf seinem Bauch eine glänzende Spuckespur. Ich beäugte sein pfeilgerades Teil einen Moment, holte tief Atem und entspannte die Muskeln in meiner Kehle. Dann sperrte ich weit den Mund auf und schluckte ihn in einem Stück.

»Verdammte Scheiße!« grunzte er. »Das gibt's ja nicht!« Ranger Rick war deutlich beeindruckt.

»Offenbar doch«, erwiderte ich bescheiden. Ich schaute zu ihm auf und zwinkerte, dann schob ich mir seinen Pimmel wieder in die Kehle. Rick packte mich an den Ohren und fing an, zuzustoßen, daß sein Hammer weit über meine Mandeln hinausfuhr. Ich faßte ihm an den Knackarsch und genoß seine rhythmische Attacke auf meine Speiseröhre.

Jetzt war ich in der Lage, Ranger Ricks Waden zu begutachten. Sie waren enorm, muskelbepackt und steinhart. Mein Schwanz wurde noch steifer und fing an, Lusttropfen auszustoßen, von denen die Wade des Rangers alsbald schimmerte und glatt wie Glas wurde.

Vollkommen glücklich hoppelte ich an seiner unteren Anatomie, während er mir in die Kehle rammelte, aber Ranger Rick wollte Abwechslung. Langsam zog er mir den Schwanz aus dem Mund, und beide sahen wir zu, wie er in die Höhe stieg und kräftig gegen seinen Bauch pochte. Ich kitzelte ihn an den Eiern, und am gesamten Schaft traten die Adern hervor. Der Knubbel am Ende blähte sich, bis er zu platzen drohte. Ein glänzender Tropfen Honig trat vorne aus dem Loch und rann an seiner angeschwollenen Röhre hinunter. Mein Herz flatterte bei dem Anblick.

»Steh auf, Miles«, sagte er, schob die Hände unter meine Achseln und zog mich hoch. Sein Mund schloß sich über meinem, und wir ließen unsere Zungen ringen. Inzwischen waren seine großen Hände über meinem Rücken zu meiner Hüfte und noch weiter gewandert. Versuchsweise steckte er mir einen Finger in die haarige Spalte. Ich beschloß, mich nicht zu wehren.

»Scheiße, Mann, ich mag Männer mit behaarten Ärschen«, stöhnte er, massierte den Hintern mit beiden Händen und spreizte mir weit die Backen. »Zeig Ranger Rick dein Loch.«

Da ich, wie jeder, Abwechslungen liebe, hatte ich nichts dagegen, daß der große Blonde mir eine tiefe Massage meiner Eingeweide verpaßte. Ich grinste ihn an, drehte mich um, stützte mich am Kombi ab und hielt ihm den Arsch hin.

»Wahnsinnsarsch, Mann!« seufzte er, und sein Ständer klatschte ihm heftig an den Bauch. Ich spannte die Muskeln und bemühte mich, meine enge Rosette zu öffnen. Rick verwöhnte mich mit der Zungenspitze, und alsbald war ich offen wie eine Auster im warmen Wasser und zeigte ihm genügend Rosa, um ihn richtig auf Touren zu bringen.

Um sich von den Strapazen einer Marathonfahrt zu erholen, gibt es nichts Besseres als ein ordentliches Rimming, und Ricks Zunge erfüllte die wildesten Männerträume. Sie war lang und kräftig und wand sich, als besäße sie ein Eigenleben. Er packte meine Eier und zog sie roh nach hinten, wobei er immer wieder mit seiner heißen Zunge an den elektrisierten Kugeln schlabberte.

Eine Hand schob sich zwischen meine Beine und fummelte herum, bis sie sich um meinen Schwanz schloß. Er griff sich meine Vorhaut und zog sie nach unten, bis mein Dödel auf meine Zehen zeigte.

»Autsch!« heulte ich auf.

»Tut mir leid, Mann. Soll ich aufhören?« Ranger Rick klang besorgt.

»Auf keinen Fall!« stöhnte ich. »So weh tut's auch nicht.« Rick leckte mir die Röhre, dann machte er sich wieder über mein Arschloch her. Ich fing an, still mit den Fingernägeln die Farbe vom Kombi zu kratzen. Ranger Rick kannte alle Tricks.

Als Rick meinen Schwanz freigab und ihn wieder gegen meinen Bauch federn ließ, schaute ich über die Schulter. Er stand auf, grinste dämlich und preßte mir den Schwanz in die Spalte.

»Bist du unten auch so weit offen wie da oben?« fragte er, griff um mich herum und zupfte an meinem Bauchfell.

»Probier's doch aus«, schlug ich bescheiden vor. Ranger Rick vögelte meine Spalte ein paarmal, dann ging seine Eichel ins Ziel. Ich warf mich zurück, er stieß die Hüften vor - und das Unvermeidliche geschah. Ohne anzuhalten, spießte er mich auf seinem riesigen Arschbrecher auf, bis unsere Eier aneinanderprallten.

Der Rausch der Lust war so gewaltig, daß mich überall Gänsehaut überlief. »Alles klar, Mann?« fragte er. Völlig sprachlos keuchte und gurgelte ich. Ich schaffte es, den Bauch einzuziehen und das Arschloch zusammenzupressen; mehr Ermutigung brauchte er nicht. Er pflanzte mir seine großen Hände auf die Schultern und fing an, mich dumm und dämlich zu ficken. Meine Hände rutschten an der Seite des Kombis abwärts, bis sie den Sand berührten. Diese Stellung hatte einige Vorteile: Ich konnte jeden Zentimeter seines Schwengels an meiner Prostata spüren, und ich konnte sehen, wie er ein- und ausfuhr. Fasziniert beobachtete ich die Action, die hinter mir im Gange war, den gesamten Schaft, der erschien und dann zurückglitt, bis es aussah, als hätte ich zwei Sets von Sperma platzender Eier zwischen den Beinen hängen.

Ich schaute Ricks massigem Bolzen so fasziniert bei der Arbeit zu, daß mich das drängende, magische Gefühl, das sich in meinem Bauch zu rühren begann, beinahe überraschte. Ich hatte meinen Schwanz nicht angefaßt, aber die Innenmassage hatte für alles gesorgt. Meine Zehen gruben sich in die Erde, und mein Leib zog sich zusammen, als ich mir einen heißen Batzen Sperma ins Gesicht spritzte. Rick spürte die Krämpfe, packte mich an den Haaren, zog mich nach oben und warf mich gegen den Kombi. Während ich noch die aufgemalten roten und gelben Punkte vollspritzte, tat er alles, um Schwanz voran mein Arschloch hochzuklettern. Er keuchte und stöhnte, während seine Hüften wild zustießen. Dann hörte er auf, und ich spürte die Hitze, als er seine Ladung in meinem lädierten Hinterausgang deponierte. Die warmen Säfte beruhigten meinen Kanal, und ich sank schwer atmend auf den bulligen Ranger zurück.

»Ich glaube, ich wär'n richtiges Arschloch, wenn ich unter diesen Umständen nein sagen würde.« Ranger Rick bestieg seinen Jeep und startete den Motor. »Ihr müßt nur sehen, daß ihr um neun Uhr früh weg seid. Dann macht die Tagschicht ihre erste Runde.«

»Kein Problem. Danke ... für alles.« Ich winkte, bis er außer Sicht war und setzte mich völlig entspannt auf die vordere Stoßstange.

Kurz darauf kamen zwei Gestalten auf mich zu. Jackson ging dicht vor Rudy. Selbst in der zunehmenden Dunkelheit erkannte ich, daß Rudy nackt war.

»Hey, Jungs, schön, daß ihr wieder da seid.« Jackson winkte, aber Rudy blickte starr zu Boden. »Rudy«, rief ich munter, »was ist mit deiner Badehose passiert?«

»Halt's Maul, Diamond«, knurrte er.

»Wir hatten einen kleinen Badeunfall«, erklärte Jackson, erklomm die Anhöhe und setzte sich neben mir auf die Stoßstange. »Eine Welle hat Rudy umgeworfen und das alte Ding rausgeschwemmt.« Jackson bemühte sich heftig aber ohne großen Erfolg, nicht zu lachen.

»Tut mir leid, das zu hören, Rudy«, sagte ich mitfühlend.
»Halt's Maul, Diamond.« Er wiederholte sich.
»Das Beste kommt noch«, fuhr Jackson fort.
»Schnauze, Elmo«, bellte Rudy.
»Ach, komm schon. Das ist einfach zu gut.« Rudy zeigte uns den Stinkefinger und ging ans Ende des Kombis. »Auf dem Rückweg kamen wir an ein paar Frauen vorbei, die um ein Lagerfeuer am Strand saßen. Rudy war die Sensation. Die Mädels mußten etliche Biere gekippt haben, denn es gab ein großes Gejohle, und etwa ein halbes Dutzend jagte Rudy über den Strand. Du hättest den Wichser rennen sehen sollen. Ich wette, er hat sämtliche Rekorde gebrochen.«
»Auf der Highschool war ich Sprinter.« Ich schaute zu Rudy auf. Er war zurück, um die Hüfte ein Handtuch und in wesentlich besserer Laune. »Ich war nicht schlecht.«
»Also ich weiß ja nicht, wie's euch geht, Jungs, aber ich bin erledigt.« Jackson stand auf und streckte sich. »Ich hau mich hin.«
»Ich auch«, pflichtete Rudy ihm bei. »Gute Nacht, Miles.«
»Nacht, Jungs. Ich bin gleich da.« Ich saß auf der Stoßstange und beobachtete, wie Millionen von Sternen aufgingen. Dann kroch ich hinten in den alten Lieferwagen zu meinen Freunden und schlummerte ein. Die ganze Nacht träumte ich von Sex und Geld. Hoffentlich war das ein Omen.

SIEBTES KAPITEL

»Was zum Teufel war das?« Wir fuhren auf einem Highway im Stoßverkehr von Los Angles nach Süden, und es klang, als würde auf uns geschossen.

Rudy hob die Schultern. »Weiß nicht, aber da ist es wieder.«

»Jesses!« Ich duckte mich, auf den Splitterregen einer zerschossenen Scheibe gefaßt. Noch eine Explosion, laut genug, um den Kombi bis in die Räder zu erschüttern.

»Oh, Scheiße!« schrie Jackson, riß das Steuer scharf nach rechts und fuhr auf den Haltestreifen. Unser Ausscheren wurde von dem Gehupe und den Flüchen unserer Fahrerkollegen begleitet, die offenbar schrottreife Brotlieferautos nicht mochten.

»Sind wir jetzt tot?« fragte ich und streckte vorsichtig den Kopf zwischen die Sitze.

»Wir atmen noch, aber ich fürchte, das Auto ist hin.« Jackson riß die Hände hoch, als ein vorbeirasender Sonntagsfahrer drohend die Faust schüttelte.

»Es könnte nicht einfach das Benzin sein?« fragte ich.

»Ich fürchte, nein, Kumpel. Es ist mehr ein Mangel an Motorteilen.«

»Und jetzt?« Rudy klang angespannt.

»Du bist der Schatzmeister«, erinnerte Jackson ihn. »Wie sieht's aus?«

»Traurig«, sagte Rudy. »Beim letzten Kassensturz waren's nur noch dreihundertfünfundzwanzig Dollar plus Kleingeld. Das schließt Miles' Kohle ein, das Geld von Jacksons Schwester, die letzten fünfzig Mäuse, die ich aus meiner Visakarte quetschen konnte, und die vierzig aus Lenas Trinkgeldtopf. Wenn wir nicht zu einer Werkstatt geschleppt werden, die der Wohlfahrt gehört, sind wir gefickt - finanziell, meine ich.«

»Tja, da kommt ein Abschleppwagen, und es sieht nicht aus, als ob Mutter Theresa hinter dem Steuer sitzt.« Jackson stieg aus und machte sich auf, um mit dem Fahrer zu verhandeln. Die Schrift auf der Tür wies unseren Retter als ›Ehrlichen Joe‹ aus, aber ich hatte meine Zweifel. Zum einen sah der Kerl aus wie ein Massenmörder, dessen IQ an guten Tagen zweistellig sein mochte. Und dann konnte ich mir nicht denken, daß Kerle, die die Schnellstraße nach Kundschaft abfuhren, für Verhandlungen offen waren. Jacksons enttäuschtem Gesicht nach zu urteilen, lag ich richtig.

»Der Wichser verlangt hundertfünfzig Mäuse«, schäumte Jackson und warf die Tür zu, daß mir die Ohren dröhnten.

»Sag ihm, das kann er vergessen«, sagte ich. »Wir warten, bis der nächste Geier vorbeikommt, und sehen, ob der bereit ist, zu verhandeln.«

»Was soll das nutzen?« murrte Rudy. »Bis uns einer für fünf Dollar abschleppt, sind wir verfault.«

Wir beratschlagten und einigten uns schließlich, daß wir ohnehin am Arsch waren und besser von der Straße kommen sollten, bevor uns die Bullen wegen Verkehrsbehinderung drankriegten. Der Repräsentant des Ehrlichen Joe nahm uns an den Haken, und wir zuckelten zur nächsten Abfahrt.

»Hey, Jungs«, frohlockte ich, als wir eine halbe Stunde unterwegs waren. »Die Lage bessert sich. Wir sind in West-Hollywood.«

»Na toll, Miles. Vielleicht entdeckt uns einer, und wir werden Filmstars.« Ich fiel auf meine Matratze zurück und schmollte, bis wir in eine schäbig wirkende Werkstatt einbogen.

»Also, zuerst die gute Nachricht«, verkündete Jackson, nachdem ein Mechaniker, der aussah wie der jüngere Bruder des Fahrers, unter die Haube geschaut hatte. »Wir können uns die Reparatur leisten.«

»Und die schlechte?« Rudy war und blieb Pessimist.

»Dann sind wir total pleite.«

»Toll. Und was machen wir?«

»Ich weiß nicht, wie's euch geht«, sagte ich, »aber ich denke, wir sollten 'ne Weile verschwinden, um nachzudenken.«

»Was gibt's da nachzudenken?« fragte Jackson.

»Ja«, pflichtete Rudy ihm bei. »Wir sind am Arsch. Wieso darüber nachdenken?«

»Wir waren schon übler dran, Jungs. Zumindest ist unser Leben nicht bedroht. Ein kleiner Spaziergang regt vielleicht unsere kreativen Säfte an.«

»Oh, Mann!«

»Was soll's, Rudy? Ich muß auch raus aus der Dreckskiste.« Wir sagten dem Mechaniker, daß wir uns beraten müßten, und er erklärte sich bereit, uns aussteigen zu lassen, wobei ihm angesichts der Umstände auch nichts anderes übrig blieb. Wir waren noch keinen halben Block entfernt, als Rudy uns einholte.

»Also«, sagte er. »Wie sieht der Plan aus?«

»Ich glaube nicht, daß wir schon einen haben«, erklärte Jackson. »Wer weiß? Vielleicht schlägt ja der Blitz ein.«

»Gentlemen«, rief ich aus und blieb wie angewurzelt stehen. »Der Groschen ist gefallen.«

»Was?«

»Das da, Rudy.« Ich deutete auf das Schild über dem Gay Caballero Club auf der anderen Straßenseite. Dort, über einem schäbigen Schaufenster, befand sich möglicherweise die Antwort auf unsere Gebete - hoffte ich.

»Du machst Witze, Miles. Ich kann nicht glauben, daß du so tief gesunken bist.«

»Hast du 'ne bessere Idee, Rudy?« Meine Frage traf auf Schweigen. »Dachte ich mir. Gehen wir rein und sehen nach.«

Rudy legte mir die Hand auf die Schulter und riß mich herum. »Wie kommst du darauf, daß jemand dafür Geld zahlt, um zuzusehen, wie du dich ausziehst.«

»Was zum Teufel ist ein ›Melk-den-Bullen-Wettbewerb‹?« fragte Jackson, der das Schild eingehend studierte.

»Mir schaudert, wenn ich drüber nachdenke«, antwortete Rudy. »Das hat keinen Sinn, Miles. Gib auf.«

»Und dann? Mit dem Bus zurück in ein Leben in bitterer Armut?« Ich wartete. Totenstille. »Also, wir gehen jetzt rüber und sehen, um was es geht.«

Der Gay Caballero Club war ein Männerstripschuppen, der einen Amateurwettbewerb veranstaltete. RIESENGEWINN versprach das Schild. Es war das beste Angebot, das ich seit langem gesehen hatte.

»Ja?« Der Kerl, der am Eingang hinter der Bar saß, war nicht besonders begeistert.

»Was hat's mit dem großen Wettbewerb auf sich?« Ich schenkte ihm ein gewinnendes Lächeln. Er verschränkte die Arme über dem Bierbauch und spuckte mir einen Zahnstocher vor die Füße.

»Der beste Amateurstripper gewinnt fünfzig Mäuse.«

»Und das soll ein Riesengewinn sein?«

»Nee. Den gibt's bei dem andern Wettbewerb.«

»Melk den Bullen?«

»Genau.«

»Und wie läuft das mit dem Bullenmelken?« Jackson klang aufrichtig neugierig.

»Ist nur so'n Ausdruck, Kumpel, 'ne Art Handarbeitswettbewerb, wenn du verstehst, was ich meine.«

»Ging's ein bißchen genauer?«

»Hey. Ihr seid doch nicht etwa von der Sitte?«

»Ach wo«, versicherte ich ihm. »Wir wollen nur 'n schnellen Dollar machen.«

»Wer nicht?« bemerkte der Kerl. »Habt ihr, was es dazu braucht? Wir sind nicht scharf auf Stummeldinger.«

»Kein Problem, mein Freund. Hier gibt's keine Kurzen.«

»Stimmt.«

»Also, was heißt Riesengewinn bei diesem Bullenwettbewerb?« stocherte ich nach.

»Tja, vor ein paar Monaten hat der Sieger zwölfhundert mitgenommen. Der hatte natürlich 'ne tolle Selbstbeherrschung. Je länger man aushält, desto höher der Einsatz. Die meisten haben Glück, wenn sie auf hundert kommen, ehe sie poppen.«

»Poppen?« Rudy klang perplex. Ich war es auch.

»Klar. Poppen. Abspritzen. Losballern.«

»Jesses!« blökte Rudy. »Das ist ja ekelhaft. Nichts wie raus, Jungs.«

»Wart ab«, zischte ich. »Ich tu's. Ich kann mich gut beherrschen.«

»Na klar«, schnaubte Rudy. »Ich faß es nicht, daß du so tief sinken willst.«

»Ich bin sicher, ich kann wenigstens ein paar Hundert abräumen, Rudy. Dann sind wir wieder im Spiel. Hast du ‘ne bessere Idee?«

»Fein.« Er stapfte weg und blieb an der Tür stehen.

»Wo muß ich mich melden?« fragte ich.

»Du nicht.«

»Was heißt das, ich nicht?«

»Das heißt, Kerle wie dich gibt's wie Hühnerkacke. Soll keine Beleidigung sein.«

»Hühnerkacke? Wie bitte?«

»Ich meine dunkle Haare, braune Augen, dunkle Haare auf der Brust - Scheiße in der Art.«

»Verstehe. Wieso hast du dann überhaupt mit mir geredet, wenn du nicht interessiert bist?« Meine Eitelkeit war von der Zurückweisung schwer gekränkt. Hühnerkacke, also wirklich!

»Hab nicht gesagt, daß ich nicht interessiert bin. Nur an dir nicht.« Mit einer unwilligen Handbewegung winkte er mich beiseite. »He, Roter!« Rudy erstarrte.

»Hey, Macker. Schieb deinen Arsch hier rüber. Ich will mit dir reden.«

»Du hast noch fünf Minuten«, verkündete der bierbäuchige Manager des Gay Caballero und steckte den Kopf um die Kante des Lakens, das einen Bereich hinter der Bühne abdeckte, der als Garderobe fungierte. »Mann, Roter, du siehst heiß genug aus, um den Laden in Brand zu setzen.« Der Mann schaute mich dreckig grinsend an. »Versteh ich mein Geschäft oder nicht?« Ich war noch nicht über die ›Hühnerkacke‹ hinweg und verharrte in eisigem Schweigen. Der Kerl warf einen letzten Blick auf Rudy und entfernte sich kopfschüttelnd.

»Noch ‘n Drink«, herrschte Rudy mich an und winkte mir mit dem leeren Glas zu.

»Hey, Junge, du hattest schon drei. Vielleicht solltest du langsam machen.«

»Wer bist du - meine Mutter? Ich hab mich zu dieser Demütigung bereiterklärt, und ich will noch ‘n Drink. Und zwar jetzt!« Ich schaute zu Jackson hinüber. Er zuckte die Achseln. Ich rannte zur Bar und ließ mir zwei Kurze geben. Einen kippte ich und flitzte mit dem anderen zur Garderobe zurück.

»Danke.« Rudy schluckte den Whiskey in einem Zug und schmatzte mit den Lippen. »Das war nötig.«

»Toller Aufzug«, stellte ich fest und trat einen Schritt zurück, um besser sehen zu können. Die Geschäftsleitung hatte Rudy ein Kostüm zur Verfügung gestellt, und, um die Wahrheit zu sagen, er sah sensationell darin aus. Es war eindeutig ein feuchter Traum à la Tom of Finland - schwarze Cowboystiefel, Stetson, zerschlissene, abgeschnittene Jeans, die wie aufgemalt wirkten, und ein kesses rotes Halstuch. Bei seinem Körper würde er den Massen echt gefallen.

»Zeit zum Strip«, verkündete der Manager, der den Kopf wieder durch den Vorhang steckte, um noch einen Blick auf Rudy zu werfen. »Reit los, Cowboy.« Rudy zeigte dem Kerl die Daumen, was etwas unpassend schien, stand auf und betrachtete sich im Spiegel.

»Die Hose ist zu eng«, jammerte er und zupfte zwischen den Beinen. »Die reicht mir ja kaum über den Arsch.«

»Ich glaube, darauf kommt’s auch an, Rudy«, antwortete ich. »Die haust du um.«

»Meinst du?« Er zog den Bauch ein und spannte die Brust. Sie zuckte unter seiner bleichen Haut und schwoll an, als hätte ihm jemand eine Luftpumpe in den Arsch gesteckt. Er musterte sein Spiegelbild, dann verschränkte er lächelnd die Hände hinter dem Kopf und spannte die Bizepse. Sie quollen zu monströsen Ausmaßen, und die Adern schlängelten sich wie auf einer Landkarte.

»Verschwend's nicht hier«, drängte ich ihn. »Geh raus und verkauf sie auf der Bühne.« Die Musik hatte eingesetzt, und vom Publikum war dünner Applaus zu hören.

»Bis später, Kumpel«, nuschelte Rudy und griff mir im Vorbeigehen an den Arsch. Ich war platt.

»Was hat er?« flüsterte ich Jackson zu, als wir Rudy folgten, um unsere Plätze einzunehmen.

»Er wirkt etwas verändert heute abend, nicht? Muß am Saufen liegen.«

»Ich dachte, er trinkt nicht.«

»Tut er auch nicht.«

»Oh!« Ich grübelte, während ich an meinen Platz eilte. Jackson sollte hinter der Bühne bleiben, vor allem um Rudy davon abzuhalten, die Bühne zu verlassen, sollte er kalte Füße bekommen. Ich wollte von vorn zusehen, um ihn anzufeuern - und ihn abzufangen, falls er zur Vordertür hinausstürmen würde.

Der Manager hatte uns nicht in alle Details des kleinen Wettbewerbs eingeweiht, ehe wir unterschrieben und unsere fünf Dollar Meldegebühr gezahlt hatten. Es stellte sich heraus, daß der Gewinner des Strips im Mittelpunkt des ›Melk-den-Bullen‹ stehen würde, so daß Rudy zuerst diese Hürde überwinden mußte, bevor er in die Wichsshow kam, wo die große Kohle zu machen war.

Als ich nach vorn kam, standen die Konkurrenten auf der Bühne und tanzten alle zur dröhnenden Discomusik. Das heißt, alle außer Rudy. Er stand mit mürrischer Miene und über der Brust gekreuzten Armen in der Mitte. Das hatte ich befürchtet.

Offenbar brütete er etwas aus und würde wahrscheinlich abhauen, bevor es richtig losging. Ich flitzte wieder nach hinten, um zu sehen, ob ich zu ihm kommen und ihm sagen könnte, er solle nicht so ein Gesicht machen und sich entspannen, aber dann wurde ich auf die Meute um mich her aufmerksam.

»Den grimmigen Cowboy würd ich gerne mal zu fassen kriegen«, vertraute ein großer Blonder seinem Freund an. »Dem hübschen Wichser würd ich das Lächeln schon beibringen.«

»Ich wette alles auf den Roten«, sagte ein anderer. »Der sieht so gemein und böse aus.«

»Ja, das gefällt dir, was?«

Es gab noch ähnliche Kommentare, so daß ich glaubte, er könnte es rausreißen, wenn er nur tanzen würde. Ein oder zweimal seit wir uns kannten, hatte ich versucht, Rudy auf eine Tanzfläche zu zerren, aber es war unmöglich. Er tanzte wie eine Marionette, deren Drähte durcheinandergekommen waren. Vielleicht würden sich die Leute ja auf seinen Körper konzentrieren und die Fußarbeit übersehen.

Der Wettbewerb begann, und ein Tänzer nach dem anderen entblätterte sich, in der Hoffnung, den Vogel abzuschießen. Rudys einziger wirklicher Konkurrent war ein munterer kleiner Blonder mit knackigem Körper, einem dicken Paket und geschmeidiger als das Bolschoi-Ballett. Er wirbelte auf der Bühne herum wie ein tanzender Derwisch und heizte mehrere Zuschauer so an, daß sie ihm Dollarscheine zuwarfen. Er beendete seine Übung, verbeugte sich, um dann zur Seite zu stolzieren und sich in Pose zu werfen.

Rudy war der letzte. Ich rutschte nervös auf meinem Sitz herum, als die Musik wechselte. Lange stand er da wie eine Statue; dann endlich, als ich schon erwog, auf die Bühne zu gehen und ihn in den Arsch zu treten, ruckte sein Kopf nach oben und er starrte direkt ins Publikum. Er ließ die Arme fallen, und zum erstenmal konnte man seinen Oberkörper sehen.

Die Wirkung war elektrisierend, und das mit Recht. Rudy stand direkt unter einem Spot, der jede Fläche und Kante seiner Heldenbrust betonte. Die Kupferhaare auf Brust, Armen und Beinen strahlten das Licht wie eine goldene Aura zurück. Er blickte ins Publikum, nahm den Hut ab, warf ihn in die Menge und hob die Arme. Seine Hände ballten sich zu Fäusten, und seine Arme explodierten zu einer Masse aus festen, sehnigen Muskeln.

»Jesses«, murmelte der Mann hinter mir. »Ich würd dafür zahlen, um dem Macker nur den Schweiß aus den Achseln lecken zu dürfen.«

Rudy hielt die Pose noch ein paar Sekunden; dann fing er an, langsam in den Hüften zu kreisen. Ich sah, wie seine Füße den Takt der dröhnenden Musik aufnahmen und er um die Bühne tanzte. Er bewegte sich so, daß seine Waden und Schenkel höchst vorteilhaft hervortraten und die Menge im Nu fieberte.

»Juhu!« brüllte einer begeistert, als Rudy das Tuch vom Hals nahm, sich damit den Schweiß vom Bauch wischte und es in die Menge warf. Ein fetter Mann vorne fing es auf und hielt es sich ans Gesicht, bevor er wieder auf dem Sitz zusammenbrach.

»Ausziehn!« rief ein anderer, und das Publikum stimmte ein.

Rudy blieb in der Mitte der Bühne stehen, die Beine gespreizt, die Daumen in die knappe Shorts gehakt. Er schaute sich um und stieß rhythmisch mit den Hüften. Seine Konkurrenten hatten sich umständlich aus ihren engen Klamotten geschält. Nicht so Rudy. Sein Bizeps zuckte, die Knöpfe am Schlitz platzten, und dann stand er nur noch in Boots und Sackhalter da.

Inzwischen standen die Leute auf den Stühlen und glotzten auf das pralle Paket. Rudy stolzierte über die Bühne und ließ seinen blassen, pelzigen, perfekt gerundeten Arsch aufblitzen, was die Hitze im Raum noch steigerte. Dann packte er den Bund des Jockstrap, riß ihn sich in elegantem Schwung herunter und warf ihn weit ins Publikum.

Hinter mir kam es zum Kampf um das Stück, das noch eben um Rudys Schwanz und Eier gelegen hatte, ich wandte jedoch meinen Blick nicht von der Bühne. Ich traute meinen Augen nicht, aber da stand Rudy, splitternackt, und tanzte wie ein Besessener. Ebenso sein Schwengel, der ihm schwer gegen die festen Schenkel klatschte, während seine rot behaarten Eier sexy hüpften.

Die Musik endete, und Rudy stand schwer atmend, die Hände in die Hüften gestemmt, mitten auf der Bühne. Sollte einer wagen, ihn nicht zum absoluten Sieger zu erklären! Die Meute wurde wild, und ich entspannte mich. Wenn er sich jetzt noch vor allen einen runterholen konnte, waren wir erlöst.

»Ich glaube, wir haben einen Sieger, Leute«, verkündete der fette, häßliche Manager, ging auf Rudy zu und beäugte ihn im Schritt. »Was meint ihr, Jungs?« Im Raum brandete Beifallsgejohle auf, und die anderen Konkurrenten kletterten von der Bühne. »Und jetzt kommt, worauf wir alle gewartet haben. Sind alle bereit für ein bißchen Publikumsbeteiligung?«

Publikumsbeteiligung? Ich wurde wieder etwas nervös. Was meinte er damit? Ich erfuhr es alsbald.

»Diejenigen, die schon hier waren, kennen die Regeln. Wir werden jetzt nacheinander versuchen, den großen Bullen da zu melken. Mann, sieht aus, als gäb's heute abend was zu tun.« Das war nicht gut. Rudy war nicht der Typ, der sich von jedem am Horn ziehen ließ. Andererseits war er auch nicht der Typ, der sich vor einen Haufen Fremder stellte und einen Strip hinlegte. Und da stand er, im Mittelpunkt der Aufmerksamkeit von mindestens dreihundert lüsternen Augenpaaren, und fühlte sich anscheinend pudelwohl.

»Kapiert?« plärrte der Manager weiter. »Ein Dollar, bis der Mann steif ist. Danach zwei pro Zug. Wenn er zu tröpfeln anfängt, steigern wir auf fünf. Jeder, der in der Schlange nach vorn will, muß mit dem Vordermann darum steigern. Der Einsatz bestimmt den Preis für jeden weiteren Zug. Der Mann, der die Milch zum Fließen bringt, teilt sich den Pot mit dem rothaarigen Bullen da oben. Wer weiß, vielleicht faßt ihr das Ding ja richtig an, und könnt dann noch was anderes teilen.«

Ich suchte nach einem Anzeichen dafür, daß Rudy begriff, was da abging, aber er wirkte völlig ungerührt. Im Gegenteil, zur Lockerung machte er sogar so tiefe Kniebeugen, daß sein schwerer Schwengel laut auf die Dielen klatschte. Ein geiler Braunhaariger mit Bürstenschnitt stellte einen Hocker mitten auf die Bühne. Er schaute Rudy an, wuschelte ihm mit der Hand über die Brust und verdrehte die Augen. Rudy grinste, zwinkerte und setzte sich mit weit gespreizten Beinen und schwer baumelndem Dödel auf den Hocker.

An der Seite hatten sich schon etwa zwanzig Männer aufgereiht und ihr Geld dem Manager gegeben, der auch den Kassierer spielte. Nachdem Rudy angezeigt hatte, daß er bereit war, trat der erste Mann vor, schloß die Hand um seinen Schwengel und drückte zu. Der Kerl dehnte es möglichst lange aus und fuhr langsam mit schwieligen Fingern über den Schaft. Rudy zuckte nicht mit der Wimper, und auch sein Schwanz zeigte keine Spur von Interesse.

Fünf Minuten und etwa dreißig Männer später saß Rudy

noch immer stur auf dem Hocker, aber sein Pimmel wurde eindeutig länger und dicker. Jetzt reihten sich die Jungs ein, die abgewartet hatten, bis die Sache heißer wurde. Die Schlange zog sich von der Seitenbühne bis halb in den großen Raum.

Es war kaum zu fassen. Rudy ließ das nicht nur wegen der Kohle über sich ergehen, der Dreckskerl genoß es auch noch! Er tauschte Bemerkungen mit den Männern aus, die ihn bearbeiteten, während er sich auf dem Hocker produzierte. Einmal hakte er die Füße um die Stuhlbeine und lehnte sich zurück. Seine großen Hände fuhren von der Kehle bis zum Schritt, um den strömenden Schweiß abzuwischen. Rudy streckte sie aus und grinste einfältig, als sie ihm abgeleckt wurden.

»Ab jetzt zwei Dollar pro Zug«, blaffte der Manager. Rudys rötlicher Joystick ragte nun wie eine leuchtende Boje der Geilheit aus seinem krausen Gebüsch. Vor einiger Zeit hatte ich in Marokko ein sexuelles Erlebnis mit Rudy gehabt, daher wußte ich, daß sein Schwanz groß war. Ich konnte mich aber nicht erinnern, daß er so dick war wie heute abend. Vielleicht lag es an all den verschiedenen Händen, aber er sah aus wie eine Halbliter-Bierdose in Gestalt einer rötlichen, schwer geäderten Säule. Die Meute war ebenfalls beeindruckt. Immer mehr Männer stellten sich an, die bereit waren, dafür zu zahlen, sie anfassen zu dürfen. Mir wurde ganz warm bei dem Gedanken an all das Geld, das da zusammenkam.

»Ja! Zeig's uns!« Der Ruf lenkte meine Aufmerksamkeit wieder zur Bühne. Rudy lief zur Hochform auf. Die Hände hinter den Kopf gelegt, machte er ein paar Sit-ups - wobei er sich weit zurückbeugte und dann langsam wieder aufrichtete. Sein Schwengel war monumental geworden, und ich sah den ersten Schwall klarer Säfte austreten, als ein großer Schwarzer sein Horn packte und zudrückte.

»Der Preis der Liebe ist gerade auf fünf Dollar gestiegen«, rief der Manager. In der Hoffnung, es sei noch nicht zu spät, stellte ich mich hastig an. Inzwischen stand das halbe Publikum Schlange und tauschte schweinische Bemerkungen über den unglaublichen Macker aus, der sich da produzierte.

Die Meute nahm mir eine Weile die Sicht, da sich nun alle drängten, um nahe an die Bühne zu kommen. Mit den Händen in den Hosentaschen wartete ich nervös und hoffte inständig, Rudy könne sich beherrschen, bis ich dran war.

»Bring es, Macker!« dröhnte eine tiefe Stimme.

»Na los!« brüllte eine andere.

Mir sank das Herz, ich dachte, alles sei vorbei. Ich wollte schon ausscheren, als ich sah, daß immer noch Männer nach Geld kramten und zu dem Haufen um Rudy eilten. Was zum Teufel ging da vor? Ich stellte mich auf die Zehenspitzen. Umsonst, ohne die Reihe zu verlassen, konnte ich keine Spur von ihm sehen, und die erregte Meute würde mich keinesfalls wieder an meinen Platz lassen, wenn ich mich auch nur eine Sekunde verdrückte. Obwohl ich vor Neugier platzte, blieb ich, wo ich war.

Als ich endlich zum Bezahlen kam, traute ich meinen Augen nicht. Rudy hatte die Sit-ups beendet, war aber keineswegs untätig. Mehrere Männer, die an dem Wettbewerb nicht teilnahmen, drängten sich mit entblößten Schwänzen um ihn und taten alles, um ihn bei Laune zu halten.

Rudy lag flach, hielt sich mit den Händen am Hocker fest und hatte den Kopf zurückgeworfen. Auf seinem Bauch rieben sich zwei Schwengel in seinem Fell. Zwei weitere Männer waren an seinen Schultern zugange. Der rechte drückte die Eichel gegen seine Brust. Das klaffende Pißloch stülpte sich über den dicken Knoten seiner harten Brustwarze, und der Kerl verströmte seinen Saft über die Brust meines Kumpels.

Der andere Kerl sah, was der Macker vorhatte, und stöpselte sich auf der anderen Seite ein. Schon beim Anblick kringelten sich meine Zehen.

»Rudy, du kannst jetzt«, zischte ich, stieg hinauf zwischen seine Beine und überblickte die Szene. Aus Rudys dickem Hammer floß die Soße über den Schaft und tropfte von seinen Eiern. Die waren ebenfalls aktiv und stiegen bei jedem Zucken seines Schwengels weit nach oben, um danach wieder schwer auf den Sitz zu fallen.

»Das is 'n Ding«, keuchte Rudy, blickte an seinem schwänzegespickten Körper hinunter und zwinkerte mir zu. »Ich könnte die ganze Nacht so weitermachen.«

»Machen wir's jetzt«, flüsterte ich. »Das Geld türmt sich, und die Reihe ist lang.«

»Tu dein Bestes«, sagte er heiser. »Hol dir den großen Preis.« Verdammt, das war nicht der Rudy, den ich kannte. Das war ein Mann, dessen sämtliche Sinne auf seinen Schwanz konzentriert waren und die unglaubliche Lust, die ihm durch den Leib schoß. Ich krümmte die Finger und hoffte, ihn zum Abspritzen bringen zu können.

Als ich gerade nach dem fetten Bolzen griff, trat ein Kerl an Rudys Kopf und machte sich die Hose auf. Er zog einen Schwanz wie ein Baseballschläger heraus und klatschte ihn Rudy ins Gesicht. Rudy riß die blauen Augen auf und betrachtete sich das Teil. Anstatt den Kerl anzumotzen, leckte er über den gesamten Schaft, küßte die große, unbeschnittene Eichel - und schluckte ihn in einem Stück. Der Typ grinste selig und ließ sich von Rudy das Gehirn aussaugen.

Als ich Rudys Schwanz berührte, zuckte er heftig und spritzte den Saft hoch in die Luft, aber es kam kein Sperma. Düster starrte ich den geblähten Fleischklumpen an und wandte mich ab.

»Fünfundzwanzig Dollar!« rief jemand von hinten. Der Kerl an der Spitze der Schlange nickte, und der Mann kam nach vorn, zahlte und trat zwischen Rudys Beine. Mehr als die Hälfte der Schlange verflüchtigte sich, als es ernst wurde. Ich verfolgte den Fortgang aufmerksam.

Der Ehrliche Joe hatte uns schon die Gebühr fürs Abschleppen abgeknöpft, und wir hatten noch knapp hundertfünfundsiebzig Mäuse, minus fünf Dollar Eintritt und Rudys Deckel. Ich mußte den Wettbewerb wirklich sehr aufmerksam verfolgen.

Es gab einige weitere Einsätze, was den Preis pro Zug auf fünfundsiebzig Dollar hochschraubte, und das Feld auf fünf verringerte. Ich stand am Ende der Schlange und suchte bei Rudy nach Anzeichen der bevorstehenden Explosion. Sein Körper war rosa angelaufen, sein Gesicht war rot, und sein Schwanz hatte einen bedrohlichen dunkelroten Ton. Er strömte von Schweiß, der unter dem Hocker einen Salzsee bildete. Ich stellte außerdem fest, daß der gierige, kleine Dreckskerl nun zwei Kerle auf einmal blies, die den weit gedehnten Mund mit ihren dicken Dödeln rammelten. Die anderen Männer umher rockten munter, eindeutig bereit, in Rudys Orgasmus einzustimmen.

Zwei Männer kamen an die Reihe, erfolglos, aber Rudys Eier waren zusammengeschnurrt und seine Eichel angeschwollen wie eine überreife Tomate. Das Loch in ihrer Mitte klaffte weit, und am ganzen Körper traten ihm die Adern hervor. Seine Gurgel klopfte wie wild, als er die beiden Schwänze zum Abspritzen brachte. Der Mann links brüllte und bedeckte Rudys Lippen mit Sperma. Der andere riß die Augen auf, und seine Eier schossen bis zur Spitze seines zuckenden Pimmels. Aus Rudys Mundwinkel quoll immer mehr weißes Zeug, als die Männer ihre Ladung in die geile Kehle meines Kumpels pumpten.

Noch zwei Männer trennten mich von meinem Ziel. Die Lage erschien so kritisch, daß der Zweite hundert bot, um zuerst dranzukommen. Er machte einen langen, bedächtigen Zug, bei dem er ihn unter der Eichel kitzelte, und blieb erwartungsvoll stehen. Rudys Nüstern bebten, und er hob den Kopf, während ihm Sperma aus dem Mund floß. Der fette, aufgedunsene Schwengel zuckte und bebte, und Rudy traten die Augen vor den Kopf, aber nichts passierte.

»Hundertfünf«, rief ich.

»Hundertzehn«, konterte der Mann vor mir und schaute mich drohend an.

Ich holte tief Atem. »Hundertzwanzig!« Der Mann schaute in seine Brieftasche und schüttelte angewidert den Kopf. Ich nahm meinen Platz zwischen Rudys Beinen ein und checkte die Lage.

»Platz da, bitte«, bellte ich. Die Männer, die Rudy mit ihren Schwänzen abgerieben hatten, wichen widerwillig zurück. Erstaunt von seiner Leistung, blickte ich auf Rudy hinab. Der Mann sah aus, als wolle er buchstäblich explodieren - sämtliche Muskeln, Bänder und Sehnen waren zum Äußersten gespannt, eine Situation, die ich liebend gerne erleichtert hätte.

»Uh-huh!« stöhnte Rudy erbarmungswürdig und bleckte die Zähne. Ich packte seinen Schwanz. Den Daumen an die geschwollene Röhre gepreßt, bewegte ich die Hand nach oben. Als ich über den Rand kam, massierte ich ihm den Lustknoten und rieb dann fest um den Rand seiner glühenden Eichel. Rudy schnappte nach Luft und stieß ein Geheul aus, das zwei Straßen weiter noch zu hören sein mußte.

»Aaarrghhh!« Sein Brust schwoll an, als seine Lungen sich mit Luft füllten und die Krämpfe des Orgasmus seinen Bauch bis ans Rückgrat preßten. Sein Pißloch öffnete sich weit, und ein perlweißer Tropfen erschien. Er zitterte kurz in der Vertiefung, um dann ein Stück unterhalb seines Nabel auf den Bauch zu fallen. Dann war Pause, und dann verkrampfte er sich erneut.

Ich habe schon viele Männer abspritzen sehen, aber nichts war vergleichbar mit dem, was Rudy den Gästen des Caballero Gay Club an diesem Abend bot. Nach dem ersten Tropfen stießen seine prallen Eier eine wahre Flut aus. Der erste Schuß stieg unter allgemeinem Beifall drei Meter in die Höhe. Dann spannte er sich zum zweiten. Er flog in hohem Bogen über seinen Kopf und bekleckerte die beiden, die er gerade gelutscht hatte.

Als er den vierten mehr als mannshoch herausgepumpt hatte, johlten die Jungs und zählten mit.

»Fünf!« brüllte die Meute. Rudy grinste mich dämlich an. Sein Bauch zog sich wieder ein.

»Sechs!« schrie der Mann, der Rudys Bauch von links massiert hatte, fing das Sperma im Flug auf und benutzte es, um den eigenen zuckenden Ständer einzuschmieren.

»Sieben!« Ein weiterer Schuß klatschte auf Rudys Brust. Seine Eier wurden schlaff, und sein Körper fing an, sich zu entspannen. Ich packte ihn an den Eiern, drückte gratulierend zu, und sein Pimmel zuckte noch einmal.

»Acht!« Die Menge tobte und warf Geld rund um den Hocker. Rudy zwinkerte mir zu, richtete den Schwanz auf mich - und spritzte mir voll ins Gesicht. Der heiße Saft rann mir über die Nase in den offenen Mund.

»Neun!« Noch ein Schwall traf mich, diesmal am rechten Unterarm. Ohne den Blick von Rudy zu wenden, leckte ich ihn sauber. Er schaute mich benommen an, und sein Schwanz fiel wie ein gefällter Baum schlaff auf den Bauch.

»Ach du Scheiße!« rief der Mann, der Rudys linke Titte bearbeitet hatte. »Der Mistkerl hat die Zehn voll gemacht!« Ich blickte nach unten, und richtig: In Rudys Nabel glitzerte eine kleine Pfütze des letzten heißen Spermas. Alle Kerle, die sich mit ihm beschäftigt hatte, kamen zum Finale zurück und zollten Rudys Leib ihren glitschigen Tribut.

»Uff!« Rudy setzte sich kerzengerade auf und starrte mich wild an. »Wo bin ich?« nuschelte er mit deutlich verschleiertem Blick. Dann brach Rudy Vale, von seiner glanzvollen Vorstellung völlig ausgelaugt, ohnmächtig in meinen Armen zusammen.

Jackson war wie der Blitz auf der Bühne und zerrte ihn aus dem Rampenlicht. Ich blieb noch, um die Münzen vom Boden aufzusammeln und mit dem Manager über die Bezahlung zu feilschen. Ich schaute zu, wie er an Ort und Stelle das Geld zählte - ich traute dem kleinen Frettchen nicht - und sackte auch Rudys Anteil ein.

Nachdem wir an der Bar bezahlt hatten, blieben uns noch etwas über zweitausendfünfhundert Dollar. Ich war platt - das war ohne Zweifel die lukrativste Handarbeit aller Zeiten.

Ich rief ein Taxi und schleppte Rudy mit Jackson zusammen auf die Straße. Wir hielten an der Werkstatt an, holten unsere Sachen aus dem Kombi und erteilten dem Besitzer unseren Segen, mit dem Rest zu machen, was er wollte. Dann gingen wir zum Ausschlafen in ein Motel.

ACHTES KAPITEL

Hey, Mann ... du bist doch der Vulkan, stimmt's?« Rudy hörte auf, seinen Toast zu buttern und regte sich nicht, selbst als die geschmolzene Butter an seinen Fingern hinunterrann und ihm in den Schoß tropfte. »Egal, ich wollte nur sagen, daß du'n echter Hammer bist.« Rudy blieb erstarrt. »Na ... wenn du mal 'nen warmen Mund brauchst, ich bin der beste Schwanzlutscher von West Hollywood.« Der junge Sprecher grinste Rudys steinerne Gestalt noch ein letztes Mal lüstern an, bevor er an seinen Tisch zurückging und aufgeregt mit seinen Freunden tuschelte.

»Mann, hier gibt's jede Menge Spinner«, sagte Rudy prüde. »Schmutzige Anträge beim Frühstück, das ist 'n bißchen viel.«

»Du scheinst einen Fanclub zu haben«, bemerkte ich sachlich. »Vulkan.«

»Entschuldige, aber was soll dieser ›Vulkan‹-Quatsch? Ist das 'ne abgefahrene Sexnummer, die ich noch nicht kenne?« Rudy legte seinen Toast auf den Teller und wischte sich die Hände sorgfältig an der Serviette ab. »Komm schon, Diamond, wenn jemand sich da auskennt, dann du. Sagst du's mir?«

»Erinnerst du dich nicht an gestern abend?« fragte ich völlig verblüfft. Es war eine solch phantastische Vorstellung gewesen, daß ich mir nicht vorstellen konnte, ein paar Schlucke Whiskey könnten ihm das Gedächtnis geraubt haben. Offenbar hatten Rudys psychische Abwehrmechanismen Überstunden gemacht.

»Ich erinnere mich, mich auf so 'nen blöden Stripwettbewerb eingelassen zu haben, um ein paar magere Kröten zu verdienen, Miles. Dann nahm ich zur Beruhigung einen Whiskey, und dann weiß ich gar nichts mehr.« Er rutschte auf dem Stuhl herum und zupfte sich im Schritt. »Weißt du, meine Genitalien sind heute morgen ein bißchen wund. Vielleicht bin ich gegen die Seife hier allergisch.«

»Mmpf!« Jackson hatte ein Geräusch zwischen Bellen und unterdrücktem Lachen ausgestoßen und dabei Kaffee verspritzt.

Rudy blickte ihn scharf an. »Was gibt's da zu lachen?«

»Nichts«, keuchte Jackson mit rotem Gesicht. »Ich ... äh, hab mich grade nur verschluckt.«

»Also Diamond. Hab ich gewonnen?«

»Du weißt wirklich nichts mehr?« Der Mann hatte eine wahnsinnige Verdrängung.

»Oh Gott, sag bloß nicht, ich hab mich zum Affen gemacht? Hab ich wirklich in aller Öffentlichkeit die Hose ausgezogen?«

»Am Anfang«, antwortete ich.

»Anfang?« Rudys Augen weiteten sich. Als ich ihn in die Details des letzten Abends einweihte, hätte er die Dienste eines guten Augenarztes gebraucht. Dennoch konnte ich es nicht erwarten, ihm alles zu erzählen.

»Ich geh mal raus und hol 'ne Zeitung, Jungs«, sagte Jackson und sprang fast über seine Stuhllehne. Ich hatte der starken

Verdacht, er wollte nicht in der Nähe sein, wenn Rudy das Ausmaß seiner Beteiligung an den gestrigen Festivitäten offenbar wurde. »Bin gleich zurück.«

»Deine Eier werden kalt«, gab Rudy zu bedenken.

»Ich ... äh, ich mag sie so.« Bevor Rudy weitere kulinarische Einwände vorbringen konnte, war Jackson durch die Tür.

»Okay, Miles. Jetzt mal Klartext. Was genau hab ich letzte Nacht gemacht?« Er stemmte die Ellbogen auf den Tisch und schaute mich ernst an. »Ach, ja, du hast mir übrigens immer noch nicht gesagt, was ein ›Vulkan‹ ist.«

»Also ...« Als ich Rudy über seine Abenteuer im Gay Caballero informierte, sank sein Kopf immer tiefer, bis das Kinn fast in den Eiern war. Seine Miene spiegelte Wut, Erniedrigung und Ekel wider. Ich fand, es stand ihm.

»Ich - ich bin der Vulkan?« ächzte er und wagte kaum, zu mir aufzusehen. »Sag mir, daß das ein Alptraum ist.«

»Tut mir leid, Kumpel. Ich berichte nur Tatsachen.«

»Äh ... und wer, äh, hat mich da auf der Bühne bearbeitet? Warst du's, Miles?«

»Ja, Rudy ich war's« - er wirkte beinahe erleichtert - »und ungefähr hundertfünfundsiebzig andere Männer im Club.«

»Oh.« Er seufzte tief. »Na, das erklärt die wunde Haut.«

»Wahrscheinlich«, stimmte ich zu. »Wenn du mich fragst, ich war extrem beeindruckt.«

»Danke, Miles. Bist 'n echter Freund.«

»Hey, Mister.« Rudy blickte auf. Neben unserem Tisch stand noch ein Bewunderer.

»Was?«

»Kann ich ein Autogramm haben?«

»Bitte hau ab.« Rudy klang ein bißchen gereizt.

»Aber ich war doch einer von denen, denen du während der Show einen geblasen hast.« Er kam mir bekannt vor.

»Was!« An Rudys Schläfe trat eine Ader hervor.

»Du weißt doch, all die Jungs, die du bei der Show gelutscht hast. Ich war der letzte. Du hast 'n super Mund. Die meisten kriegen noch nicht mal meinen halben Schwanz rein.«

»Aber ich schon?« sagte Rudy ungläubig.

»Und ob, Mann. Ich dachte, du saugst mir die Eier aus. Wau!« Zwischen seinen Beinen zuckte es, als wolle er ein Rückspiel. Um seinetwillen hoffte ich, er würde es nicht versuchen.

»Hau ab, bitte«, stöhnte Rudy.

»Hey, ich wollte doch nur-«

»Hau ab!« Rudy stand halb auf. Der Typ wich zurück.

»Was hat'n der Wichser?« flüsterte sein Freund, als sie hinausgingen.

»Testosteron«, stellte er wissend nickend fest. »Ich wette, er ist aus dem Gleichgewicht.«

»Mann, ich wollte, ich hätte gestern kommen können.«

»Kein Problem«, beruhigte ihn der erste. »'n Kumpel von mir hat 'ne Videokamera eingeschmuggelt. Er hat alles drauf. Ich sagte ihm, wir könnten-« Da die Tür sich schloß, erfuhr ich nie, was sie damit könnten - ich hatte jedoch meinen Verdacht.

»Klingt, als hätte ich letzte Nacht meine übrigen Beiträge zur Unterhaltungsindustrie ergänzend, noch Blowjobs gewährt«, Rudy wandte sich mit zuckenden Fingern wieder mir zu. »Ich weiß wirklich nicht, wie ich mich dazu habe überreden lassen, Diamond.«

»Wie ich es sehe, hast du nur ein paar tief verborgene Phantasien ausgelebt, Rudy.«

»Danke, Dr. Sommer.«

»Wir haben Ärger, Jungs«, kündigte Jackson an, als er

zum Tisch zurückkam und eine Zeitung auf meinen Toast knallte.

»Hey!« protestierte ich. »Ich war noch nicht fertig.«

»Bist du gleich«, sagte Jackson grimmig. »Lies.«

»Tolles Foto, Miles«, frotzelte Rudy und riß mir die Zeitung aus der Hand. »Sieht ganz nach dir aus.«

»Schnauze.« Das Foto sah aus wie das in meinem Führerschein. Ich wirkte, als sei ich am Ende eines dreitägigen Besäufnisses erwischt worden. »Und wieso ist mein Bild überhaupt auf der Titelseite der Los Angeles News?« fragte ich. Die Neugier gewann Oberhand über meine Verärgerung ob der wenig schmeichelhaften Ähnlichkeit.

»Oh, Mann«, murmelte Rudy. »Das ist gar nicht gut.« Er deckte das Foto ab, als die Kellnerin vorbeikam, um uns Kaffee nachzuschenken. »›Arbeitsloser Gammler im Zusammenhang mit dem gestrigen Diebstahl eines unschätzbaren Kunstobjekts aus dem Seattle Art Museum gesucht‹«.

»Arbeitsloser Gammler?« jaulte ich auf. »Das schreiben die doch nicht wirklich, oder?«

»Das ist nur die Schlagzeile. Er kommt noch besser.« Rudy nahm einen Schluck Kaffee und grinste mich wohlgelaunt an. »Soll ich weiterlesen?«

»Warum nicht?« murrte ich, warf zwei Stücke Zucker in meinen Kaffee und rührte düster um.

»›Diamond, der Partner bekannter Krimineller ...‹«

»Das muß Chin sein«, bemerkte Jackson.

»› ...wird von den Behörden im Zusammenhang mit einem spektakulären Einbruch am frühen Morgen ins Seattle Art Museum gesucht.‹«

»Guter Trick«, unterbrach ich. »Besonders, wenn man bedenkt, daß ich zu der Zeit in Kalifornien war.«

»Bitte unterbricht nicht, Miles. Du kannst deine Kommentare später abgeben. Wo war ich noch? Ach ja. ›Nachdem er brutal einen Wärter überwältigt hatte, raubte Diamond mehrere Ausstellungsstücke, einschließlich der berühmten Sammlung mittelamerikanischer Skulpturen von Nicholas Grizzard. Obgleich der Kurator des Museums, Michael Corliss, angab, der Einbruch sei anscheinend eher ein Akt geistlosen Vandalismus als ein bedachter Kunstraub, wurde eine bedeutende Figur eindeutig entwendet.‹«

»Geistloser Vandalismus?«

»Psst! Miles, sei ruhig. ›Das fehlende Kunstwerk - die kleine Statue eines präkolumbianischen Gottes, bekannt als Dämon des Todes - wird auf mehr als fünf Millionen Dollar geschätzt und war das bedeutendste Stück der Sammlung.

Diamond wurde von dem verletzten Wachmann identifiziert, der wegen schwerer Schädelverletzungen und Kieferbruchs ins Harborview Hospital eingeliefert wurde.

Die Polizei erwirkte einen Haftbefehl für Diamond, und alle Behörden an der Westküste suchen nach dem Flüchtigen. Da in der Kunstwelt befürchtet wird, daß das Kunstwerk außer Landes gebracht werden soll, werden die Grenzen nach Kanada und Mexiko streng überwacht.

Da Diamond vermutlich bewaffnet ist, ist Vorsicht geboten. Nicholas Grizzard persönlich hat eine Belohnung von fünfzehntausend Dollar für Informationen ausgesetzt, die zur Ergreifung des Flüchtigen und zur Wiederbeschaffung des Kunstwerks führen.‹«

»Ist das alles?« stöhnte ich.

»Ist das nicht-?« Rudy wurde unterbrochen, als zwanzig Zentimeter über unseren Köpfen die Fensterscheibe plötzlich an drei Stellen zersprang und Splitter über den Tisch regneten. Andere Gäste fingen an, zu schreien und Deckung zu suchen.

Während ich mich selbst verkroch, schaute ich durchs Fenster. Auf der anderen Straßenseite fuhr ein großer, schwarzer Mercedes mit getönten Scheiben an und stob davon. Die Leute auf dem Gehsteig, die spürten, daß etwas nicht stimmte, zerstreuten sich. Unter ihnen erblickte ich kurz eine vertraute Gestalt in Grau. Sie schaute angespannt zum Café und verschwand dann in einem Laden.

»Was war das, zum Teufel?« fragte Rudy, der sich mit mir unter dem Tisch drängte.

»Kugeln«, verkündete Jackson, der zu uns kam. »Ich muß vermuten, daß wir das Ziel waren, da sonst niemand im Fenster saß. Ich denke, die Bullen sind gleich da. Ich weiß ja nicht, aber ich glaube, wir sollten nicht auf sie warten.«

»Stimmt«, meinte Rudy. »Schließlich wird Miles gesucht.«

»Danke, daß du mich daran erinnerst, Rudy. Aber was sollen wir tun?«

»Keine Sorge, Miles. Ich hab einen Plan.« Jackson schaute so selbstgefällig, wie es eben geht, wenn man unter einem Restauranttisch in einem Teller mit Toast kniet. Ich nickte nur und folgte ihm auf die Straße. Ich war mir nicht sicher, ob ich es hören wollte.

Jackson hatte uns seinen Plan in dem Leihwagen auf der Fahrt von Los Angeles nach San Diego erläutert. Die Mexikaner machten es jeden Tag - oder jede Nacht - dann konnten wir das auch. Eigentlich sollte es für uns, in Gegenrichtung, sogar einfacher sein. Angesichts der Ereignisse war ich mir nicht sicher, daß überhaupt etwas einfach war, aber ich selbst hatte keinerlei Plan, und ein anderer Weg, über die Grenze zu kommen, erschien unrealistisch. Und wir mußten über die Grenze, um den Dingen auf den Grund zu gehen - jetzt mehr denn je. Schließlich mußte ich meinen guten Namen reinwaschen.

Wir lieferten das Auto ab und warteten in einem Restaurant an der Kreuzung der I-5 und der U-805 bis etwa eine Stunde nach Sonnenuntergang, um uns dann in Richtung Rio Grande und Mexiko aufzumachen.

»Was machen wir, wenn uns die Grenzpatrouille anhält?« fragte ich, während wir durch kniehohes Gras und Unterholz stapften.

»Ich glaube, die interessieren sich mehr für den Verkehr Richtung Norden«, sagte Jackson zuversichtlich.

»Wir sagen ihnen einfach, wir seien Journalisten, die über die Probleme an der Grenze berichten«, meinte Rudy. »Halt den Kopf unten, und bleib aus dem Licht. Und mach um Gottes Willen keinen Unsinn.«

»Irgend 'ne Andeutung, was du mit Unsinn meinst?« fragte ich - berechtigt, wie mir schien.

»In deinem Fall, Miles, gibt es da jede Menge Möglichkeiten.«

»Hey, Rudy, also ich war's nicht, der sich nackig auf einen Hocker gesetzt und mir von jedem, der 'nen Dollar übrig hatte, am Schniedel hab ziehen lassen.«

»Erinnere mich nicht«, schauderte Rudy. »Außerdem warst du da auch beteiligt.«

»Ach? Na, es hat uns ja ganz schön was eingebracht. Ich würd's sofort wieder tun.«

»Ich sag dir was, Miles. Nächstes mal schlenkerst du deinen eigenen Puller vor der Meute und läßt mich raus.«

»Aber du bist so ein guter Tänzer.«

»Ruhe, ihr beiden«, zischte Jackson. »Wir sind da.«

Ich schaute den Pfad hinunter und sah einen langen Strom schwarzer Köpfe auf uns zukommen. Als der Mann an der Spitze uns gerade erreicht hatte, flammten plötzlich Lichter auf. Ich hörte wilde Rufe auf Spanisch, und die Illegalen zerstreuten sich in die umliegenden Felder. Jackson packte mich am Arm und zog mich vorwärts.

Als wir an den hohen Zaun kamen, der die südliche Grenze der USA bildete, sah ich Leute durch eine Lücke kriechen. Wenige Schritte links von mir schnitt ein Mann mit schwerem Seitenschneider ein weiteres Loch in den dicken Maschendraht. Sobald es groß genug war, krochen auf allen Vieren die Leute hindurch.

»Ist ja komisch«, flüsterte ich, als ihre Schatten an uns vorbeihasteten, um den Duft von Freiheit und Kapitalismus zu schnuppern. »Wieso sehen die alle aus, als kämen sie vom Schwimmen?«

»Kommen sie auch, Einstein«, antwortete Rudy. »Wir müssen durch einen Fluß.«

»Oh!« Wir eilten zu dem neuesten Loch im Zaun und warteten auf eine Gelegenheit, durchzuschlüpfen. Es sah ganz nach einer Einbahnstraße aus. Keiner hielt an, um uns vorbeizulassen. In der Ferne hörte ich Hundegebell und sah Scheinwerfer wild durch die Nacht tanzen, als der Jeep der Grenzkontrolle über den buckligen Pfad entlang der Grenze holperte.

Ich ging auf alle Viere und versuchte, gegen die Flut anzukommen. Vergeblich. Ich stieß mit dem Kopf an eine dicke Frau, die mich bedrohlich auf Spanisch anzischte und dann einfach über mich krabbelte. Bevor ich ausweichen konnte, hatten fünf weitere das Gleiche getan. Mit einiger Mühe kroch ich beiseite.

»Das funktioniert nicht ganz, wie wir uns das dachten«, beklagte ich mich. »Irgend ‘ne Idee?« Ich stand auf, lehnte mich an den Zaun und wartete auf den Jeep. Ich war nicht überzeugt, daß man uns die Journalistenstory abkaufen würde.

»Du mußt aggressiver sein, Miles«, sagte Rudy drängend.

»Sei *du* aggressiv. Du bist größer als ich.«

»Oh, um Himmelswillen!« schnaubte Rudy und warf sich in die Bresche. Mit düsterer Befriedigung registrierte ich, daß auch er nicht mehr Glück hatte.

Als ich gerade vorschlagen wollte, uns zurückzuziehen und abzuwarten, zupfte etwas an meinem Hemd, wo es sich durch die Maschen drückte. Ich drehte mich um und schaute in zwei riesige braune Augen, die in den Grenzlichtern aufleuchteten.

»Señor.« Die Stimme war nicht schlecht, tief, kehlig und gemahnte an warme, südliche Nächte mit Tequila.

»Hi«, sagte ich und lächelte den hübschen, jungen Burschen mit seinen glänzend schwarzen Haaren, vollen Lippen und scharfen Backenknochen an. Er war nett - sehr nett. »Sprechen Sie Englisch?«

»Si, Señor.« Die Lage besserte sich.

»Wir haben ein Problem.« Ich zeigte auf Rudy und Jackson, die immer noch am Zaun kauerten und nach einer Gelegenheit Ausschau hielten, auf die andere Seite zu kommen. »Können Sie uns helfen, rüberzukommen?«

»Sie wollen nach Mexiko, Señor? Warum?« Er schenkte mit ein strahlend weißes Lächeln.

»Ein Notfall«, antwortete ich. »Wir müssen wirklich rüber. Ich kann zahlen.« Dies schien sämtliche Skrupel des jungen Mannes hinsichtlich unserer Motive zu beseitigen. Er nahm die Drahtschere - offenbar war er der Mann, den ich zuvor bemerkt hatte - kniete nieder und schuf rasch einen neuen Grenzübergang.

»Hey, Jungs, hier rüber«, rief ich Rudy und Jackson von der anderen Seite winkend zu. »Beeilung!« Sie krochen auf die Öffnung zu, die sie Millisekunden, bevor die Menge das neue Loch bemerkte, erreichten. Jackson kam ganz leicht durch, aber Rudy mußte einen bulligen Mexikaner abwehren, der einen Koffer schleppte, in dem man einen Menschen hätte unterbringen können.

»Autsch!« schrie Rudy auf, als der Mann ihm den Koffer ans Schienbein flammte.

»So, und jetzt?« fragte ich Jackson ratsuchend. Seinem Schweigen nach zu urteilen, hatte er keine Ahnung.

»Jetzt besorgen wir uns ein Auto, und ab geht's nach Mexico City«, sagte Rudy, während er humpelnd auf mich zukam.

»Señor?« Ich wandte mich zu unserem hübschen Pförtner um.

»Ach ja.« Ich zupfte Rudy am Ärmel. »Ich brauch Geld.«

»Wofür?« Er klopfte knauserig gegen seine Brieftasche, wahrscheinlich hatten wir ihn deshalb zum Schatzmeister gemacht.

»Ich muß ihn bezahlen, weil er uns durchgelassen hat.« Ich nickte zu dem jungen Mexikaner hin.

»Señor!« Es klang drängend. »Kommen Sie.« Er zog mich in Richtung Fluß. Zuerst leistete ich Widerstand, aber dann bemerkte ich, daß der Jeep der Grenzwache am jüngsten Loch im Zaun vorfuhr. Wir krochen über den lockeren Kies hinunter zum Ufer und hielten erst an, als wir mit den Füßen im seichten Wasser standen.

»Danke«, sagte ich. Er roch gut - eine angenehme Kombination aus flüchtigem Zitrusduft und jungem Mannesfleisch. »Wie viel?«

»Gehen Sie nach Mexico City?«

»Äh ... ja, vielleicht«, wich ich aus.

»Dann brauchen Sie Hilfe.« Er nickte weise. »Ich biete mich Ihnen an« - er zögerte etwas, so daß mein Interesse erwachte - »als Führer.«

»Wir brauchen keinen Führer«, sagte Rudy entschieden.

»Mexiko kann sehr schwierig sein«, beharrte der junge Mann immer noch lächelnd. »Besonders wenn man unter schwierigen Bedingungen reist.«

»Wollten Sie nicht mit Ihren Freunden über die Grenze?« fragte Rudy, der unseren neuen Gefährten unverkennbar loswerden wollte.

»Oh nein, Señor. Ich verhelfe meinen Freunden nur zu einem besseren Leben im Norden. Ich habe eine Green Card.« Er griff in die Brieftasche und zog triumphierend das wertvolle Dokument hervor. »Ich arbeite in einem Hotel in San Diego.«

»Und was machen Sie dann hier?« fragte Rudy.

»Wer bist du, die Grenzkontrolle?« knurrte ich. Ich fühlte mich schon als Beschützer des hübschen Mexikaners. Rudy war viel zu mißtrauisch.

»Schon gut, Señor«, beruhigte er mich. »Ich lebe bei meiner Familie in Tijuana.« Er lächelte Rudy an. Rudys grimmiger Blick wurde ein wenig weicher. Selbst er war nicht ganz immun gegen den Charme des jungen Mannes.

»Danke, aber ich glaube, wir schaffen's schon«, sagte Rudy fest.

»Oh, aber das kann ziemlich schwierig sein, wenn Sie unentdeckt bleiben wollen.«

»Wie kommen Sie darauf, daß wir unentdeckt bleiben müssen?« fragte ich. »Wir sind nur Touristen.«

»Señor, bitte. Ich lese jeden Tag die Zeitung.« Er beugte sich zu mir und flüsterte mir ins Ohr. »Sie sind viel hübscher als auf dem Bild.«

»Äh ... danke.« Mein Herz machte einen Satz. Ich hatte nicht damit gerechnet, daß alles so schnell so schwierig werden würde. Ich schien bekannt zu sein.

»Keine Angst, Señor. Es wäre mir eine Ehre, Ihnen zu helfen.«

»Was ist los?« zischte Jackson und rückte näher.

»Er liest die Zeitung«, antwortete ich. »Besonders die heutige.«

»Verstehe«, Jackson stieß einen Seufzer aus, der klang, als würde die Luft aus einem Reifen entweichen.

»Ich verrate Sie nicht, Señor Diamond. Sie können sich mir anvertrauen.« Es war ein verlockendes Angebot. »Bitte, kommen Sie mit, und ich sorge dafür, daß Sie sicher Ihr Ziel erreichen.«

»Also was?« brummte Rudy und zuckte hilflos die Achseln.

»Wir folgen dem Mann, würd ich sagen.« Ich stand auf und blickte über den Fluß zu den Lichtern von Tijuana. »Wer sind Sie überhaupt?« fragte ich den jungen Mann, der nun die Obhut über uns hatte.

»Raynaldo Antonio Jesus Jose Villa-Hermos y Espinoza«, ratterte er munter. »Sie können mich Ray nennen.«

Ray führte uns über die Felder zu einer weitläufigen Barackensiedlung, die sich über die kahlen Hügel oberhalb der Stadt zog. Gefolgt von kreischenden Kindern und bellenden Hunden, wanden wir uns durch ein Labyrinth schmaler Gassen, bis wir an eine Hazienda kamen, die anscheinend aus Karton und Teerpappe bestand. Das Anwesen - wenn man es so nennen wollte - grenzte an eine niedrige Mauer, die offensichtlich aus Material von der Müllkippe erbaut war. Der kleine Hof, den sie umschloß, war voller lachender Kinder, die abwechselnd sich gegenseitig jagten und eine kleine Schar dürrer Hühner piesackten.

Die Frau, die am anderen Ende des Hofs an einem kleinen

Lehmofen zugange war, sprang auf und strich sich bei unserer Ankunft die Haare glatt. Ray rannte aufgeregt schnatternd zu ihr und küßte sie auf die Wange.

»Meine Mutter heißt Sie bei uns willkommen.« verkündete Ray. »Es ist ihr eine Ehre, Sie als Gäste zu haben. Sie essen natürlich mit uns.«

»Wir können den Leuten doch nicht ihre Sachen wegessen«, flüsterte Rudy bestürzt.

»Bitte, Señor«, drängte Ray. »Meine Mutter wäre beleidigt, wenn Sie ihre Gastfreundschaft zurückweisen. Ich versichere Ihnen, unser Essen ist gesund.«

»Das meine ich nicht«, stotterte Rudy. »Ich will den Kindern nur nicht ihr Essen wegnehmen.«

»Señor, ich habe einen guten Job in San Diego. Meine Familie hungert nicht.« Ray warf sich in die Brust und schaute uns ernst an.

»Also, ich bin am Verhungern«, bemerkte Jackson. Rays Züge wurden locker. Innerhalb von Sekunden war der Hof Mittelpunkt hektischer Betriebsamkeit. Die Kinder stoben in alle Richtungen auseinander und schleppten Stühle aus den Häusern diverser Nachbarn herbei. Ein großer Tisch tauchte auf und wurde mit einem knallbunten Tuch und Platten mit Tortillas und Obst sowie Krügen mit Wein und Bier gedeckt.

Eine Stunde später hatte Rays Mutter, unterstützt von zahlreichen Verwandten und Nachbarn, ein Festmahl für uns aufgetragen. Wir setzten uns an das Bankett, und ich stopfte mich voll bis zum Platzen.

»Sagen Sie Ihrer Mutter, sie ist eine wunderbare Köchin«, stöhnte ich und unterdrückte mühsam ein Rülpsen. Ray übersetzte, und seine Mutter strahlte mich an.

»*Magnifico!*« rief Rudy vom seinem Tischende. Rays Mutter antwortete, und Rudy fing an, auf Spanisch loszurattern.

Sein Sprachtalent überraschte mich immer wieder. Jackson zeigte seine Begeisterung, indem er zum viertenmal seinen Teller belud.

Nachdem die Überreste des Mahls abgedeckt und die Möbel wieder bei ihren Besitzern waren, kümmerte Ray sich um die Schlafplätze. Rudy und Jackson erhielten große Hängematten, die an den Pfosten der breiten Veranda längs der Baracke befestigt waren. Ich sah mich vergeblich nach einer dritten um, aber da war keine. Ich war ein wenig enttäuscht.

»Sie kommen bitte mit mir«, teilte Ray mir mit, nachdem es sich meine Kumpels bequem gemacht hatten. Da ich nichts dagegen hatte, Rays ranker Gestalt zu folgen, trottete ich gehorsam hinterher, als er um die Ecke verschwand. Wir überquerten einen weiteren Hof hinter dem Haus und hielten vor einer Hütte an, die auch aus Abfall erbaut zu sein schien.

»Das habe ich selbst gebaut«, sagte er stolz. »Ein Mann braucht seine Privaträume.«

»Unbedingt«, stimmte ich zu.

»Sie bleiben hier«, teilte er mir mit, stieß die Tür auf und zündete eine Laterne auf dem Tisch an. »Ich hoffe, es gefällt Ihnen.«

»Perfekt.« Ich schnickte die Schuhe von mir und fing an, mir das Hemd aufzuknöpfen.

»Sie haben eine sehr behaarte Brust, Señor Diamond«, bemerkte Ray, der aufmerksam meinen Oberkörper studierte. »Sie sehen sehr stark aus.«

»Äh, danke, Ray.« Unwillkürlich spannte ich die Brustmuskeln. »Bitte, nennen Sie mich Miles.«

»Danke ... Miles.« Er sprach meinen Namen ganz weich aus. »Auf meiner Brust wachsen keine Haare«, vertraute er mir an und zog sein Hemd aus, um es mir zu beweisen.

»Das ist auch gar nicht nötig«, sagte ich aufrichtig. Ray

war schlank, aber seine Brust war gut geformt und hatte schokoladenbraune Warzen. Außerdem eine Reihe verlockender Wellen auf dem Bauch, die von seinem Nabel betont wurden.

»Soll ich Ihnen eine Frau besorgen, Miles?« Ray schaute mir in die Augen, offenbar bemüht, mir jeden Wunsch zu erfüllen.

»Äh ... nein. Keine Frauen, Ray.«

»Das dachte ich mir«, sagte er erneut lächelnd. »Finden Sie, ich sehe gut aus?« Er kam einen Schritt auf mich zu.

»Sehr«, antwortete ich, wobei in meinem Bauch eine kleine Flamme aufflackerte.

»Ich glaube, Gegensätze ziehen sich oft an, oder?« Er kam noch näher heran, so nahe, daß ich die Hitze von seinem Körper aufsteigen fühlte. Seine Finger nestelten am Gürtel. Dann fiel seine Hose zu Boden. Er schnickte sie weg und stand splitternackt vor mir.

»Laß mich dir helfen«, sagte er und fing an, meinen Gürtel zu öffnen. Ich stand einfach da, während er mir die Hose aufmachte und über die Schenkel schob. Er schaute mir zwischen die Beine und dann wieder auf. »Du bist ein großer Mann, Miles. Sehr groß.«

»Wenn du so weitermachst, werd ich gleich noch größer.« Ray hatte angefangen, mir den Bauch zu streicheln und die Finger durch die Kraushaare in der Mitte zu ziehen.

»Schön«, seufzte er, beugte sich vor und preßte seine Lippen auf meine linke Brust. Ich stöhnte und lehnte mich an ihn, während meine Hände zu seinem Hintern wanderten. Reife, sonnenwarme Melonen war das erste Bild, das mir in den Sinn kam. Seine Arschbacken waren glatt und fest und zuckten unter meinen Handflächen als ich die Muskeln knetete.

Was meinen Schwengel betraf, hatte ich natürlich recht gehabt. Er wurde rasch steif und stieg zwischen Rays seidige

Schenkel. »*Dios-mio!*«, keuchte er, wich zurück und schaute nach unten. »Du bist ein echter Bulle, Miles.«

»Danke«, sagte ich. Mein Schwanz reckte sich bei dem Kompliment und klatschte mir gegen den Bauch. Ray nahm die Sache in die Hand - in beide Hände, genau genommen - und führte mich zu einem Stuhl.

»Setz dich, bitte«, forderte er mich auf. Er kniete zwischen meinen Beinen und fing an, meine Lieblingsanhängsel eingehend zu untersuchen. »Was für Eier du hast!« Er nahm sie in die Hand und wog sie. »Schwer«, murmelte er. »Du bist voll von Lustsaft, ja?«

»Gewöhnlich ja«, kicherte ich. Er kauerte sich nieder und küßte meinen dicken Sack, dann ließ er los und hakte den Finger um die Schwanzwurzel. Ich erschauerte, als er die bedeckte Eichel streichelte, die an der Spitze pulsierte.

»Sie ist eingepackt. Genau wie meine.« Er faßte nach unten und zupfte an der Haut, die weit über seine eigene Eichel hinauslappte. »Siehst du?«

»Und ob«, grinste ich und faßte nach seiner Stange.

»Später«, ermahnte er mich und stieß meine Hand zurück. »Du bist so verdammt große, Miles. Riesig.« Seine Zunge kam heraus und legte einen schmalen Streifen glitzernder Spucke von den Eiern bis zum Ende meiner Vorhaut. Mir kringelten sich die Zehen. Das würde eine sehr heiße Nacht werden.

»*Dulce*«, murmelte er, als er die Lusttropfen ableckte. »Sehr süß.« Die Lider auf Halbmast, die glatten Wangen gerötet, blickte er auf. Ich hätte ihm gedankt, aber seine Zunge quetschte sich zwischen Vorhaut und Eichel und nahm mir den Atem. Rays Zunge erforschte alle verborgenen Winkel unter der Vorhaut, die er weit nach vorne drückte. Mein Schwanz zuckte wild, und von den Eiern bis zu seiner engen Faust traten die Adern heraus. Ich spürte, wie meine Eier an den Stuhl klatschten.

»Bravo!« Ray schob die Faust an meiner Stange hinunter und legte zum erstenmal die Eichel frei. Er ging bis zur Wurzel und verstärkte den Griff wieder. Mein Schwanz blähte sich - groß, größer, am größten - und meine Eichel mit. Prall bis zum Äußersten wirkte sie etwas bedrohlich auf mich, aber offensichtlich nicht auf Ray.

»Kannst du ihn so lassen, Miles?« fragte er atemlos, und seine Augen glühten vor Lust.

»Nicht ohne Hilfe«, gab ich zu. »Wieso?«

»Ich möchte ihn so gerne so sehen - und anfassen.« Er zwinkerte mir zu und rieb sich verführerisch den Bauch. »Ein Freund von mir hat mir was gegeben.« Er schaute auf. »Darf ich's dir zeigen?«

»Du darfst mir alles zeigen«, versicherte ich ihm. Ray rappelte sich auf und kramte in einer Kiste in der Ecke. Als er vornübergebeugt war, sah ich seine enge Rosette, was mir die Eier zusammenzog. Ich mußte an mich halten, um mich nicht auf ihn zu stürzen und ihn sofort zu besteigen. Ich beherrschte mich jedoch; schließlich war es seine Verführung.

»Gefällt dir das?« Er hielt mir einen etwa ein Zentimeter breiten Lederriemen hin, der in regelmäßigen Abständen mit kleinen runden Nieten besetzt war. »Das hält den tollen Knubbel voll und prall.« Ich nickte, und Ray kniete nieder und schlang ihn mir geübt um Schwanz und Eier.

»Gut so?« Er legte mir die Hand auf den Schenkel und begutachtete sein Werk. Mein Schwanz ragte kerzengerade zwischen uns auf, jede Ader stand hervor, und die Eichel glänzte wie ein rotes Leuchtfeuer. Ein großer Honigtropfen trat aus und rann am Schaft herunter.

»Perfekt«, stöhnte ich benommen grinsend.

»Ich hab noch mehr Schmuck für dich«, sagte er und grinste mich schüchtern an. Diesmal kam ein Rohlederriemen mit einem beachtlichen Bleigewicht an beiden Enden. Ich nickte, und Ray wickelte ihn mir lose um die Eier. Als er losließ, wurden meine Eier nach unten gerissen, und meine Schenkel spannten sich.

»Gut so?« Ich konnte nur stöhnen und tat es. Ray stieß ein leises Knurren aus und fing an, mir den Schwanz zu lecken und ihn der Länge nach mit einem Gemisch aus Spucke und meiner Schmiere zu bedecken. Im Nu standen mir die Brusthaare zu Berge.

»Hast du Lust, mich zu ficken, Miles?« fragte er, und stand mit schwer zuckendem Schwanz auf.

»Und ob.« Ray fuhr herum, kletterte mir auf die Hüften und drückte mir seinen festen Arsch ins Gesicht. Ich kam ihm mit gestreckter Zunge entgegen, traf sofort ins Ziel und versank tief in seinem engen Loch. Der Muskelring umschloß fest meine Zunge, und ich machte mich daran, ihn zu lockern.

Inzwischen hatte Ray seine Bekanntschaft mit meinem Schwanz erneuert und rammte ihn sich in die Kehle, bis ich seinen Atem an den straffen Eiern spürte. Er knabberte hungrig an meinem Knochen, während ich ihm den Arsch ausleckte und ihm Spucke ins Loch preßte, um ihn schön feucht zu machen.

Ich hob ihm den Schwengel vom Bauch und rieb ihn an meiner Brust. Er wackelte mit dem Hintern und schoß mir einen Batzen Lusttropfen in den Nabel.

Wir mußten recht bald weiterkommen, sonst bestand Gefahr, daß wir nicht über das hinauskamen, womit wir gerade zugange waren. Ray fuhr ein letztes Mal quälend langsam nach oben. Dann schwang er mir ein Bein über den Kopf und schaute mich an.

»Ich bin soweit«, sagte er und schaute nervös auf meinen Schwanz, der vom Blasen noch größer geworden zu sein schien. Ray stellte sich auf die Zehenspitzen, das Loch kurz über meiner Eichel. Er legte mir die Hände auf die Schultern und ließ sich langsam sinken.

Er stieß ein tiefes Stöhnen aus, als sein Schließmuskel sich über meinen Schwanz stülpte. Seine Augen schlossen, und seine Lippen wölbten sich, als er immer tiefer sank, bis sein Arsch auf meiner Hüfte war. Seine Hitze war erstaunlich, als steckte mein Schwengel in einem Ofen. Ich spürte einen Schweißtropfen an der Seite herunterlaufen. Ray fing ihn mit der Fingerspitze auf und verrieb ihn auf seinen Lippen.

Ich stieß unter ihm mit den Hüften, und er erstarrte, krümmte den Rücken und warf den Kopf zurück. »*Dios!* «, stöhnte er, packte meine Hand und preßte sie sich dramatisch an die Brust. »Du durchbohrst mir das Herz.« Er wackelte mit den Hüften, daß mir ein Schlag durch die Wirbelsäule fuhr und meine Eier unter ihrem Gewicht schmerzten. Ray war eine scharfe, geile Nummer.

Rays Hand schob sich langsam über meinen Unterarm und den Bizeps. »Gefällt es dir?« fragte er schüchtern, während seine Finger nun über meiner Brust tanzten.

«Mhmh«, murmelte ich. »Und das ist die Untertreibung des Jahrhunderts.«

»Wie bitte?«

»Pssst«, flüsterte ich und zog ihn an mich. »Laß uns ficken.« Ray zog die Beine an und preßte mir die Knie in die Seiten. Dann fing er an, mit dem Pimmel in meinem Nabel gegen meinen Bauch zu rucken. Ich streichelte ihm den Rücken, und rammelte immer härter und schneller in seine dampfenden Tiefen.

»*Bésame*«, flüsterte Ray fordernd. Sein Mund schloß sich

über meinem. Ich zwängte die Zunge in hinein und bohrte sie ihm in den Rachen. Mit einer solchen Förderung hätte ich in der Schule auch Spanisch gelernt. Meine Hände wanderten zu seinem Arsch und faßten seine schwitzenden Backen. Ich fingerte an seinem Arschloch, das bis zum Anschlag von meinem lustgeblähten Schwengel gestopft war. Der Muskelring krampfte sich um mein Gerät, zuckte und sandte mir köstliche Empfindungen durch den ganzen Leib.

Ray schlang den Arm um meinen Hals und fing an, sich heftig zu winden. Es war klar, daß er kommen würde - die Krämpfe in seinem engen Ficktunnel konnten nur eines bedeuten. Ich spürte seinen Schwanz am Bauch zucken und dann den Hitzeschwall, als er mir den Inhalt seiner heißen Eier über den Leib spitzte.

Urplötzlich legte Ray los und fing an, mich zu reiten wie ein Cowboy einen Wildhengst. Er tollte und bockte, ging in die Höhe, bis nur noch mein Knoten in ihm steckte, um dann hart zurückzufallen und die gesamte Länge meines Bolzens aufzunehmen. Ich schwankte auf der Schwelle, als er ein letztes Mal aufstand und seinen Schließmuskel an meinem Lustknoten rieb.

»Ich komme!« röhrte ich überflüssigerweise. Rays Augen blitzten, und er warf sich zurück auf meine Hüften. Ich ließ los und pumpte den Saft in ihn hinein. Er spürte meine machtvolle Explosion, schoß zum zweitenmal und traf mich genau auf den Mund. Ich leckte mir die Lippen, und Ray brach japsend über mir zusammen.

»Ich bin erledigt«, sagte er nach einer Weile und hob, sein Gesicht ein Abbild der Unschuld, den Kopf von meiner Brust. »Du bist immer noch hart, Miles.« Sein Arschloch zog sich über meinem Ständer zusammen. Er bebte immer noch.

»Tja«, gab ich zu. «Ich bleibe immer steif. Ganz zu schweigen von dem Riemen, den du mir umgebunden hast.« Ich wollte mich freimachen, aber er verstärkte seinen Griff.

»Noch nicht«, sagte er bittend. »Trag mich zum Bett.« Wie hätte ich widerstehen können? Noch immer tief in ihm, hielt ich ihn fest. Er drehte sich, bis er, den Kopf auf meinen Bizeps gebettet, mit dem Rücken an meinem Körper lag. Innerhalb von Sekunden schnarchte er - ein leises Geräusch wie das Schnurren einer zufriedenen Katze. Ich lag lange wach neben ihm und genoß die Gefühle, die sein schlafender Körper durch meinen geschwollenen Schaft schickte. Schließlich schlummerte ich ein, überzeugt, daß ich Mexiko lieben würde.

NEUNTES KAPITEL

Am nächsten Morgen wachte ich mit dem behaglichen Gefühl auf, den Schwanz in einem warmen Körper stecken zu haben. Als ich nachts zum Pissen aufgestanden war, hatte ich den Schwanzring abgenommen, aber Ray hatte dem alten Gaul das Zaumzeug wieder angelegt und schien einen Ritt am frühen Morgen deutlich zu genießen. Ich legte die Hände hinter den Kopf und öffnete, meinen hübschen Reiter schläfrig angrinsend, die Augen.

»*Buenas días*«, zwitscherte Ray, der munter auf- und abwippte.

»Selber guten Morgen«, gähnte ich, und kam ihm mit den Hüften entgegen. Meine Eier klatschten an seinen Arsch. »Du bist früh auf.«

»Du aber auch, Miles«, gab er zurück und preßte seinen Ständer an meinen Bauch.

Ich streckte die Hand aus und zwickte ihn in seine Schokoladentitte. Die Reaktion in seinem Arsch war so wunderbar, daß ich erneut zwickte. »Willst du die Führung übernehmen?« fragte er, während ihn ein Lustschauer durchfuhr, als meine Eichel an seine Prostata hämmerte.

»Stets zu Diensten, Ray«, antwortete ich, setzte mich und

rollte ihn auf die Schultern. Ich preßte ihm die Knie an die Brust und fing an, schön langsam zuzustoßen.

Es war einer jener herrlichen Morgenficks ohne Gier. Die hatten wir in der Nacht zuvor ausgiebig befriedigt. Das hier war ein gemütlicher Ritt, der uns ein Stück unterhalb der Schwelle hielt, so daß wir jede Berührung genießen konnten. Ray lag, von seinem zuckenden Ständer abgesehen, völlig entspannt und für meine tiefsten Stöße offen unter mir. Mein Schwanz war so empfindsam, daß die ganze Oberfläche kribbelte. Das angenehme Gefühl erstreckte sich gleichmäßig von der dicken Eichel, die sich in tiefste Tiefen bohrte, bis zur Wurzel, die von seinem Schließmuskel umspannt wurde.

»Miles!« Rudys tiefe Stimme vor der Tür verdarb die Stimmung etwas. »Diamond? Bist du da drin?« Er klopfte hartnäckig an die Tür. Es war klar, daß er sich nicht höflich verziehen würde.

»Ja!« rief ich, bemüht nicht so zu klingen, als würde ich mich gerade dumm und dämlich ficken.

»Wie wär's mit 'nem Spaziergang. Die Sonne scheint.«

»Toll, Rudy. Ich bin schon ganz aufgeregt. Echt.« Ray kicherte und spielte mit meinen Eiern, was meine Konzentration störte - jedenfalls die auf Rudys Worte.

»Diamond, was machst du da drin?«

»Ich zieh mich an«, keuchte ich. Ich fing an, die Beherrschung zu verlieren, weil Ray an meinen Eiern zerrte und sein Arschloch zusammenzog wie einen heißen Schraubstock.

»Das hört sich aber nicht nach Anziehen an«, erwiderte Rudy mißtrauisch.

»Ich komme, Okay?« Ich kam auch. Die Reibung die seit einer halben Stunde einwirkte, wurde endlich unwiderstehlich, und ich fing an, Rays Arsch wie wild zu rammeln, bis ich abspritzte.

»Aaah!« seufzte ich.

»*Dios!* « schrie Ray aus Leibeskräften, während er explodierte. Er schoß mir einen heißen Streifen auf den Bauch, dann traf er mich am Kinn. Ich tat mein Bestes, nicht aufzuhören, bis sein Arsch mit Sperma abgefüllt war.

Widerwillig zog ich trotz Rays verlockendem Vorschlag, sein Bett noch ein letztes Mal zum Wackeln zu bringen, den Schwanz heraus. Ich war durchaus bereit dazu, fürchtete aber, daß Rudy nicht einfach draußen stehen und abwarten würde.

Wir machten uns in Rekordzeit fertig und erschienen gekämmt und mit vor Lust geröteten Gesichtern vor dem Haus.

»Morgen, Miles.« Jackson bedachte mich mit einem fragenden Blick.

»Hmphh!« schnaubte Rudy finster.

»Guten Morgen, Jungs«, antwortete ich fröhlich. »Ein wunderbarer Tag.«

Wir tranken Kaffee und aßen Brot mit Zimt und Zucker. Als wir uns in die Stadt und zum Autoverleih aufmachen wollten, kam ein Junge die Straße heraufgerannt. Er winkte Ray wild zu, der zum Tor ging, um mit ihm zu sprechen.

»Es gibt Ärger, Miles«, flüsterte er und wandte sich von seiner Mutter ab, damit sie sein Gesicht nicht sehen konnte. »Pedro war gerade auf dem Markt. Dort sind Männer, die nach dir suchen.«

»Nach mir?«, schluckte ich. »Wer?«

»Polizei?« fragte Jackson nervös.

»Nein, Señor. Keine Polizei. Männer in Anzügen. Gringos. Pedro sagte, einer hat eine Kanone.«

»Toll.« Ich schaute hilfesuchend zu Rudy und Jackson. Beide waren auffällig still.

»Bleibt hier« - Ray rannte auf die Straße - »Ich bin gleich zurück.«

Die heimlichen Blicke der Passanten sehr wohl registrierend, warteten wir nervös.

Jackson ging auf und ab, während Rudy eifrig an den Nägeln kaute. Ich stand starr da und versuchte ein sehr unangenehmes Gefühl von Panik zu unterdrücken, daß mich an der Kehle packte.

»Ich denke, wir sollten abhauen«, sagte Jackson.

»Ray sagte, wir sollen warten«, protestierte ich.

»Schau, Miles, wenn's zu 'ner Schießerei kommt, will ich nicht vor Rays Haus stehen. Wir wollen doch nicht, daß seine Familie Ärger bekommt.«

»Schießerei?«, krächzte ich. Die Panik schloß ihre Finger um meinen Hals.

»Jackson hat recht, Miles. Wir dürfen die Leute nicht gefährden. Vielleicht sollten wir zur Grenze zurück.«

»Ich weiß ja nicht«, antwortete Jackson zweifelnd. »Ich glaube, daß die Grenzposten gierig nach uns Ausschau halten.«

»Nach *mir* meinst du«, warf ich düster ein. »Vielleicht sollte ich mich einfach stellen.«

»Sei nicht blöd«, grunzte Rudy. »Ray sagte doch, daß es keine Polizei ist. Gott weiß, wer das ist. Nein, uns muß etwas Besseres einfallen.«

Wir standen noch beisammen und überlegten, was dieses ›Bessere‹ sein könnte, als Ray zurückgerannt kam.

»Kommt mit«, keuchte er. »Sofort!« Sein drängender Tonfall brachte uns in Bewegung. Rudy schnappte unser einziges Gepäckstück und sprang über die Mauer. Jackson und ich folgten ihm durch das Tor, und in einer Staubwolke setzten wir Ray und Rudy nach.

Vor einer alten Garage blieben wir stehen, kurz bevor meine Lungen explodierten. Ray pochte an die rostige Blechtür.

Sie öffnete sich nur so weit, um uns einzulassen. Ich sog die staubige Luft ein, während Ray den Plan erläuterte.

»Dieser Laster gehört Armando und seinem Bruder.« Er deutete auf ein altes, verbeultes Gefährt. Armando ist der Mann meiner Schwester. Sie wohnen im Staat Guerrero.« Ich blickte zu Rudy, der wissend nickte. »Sie fahren heute zurück und sind bereit, euch mitzunehmen.«

»Damit?« Unsicher beäugte ich den Laster.

»Oh ja, Miles. Armando ist ein ausgezeichneter Fahrer. Genau diesen Laster hat er mit hohem Tempo über enge Gebirgsstraßen gefahren und hatte nur ein paar kleinere Unfälle.«

»Oh.« Ich verdrängte diese ermutigende Tatsache bis auf weiteres. »Was meint ihr, Jungs?«

»Angesichts unserer Möglichkeiten, würde ich sagen, ja.« Rudy nahm unsere Tasche und reckte sich. Die Geste erinnerte mich an eine Figur in einem Film, den ich gesehen hatte. Wenn ich mich richtig erinnerte, wollte sie vor ein Erschießungskommando treten.

»Danke, Ray.« Ich nahm ihn beiseite und legte ihm männlich eine Hand auf die Schulter. »Wir wissen deine Hilfe zu schätzen.«

»Danke, Miles. Wenn ihr zurückkommt, denkt ihr dann an mich?«

»Ganz bestimmt«, nickte ich. »Ganz bestimmt.«

Der Laster ratterte und keuchte, dann kam er in Gang. »Beeilung, Miles. Ihr müßt los.«

»Na, wenigstens sieht's aus, als hätten wir Platz«, bemerkte ich, während wir zum Ende des Lasters gingen. Ich blickte in die Finsternis - und mehrere Augenpaare blickten zurück. Der Großteil war offenbar schon besetzt.

»Das sind Mitarbeiter von Armando«, erklärte Ray, als sich

mehrere Hände ausstreckten, um uns zu helfen. »Sie sind alle *simpático*.« Darauf wußte ich nichts - vor allem, weil ich nicht sicher war, was das bedeutete - aber der Kerl, der mich in den Laster zog, hatte ein wölfisches Grinsen und einen stahlharten Griff.

»Also, Jungs, da wären wir«, sagte ich dümmlich.

»Um Himmelswillen, setz dich hin und halt die Schnauze«, blaffte Rudy. Ich wollte gerade seinen Rat befolgen, als der Laster anruckte und ich dem Mann mit dem Wolfsgrinsen in den Schoß kullerte. Seine großen Hände packten mich an der Hüfte, um mich aufzufangen - und blieben dort.

»Adiós, Miles«, rief Ray. »Gute Reise.«

»Viel Glück«, rief ich und winkte seiner verschwindenden Gestalt zu. Wenn man recht überlegte, brauchten wir es wahrscheinlich mehr als er.

»Wo genau fahren wir hin?« fragte Jackson Rudy, als der Laster Fahrt aufnahm.

»Süden«, Rudy zuckte die Achseln. »Ich bezweifle, daß sie uns vor der Tür unseres Ziels absetzen.«

»Was ist eigentlich unser Ziel?« fragte ich. Das war mir nie richtig klar gewesen.

»Ein Luxuszentrum in der Zona Rosa«, erklärte Rudy. »Wenn ich recht habe, und der Mann auch dort ist und wenn er redet - lauter große ›Wenns‹ - können wir vielleicht zumindest herausfinden, wieso alle so an unserem kleinen Freund hier interessiert sind.« Rudy schlug gegen unsere Tasche.

»Ich könnte mir vorstellen, daß es an den zig Millionen liegt, die er wert ist.« Das reichte mir.

»Nein.« Rudy schüttelte den Kopf. »Ich hab drüber nachgedacht. Ich bin ziemlich sicher, daß Grizzard und Corliss versuchten, die Versicherung übers Ohr zu hauen.«

»Wieso? Ist das nicht ‘ne recht riskante Methode, um zu

Geld zu kommen? Außerdem dachte ich, Grizzard sei reich. Jedenfalls lebt er so.«

»Das Baugewerbe in Seattle ist seit ein paar Jahren rückläufig. Grizzards Geld liegt im Immobiliengeschäft fest. Er hat wahrscheinlich 'ne Menge Tiefschläge einstecken müssen. Wenn er nicht auf seine Ausgaben geachtet hat, kann er ganz gut finanziell am Arsch sein. Und was riskante Geschäfte betrifft - die kleine Kunstgaunerei damals in den Siebzigern war ziemlich riskant. Manche Leute stehen eben darauf, gefährlich zu leben.«

»Also, ich verstehe trotzdem nicht, wieso die jetzt so einen Aufstand in den Zeitungen machen. Ich hatte deutlich gehört, wie sie sagten, daß die Figur am Tag, als ich im Museum war, schon geklaut war und daß sie es geheimhalten wollten.«

»Der Punkt ist, daß sie nie damit rechneten, daß das Stück wieder auftauchen würde, weil es ja nie wirklich gestohlen worden war. Ich nehme an, sie hatten vor, die Versicherung eine Weile hinzuhalten, und hofften vielleicht auf eine Teilentschädigung. Aber jetzt ist es wirklich weg, und sie haben die Lage nicht mehr im Griff. Jetzt müssen sie Lärm schlagen, ob sie wollen oder nicht.«

»Hey, sie behaupten, sie wäre gestohlen worden. Und jetzt ist es tatsächlich so. Wieso halten sie nicht einfach den Mund und nehmen das Geld?«

»Ich bin allmählich überzeugt, daß es da um was Größeres geht.«

»Und was?«

»Ich weiß nicht. Vielleicht sind deine hirnrissigen Vorstellungen von verborgenen Schätzen gar nicht so abwegig.«

»Wenn sie denken, daß es einen Schatz gibt, wieso behaupten sie dann überhaupt, daß die Figur gestohlen sei, anstatt den Schatz gleich zu suchen?«

»Vielleicht sind sie ja nur unglaublich gierig. Vielleicht wußte Grizzard anfangs nichts von dem Schatz - falls es überhaupt einen gibt. Reine Spekulation. Ehrlich gesagt, Miles, ich weiß nicht mehr als du.« Autsch, das klang nicht sehr ermutigend.

»Wir wissen genau, daß jemand scharf drauf ist - so scharf, um dafür Leute herzuschicken.« Ich hielt mich an der Seite fest, als der Laster durch eine enge Straße ratterte. »A propos, wer sucht uns eigentlich in Tijuana? Woher zum Teufel wußten sie, wo wir sind?«

»Du sagtest, man hätte dich vor den Bus gestoßen, kaum daß du von der Sache zum erstenmal gehört hattest. Stimmt's?«

»Und?«

»Du wurdest verfolgt. Und jetzt werden wir alle verfolgt. Entweder jemand hat uns belauscht, oder Corliss hatte jemanden, der die losen Enden zusammenhielt.«

»Dann bin ich jetzt also ein loses Ende?«

»Also, jetzt, wo du's sagst ...« Rudy kicherte leise.

»Paß auf, Vale. Also, wer ist hinter mir her?«

Rudy schüttelte den Kopf. »Das, Miles, ist eines von vielen Dingen, von denen ich nicht die leiseste Ahnung habe. Ich bezweifle jedoch, daß es sich um den Vertreter einer Versicherung oder einer archäologischen Gesellschaft handelt.«

»Ohne Witz«, knurrte ich. »Mann, ich wüßte gern, wer's so auf mich abgesehen hat.«

»Ich glaube, das werden wir bald erfahren«, zischte Rudy, der durch die Seitenplane schaute, als der Laster anhielt. »Taucht ab.«

Ich tat es mit Hilfe unseres neuen Gefährten, der dankenswerterweise Leinentaschen und eine Decke über uns warf und sich auf den daraus entstehenden Haufen setzte. Wer immer auch hinter mir saß, schien die Hand auf meinem Arsch zu haben. Es war eine nette Hand - groß und kräftig - und ihre Finger kneteten meinen Glutaeus maximus.

Ich hörte Stimmen näherkommen, dann knallte etwas auf die Holzbohlen. Kurz darauf quietschten die Stoßfedern, als würde jemand auf den Laster steigen. Unsere Gefährten regten sich, und der Griff an meinem Arsch wurde stärker.

»Habt ihr Vögel kürzlich irgendwelche Gringos gesehen?« Die Stimme klang barsch und grob - den Besitzer wollte ich lieber nicht kennenlernen. Seine Frage traf auf eisiges Schweigen.

»Ach, Scheiße! Die Blödmänner sprechen kein Englisch. Hey, Boss, kann hier einer Mexikanisch?« Weiteres Rascheln; dann brüllte eine andere Stimme etwas auf Spanisch. Eine Stimme, die von direkt über mir zu kommen schien - der Besitzer der Hand? - gab murmelnd Antwort. Noch mehr Worte, ein unterdrückter Fluch. Dann schwankte der Laster, als sei jemand abgesprungen.

Nach einer Weile ruckte der Laster an. Man half mir auf die Füße und staubte mich ab. Wie vermutet, war es der Große mit dem Wolfsgrinsen. Er hielt mich fest am Bizeps gepackt und wischte sorgsam allen Staub von meinem T-Shirt, wobei er der Stelle um meine Brustwarzen, die unter dem dünnen Stoff herausragten, besondere Aufmerksamkeit widmete.

Ich dachte schon, er sei fertig, als er ein paar Strohhalme auf dem Stück Bauch entdeckte, das frei gelegen hatte. Sorgfältig beseitigte er sie alle und ließ nicht von mir ab, bis ich steif war und tröpfelte. Als er endlich lächelte und mich freigab, hätte ich ihm gerne gesagt, er solle nicht aufhören. Da ich jedoch nicht Spanisch sprach - und bestimmt Rudy nicht bitten wollte, dem Mann meine Gefühle zu offenbaren - lächelte ich nur zurück und kauerte mich wieder an die Seite.

Nach meilenlanger Fahrt passierten wir endlich das letzte

Gebäude von Tijuana und kamen aufs offene Land. Es erinnerte mich an Kalifornien, ohne die Fast-Food-Läden.

»Toll, was, Jungs?«

»Na«, sagte Rudy. »Es ist nicht grade das, was ich mir unter einer Reise durch Mexiko vorgestellt habe, aber es hat gewiß einen primitiven Charme.« Einer der Männer hatte die Plane ein Stück zurückgeschlagen, so daß wir in gleißendem Sonnenlicht saßen. Ein anderer, ein hübscher, junger Bursche mit herrlichen Unterarmen fürchtete offenbar um Rudys helle Haut und bot ihm einen breitkrempigen Hut an. Rudy lächelte und sagte etwas, und bald waren die beiden ins Gespräch vertieft.

Ich schaute zu Jackson hinüber. Er sah besorgt aus. Genauer gesagt, ängstlich. So etwas von dem normalerweise unerschütterlichen Jackson erregte nicht wenig Besorgnis in mir. Ich kroch quer über die Ladefläche und setzte mich neben ihn.

»Was ist?«

»Nichts, Miles.«

»Sag schon.«

»Ich hab den ersten erkannt, der in der Stadt auf den Laster gestiegen ist.«

»Du hast ihn gesehen?«

»Nee. Die Stimme hat gereicht.« Jackson senkte die Stimme. »Fingers Kominski.«

»Fingers?« Unwillkürlich fragte ich mich, welche Eigenheit seiner Extremitäten zu diesem Spitznamen geführt hatte. Ich nahm nicht an, daß er Konzertpianist war.

»Ja, Harold ›Fingers‹ Kominski, der Meister der Würgeschlinge.«

»Würgeschlinge?«

»Ja. Du weißt doch, so'n dünner Draht mit Griffen an beiden Enden.« Jackson tat, als würde er den Draht um einen imaginären Hals legen und zuziehen. Meine Finger berührten nervös meinen Hals.

»Verstehe.« Ich wünschte mir inständig, er wäre nicht so gewesen.

»Wenn Fingers dabei ist, kann man von zwei Dingen ausgehen: es ist fünf vor Zwölf, und es sieht übel aus. Wirklich übel.«

»Irgend 'ne Idee, für wen Fingers arbeitet?«

»Nee. Er ist Freiberufler. Das letzte, was ich hörte, war, daß er fürs Medellinkartell in Kolumbien arbeitet. Was immer das Arschgesicht auch will, es geht um mehr als nur ein geklautes Museumsstück. Kominski ist in sehr rauhen Kreisen zu Hause, und er meint es ernst. Ich fürchte, wir stecken bis zum Hals drin, Kumpel.«

»Tja, ist wohl ein bißchen spät, um uns rauszuwinden. Außerdem muß ich meinen guten Ruf retten. Ich werde als internationaler Kunsträuber gesucht.«

»Also, geklaut hast du's, Miles«, erinnerte mich Jackson.

»Sicher. Allerdings nicht dem Museum - oder Grizzard. Eigentlich hab ich's gerettet.« Der Unterschied war so fein, daß er vor Gericht wahrscheinlich nicht bestehen würde. »So wie ich es sehe, müssen wir jetzt da durch bis zum Ende. Außerdem, wenn's so verdammt viel wert ist, sind wir wieder reich.«

»Oder tot«, murmelte Jackson düster.

»Daran würd ich lieber nicht denken«, antwortete ich. Ich ging an meinen alten Platz zurück und setzte mich neben den Mann mit dem wölfischen Ausdruck, in der Hoffnung, von Fingers Kominski und seinesgleichen abgelenkt zu werden.

Ich hoffte immer noch, als der Laster von der Autobahn abbog und durch die Straßen eines kleinen, staubigen Dorfs fuhr. Als die Bremsen quietschten und der Motor erstarb, stiegen alle Männer aus.

»Was ist?« fragte ich Rudy, der sich mit einigen unserer Mitreisenden angefreundet zu haben schien.

»Wir halten, um Essen zu holen. Ich gehe mit und besorg uns was. Irgendwelche Wünsche?«

»Mir ist alles recht, wenn du nur was Nasses mitbringst«, sagte ich. »Ich bin ausgedörrt.« Da ich außerdem pissen mußte, sprang ich ab und schaute mich nach einer Gelegenheit, mich zu erleichtern, um. Ich bemerkte, daß die Männer, die nicht in den Laden gegangen waren, hinter dem Haus verschwanden und folgte ihnen in der Annahme, sie hätten Ähnliches vor.

Mein Kumpel mit dem Wolfsgesicht stand mit dem Rücken zu mir und entleerte seine Blase auf einen dürren Kaktus. Ich ging zu ihm, zog den Reißverschluß herunter und holte meinen Specht heraus. Der Mann schaute an mir herunter, ich erwiderte den Blick - und schnappte nach Luft. Er schien ein kleines Holzscheit in der Hand zu halten - nur daß dieses Scheit von Adern überzogen war und eine Vorhaut hatte. Als ich ihm ins Gesicht schaute, war da wieder dieses sexy Grinsen, und unter seinem dicken Schnauzer blitzte eine Reihe weißer Zähne. Ich grinste zurück, fing zu pissen an, und unsere schweren, plätschernden Ströme trafen sich in der Mitte.

Der Mann hatte es nicht eilig, sich seinen Schwengel wieder zurückzustopfen, als er fertig war, was es mir ermöglichte, ihn im Ruhezustand zu begutachten. Ein Prachtstück - ein bronzener Schaft, der zu der Hülle hin ins Mahagonyfarbene ging. Die Form seiner Eichel war deutlich erkennbar und zweifellos dicht in würzigen Käse verpackt. Er richtete seine Hose ein wenig, und wie durch Zufall, fielen seine Eier heraus.

Sie waren enorm und baumelten in einem haarigen Sack, der fast bis zur Spitze seines langen Dödels reichte.

Schließlich riß ich mich los und packte meinen Schwanz ein, bevor er mir Ärger machen würde. Mein Kumpel tat das gleiche und stapfte neben mir zum Laster zurück. Als ich wieder auf die Ladefläche klettern wollte, preßte sich seine große Hand an meinen Arsch, um mir hochzuhelfen. Ich drehte mich um und streckte die Hand aus, um mich zu revanchieren. Er sprang auf und stand so dicht vor mir, daß unsere Brustwarzen sich berührten.

»Hey, Miles. Hilf mir mal!« Rudys Ruf brach den Zauber, aber nicht für lange, wie ich vermutete. Er trug zwei große Beutel mit Lebensmitteln und Wasserflaschen.

»Was gibt's zu Mittag?« Plötzlich verspürte ich einen Bärenhunger. Rudy reichte mir ein halbes Hähnchen, einen Stapel warmer Tortillas und eine Flasche. Ich nahm alles und fing an, zu mampfen.

Bald waren wir wieder unterwegs. Nachdem alle gegessen hatten, entkorkte der Mann neben Rudy einen großen Krug mit klarer Flüssigkeit, in der unten etwas herumschwamm, nahm einen Schluck und gab sie Rudy. Rudy schaute mißtrauisch hinein, nippte aber davon.

»Was ist das?« fragte ich.

»Tequila!« keuchte Rudy mit geweiteten Augen. »Schmeckt gefährlich.« Keiner der anderen Männer schien die Gefahr des Krugs zu fürchten, und alle tranken kräftig. Als er zu mir kam, beäugte ich argwöhnisch den Wurm am Boden, dachte mir aber, was soll's. Ich setzte an und ließ mir das Wasser in die Kehle rinnen. Augenblicklich stieg in meinem Magen ein warmes Glühen auf.

»*Bueno?*«, fragte der Wolfsmann mit dem großen Schwanz.

»Sí«, antwortete ich, erfreut über meine Sprachkenntnisse.

Der Mann zwinkerte und nahm den Krug entgegen. In kürzester Zeit waren zwei Krüge leer, und ein dritter machte die Runde. Mir war nicht übel, im Gegenteil, ich fühlte mich recht beschwingt - und unglaublich geil. Mein Schwanz lag an meinem rechten Oberschenkel und sandte Sexbotschaften in mein verwirrtes Hirn. Ich schaute nach links und sah, daß mein wölfischer Gefährte an den gleichen Symptomen litt. An seinem Oberschenkel zuckte ebenfalls eine knielange Beule.

Er sah meinen Blick, zwinkerte, packte fest mein Handgelenk und preßte meine Hand an sein Bein. Meine Finger schlossen sich instinktiv um eine dicke Fleischröhre, und der Mann stieß ein lautes Knurren aus. Ich fuhr an der Beule entlang und schaute mich um, ob jemand etwas bemerkt hatte.

Ich brauchte mir keine Sorgen zu machen. Der Tequila hatte seinen geilen Zauber auf die gesamte Meute gewirkt, und überall wurde heftig gefummelt. Sogar Rudy lehnte an einem hübschen jungen Mann mit glänzend schwarzen Haaren, gespreizten Beinen und einem bis in die Achseln geschobenen Hemd. Er grinste dämlich und genoß offensichtlich die Massage, die der Mann seiner Brust verpaßte. Dieser zog brutal daran, um dann loszulassen, auszuholen und die Handfläche auf sie zu klatschen. Jedesmal zuckte und hüpfte sie heftig, worüber der junge Mann schallend lachte.

Höchst interessiert sah ich zu, als ein anderer Mann Rudys Gürtel öffnete und ihm die Hose auszog. Der steife Schwanz meines besten Freundes federte hoch und ragte mächtig über seinen rosa Eiern auf. Der Mann schlüpfte zwischen Rudys kräftige Oberschenkel und nahm die Kugeln in den Mund. Ein dritter Mann beugte sich über Rudys Schwanz. Die Zehen meines Kumpels kringelten sich.

An der Fahrerkabine hatte Jackson die Hose auf den Knien und knabberte am Hals des Mannes, den er gerade in den

Arsch vögelte. Der Bursche wirkte höchst konzentriert, vielleicht berechnete er, wie viel Schwanz Jackson ihm ins gedehnte Loch stopfte. Dem Lächeln nach zu urteilen, das sich allmählich breitmachte, war er mit dem Ergebnis sehr zufrieden.

Ich wurde abgelenkt, als ich bemerkte, daß mir etwas vor dem Gesicht schwankte.

Zu beiden Seiten sah ich behaarte Beine, zwischen denen ein sehr großer Schwengel baumelte. Ich schaute auf zu einem beeindruckenden unbehaarten Körper und ins Gesicht meines Freundes, des Wolfs. Sobald unsere Blicke sich getroffen und erste Botschaften ausgetauscht hatten, gab es keinen Grund mehr, woanders hinzusehen.

»Tequila?« fragte er und setzte den Krug ab. Ich nickte, und er kicherte dreckig. Dann preßte er sich die Öffnung an die Brust. Das klare Nass schoß über seine dicken Muskeln, strömte über seinen flachen Bauch in die dichten Schamhaare. Von dort floß einiges an seinen Schenkeln abwärts, aber das meiste rann über den Schaft und plätscherte von der Spitze seines Teils wie alkoholische Pisse. Ich legte den Kopf zurück und öffnete den Mund. Der leicht mit Mannesschweiß gewürzte Tequila floß mir leicht in die Kehle.

Ich reckte mich ein bißchen, um die Lippen fest um den massigen Schlauch zu schließen, der verlockend über mir baumelte. Der Mann beugte die Knie, und sein Ständer glitt mir zwölf Zentimeter weit in die Kehle, wobei er mir fast den Kiefer ausrenkte. Ich grunzte glücklich und warf den Kopf zurück. Die schmalen Hüften des Kerls fingen an, langsam zu stoßen, und seine Eier klatschten mir ans Kinn.

Als er eine Pause machte, um wieder zu trinken, ging ich zurück und machte mich über seine Eichel her. Mit den Zähnen schob ich die Vorhaut zurück und schleckte die Schmiere auf, die sich unter ihr gesammelt hatte. Er goß sich noch mehr Tequila über den Bauch, und ich spülte den würzigen Snack hinunter. Die Spitze war breit und klobig mit einem tiefen Loch. Ich schnalzte mit den Lippen und fing an, zu bohren. Er molk seinen Hammer, und ich bekam frischen Saft zu schmecken. Er war leicht salzig und süßer als jeder Honig.

Dem Jungen tröpfelte ein stetiger Strom heraus. Ich schmierte ihn mir über die Lippen, um dann an seinem langen, geäderten Stengel zu knabbern, bis er ganz glitschig war. Ich verschränkte die Hände hinter dem Rücken und machte weit den Mund auf. Der Kerl nahm meine Einladung an, rammte mir den ganzen Bolzen in die Kehle und fing dann an, langsam in den Hüften zu kreisen.

Als er anfing, ihn wieder herauszuziehen, war ich bereit. Ich biß leicht zu und zog ihm die Zähne über das gesamte zuckende Ding. Als er im Freien war, hüpfte ihm sein Schwanz gegen den Bauch, seine Eier rollten sich fest an den Schaft, seine Röhre wurde dicker, und er war soweit. Ich stülpte mich rechtzeitig über ihn, bevor er abspritzte. Der erste Schuß traf mich am Gaumen und quoll mir aus den Mundwinkeln, bevor ich schlucken konnte. Aber auf den nächsten war ich gefaßt. Ich spürte, wie sein Schwanz sich verkrampfte und schluckte die dicke Sahne, die aus ihm heraussprudelte.

Er feuerte noch drei Schüsse ab. Den letzten rollte ich auf der Zunge, bevor ich ihn durch die Kehle rinnen ließ, dann entlockte ich ihm die letzten Tropfen, indem ich den Schwengel wichste und an der Eichel knabberte, bis er zurückwich und mich angrinste.

Nachdem er sich noch einen Schluck Tequila genehmigt hatte, winkte er mich zwischen seine gespreizten Schenkel. Seinen halbsteifen Schwanz im Rücken, machte ich es mir bequem. Er rief einen besonders hübschen jungen Burschen herüber, der uns aufmerksam beobachtet hatte. Der Junge stand auf, zog sich aus und enthüllte einen strammen, schlanken Körper und einen vollen, saftigen Arsch, der sich verlockend unter seinen schmalen Hüften wölbte.

Der junge Mann lächelte mir schüchtern zu und kauerte sich mit dem Rücken zu mir hin. Der andere packte meinen steifen Schwanz und rieb meine feuchte Eichel an den leckeren Arschbacken. Er zog die Vorhaut zurück und streckte, ohne loszulassen, die Finger aus, bis sein Daumen die Rosette des Jungen berührte. Dessen Rücken spannte sich, aber er machte keinen Fluchtversuch, als der fette Daumen in ihn eindrang.

Ich beobachtete, wie sich das versiegelte Arschloch nach hinten bewegte, bis ich die heißen, klebrigen Lippen an meiner Eichel spürte. Dann war der Daumen weg, und ich hatte freie Bahn. Der junge Mann blickte besorgt über die Schulter. Ich zwinkerte ihm zu und streckte die Hand aus, um ihn an den seidigen Eiern zu kitzeln. Sein zartes Loch bebte an meiner Eichel. Er fühlte sich an wie ein Begrüßungskuß.

Der Kerl an dem ich lehnte, wurde ungeduldig. Er packte den Jungen an der Schulter und drückte ihn nach unten. Der junge Mann stöhnte, als meine Eichel seinen Ring durchstieß. Ich wiederholte die Laute, als sein enger Kanal mich aufnahm. Mein wölfischer Freund übte weiterhin Druck aus, so daß mein Tauchsieder Stück für Stück verschwand, bis meine Schamhaare die verschwitzte Spalte des Jungen streiften.

Dann legte er die Hände um die Hüften des jungen Mannes und benutzte seinen Körper, um mir einen runterzuholen, indem er ihn auf- und niederhüpfen ließ. Die Schmerzensschreie des Jungen verwandelten sich bald in ein tiefes Stöhnen, als meine Eichel gegen seinen Lustknoten hämmerte.

Ich lehnte den Kopf an die Schulter des großen Mackers und ließ ihn die ganze Arbeit machen, während ich mir faul die Brustwarzen zwirbelte. Ich schaute mich um und sah überall steife Schwänze in Mündern, Ärschen und geschlossenen Fäusten ein- und ausfahren. Es roch schwer nach Sex und Schweiß, während die geilen Männer um mich her vor Lust grunzten und stöhnten.

Jackson war inzwischen auf allen Vieren und blies zwei Männer, während ihn ein dritter wild in den Arsch vögelte. Ein vierter lag unter ihm und lutschte ihn. Jacksons Muskelpakete glänzten vor Schweiß, und seine Arschbacken zitterten über dem Schwanz, der ihn pfählte.

Rudy sah ich zuerst nicht, aber nur weil ich nicht weit genug nach oben schaute. Er war an den seitlichen Latten hochgeklettert, und dort hing er kopfüber mit willfährig herausgestrecktem Arschloch. Hinter ihm stand eine Schlange von sechs Männern, die abwechselnd seinen herrlichen Hintern rammelten. Wieder war ich perplex, was für eine geile Nummer mein Kumpel doch war, besonders in so total aufgegeiltem Zustand. Seine Muskeln waren gespannt, und er war rot vor Anstrengung. Die Adern auf seinen Armen traten hervor wie kleine Kabel, und sein rötlicher Schwengel ragte über seinem Waschbrettbauch wie eine Rakete vor dem Abheben.

Ich wandte mich wieder meinem hübschen Schwanzüberzug zu. Sein Loch bearbeitete mich auf eine Art, die nur eines heißen konnte: er hatte das Ende der Fahnenstange erreicht. Ich griff mir seinen Pimmel und pumpte ihn, während er losspritzte. Als er fertig war, ertrug er den Druck nicht länger und hüpfte wie abgeschossen von meinem Schwanz. Leider blieb ich mit feuerbereitem Ständer sitzen, und kein leeres Loch war in Sicht.

Rudy hatte gerade glücklich den Letzten seines Hofstaats bedient, der ihm seine Sahne auf den Rücken spritzte und ohnmächtig zusammenbrach - entweder von zu viel Sex oder Tequila oder beidem. Ich rappelte mich auf, um zu sehen, ob der gute alte Rudy meine Hilfe brauchte.

»Ich brauch'n Schwanz!« knurrte Rudy und schaute mich lüstern an. Sein Blick war ein wenig verschleiert, was mich vermuten ließ, daß es sich hier auch wieder um eine alkoholinduzierte Stimmungsveränderung handelte. Egal, der Puritaner in ihm war völlig von der unersättlichen Sexbestie verdrängt. Er schaute auf meinen von Sperma und Arschsaft glitschigen Schwengel, und sein Arschloch stülpte sich mir entgegen. Beim Anblick des tiefrosa Kanals sprang ich in die Bresche.

»Genau, fick mich mit deinem Riesenkolben! Ah, ja! Besorg's mir tief und dreckig!« Ich mußte zugeben, daß Rudy der Traum eines Stechers war. Er hatte im Schließmuskel mehr Kraft als die meisten in den Händen - und er beherrschte ihn vollkommen. Er würde einen Schwanz bis zum Anschlag aufnehmen, um ihn wieder auszuspucken und noch zuckend erneut zu schlucken. Die Hände auf seinen Hüften sah ich ihm bei der Arbeit zu.

Nach einer Weile war mir nach etwas mehr Führung und tieferem Kontakt, was mich auf die Idee brachte, einen Ritt zu machen. Ich steckte ihm den Schwengel rein, sprang ihm auf den Rücken und legte ihm den Arm um den Hals. Die Beine schlang ich ihm um die Hüfte und verhakte sie über den Schenkeln. Mit der anderen Hand hielt ich mich an seinem Horn fest, während er schnaubend wie ein Bulle bockte und ruckte. Es war, als steckte man seinen Schwanz in einen feuchten Traum.

Ich ritt ihn gute zehn Minuten lang, und allmählich wurden die anderen, die sich ihrer Ladung bereits entledigt hatten, auf uns aufmerksam. Sie feuerten uns an, klatschten mir auf den Arsch und packten mich an den Eiern, damit ich noch tiefer zustieß. Schließlich wurde es mir zu viel, und ich schoß meine Ladung tief in Rudys muskulösen Arsch.

Dabei mußte ich meinen Griff kurz gelockert haben, denn beim nächsten Ruck warf Rudy mich ab. Ich griff nach ihm, aber er war zu verschwitzt und glitschig. Immer noch spritzend flog ich zu Boden und blieb gekrümmt liegen.

Rudy sprang vom Gatter und drehte sich um. Sein gesamter Körper wand sich in letzten Zuckungen wie damals im Club in Hollywood. Sein aufgeblähter Schwengel war blutrot geädert, seine Röhre groß wie ein Männerdaumen. Er warf den Kopf zurück, heulte - und wiederholte seine erstaunliche Vulkannummer. Das wurde noch zur Gewohnheit. Ich mußte daran denken, ihn zu fragen, welche Vitamine er nahm.

Er schoß sein Sperma hoch in die Luft - so hoch, daß es hinter uns auf die Fahrbahn regnete. Beim dritten Schuß klatschten wir rhythmisch mit. Als er zum siebten kam, grölten die Männer wild. Nummer neun kam nur zögernd und blieb an der Schwanzspitze hängen. Er pumpte, schleuderte es zu Boden, schaute sich erstaunt um - und kippte um wie ein gefällter Baum. Zweifellos würde er sich über seine wunde Spalte beklagen, wenn er aufwachte.

Also, über die wunde Spalte sagte Rudy in den nächsten Tagen nichts, aber er mied den Tequilakrug wie die Pest und lehnte jedesmal höflich ab, wenn er zu ihm kam. Ich meinerseits verzichtete auf eine Wiederholung der ersten Vorstellung und begnügte mich diskret damit, meinem hübschen Kumpel mit dem Wolfsgrinsen und dem Riesenschwanz oft mündlich Erleichterung zu verschaffen. Er litt häufig an Ständern, was nur durch ausgiebiges Lutschen gemildert werden konnte. Ich war natürlich glücklich, mein Möglichstes dazu zu tun.

Am Morgen des dritten Tages, als wir noch etwa hundert Meilen vor Mexico City waren, passierten zwei merkwürdige Dinge. Das erste betraf Manuel - den mit dem Wolfgrinsen. Wir hatten zum Tanken angehalten, und alle nutzten die Gelegenheit, um zu pissen und die geräderten Glieder zu strecken.

Manuel und ich hatten zum Pissen nebeneinander gestanden - das wurde zu einer Art Gewohnheit - und dann hatte Manuel mich am Arm gepackt und zu einer kleinen Gruppe verkümmerter Bäume gezerrt. Ich nahm an, er sei auf einen ungestörten Quickie aus, aber mir stand eine Überraschung bevor.

In den letzten drei Tagen hatte ich genügend Sperma geschluckt, um ein kleines Boot zum Kentern zu bringen. Er hatte immer darauf geachtet, daß auch ich abspritzte - indem er gewöhnlich einem Jüngeren befohlen hatte, Mund oder Arschloch hinzuhalten - aber vor allem war es ihm darauf angekommen, daß sein dicker Schwengel bedient wurde. Nun allerdings, unter den Bäumen, machte er mir ein Angebot, das ich nicht ablehnen konnte.

Manuel zog Jeans und T-Shirt aus, drehte sich um, packte mit seinen Pranken einen Baumstamm und stieß mir den Arsch entgegen. Der Arsch war wundervoll - fest und fleischig, weiß wie Elfenbein und bedeckt von schwarzen Krausen. Seine Spalte war ebenfalls dicht bewachsen, und um seine Rosette ringelten sich schweißverklebte Locken. Ich liebkoste die warmen Rundungen und die Muskeln unter meiner Handfläche.

»*Por favor, Señor*«, flüsterte er über seine breite Schulter hinweg. Seine Lider waren schwer und sein Mund gespitzt, als spüre er schon meinen Schwengel.

»*Sí, Kumpel*«, flüsterte ich zurück, zog meinen Schwanz heraus, griff um ihn herum und faßte ihn an. Er war steif wie ein Brett und tröpfelte vor Erwartung, gevögelt zu werden. Ich zog an seinem Dödel, um den Arsch richtig in Stellung zu bringen, verschmierte einen dicken Batzen Spucke im Ziel und klopfte am Eingang an.

Es brauchte noch viel mehr Spucke und Klopfen, um hineinzukommen, aber dann war mir sofort klar, daß es die Mühe wert gewesen war. Mein großschwänziger, geiler Mexikaner war drinnen weich wie Seide. Hinter dem engen Schließmuskel schmiegte sich der feuchte Kanal um meinen Schwanz und sandte mir lustvolle Blitze durch die Wirbelsäule. Ich breitete die Hände über seinen festen Bauch und drang bis zu den Eiern ein.

Manuel drehte den Kopf, und ich steckte ihm die Zunge in den Mund. Die seine wickelte sich wie eine Liane um meine und stieß tief in meine Kehle vor. Er kreiste mit dem Arsch und ließ seinen Muskel verführerisch zucken. Ich zog den Schwanz fast ganz heraus, dann rammte ich ihn wieder hinein, wobei ich den Winkel änderte, damit seine Prostata die volle Wucht abbekam. Dem lustvollen Knurren nach zu urteilen und so wie seine Bauchmuskeln sich verkrampften, stimmte meine Berechnung.

Ich stieß erneut zu. Diesmal federte sein Schwengel nach oben und spritzte mir heiße Lusttropfen über die Hand. Ich griff nach seinem Horn, und er fing an, meine Faust zu ficken und meinen Schwanz zu massieren - alles in einer einzigen Bewegung.

Ich war von allem ganz benommen: seinem zuckenden Arschloch, dem geilen Schwanz, der Sonne, die auf meine Schultern brannte. Es hätte immer so weitergehen können, aber das Hupen vom Laster zwang uns, einen höheren Gang einzulegen. Offenbar wollte keiner von uns beiden aufhören, bevor wir fertig waren, also legten wir richtig los. Ich rammelte wie verrückt und wichste seinen Ständer, so schnell ich konnte.

Manuel wurde vorne immer steifer und hinten immer enger. Als ich kurz davor war abzuspritzen, erstarrte er und schoß mir sein Sperma wie heiße Lava über die Finger. Sein Geruch - nicht zu reden von seinen Zuckungen - drang mir bis ins Mark. Ich preßte ihm das Gesicht an den verschwitzten Rücken und erschauerte glücklich, als ich ihn mit meiner Sahne abfüllte.

Wir hielten uns umarmt, bis er nicht mehr keuchte, um uns dann zur Begleitung der verdammten Hupe anzuziehen. Manuel gab mir einen letzten tiefen Kuß, dann klopfte er mir auf den Rücken und stapfte zurück. Ich hatte mich von dieser Überraschung kaum erholt, als mir der zweite Hammer an diesem Morgen in den Schoß fiel - und zwar buchstäblich.

»Verdammt, wo warst du, Diamond?« Rudy musterte mich mit wissend sarkastischem Blick.

»Na, ich ging zum Pissen hinter die Tankstelle und wurde von einer ... einer Schlange überrascht.« Rudy haßte Schlangen. Ich hoffte, er würde schaudern und still sein.

»'ne mexikanische Hosenschlange vermutlich. Sieht aus, als hätte sie dich von oben bis unten vollgespuckt.« Ich schaute an mir herunter. Rudy hatte recht. Irgendwie hatte ich vorne am Hemd zwei dicke Spermastreifen von der Brust bis zum Nabel hängen. Ich seufzte resigniert und zog das verdreckte Ding aus.

Als ich in unserer Tasche nach einem sauberen Hemd kramte, fiel mir unabsichtlich die kleine Figur herunter. Einer unserer Mitreisenden sah es, und vor Entsetzen traten ihm die Augen vor den Kopf. Er fing an, aufgeregt zu schnattern. Bald starrten alle voller Schrecken auf die kleine Skulptur. Ich vergewisserte mich, daß ich sie nicht beschädigt hatte. Vorne war sie noch heil, aber auf dem Rücken zeigten sich mehrere merkwürdige Sprünge. Noch als ich sie einpackte, brachen dünne Splitter ab, und es kamen mehrere unregelmäßige Markierungen zum Vorschein. Ich stopfte sie in die Tasche und schaute fragend zu Rudy.

»Sie wissen, was das ist«, zischte Rudy, fast ohne die Lippen zu bewegen. »Und sie mögen's überhaupt nicht.«

»Was haben sie vor?« zischte ich zurück. Sie waren vor mir zurückgewichen, so weit es ging. Einer der Männer hämmerte wild gegen die Fahrerkabine. Der Laster hielt an.

»Und jetzt?«

»Rührt euch nicht«, riet Jackson.

Ein Mann hatte ein bösartig aussehendes Messer gezogen, dessen Klinge bedrohlich in der Sonne glitzerte. Ich war darauf gefaßt, die Kehle aufgeschlitzt zu bekommen, aber die Männer kletterten über die Seiten des Lasters und sprangen ab. Manuel schaute mich argwöhnisch an und schlug ein Kreuz, offenbar überzeugt, daß ich mit dem Teufel im Bunde stand. Ich war mit Rudy, Jackson alleine auf dem Laster. Unsere ehemaligen Gefährten zerstreuten sich eilig.

»Was zum Teufel soll das alles?« fragte Jackson.

»Offenbar haben sie den Dämon erkannt. Da sie keine Archäologen oder Kunsthändler sind, vermute ich, daß er in den hiesigen Legenden eine Rolle spielt.«

»Ich dachte, niemand wüßte, wo der Kerl, ihn entdeckt hat.«

»Wußte auch niemand«, murmelte Rudy kopfschüttelnd. »Bis jetzt.«

»Und was jetzt?« Meine Enttäuschung über das Verschwinden von Manuel und seinen Leuten wich der Aufregung über die Chance, unserem kleinen Geheimnis auf den Grund zu kommen.

»Wir wissen, wo unsere Kumpels wohnen. Daher vermute ich, daß die Ursprünge der Figur dort in der Nähe liegen. Ich weiß nichts von Ausgrabungen in diesem Teil des Landes, aber das heißt nicht viel. Mexiko ist groß. Es ist gut möglich, daß viele Stätten unentdeckt sind.«

»Wir sollen also in der Wüste nach dem Ort suchen?« Ich war nicht überzeugt.

»Eher im Dschungel, wenn ich richtig vermute«, korrigierte Rudy mich. »Nur müssen wir zuerst noch nach Mexico City, um Señor Juan Martinez einen Besuch abzustatten.«

»Wer ist das?« Der Name war mir neu. Rudy steckte voller Überraschungen.

»Ach, sagte ich das nicht?« Ich schüttelte den Kopf. »Er ist der Kunsthändler, der mit Corliss und Grizzard zusammen die präkolumbianischen Kunstwerke verkaufte. Mit etwas Glück können wir ihn davon überzeugen, ein bißchen Licht auf unser kleines Rätsel zu werfen.«

»Und wie kommen wir jetzt nach Mexico City?«

»Ganz einfach, Miles.« Rudy lachte freudlos auf. »Wir klauen einen Laster.«

ZEHNTES KAPITEL

Wieso halten wir an?« fragte ich schwach, unsicher, ob ich die Augen schon öffnen wollte. Der Verkehr nach Mexico City hinein war, um es milde auszudrücken, verheerend gewesen. Er begann mindestens fünfzig Meilen vor dem Stadtzentrum in den wimmelnden Slums, die sich über alle Hügel zogen. Die größte Gefahr war von Eseln, Hühnern und kleinen Kindern ausgegangen, die unvermutet in den Verkehr geschossen kamen. Zum Glück hatte Jackson unerschütterlich Rudys Richtungsanweisungen befolgt und ihn nicht selbst fahren lassen.

Ich hatte schon zehn Minuten zuvor die Nerven verloren. Das letzte, woran ich mich deutlich erinnerte, war ein riesiger Neunachser, der vor uns auftauchte, als wir einer Massenkarambolage vor uns auswichen. Ich hörte die Bremsen quietschen und krallte mich an Rudys Lehne fest, als Jackson das Steuer herumriß und auf den Gehsteig fuhr, wo er knapp zwei Eseln, einer älteren Dame und einem Obststand auswich.

Sobald wir standen, stieg ich aus, beglückt, wieder festen Boden unter den Füßen zu haben. Wir waren auf dem Paseo de la Reforma, einer breiten Straße mit Luxushotels, Restaurants und eleganten Geschäften. Die meisten Fußgänger waren betuchte mexikanische Matronen und Touristinnen, die, beladen mit Einkaufstüten, ihr Bestes taten, um die örtliche Wirtschaft anzukurbeln. Ich entging knapp dem Zusammenstoß mit einer der Matronen, die mich und unseren zerschrammten Laster angewidert anblickte, die Achseln zuckte und weitereilte.

Unser Ziel war ein kleiner Laden, der sich der Welt nur durch den diskret in Gold gefaßten Namen des Besitzers - Juan Martinez - zu erkennen gab. In dem Laden brannte kein Licht, und an der Tür war die Jalousie heruntergezogen. Für einen sonst solch makellosen Ort befremdlich, war die Jalousie auf einer Seite eingerissen, und am unteren Ende befand sich ein dunkler Rostfleck. Ich versuchte, nicht darüber nachzugrübeln, denn meine Gedanken gingen in nur eine Richtung: Blut.

»Worauf warten wir?« fragte Rudy ungeduldig. »Mach die verdammte Tür auf, Diamond.«

»Vielleicht ist sie zugesperrt«, wich ich aus. Mir war leicht übel.

»Aus dem Weg!« schnarrte Rudy, stieß mich beiseite und drehte den Türknauf. Es war offen. Er und Jackson traten ein. Ich folgte ihnen zögernd.

»Herrje!« murmelte Rudy. Als sich meine Augen an die Dunkelheit gewöhnt hatten, stimmte ich ihm zu. Eine nicht allzu feinfühlige Hand hatte alles verwüstet. Die Schaukästen waren zertrümmert, die Schubladen aufgebrochen und ihr Inhalt über den dunklen Marmorboden verstreut. Wer immer uns zuvorgekommen war, war sorgfältig, wenn auch nicht reinlich gewesen.

»Irgend jemand da?« rief ich versuchsweise. Rudy warf mir einen Blick zu und übersetzte meine Frage ins Spanische. Es kam keine Antwort.

»Oh, Mann!« Jackson war durch eine Tür hinten im Laden getreten. Sein Tonfall gefiel mir nicht.

»Alles okay, Mann?«

»Mir geht's viel besser als dem armen Hurensohn hier.« Jackson deutete mit dem Daumen über seine Schulter.

»Martinez?« fragte ich.

»Mann, ich weiß nicht. Er hat kein Namensschild.«

»Ich schau nach.« sagte Rudy und ging nach hinten.

»Tu's nicht!« rief Jackson, aber zu spät. Kreidebleich kam Rudy zurück; seine Sommersprossen wirkten wie Kleckse.

»Das - das ist nicht Martinez«, murmelte Rudy an eine Vitrine gelehnt. »Ich - oh, Gott - ich hab sein Bild gesehen, als ich in der Bibliothek recherchierte.«

Gewöhnlich meide ich Unangenehmes wie die Pest, aber das Büro mit seinem gräßlichen Inhalt zog mich magisch an. Zuerst erschien mir alles normal; dann erkannte ich, daß der Teppich nicht wirklich rot war. Er war hellgrau, bis auf den unregelmäßigen Fleck um den Tisch, der im Schein der Deckenlichter wie ein kranker Sonnenuntergang aussah.

Inmitten des Sees aus Blut lag eine gut gekleidete Leiche, männlich, Spätdreißiger, schlank. Sein heller Leinenanzug, der das Blut seines toten Besitzers aufsaugte, nahm allmählich die Farbe des Teppichs an. Die braunen Augen des Mannes standen offen und waren erstaunt geweitet. Die Lippen waren zurückgezogen und ließen, vielleicht zum letztenmal, die makellosen Zähne sehen. Ich brauchte eine Weile, um herauszufinden, weshalb sein Kopf in einem solch unmöglichen Winkel abgebogen war. Dann begriff ich: er saß nicht mehr auf dem Körper.

»Was ist hier passiert?« krächzte ich und kämpfte eine Welle der Übelkeit nieder.

»So wie's aussieht, ist Kominski passiert. So sieht's aus,

Jungs. Wonach wir auch suchen mögen, es gibt noch andere, die es auch wollen. Wie ihr seht, haben sie keine großen Skrupel, um es zu kriegen.«

»Meinst du damit, wir sollten umdrehen und abhauen?« Kaum ausgesprochen, hielt ich das für eine verdammt gute Idee. Ich brauchte nur noch eine zweite Stimme.

»Scheiße, Miles, das hab ich schon immer gemeint. Und das hier stimmt mich ganz bestimmt nicht um.«

»Nein!« Ich drehte mich um und starrte Rudy an.

»Nein?«

»Ich meine, wir sollten diese Bestien nicht einfach Leute abschlachten lassen. Wenn's wirklich einen Schatz im Zusammenhang mit der Statue gibt, dann ist davon die Archäologie betroffen. Ich denke, wir können nicht einfach danebenstehen und zusehen, wie das von Halunken kaputtgemacht wird.«

»Und wo bleiben wir dabei?« fragte ich leicht verwirrt. »Irgendwie hab ich gehofft, wir kommen zuerst an den Schatz und stehlen ihn selbst.« Kaum hatte ich es gesagt, kam ich mir selber wie ein Halunke vor.

»Miles Diamond, ich bin schockiert. Ich kann nicht glauben, daß du an so etwas Niedriges und Ehrloses auch nur gedacht hast.«

»Also, Entschuldigung, Mutter Theresa. Ich sag's ja nicht gern, aber wir sind total pleite - gar nicht zu reden davon, daß ich von der Polizei gesucht werde. Ich hatte geglaubt, wir wollten unsere angeschlagene Lage verbessern.«

»Vielleicht gibt's ja eine Belohnung«, sagte Rudy, für meinen Geschmack zu ehrbar. »Soweit es mich betrifft, haben wir das Ziel, unschätzbare Altertümer vor dem Zugriff der blutrünstigen Lumpen, die uns verfolgen, zu retten und sie zurückzugeben.«

»Oh, Bruder«, grummelte Jackson. Falls Rudy ihn gehört hatte, zog er es vor, nicht zu antworten.

»Also, was tun wir?« fragte ich. »Wenn es hier was zu finden gäbe, wurde es schon gefunden, nehm ich an.«

»Nicht unbedingt«, meinte Rudy, während er eine Visitenkarte aufhob. »Genau, wie ich dachte, Jungs.« Er steckte sich die Karte in die Hosentasche. »Es geht nach Acapulco.«

»Acapulco?« wiederholte ich.

»Der flüchtige Señor Martinez hat in dieser schönen Stadt noch eine Filiale. Ich weiß nicht, was er weiß, aber jemand war zum Mord bereit, um es zu erfahren.«

»Aber, wieso-« Ich sollte meine Frage nicht beenden. Hinten im Laden flog eine Tür auf. Ich drehte mich um, um zu sehen, was es gab. Eine Frau mittleren Alters - dem Mop und Eimer nach zu urteilen, die Putzfrau - trat ein, warf einen Blick auf die Leiche und fing an, aus Leibeskräften zu schreien. Unsere Blicke trafen sich lange genug, um mich vermuten zu lassen, daß sie sich meine Züge einschließlich der Augenfarbe eingeprägt hatte. Sie machte kehrt und rannte die Gasse hinunter, bevor ihr Eimer auch nur den Boden berührte.

»Nichts wie raus«, sagte Jackson drängend. »Die Bullen sind jede Minute hier. Ich bin nicht scharf drauf, festgenommen zu werden.«

»Okay«, Rudy nickte eifrig. »Wir brauchen auch ein anderes Gefährt. Unser Laster ist zu groß, zu verdächtig und zu langsam. Beim Reinfahren habe ich etliche Autoverleihs gesehen. Ich miete ein Auto. Ihr wartet gegenüber.« Er zeigte auf eine vergoldete Statue, die einen Engel darzustellen schien.

»Uns was sollen wir solange tun«, fragte ich.

»Steh einfach rum und seh aus wie ein Tourist, Miles. Und laß dich nicht überfahren.«

Wir befolgten Rudys Anweisungen und warteten gespannt - um nicht zu sagen, beklommen - fast eine Stunde lang in der heißen Sonne und atmeten beträchtliche Mengen von Dieselabgasen ein. Als Rudy endlich hupte und uns aus einem kleinen roten Auto zuwinkte, fühlte ich mich wie ein Kettenraucher.

Wir kamen ohne Zwischenfall gen Westen aus der Stadt. Je weiter wir uns von der Stadt entfernten, desto besser gefiel sie mir. Schließlich ließen wir auf der Fahrt aus dem Tal die Luftverschmutzung hinter uns und waren von Wäldern umgeben. Wir flitzten durch Cuernavaca - das mir wie eine Miniversion von Mexico City vorkam, voll mit Höllenverkehr und Luftverschmutzung - und schlichen über Serpentinen nach Taxco.

»Wißt ihr«, sagte Rudy, der über das steile, enge Kopfsteinpflaster jagte, als wisse er, wohin, »einige der weltbesten Silberschmiede arbeiten hier. Ich habe gelesen, daß es in Taxco über dreihundert Silberläden gibt.«

»Du hast sicher eine Menge gelesen«, bemerkte ich säuerlich. Seit wir die äußeren Slums von Mexico City hinter uns gelassen hatten, hatte Rudy uns mit der gesamten Geschichte Mexikos seit Ankunft der Spanier genervt. Mein Kopf war angefüllt mit interessanten Histörchen über marodierende Konquistadoren und blutrünstige Eingeborene, die gewohnt waren, Menschenherzen zu verzehren. Offen gesagt, ich war einfach nicht mehr bereit, mir jetzt auch noch Fakten über Silber einzuprägen.

»Ich versuche nur, euch auf dem Laufenden zu halten. Hier gibt es einige alte Städte, die den Schlüssel zum Geheimnis um unseren steinernen Freund bergen könnten.«

»Toll«, grunzte Jackson, offenbar auch ein wenig übersättigt von der stetigen Informationsflut, die unserem redseligen

Fahrer entströmte. »Ich glaube, der Schlüssel zu meinem knurrenden Magen könnte genau hier zu finden sein.« Er deutete auf ein Gartenrestaurant auf der anderen Seite der Plaza, in die wir gerade eingebogen waren. Rudy nickte, bog abrupt in eine Gasse ein und parkte.

Pacos Restaurant bot nicht nur gutes Essen, sondern auch einen tollen Blick auf die Plaza, was mir ausgiebig Gelegenheit verschaffte, die hübschen jungen Männer zu begutachten. Ich mampfte munter drauf los und tauschte bedeutungsvolle Blicke mit einem großen Einheimischen, als ich glaubte, in der Menge eine bekannte Gestalt zu sehen.

»Wißt ihr«, sagte ich nachdenklich, »ich könnte schwören, daß der geheimnisvolle Mann in Grau, der immer auftaucht, wenn ich mich umdrehe, hier auf der Plaza ist.«

»Wo?« Rudy reckte nervös den Hals.

»Da drüben an der großen rosa Kirche.« Ich deutete hin, aber der Mann war verschwunden. Ich suchte die Menge ab, konnte ihn aber nicht entdecken. »Verdammt. Ich hätte schwören können, daß-«

»Scheiße!« Jackson ließ die Gabel fallen und duckte sich. »Ich weiß nicht, wen du angeblich gesehen hast, aber wen ich gerade gesehen habe, weiß ich - Fingers Kominski.«

»Fingers?« schluckte ich. Ich dachte an die Szene in Mexico City. Ich folgte Jacksons Blick über die Plaza zu einem großen Mann in schwarzem Anzug mit Hut. Er sah aus wie die Phantasie eines zweitklassigen Regisseurs von einem Mafiakiller. Sein Hals war zu kräftig, seine Arme zu lang, und er wirkte wie einer, der Leute einfach aus Spaß umbringt. Ich schauderte und wandte den Blick ab.

»Was soll der ›Fingers‹-Quatsch?« fragte Rudy. »Ihr hört euch an wie zwei Handschuhverkäufer.«

»Das willst du gar nicht wissen«, antwortete ich. »Wir sollten vielleicht abhauen.«

»Guter Plan«, stimmte Jackson zu. »Man sollte uns nicht zusammen sehen. Rudy, du holst das Auto. Miles, du gehst auf die Plaza.«

»Und wozu?«

»Mann, was weiß ich. Schau die Postkarten an. Ich schleich mich hinten raus, damit Kominski mich nicht sieht.«

»Der würde dich wirklich erkennen?«

»Ich fürchte, ja, Miles. Wir hatten mal eine Auseinandersetzung.«

»Du kannst froh sein, daß du den Kopf noch hast.«

»Verdammt froh. Ich will mein Glück nicht noch mal herausfordern. Rudy, du holst mich ab.« Rudy nickte eifrig. »Okay, Jungs. Los.«

Jackson schlich sich weg, während Rudy den Kellner rief, um zu zahlen. Ich wartete ab, bis er über der Plaza war. Mein mysteriöser Mann in Grau war nicht wieder aufgetaucht, aber Kominski lauerte noch wie ein Geier vor der Kirche. Ein kleines Kind, das mit seinen Kameraden spielte, lief gegen sein Bein. Kominski schaute den Kleinen an und drohte ihm mit der Faust, so daß das Kind nach seiner Mutter schreiend davonlief. Ich wußte genau, was es fühlte.

Kominski schaute sich aufmerksam um. Unsere Blicke trafen sich eine - sehr lange, entsetzliche - Sekunde lang. Er kam auf mich zu. Ich stand wie angewurzelt da und schaute mich gehetzt nach einer Fluchtmöglichkeit um. Seine Hand glitt unter das Jackett, genau da, wo man ein Schulterhalfter erwartet. Mein Herz machte einen Satz, und mir wurden die Knie weich. Wenigstens würde er mich erschießen, anstatt mir den Kopf mit seiner Drahtschlinge abzureißen. Es war ein schwacher Trost, aber ich richtete mich daran auf.

Als er eine Packung Zigaretten herauszog und sich eine in den Mundwinkel steckte, atmete ich wieder. Er streifte mich und ging weiter. Ich wagte nicht einmal, mich umzudrehen, um zu sehen, wohin. Ich zitterte noch, als Rudy auf der Plaza vorfuhr.

»Also«, sagte ich beim Einsteigen, »ich bin dem berüchtigten Mr. Kominski eben näher gekommen, als mir lieb war.«

»Was habt ihr eigentlich mit diesem Vogel Kominski?«

»Frag Jackson.« Rudy schnaubte, stellte aber keine weiteren Fragen. Wir holten Jackson hinter dem Restaurant ab und fuhren zurück zum Highway.

Ich hielt Ausschau nach Autos, die uns verfolgten, aber wenn, dann waren sie sehr diskret. Gegen zehn Uhr abends erreichten wir Acapulco. Der Highway führte direkt ins Zentrum der Altstadt, und bald kurvten wir in der Brise vom Meer auf der Suche nach einem Hotel durch die Straßen.

Wir fanden eins auf der Calle Felipe Valle. Das Hotel Mision war - wie Rudy uns mitteilte - eine alte spanische Mission, die einen schattigen Hof umgab. Mir genügte, daß die Betten bequem und waren und es heißes Wasser gab. Ich zog mich aus, nahm eine lange Dusche und fiel augenblicklich in tiefen, friedlichen Schlaf.

Am nächsten Morgen erwachte ich wie neu geboren. Ich erwog, pissen zu gehen, überlegte es mir jedoch augenblicklich, als ich zu dem Bett neben mir blickte. Rudy und Jackson betrieben gerade etwas Frühsport. Jackson lehnte mit gespreizten Beinen am Kopfende; Rudy lag zwischen seinen Schenkeln und lutschte ihm die dicken Eier.

Gerne würde ich behaupten, ich hätte mich zur Wand umgedreht, um sie nicht zu stören, aber das wäre nicht ganz wahr.

In Wirklichkeit holte ich mir einen runter, während ich zusah, wie meine Kumpels loslegten.

Jacksons fetter Bolzen ragte in die Höhe, während Rudy ihm den Sack quetschte und Jackson an den Fingern seiner rechten Hand lutschte. Als sie schön naß waren, fuhr er Rudy damit über den Rücken und steckte sie ihm in die Spalte. Sobald er das Arschloch berührte, stieß Rudy den Arsch in die Höhe, um gierig die spucketriefenden Finger willkommen zu heißen. Jacksons Hand versank zwischen den Kupferbacken und fing an, zu stochern.

Über dem Schränkchen am Fußende ihres Betts war genau im richtigen Winkel ein Spiegel angebracht. Jacksons Finger waren bis zum Handgelenk vergraben, und Rudys Rosette knabberte munter zuckend an seinen Fingern.

Ich wichste und verschmierte den Saft auf meiner pochenden Eichel. Dann ging ich mit den Fingern am Schaft abwärts und kitzelte mir die Eier. Sie flutschten im Sack herum und schickten mir Blitze der Lust vom Arschloch bis ins Hirn. Ich mußte mir auf die Zunge beißen, um nicht laut zu stöhnen.

Rudy war nicht ganz so diskret. »Ah hmm«, keuchte er, als Jackson den dritten Finger einführte. »Zeig's mir, Baby. Mach mich fertig.« Jackson folgte Rudys Anweisungen und bohrte tiefer.

»Oh Scheiße, ist das geil!« knurrte Rudy und gab Jacksons Eier frei. Er schlabberte an Jacksons Schlauch entlang und stülpte sich über die Eichel. Den Rotschopf fest an Jacksons Waschbrettbauch gepreßt, ging er immer tiefer, bis seine Nase in Jacksons Busch verschwand. Jacksons Mund stand offen, und er gab ein tiefes, kehliges Grunzen von sich, das deutlich nach einem Bullen in Hitze klang.

Das Zimmer war eine Weile erfüllt von den schlabbernden Lutsch- und Fingerfickgeräuschen - nicht zu reden vom diskreten Schnalzen meiner Vorhaut. Dann ging Rudy schwer atmend auf die Knie, und sein Joystick ragte ihm bis über den Nabel.

Er beugte sich vor und fing an, Jackson zu küssen und ihm die Brustwarzen zu zwirbeln, als ihre ausgestreckten Zungen sich berührten. Jackson revanchierte sich, und ich schaute angeturnt zu, als sich die beiden einem ernsthaften Tittentrimm hingaben. Jacksons Warzen waren dunkel und dehnten sich wie Gummi, wenn Rudy sie langzog. Man brauchte nur den Knubbel am Ende von Jacksons Teil anzusehen, um zu erkennen, welchen Druck Rudy ausübte. Je fester Rudy zog, desto größer wurde die Eichel, bis sie die Ausmaße eines kleinen Apfels erreichte.

Jackson hatte seine eigene Methode. Er massierte Rudys Nippel mit den Daumen, bis sie starr hervorstanden. Dann fing er an, sie zwischen Daumen und Zeigefinger zu quetschen und mit den Fingernägeln an den Spitzen zu schnippen. Gierig nach noch mehr Mißhandlung schwollen Rudys rosa Wärzchen immer weiter an. So wie die Schwänze der beiden tröpfelten und zuckten, waren beide Methoden ein rauschender Erfolg.

»Steck ihn mir rein!« lechzte Rudy, wirbelte auf Knien und Händen herum und streckte Jackson den Arsch ins Gesicht. »Fick mich, Baby. Ich will ihn fest und tief reinhaben.«

»Fertig?« fragte Jackson heiser und zwängte seinen Hammer vom Bauch. Er nahm ihn in beide Fäuste, setzte an und versenkte ihn mit einem gewaltigen Stoß. Mann, dabei zuckte *mir* das Arschloch! Jacksons Hüften klatschten laut an Rudys Hintern, und Rudy warf, den Mund zu einem lautlosen Heulen aufgerissen, den Kopf zurück.

Jackson packte mit beiden Händen Rudys Hüften und fing an, ihn fieberhaft zu rammeln. Sein Leib glänzte von

Sexschweiß. Rudy mußte bei jedem Stoß an sich halten. Ich sah, wie der Schwanz meines rotköpfigen Kumpels wild hüpfte, ihm an den Bauch klatschte und wieder zwischen seinen mächtigen Schenkeln verschwand. Von der Spitze flogen dünne klare Lusttropfen, die in der Morgensonne glitzerten wie Juwelen.

»Ich bin soweit«, schnaufte Jackson.

»Mach zu!«, drängte Rudy. »Fick mich. Oh ja! Du fickst mir richtig die Sahne raus. Ich spür's. Los! Fick mich. Aaahhh!!!« Rudy hörte auf, zu jammern und gab einen seiner unglaublichen Vulkanschüsse ab. Ich packte meinen Schwengel und fing an, zu pumpen. Sein erster Schwall traf auf seine Brust und rann auf die Laken. Dann bäumte er sich auf und lehnte sich an Jackson, so daß sein Schwanz hoch in die Luft zeigte. Ein Schuß folgte in hohem Bogen dem anderen, klatschte aufs Bett, den Fußboden und sogar den Spiegel, in dem ich ihn beobachtete.

Als er trockengelegt war, fiel er aufs Bett und Jackson brach noch immer wie wild fickend über ihm zusammen. Auch ich war bereit, die Eichel angeschwollen, die Eier zu einem dicken Knoten zusammengezogen. Ich legte los, als Jackson gerade still wurde. Seine Eier rollten nach oben, wo ein kleiner Teil seines Schafts nicht in Rudys Arsch steckte. Dann hob sich seine Brust, und sein Sack wurde schlaff, bis ihn die nächste Welle der Kontraktionen traf, die seine Eier wieder die Stange hinaufjagte.

Er feuerte ordentliche fünf bis sechs Schüsse in Rudys Loch ab, bevor er grunzend über ihm zusammenbrach. Ich rollte mich auf den Bauch, während meine letzten Tropfen in die Laken sickerten. Ich sog die spermagewürzte Luft ein, schloß die Augen und versank wieder im Land der Träume.

Als ich das nächstemal aufwachte, waren Rudy und Jackson wieder bei Sinnen. Nur fickten sie diesmal nicht.

»Wir haben noch mehr Ärger.«

»Was jetzt?« fragte ich und schaute schläfrig zu Rudy neben meinem Bett auf.

»Schau dir das an.« Jackson gab mit ein Blatt Papier mit meinem Namen und meinem Bild darauf - dem gleichen schändlichen Foto, das schon die US-Presse verbreitet hatte. Ich nahm mir vor, ihnen ein neueres - und schmeichelhafteres - zu schicken.

»Was steht drauf?« fragte ich. »Nicht, daß ich's wirklich wissen wollte.«

»Das ist bis jetzt das schlimmste«, trällerte Rudy, alles in allem ein bißchen zu fröhlich. »Jetzt wirst du im Zusammenhang mit dem Mord gesucht, über den wir gestern in Mexico City gestolpert sind.«

»Was?«

»So heißt's da. Bewaffnet und gefährlich - das bist du.«

»Super!«

»Ach ja. Tot oder lebendig, steht da.«

»Tot?« Ich setzte mich kerzengerade hin. »Sagtest du ›tot‹?«

»Ich fürchte, ja, Miles.«

»Das heißt, jeder könnte mich einfach ohne Anlaß abknallen und für Kopfgeld abliefern?«

»Genau wie'n tollwütigen Hund, Miles.«

»Danke für den Vergleich, Rudy.« Ich schaute zwischen Rudy und Jackson hin und her. »Jungs, ich hab Angst.«

»Miles Diamond hat Angst? Ich bin schockiert.«

»Halt's Maul, Rudy! Mir ist's ernst. Tot ist ein sehr dauerhafter Zustand - für den ich noch nicht bereit bin, wie ich eilends hinzufügen möchte.«

»Hey, Junge, wir lassen dich nicht im Stich«, versicherte

mir Jackson, setzte sich neben mich und legte mir den Arm um die Schultern, worauf es mir viel besser ging. »Rudy hat schon einen Plan.«

»Wirklich?«

»Wirklich.« Rudy grinste und hielt einen großen Sack aus Papier hoch. »Komm mit, Miles.«

»Was ist in dem Sack, Rudy?«

»Das ist meine Verkleidung für kleine Detektive. Jetzt schieb deinen haarigen Arsch rüber und geh da rein.« Ich blickte Jackson an. Er zuckte die Achseln. Ich zuckte zurück und folgte Rudy ins Bad.

»Setz dich!« schnarrte er. »Schmier dir das auf alle empfindlichen Stellen.«

»Hä?« Ich schaute ihn entgeistert an.

»Das ist Vaseline, Miles. Wenn du keine Bleichflecken auf deinem wertvollen Schwanz haben willst, tu, was ich sage.«

»Du willst mir die Haare bleichen, stimmt's?« Jetzt sah ich die Flaschen auf dem Waschbecken.

»Gut geraten.« Er schraubte eine Flasche auf und goß ihren Inhalt ins Becken. Dann fügte er ein paar Tropfen aus einer anderen Flasche hinzu. Die Flüssigkeit fing an, unheimlich zu blubbern.

»Äh ... und wieso muß ich mir Vaseline auf den Schwanz schmieren, wenn du mir die Haare bleichen willst?«

»Weil ich mich nicht darauf verlassen kann, daß du die Klamotten anbehältst. Ich hab beschlossen, dich bis zu den Zehen zu blondieren.«

»Ich weiß ja nicht, Rudy«, wich ich aus. Die Dämpfe aus dem Becken trieben mir die Tränen in die Augen.

»Weißt du was Besseres?«

»Na ... äh ... nicht so aus dem Stand.«

»Dachte ich mir.« Er schlug die Arme vor die Brust und

schaute mich streng an. »Du fängst besser an, dich einzuschmieren. Das hier ist in zwei Minuten fertig.«

»Zwei Minuten, hm?« Rudy nickte. Ich schmierte. Zuerst den Schwanz und die Brust, dann fing ich mit den Eiern an.

»Das ist nicht nötig«, sagte er.

»Wieso nicht?«

»Es ist einfacher, sie zu rasieren.«

»Rasieren?«

»Klar. Das machen doch viele.«

»Ich werd mich schneiden. Ich kann mir nicht mal das Gesicht rasieren, ohne mich zu schneiden.«

»Dann mach ich's, um Himmels Willen.« Das klang verlockend. »Los, Miles. ab in die Wanne.«

»Die Wanne?«

»Die Wanne.«

Ich stieg hinein.

»Na, Jackson, was meinst du?« Ich war nach drei Stunden gerade aus dem Bad gekommen. Die meiste Zeit hatte ich damit zugebracht, in den Spiegel zu starren, während Rudys Verwandlung stattfand. Der Veränderung war schockierend, gelinde gesagt.

»Miles?«

»Ich fürchte, ja.«

»Jesses!«

»Ist das alles. Ich hatte eine etwas eingehendere Kritik erwartet.«

»Äh ... tja, Miles, du siehst ... äh ... toll aus.«

»Na, jedenfalls blond.« Rudy hatte meine gesamte Körperbehaarung behandelt, einschließlich der Schamhaare und der unter den Achseln, und sie zu einem einheitlichen Aschblond gebleicht. Gut war, daß meine Haut richtig gebräunt wirkte. Schlecht war - nun ja, sagen wir, die geborene Blondine bin ich nicht.

»Du ... äh ... hast dir die Haare geschnitten.« bemerkte Jackson.

»Das hab ich gemacht«, verkündete Rudy, der mit einem Sack voll leerer Flaschen aus dem Bad kam. »Als sich seine Lockenpracht in Gold verwandelte, sah er beängstigend nach Shirley Temple aus - auf'm schlechten Trip.«

»Fick dich!« Ich zeigte ihm den Finger. Er lächelte milde.

»Ich denke, so paßt's besser zu deinem neuen Look.« Rudy fuhr mit der Hand über meine kurzgeschorene Frisur.

»Und was soll das für'n neuer Look sein?« fragte Jackson, von meiner Notlage merklich amüsiert. »Punk?«

»Eher alternder Surfer«, zwitscherte Rudy, der meine Hand abwehrte, die nach ihm schlug. »Siehst du ihn nicht vor dir am Strand durch die Wellen pflügen?«

»Ich geh aber nicht zum Surfen.«

»Gut so, Miles. Du solltest dich heute nicht allzu weit vom Hotel entfernen. Selbst mit deinem neuen Look könnte dich jemand erkennen, bevor wir die Scheiße ausbügeln können. Ich zieh mit Jackson los, um Martinez aufzuspüren. Mal seh'n, ob er was zu unseren Nachforschungen beitragen kann.«

»Und was soll ich den ganzen Tag machen?« brummte ich und starrte mürrisch in die tolle Sonne.

»Ich weiß nicht, Miles.« Rudy legte sich theatralisch die Hand an die Stirn. »Ich hab's - übe, blond zu sein. Nein, wenn ich mir's überlege, das wäre zu einfach. Häng einfach hier rum. Wir sind zurück, so schnell es geht.«

»Und wenn ich Hunger kriege?«

»Dann hörst du deinem Magen beim Knurren zu. Wir bringen dir einen Taco mit.«

Damit rauschte er, gefolgt von Jackson, aus dem Zimmer.

Noch immer fassungslos über mein Aussehen stand ich vor dem Spiegel. Die kurzen, hellen Stoppeln auf meinem Schädel wirkten fremd. Ich hatte nie besonders auf meine Ohren geachtet, aber nun schienen sie abzustehen wie die Henkel einer Suppentasse. Meine Augen wirkten verblüffend groß, die Nase wie ein Zinken und ihr Abstand zur Oberlippe gewaltig. Ich hoffte, die Gewöhnung würde den Schock mildern, sie ließ mich aber nur über sämtliche Entstellungen in meinem Gesicht grübeln.

Ich trat vom Spiegel zurück und schaute an mir herunter. Eigentlich sah mein Körper mit der platinblonden Matte recht gut aus. Ich wuschelte mir über die Brust und spannte die Muskeln. Das von dem silbrigen Pelz zurückgeworfene Licht ließ meine Brust gute fünf Zentimeter breiter erscheinen. Die Linie auf meinem Bauch glitzerte geradezu auf meiner dunklen Haut.

Das goldene Vlies auf Armen und Beinen störte mich nicht, aber an meinen Busch konnte ich mich nur schwer gewöhnen. An der Wurzel meines Spechts wölbte er sich wie Zuckerwatte. Meine Eier dagegen waren glatt wie'n Kinderpopo. Ich war an lange schwarze Sackhaare gewöhnt, obwohl ich zugeben mußte, daß es sich gut anfühlte, wenn ich sie berührte - ganz weich und seidig und ultraempfindlich.

Rudy war beim Rasieren sehr klinisch vorgegangen und hatte damit die potentiell geile Szene kaputtgemacht. Er seifte mir den Sack ein, packte mich roh bei den Eiern und erwähnte beiläufig, daß ihm die Hand ausrutschen könnte, sollte ich ihn aus dem Konzept bringen. Als ich ihn fragte, ob ihn je ein Ständer aus dem Konzept gebracht hatte, packte er fester zu und nickte. Während der zwanzig Minuten konzentrierte ich mich auf Zahnbehandlungen und hatte am Ende das Gefühl, um eine wichtige Erfahrung geprellt worden zu sein.

Ich versuchte es mit einer Zeitschrift, aber da sie in Spanisch war und nicht viele Bilder hatte, gab ich bald auf und ging wieder zum Spiegel. Schließlich schlüpfte ich mühsam in meinen gelben Badeslip und erwog einen Spaziergang am Strand. Verdammt, ich erkannte mich kaum selbst wieder, wie konnte da ein zufälliger Beobachter auch nur vermuten, daß die schimmernde Gestalt, die da aus dem Spiegel schaute, Miles Diamond, der kühne Detektiv, als neugeborene Blondine auf der Flucht war.

Ich schnappte mir den Zwanziger, den ich tags zuvor von Rudy erbettelt hatte - er war ein engherziges Arschloch, finanziell gesprochen - stopfte ihn vorne in die Badehose und begab mich auf die Straße zum Strand.

Der Sand wimmelte von Leibern in allen Größen, Formen und Graden an Sonnenbrand. Die meisten Blicke schienen eher zwischen meine Beine als auf die Haare zu zielen, was meine Stimmung bedeutend hob. Ein paar junge Mexikaner pfiffen mir sogar hinterher, was die Hoffnung in mir erregte, es gäbe auch noch ein Leben nach der Bleiche.

Die Altstadt ging bald in einen Wald aus Hotelhochhäusern über. Ich war gerade an einem jungen - vermutlich natürlichen - Blonden mit Superbody vorbeigekommen, als ich am Ufer eine kleine Touristengruppe sah. Sei teilte sich, und über die Bucht erhob sich ein Mann mit Fallschirm, der von einem kleinen Rennboot gezogen wurde. Unter dem Jubel der Zurückbleibenden stieg der bunte Fallschirm immer höher.

Ich ging hinüber, um zuzusehen. Es sah nach Spaß aus - und eine kleine Aufmunterung hatte ich angesichts des Standes der Dinge bitter nötig. Vor mir waren etwa fünfzehn Personen in der Schlange, also grub ich die Füße in den warmen Sand und wartete.

»Pssst! Señor.« Jemand tippte mir auf die Schulter, und ich

drehte mich um. Dem Mexikaner vor mir fehlten ein paar Zähne, er schien aber trotz dieses Makels ein seriöses Lächeln zu besitzen. »Sie wollen fliegen?« Er zeigte begeistert auf den Fallschirm, der nun hoch über der Bucht war.

»Sí«, antwortete ich mit meinem einzigen Wort in Spanisch.

»Komm mit, Señor. Mitkommen gut für dich. Sehr gute Preis. Nicht warten.«

Ein Blick auf die Schlange sagte mir, daß ich nichts zu verlieren hatte. Besser schlecht geflogen als gut gewartet. Ich folgte dem Mann etwa hundert Meter über den Strand zu einem älteren Rennboot, das dringend einen Anstrich brauchte.

»Pedro!« rief der Mann, die Hände an den Mund gelegt. Das Boot schaukelte heftig, und ein sehr fetter Mann setzte sich auf und und drehte den Kopf. Es folgte ein heftiger Wortwechsel, bei dem beide aufgeregt in die Luft deuteten. Schließlich nickte der Mann im Boot und schickte sich an, den Motor anzulassen.

Der Mann, der mich aufgegabelt hatte, zog ein anscheinend altes, nicht sehr sauberes Laken unter einer Plane hervor und winkte mich näher. Das Laken war an einem Segeltuchgeschirr befestigt, das von mehreren rostigen Nieten und einem Stück Draht zusammengehalten wurde. Ich beäugte den Apparat mißtrauisch, aber der Mann insistierte.

»Legen an«, drängte er und hielt das Geschirr hoch. »Fliegen hoch.« Ich wollte schon ablehnen, als der Bordmotor stotternd in Gang kam. Der Mann warf mir das Geschirr zu und fing an, den Fallschirm zu entfalten. Der Deal war wohl perfekt. Ich zerrte mir das Geschirr über die Schultern und verschloß es mit einer wenig vertrauenserweckenden Schnalle.

»Ist das auch wirklich sicher?« fragte ich zweifelnd und

linste nach dem Gewirr von Leinen, die an dem Fallschirm befestigt waren.

»Du zahlen!« rief der Mann mit einem ängstlichen Blick auf den Steuermann. Dieser war nach vorn geklettert und fummelte am Steuerrad. Ich fischte den Zwanziger aus der Badehose. Blitzschnell schnappte der Mann zu.

»Nehmen Sie amerikanisches Geld?« fragte ich überflüssigerweise. Der Zwanziger war bereits in seiner Tasche verschwunden. In der Hoffnung auf Wechselgeld hielt ich die Hand auf, bekam sie aber stattdessen geschüttelt.

»*Adiòs, Señor*«, sagte er und schlug ein Kreuz über seinem dreckigen T-Shirt. Es war eine nette Geste, die jedoch mein Vertrauen in die ganze Operation nicht steigerte.

Alle Bedenken wurden beiseite geschoben, als das Rennboot mit lauten Fehlzündungen über die Bucht schoß und eine dichte Wolke grauen Rauchs hinter sich ließ. Die an meinem Geschirr befestigte Leine spulte sich rasch ab, und ich wurde nach vorn gezerrt und fing an, den Fallschirm im Gefolge, über den Strand zu rennen.

Also, vielen Leuten hatte ich ja noch nicht beim Fallschirmgleiten zugeschaut, aber diejenigen, die ich gesehen hatte, hatten den Fallschirm nicht mehrere hundert Meter über den Strand geschleppt. Der Mann, der mich aufgelesen hatte, rannte hinter mir her und tat sein Bestes, damit der Fallschirm sich mit Luft füllte, er schien sich jedoch eher zum Sandschaufeln zu eignen. Ich wedelte wild mit den Armen, um dem Fahrer anzuzeigen, daß wir ein Problem hatten. Er sah mich, winkte fröhlich zurück und gab Gas.

Es wurde ernst - auf dem Strand befand sich ein Gartenrestaurant, das genau in meinem Weg lag. Ich zerrte an dem Knoten, der das Geschirr am Boot festhielt, er war aber zu fest, um ihn beim Laufen zu lösen. Die Schnalle leistete all meinen Bemühungen, sie zu öffnen, eigenen Widerstand.

Ich war noch etwa sechs Meter von dem Geländer des Restaurants entfernt, als eine Brise mich rettete. Ich spürte, daß der Schirm hinter mir aufstieg und daß meine Füße den Boden verließen. Ich stieg, aber langsam. Ich entging nur knapp dem Geländer und traf einen unglücklichen Gast mit dem linken Fuß am Kopf. Zu der Überraschung des Mannes kam noch der Verlust seines Toupets. Es segelte über den Tisch und landete auf dem Teller der Frau ihm gegenüber.

In diesem Augenblick öffnete sich der Fallschirm ganz und entlud den Sand, der sich in seinen Falten gesammelt hatte. Den winkenden Armen und wütenden Schreien unter mir nach zu urteilen, wurde der Sand gleichmäßig über einen großen Teil des Restaurants verbreitet. Ein Kellner eilte herbei und rannte auf mich zu. Er machte einen erstaunlich hohen Sprung, und ich spürte seine Hände auf dem Rücken, als er versuchte, das Geschirr zu packen. Das Geschirr hielt, und er ließ los. Leider hatten sich seine Finger in meiner Hose verfangen. Der gelbe Slip schälte sich ab wie tote Haut.

In diesem Moment funktionierte der Schirm endlich. Ich stieg hoch in die Luft und kreiste über dem funkelnden Wasser der Acapulco Bucht. Als ich zurückblickte, stand der Kellner am Ufer und schwenkte meine Badehose wie eine Rennflagge. Schon sammelte sich eine Meute um ihn, die wild johlend auf mich zeigte.

Ich tat mein Bestes, um mich auf die Aussicht zu konzentrieren, merkte aber bald, daß ich noch ein Problem hatte. In einem Anfall von Geilheit hatte ich mir vor dem Gang an den Strand das Gewicht, das Ray mir gegeben hatte, um die frisch rasierten Eier geschnürt. Die Luftströmung erfaßte die beiden beschwerten Enden, und bald flatterten sie und schlangen sich um die Schwanzwurzel. Ein paarmal gelang es mir, sie zu lösen, aber dann verknoteten sie sich um meinen Stengel.

Natürlich geschah das Unvermeidliche. Im Nu hatte ich hoch über dem paradiesischen Strand einen Riesenständer. Meine leise Hoffnung, die Menge am Strand hätte es nicht bemerkt, zerstob, als das Boot kehrt machte und mich ans Ufer zurücktrug, so daß jeder, der hinschaute, einen ungehinderten Blick auf meinen sehr steifen, sehr langen, sehr dicken Schwengel hatte.

Das Boot fuhr erneut in die Bucht hinaus, was mich kurz meinem anwachsenden Publikum entzog. Ich zerrte an dem Riemen, zog ihn aber nur noch fester. Düster starrte ich auf meine Mammuterektion, als mir noch etwas Besorgniserregendes auffiel. Der Knoten an dem Seil, das mich mit dem Boot verband, löste sich. Ich packte die losen Enden und tat mein Äußerstes, aber das Seil war alt und zäh - und außerdem ein wenig verrottet, was ich bemerkte, als eines der Enden in meiner Hand zerbröselte. Ich brüllte auf den Fahrer ein, aber mein Flehen blieb unerhört. Abrupt wendete er das Boot. Ein weiteres Stück Seil löste sich, während wir an den Strand zurückflitzten.

Inzwischen hatte sich anscheinend halb Acapulco am Ufer versammelt, um mich zu bestaunen, während ich wieder über die Köpfe hinwegflog. Die Leute winkten und fuchtelten und feuerten mich an. Ein Wichser hatte sogar einen grinsenden Riesenphallus in den Sand gezeichnet. Ich stellte mir schon vor, ich würde mitten auf dem komischen Pimmel landen und Autogramme geben müssen, als das Schicksal eine andere Wende nahm - sozusagen.

Der Strand wurde von Hochhäusern begrenzt, die einen Wall gegen die Slums dahinter bildeten. Ich kurvte gerade direkt über ihnen, als das Seil mit einem Krachen riß und zur Erde fiel. Ich selbst machte auch einen rasanten Abgang, der von der absoluten Windstille sowie einigen tiefen Rissen im Fallschirm beschleunigt wurde. Als mir die Dachgärten und Antennen entgegenkamen, schloß ich - wie üblich auf einen jähen Tod nicht recht vorbereitet - die Augen.

»Verdammte Scheiße!«

»Hä?« Ich schlug die Augen auf und starrte in ein Paar dunkelgrüner Punkte, deren Besitzer nicht weniger überrascht war als ich selbst. Die Augen blickten aus einem hübschen, jungen Kopf, der seinerseits auf einem sehr knackigen, sehr eingeölten Körper saß, was mich glauben ließ, ich sei direkt in den Himmel gekommen. Dann wand sich der junge Mann unter mir, und ich mußte alles noch mal überdenken.

Meine Landung war aus verschiedenen Gründen bemerkenswert. Erstens war ich ziemlich sanft aufgekommen, da mich im letzten Moment eine tropische Brise erfaßt hatte. Zweitens hatte ich es geschafft, den ganzen spitzen Antennen auszuweichen, die auf jedem Dach sprossen, und war anscheinend auf einer privaten Terrasse gelandet. Drittens und am erstaunlichsten hatte sich mein Ständer in das warme Arschloch des Mannes gebohrt, auf dem ich lag. Keine Lenkrakete hätte das besser gekonnt.

»Sind Sie verletzt?« fragte ich, und schickte mich an, von meinem strammen Landepolster abzusteigen.

»Und Sie?« Seine Stimme war ein süßes Südstaatlernuscheln.

»Nicht daß ich wüßte.« Ich krümmte Zehen und Finger. »Scheint alles zu funktionieren.«

»Das kann man wohl sagen«, kicherte er und zog das Arschloch zusammen.

»Wie haben sie das gemacht?« fragte ich.

»Das?« Er grinste und spannte das Arschloch erneut köstlich an.

»Äh ... nein. Ich meine, wie genau bin ich hier gelandet?« Jetzt war es an mir, die Muskeln zu spannen. Meine Eichel traf seinen Lustknoten, und er zuckte glücklich.

»Hey, Kumpel, ich hab mich nur grade gesonnt und war affengeil, als ich diesen gigantischen fliegenden Ständer aus dem Himmel fallen sah. Mann, zuerst dachte ich, es läge am Tequila« - er zeigte auf einen großen Krug mit Margaritas neben seinem Liegestuhl - »und da hab ich einfach die Beine breitgemacht und ›ah‹ gesagt. Und du hast genau getroffen, Das nenn ich Präzisionslandung.« Er nippte an seinem Drink und bot mir ein Glas an. »Wieso steigst du nicht einfach aus dem Geschirr, und wir ficken bis zum Umfallen?«

Da ich selbst keinen Grund wußte, stützte ich mich auf und ließ ihn das Geschirr abschnallen. Ich schüttelte es von den Schultern und schnickte die zerrissene Schirmseide weg, ohne abzusteigen. Ich hatte keine Lust, seine kleine Höhle zu verlassen - ganz abgesehen davon, daß die Beine des Mannes wie Stahlklammern um meine Hüfte geschlossen waren. Ich streichelte seine kräftigen Schenkel - sie fühlten sich so massiv an, wie sie aussahen.

Ich zog den Schwanz bis zur Eichel heraus, um dann wieder zuzustoßen. Da er selig lächelte und anfing, sich unter mir zu winden, legte ich los und fing an, ihn zu rammeln. Im Nu fickten wir stürmisch im Takt.

»Ich will oben liegen«, grunzte er, als wir genug Reibung erzeugt hatten, um ein Feuer zu entfachen. Ich hielt ihn fest, stand auf und wirbelte herum, um mich rückwärts auf den Liegestuhl fallen zu lassen.

»Mann! Du bist ja ein Ficker!« sagte er begeistert und setzte sich auf.

»Und du ‘ne geile Nummer«, antwortete ich und massierte ihm den flachen Bauch. Er war ein Prachtstück - nur stramme Flächen und Kanten und kein Gramm Fett. Sein klobiger Schwengel ragte munter aus seinen gepflegten Schamhaaren, und die Eichel war geformt wie ein Pfeil. Ich packte seine Stange und drückte zu. Als Reaktion drückte sein Arschloch auch zu, und ich fing an, ihn zu wichsen.

Der Junge hüpfte auf und ab, bis ich fast schielte, dann legte er mir die Hand auf die Brust und zwinkerte. »Ich will dir was zeigen«, sagte er lüstern. Als ich nickte, stand er auf, bis nur noch die Eichel in ihm steckte. Er stützte die Hände auf die Schenkel. Auf seinem Gesicht erschien der Ausdruck äußerster Konzentration. »Spürst du's?« keuchte er.

»Ich spür's«, stöhnte ich. »Ich glaub's nicht, aber ich spür's, und wie.«

»Hab ich geübt«, sagte er. »Ich dachte mir, mit dem Mund kann das jeder. Ich wette, so hat's dir noch keiner besorgt.«

»Nicht mal annähernd«, seufzte ich, schloß die Augen und wurde unter ihm schlaff. Ich überließ mich meinen Empfindungen, während er mit dem Arschloch an meiner Eichel knabberte. Dann fing er an, die Schenkel anzuspannen und ein bißchen auf- und abzuhoppeln. Es fühlte sich an, als würde er mir einen blasen. Und zwar gut.

Nach Minuten des Entzückens setzte ich mich auf und revanchierte mich. Ich lutschte seinen Schwanz und genoß den salzigen Saft, der herausquoll. Total selig hielten wir die Stellung lange Zeit.

Wir seufzten beide, als er wieder auf meinen Mast zurücksank und sein Arsch auf meine Schenkel klatschte. Er zwinkerte mir zu, und ich packte ihn an den Hüften, um in die Zielgerade einzubiegen. Er schlabberte an meiner Brust, beugte sich vor und rammte mir die Zunge in den Mund. Unsere

Brustwarzen berührten sich, und er bekam alle viere zu fassen und zwickte und zwirbelte sie heftig. Ich stopfte ihm den Kanal ein letztes Mal und erstarrte, so daß nur noch mein Schwanz sich bewegte. Er zuckte in ihm und füllte seinen Tunnel von oben bis unten mit Sperma ab. Ich spürte, wie er mir seinen Saft auf den Bauch spritzte und dann mit klopfendem Herzen über mir zusammensank.

»Mann, wird dein Ständer eigentlich nie schlaff?« fragte er nach ein paar Minuten. »Ich hab doch gespürt, daß du abgespritzt hast.«

»Ich hab da ein kleines Problem«, gestand ich.

»'n verdammt *großes* Problem, meinst du.«

Ich erklärte ihm das mit Rays Lederriemen. Er kniete nieder und entknotete ihn. Ich seufzte erleichtert, als mein Schwanz abschwoll und auf meinen verschwitzten Bauch sank. Der Typ starrte ihn sehnsüchtig an, dann stand er auf und streckte sich.

»Ich hab Durst«, sagte er. »Komm doch mit rein und laß uns sehen, was es gibt.« Ich nickte und folgte ihm.

»Nette Wohnung«, bemerkte ich, während ich mich in dem fußballfeldgroßen Wohnzimmer umschaute. »Bist du zum Urlaub hier?«

»Tja, hier bin ich schon, aber mit Urlaub hat's nicht viel zu tun.« Er nahm eine Flasche Tequila aus einer Vitrine und ging in die Küche, um Eis zu holen.

»Also Geschäfte.« Wenn es Geschäfte waren, dann lukrative.

»Ehrlich gesagt ... äh, hast du auch einen Namen?«

»Mi ... ke. Ich heiße Mike.«

»Angenehm, Mike. Ich bin Dennis.« Er warf eine Handvoll Eiswürfel in einen Mixer. »Eigentlich bin ich mit einem

Freund hier, 'ner Art Partner, wenn du verstehst, was ich meine.«

»Einem Freund?«

»Also, eher mit 'nem Sugardaddy. Er bezahlt quasi die Rechnungen.«

»Und du stehst rum und siehst aus wie ein feuchter Traum. Stimmt's?«

»Danke Mike. Du machst mich aber selber ganz schön feucht.«

»Und dein Sugardaddy hat nichts dagegen, wenn du-«

»Gesellschaft hast? Und ob. Er ist höllisch eifersüchtig. Du weißt schon, so'n richtiger Macho. Der würd mir die Scheiße aus dem Leib prügeln und dir die Eier abschneiden, wenn er uns erwischt.«

»Oh«, schluckte ich und bedeckte mir schützend die Hoden.

»Keine Angst. Er ist heute geschäftlich unterwegs. Eigentlich ist er das jeden Tag. Mir steht's bis hier.«

»Was macht er für Geschäfte?« Es interessierte mich eigentlich nicht. Ich wollte nur Konversation machen, bis ich hier elegant rauskam - hoffentlich mit meinen Eiern.

»Er importiert ... so'n Zeug.«

»Was für Zeug?« Plötzlich erwachte mein Interesse.

»Na, normalerweise handelt er mit, wie sagt man, Farmerhoden.«

»Farmerhoden?« Ich hätte nie gedacht, daß eine Nachfrage nach diesem speziellen Agrarprodukt bestand.

»Ja, du weißt schon, Drogen.«

»Medikamente?«

»Das sagte ich gerade, Mike.«

»Ach. Für welche Firma arbeitet er?«

»Juan ist so 'ne Art Freiberufler.«

»Freiberufler? Verstehe.« Das beantwortete meine Fragen nach den Einkünften des Sugardaddys.

»Egal, jetzt hat er seine Geschäfte erweitert. Neulich bekam er einen Anruf, und jetzt ist er hier, um im Dschungel nach so 'nem versteckten Schatz zu suchen. Ich persönlich denke ja, daß er spinnt.«

»Du glaubst nicht, daß er Glück hatte?«

»Dabei? Im Leben nicht.« Dennis kam wieder ins Wohnzimmer und reichte mir ein Glas. Dann kramte er in der Schublade eines Tischs am Fester und zeigte mit ein altes, zerknittertes Blatt Papier mit verschnörkelten Linien. »Die bescheuerte Karte hat so'n olles Loch in der Mitte. Ist nicht mal 'ne richtige Karte - nur so'n paar blöde Linien, die sich nicht mal berühren.« Dennis ließ sich in einen Sessel fallen und warf ein Bein über die Lehne. Sein eingeöltes Loch zwinkerte mir verführerisch zu.

»Nicht genug damit, daß ich aus Miami verschleppt wurde, einen Tag, bevor ich auf 'ne Riesenparty wollte. Seit wir hier sind, hetzten wir hinter so 'nem Blödmann her, der vermutlich den Schlüssel zu all dem besitzt.«

»Blödmann?«

»Du weißt schon. Sein Name und sein Bild waren in allen Zeitungen. Gestern hab ich seine Fresse sogar in 'nem Laden gesehen. Sieht irgendwie dämlich aus. 'n Junkie wahrscheinlich.«

»Vielleicht war's ja nur ein schlechtes Bild.« Mir wurde leicht unbehaglich.

»Nee. Der hatte ›Loser‹ quer übers Gesicht gestempelt. Wahrscheinlich irgend so'n blöder Penner, der mal Glück hatte. Na, wenn Juan ihn in die Finger kriegt, dann guckt der nicht mehr so glücklich.« Dennis schüttelte den Kopf. »Juan läuft man besser nicht über den Weg. Auf keinen Fall.«

»Ganz bestimmt nicht«, murmelte ich.

»Juan glaubt, der Penner hat etwas, das alles aufklärt und ihn noch reicher macht, als er schon ist. Glaubst du daran?«

»Vielleicht findet Juan den ... Kerl ja nicht.« Ich brachte es nicht über mich, das Wort ›Penner‹ zu benutzen. Ich mochte es nicht, besonders wenn ich damit gemeint war.

»Machst du Witze? Juan findet immer alles, was er will. Alles.« Dennis trank aus. »Er findet ihn und kriegt seine Information. Und dann: ›Leb wohl, Penner‹.«

»Verstehe.«

»Na ja, egal. Ich hoffe nur, es passiert schnell - wenn's passiert. Ich halte das ja alles für'n Schlag ins Wasser und langweile mich zu Tode. Wenigstens - bis du ankamst.« Er stand auf, kam auf mich zu und rieb sich an mir. »Du hast nicht zufällig Lust auf 'ne kleine Nummer?«

»Äh ... ich weiß nicht.« Das ganze Gerede über tote Penner fing an, mir die Stimmung zu verderben.

»Dein Kumpel schon.« Er zeigte auf meinen Pimmel. Wie üblich reagierte er auf die kleinste Aufmerksamkeit. »Wart'n Moment, bin gleich zurück.« Er zupfte an meiner Vorhaut und ging verführerisch den Hintern schwenkend zum Bad.

Ich hörte, wie eine Tür sich schloß und schreckte auf. Ich schnappte mir Dennis' Badehose und zog sie mir über. Mein Schwanz und die Eier hatten darin noch weniger Platz als in meinem vorherigen Slip. Ich griff nach der verkrumpelten Karte, die er mir gezeigt hatte und verließ lautlos die Suite.

Ich ging gerade zum Lift, als eine Glocke dessen Ankunft meldete. Da es auf dem Flur nur zwei Türen gab, rechnete ich mir eine fifty-fifty Chance aus, daß es sich bei dem Fahrgast um den sagenhaften Juan handelte. Dennis' Bemerkungen über abgeschnittene Eier und tote Penner veranlaßten mich, mich vorsichtshalber im Treppenhaus zu verstecken. Mein

Glück, denn als sich die Türen des Lifts öffneten, sah ich einen großen, düsteren Mann, der ungeduldig auf die Suite zustapfte, in der ich gerade geweilt hatte. Er sah gemein und wütend aus, so daß ich froh war, Dennis' Gastfreundschaft nicht ein zweitesmal in Anspruch genommen zu haben. Ihm folgten ein paar unauffällige Männer in Anzügen und eine Gestalt, die ich kannte. Zwei Stufen auf einmal nehmend, rannte ich die Treppe hinunter, wobei ich mich fragte, wie ein so netter Junge wie Dennis etwas mit einem Kerl wie Fingers Kominski zu tun haben konnte.

ELFTES KAPITEL

Wo zum Teufel warst du?« Rudy klang gereizt. »Du solltest doch das Zimmer nicht verlassen!«

»Mann, Rudy, hab ich je erwähnt, daß du dir einige der übelsten Eigenschaften meiner Mutter ausgesucht und sie dir zu eigen gemacht hast?«

»Fick dich, Diamond.«

»Zu deiner Information, ich habe wichtige Beweise gefunden, die, glaube ich, entscheidend zur Lösung beitragen werden.«

»Ich weiß, wo du warst und was du getan hast.«

»Häh?

»Diamond du bist Stadtgespäch - zumindest bei denen, die heute nachmittag am Strand waren.«

»Wie kommst du drauf, ich sei hier Gesprächsgegenstand?« Ich beschloß, zu mauern. Vergeblich.

»Mal sehen. Ich glaube, ich kam drauf, nachdem ich eine Liste wasserstoffblonder Kerle aufgestellt hatte, die dafür in Frage kommen, nackt als Paraglider aufzutreten - besonders jener, die Ständer wie Feuerwehrschläuche haben.«

»Wasserstoffblond?« kreischte ich. »Du hast gesagt, es würde ganz natürlich aussehen.«

»War gelogen«, knurrte Rudy. »Manchmal faß ich's nicht, Miles. Echt nicht.«

»Ich weiß, du willst's nicht hören, aber es war nicht meine Schuld.« Ich schilderte mein gefährliches Mißgeschick auf dem Gebiet des Flugsports. »Ich hätte dabei draufgehen können. Es war ungeheuerlich.«

»Das hab ich auch auf der Straße gehört.« bemerkte Rudy trocken.

»Du bist nur eifersüchtig, weil man meine Erektion aus dieser Entfernung sehen konnte«, blaffte ich zurück. Ich suchte Unterstützung bei Jackson. Der musterte angestrengt seine linke Schuhsohle.

»Ich faß es nicht, daß ich hier sitze und über die Größe von deinem Schwanz rede, Miles.« Rudy setzte sich auf die Bettkante und stützte die Ellbogen auf die Knie. »Ich bin froh, daß du nicht tot bist - glaub ich.«

»Hey, danke.«

»Bitte.« Wir starrten uns stumm an.

Rudy sprach als erster. »Also ... was hast du rausgefunden. Ich kann's kaum erwarten.«

»Das«, verkündete ich triumphierend. Ich breitete das alte Blatt Papier mit dem Loch in der Mitte auf dem Fußboden aus. Ich vermutete, es könne eine Karte sein - wenn man ein bißchen blinzelte und die Phantasie gebrauchte. Bei näherer Betrachtung wirkte sie nicht annähernd so beeindruckend, wie dort, wo ich sie gestohlen hatte.

»Und was soll das sein?«

»Eine Karte?« Es kam bestenfalls vorsichtig heraus.

»Miles, das sieht aus wie die antike Version einer Papierklobrille. Und auch noch gebraucht.«

»Schau dir die Linien an, Rudy.«

»Genau die meine ich. Mann!«

»Fingers Kominskis Boss schien sie interessant genug zu sein, um sie aufzubewahren.«

»Was?« Jackson wurde von seiner Kreppsohle abgelenkt. »Du bist Kominski über den Weg gelaufen?«

»Fast.« Ich berichtete von meiner Begegnung mit der illustren Persönlichkeit.

»Du meinst, du hast gesehen, für wen er arbeitet?«

»Ich sah ihn mit ein paar anderen aus dem Lift kommen. Zwei von ihnen sahen aus wie hirnlose Muskelprotze. Kominski erkannte ich. Den vierten hielt ich für den Sugardaddy von Dennis, der vermutlich auch der Boss ist.«

»Dennis? Sugardaddy?« Rudy schaute mich aus Augenschlitzen an. »Ich riech da 'ne Ratte - oder mindestens 'ne Nummer.«

»Hört ihr jetzt auf?« schnarrte Jackson und unterbrach damit eine weitere Schmährede auf mein Sexualleben durch Rudy - der daran, wie er immer behauptete, kein bißchen interessiert war.

»Tut mir leid«, brummelte Rudy.

»Und, wie sieht der Kerl aus, den du für den Boss hältst?«

»Sein Vorname ist Juan. Das weiß ich von Dennis. Er ist um die Vierzig, dunkel, groß, gut gebaut, sieht nicht schlecht aus, wenn man von dem mürrischen Gesicht absieht. Er hatte schön kräftige Unterarme mit viel Fell, schmale Hüften, gute Beine, so wie die Hose ihm saß, knackiger-«

»Ich kann mir ein Bild machen, Miles«, sagte Jackson. »Ich glaube, ich weiß, wer es ist.«

»Nicht gut, hm?« Jackson wirkte fast ebenso besorgt wie damals, als er Kominski erkannt hatte.

»Nicht gut.«

»Wie schlimm ist ›nicht gut‹?«

»Sagen wir, daß Juan Ramirez der größte Drogenbaron in

Mexiko ist. Das hat er geschafft, indem er die Konkurrenz umgebracht hat. Der Mann ist völlig skrupellos. Wenn du ihn mit Kominski zusammen gesehen hast, ist er zweifellos das Gehirn hinter diesem mörderischen Irren - momentan wenigstens.«

»Du meinst ...?« Ich legte mir die Hand an die Kehle. Jackson nickte. Das war ›nicht gut‹ hoch zehn. Ich erschauerte.

»Das erklärt, wer uns bei Martinez zuvorgekommen ist«, warf Rudy ein, der sein Schmollen aufgegeben hatte.

»Du meinst, noch ein ...?« Ich brach ab.

»Diesmal nicht. Inzwischen ist Martinez wahrscheinlich halb in Argentinien - wenn er weiß, was gut für ihn ist. Nein, als wir in den Laden kamen, war niemand mehr da. Die Hintertür war aufgebrochen, und alles war demoliert, aber eine Leiche war da nicht.«

»Oder Blut«, fügte Jackson hinzu.

»Oder Blut. Wir haben in allen Läden auf der Straße nachgefragt, aber niemand schien etwas zu wissen.«

»Wirfst du ihnen das vor?« Jackson schüttelte den Kopf. »Egal, wir hörten uns ein bißchen um, und ich glaube, wir stießen auf eine wichtige Information, die ihnen entgangen war.« Rudy zog seinerseits eine Karte hervor und legte sie über meine. Ich mußte zugeben, daß sie bedeutend vielversprechender aussah. Vor allem war sie intakt - sogar Straßen und Dörfer waren eingezeichnet. Und da war ein rot eingekreistes Gebiet.

»Und was ist das?«

»Soweit ich sehe, eine alte Übersichtskarte von diesem Teil der Küste.« Rudy fuhr mit dem Finger über eine der Linien. »Das ist eine Straße oder ein Pfad, der zu dem rot markierten Gebiet führt. Ich glaube, das sollten wir untersuchen.«

»Von alten Azteken- oder Mayastätten hier an der Küste wird nichts erwähnt.« Rudy schaute mich ehrlich erstaunt an. »Ich hab den Reiseführer gelesen«, sagte ich süffisant.

»Stimmt. Es werden keine Stätten erwähnt, aber man vermutet, daß es welche geben könnte. Weiter im Inland wurden mehrere Tempel ausgegraben, aber niemand hat sich die Zeit genommen, hier im Küstendschungel zu stochern. Es war einfach nie genug Geld da. Ein Jammer.«

»Na, Jungs, dann hab ich einen Vorschlag.« Ich faltete die beiden Karten sorgfältig zusammen und stand auf.

»Ja?«

»Gehen wir stochern.«

Beim Autoverleih entschieden wir uns für ein Auto mit Vierradantrieb, das bessere Tage gesehen hatte. Als wir uns über den Preis beklagten, hatte der Mann am Schalter mit den Achseln gezuckt und uns mitgeteilt, wir hätten Glück, um diese Zeit im Jahr überhaupt etwas zu finden. Ich war versucht, ihm zu sagen, das Glück sei vor allem auf seiner Seite, ließ es aber bleiben. Wir verstauten unsere einsame Tasche hinten - sowie einen Kompaß, drei starke Taschenlampen, eine Freßtüte und eine große Flasche Wasser - und fuhren, aufmerksam nach Ramirez und Fingers Ausschau haltend, aus der Stadt.

Rudys Straße war leicht zu finden. So leicht, daß mir schien, Rudy sei enttäuscht, obwohl er meine Idee ausgebuht hatte. Eigentlich war es ein Feldweg, der offenbar von den Einheimischen benutzt wurde, die kleine Felder im Dschungel bestellten. Die Vegetation wurde jedoch nach und nach dichter, bis wir das Gefühl hatten, durch einen Privatgarten zu fahren.

»Bist du sicher, daß wir richtig sind?« fragte ich, nachdem

wir nur knapp vermieden hatten, eine hohe Palme zu erklettern.

»Miles, ich tu, was ich kann. Jeder Depp mit Augen im Kopf kann sehen, daß das ein Pfad ist, der erst kürzlich benutzt wurde.«

»Entschuldige, daß mir das entgangen ist«, grummelte ich, während ich mich duckte, um nicht von einem riesigen Blatt weggefegt zu werden. »Ich wollte dich auch gar nicht kritisieren, sondern mir war nur aufgefallen, daß der Pfad vor fünfundzwanzig Metern scharf nach links abgebogen ist.«

»Unmöglich.«

»Ich hab's gesehen«, beharrte ich, gewiß, daß ich recht hatte.

»Ich weiß, was ich ... Scheiße!« Der Jeep blieb stehen. Rudy klammerte sich so fest ans Steuer, daß seine Knöchel weiß hervortraten. »Keine Bewegung!« zischte er, und griff langsam nach dem Schalthebel. »Atmet nicht einmal.«

Ich vermied das Atmen, blickte aber aus dem Fenster auf meiner Seite und begriff sofort. Zu sagen, die Straße endete weniger als einen Zentimeter vor unseren Rädern, wäre eine maßlose Untertreibung. Von meinem Platz aus wirkte es, als sei die ganze Welt zuende. Jenseits der Vegetation, die wie ein Vorhang vor uns hing, war ... nichts. Gähnende Leere. Das Ende der Welt. Rudy legte den Rückwärtsgang ein und ließ die Kupplung kommen. Der Jeep rollte zurück, jedoch nicht, bevor sich etwa ein halber Meter Erde bewegt und das Fahrzeug einen ekligen Ruck gemacht hatte. Rudy stabilisierte es, und wir kamen in relativer Sicherheit in einem Haufen losen Gerölls und verfaulter Pflanzen zum Stehen.

»Wo war diese Abzweigung, Miles?« fragte Rudy still, ohne sich umzudrehen. Seine Schläfenadern pochten, und der Schweiß lief ihm kleinen Bächen am Hals hinab.

»Etwa fünfundzwanzig Meter zurück«, antwortete ich. »Okay, vierundzwanzigeinhalb, nachdem du ein Stück vom Kliff abrasiert hast. Fahr einfach zurück. Ich sag dir, wann du halten mußt.« Er tat es, und ich tat es, und bald waren wir wieder auf dem Weg.

Wir folgten ihm, bis er sich schließlich vor uns endete. Erfolglos versuchten wir, zu entdecken, wo er weiterführte. »Heißt das, wir haben uns verirrt?« fragte ich.

»Nicht, so lange ich das hier habe.« Rudy hielt den Kompaß hoch.

»Ich kannte mal einen wie dich, als ich als Kind im Ferienlager war«, sagte ich. »Weißt du, was mit dem passiert ist?«

»Nein.«

»Er ging in den Wald und wurde fast eine Woche nicht gefunden.«

»Diamond, ich weiß, was ich tu.«

»Vergiß das nicht, Pfadfinder.«

Bald wurde klar - wirklich keine Überraschung - daß Rudy tatsächlich wußte, was er tat. Ich mußte es glauben, da ich selbst total und unwiderruflich desorientiert war. Egal, wohin ich blickte, die lianenstarrenden Bäume und das üppige Unterholz sahen überall gleich aus. Mein einziger Anhaltspunkt war Rudys kupferrotes Haar, und ich achtete darauf, ihn nicht aus den Augen zu verlieren.

»Das ist es!« rief Rudy und blieb jäh stehen.

»Das ist es?« Jackson war nicht ganz überzeugt.

»Das ist was?« sekundierte ich. Soweit ich sehen konnte, sah es genau so aus, wie das Gebiet, das wir seit einer halben Stunde durchstreiften. Ich begriff nicht. »Das hier sieht aus, wie der flache Teil, der sich an den hügeligen Teil anschließt, den wir gerade überquert haben«, bemerkte ich.

»Genau, Miles. Das ist der flache Teil. Siehst du nichts?«

Ich schüttelte den Kopf. »Das ist der Zeremonienhof einer aztekischen oder vor-aztekischen Stätte. Ist das nicht toll?«

»Mir stockt der Atem«, antwortete ich trocken.

»Mir ist übel«, meldete Jackson und griff sich an den Bauch. »Hat jemand Klopapier dabei?« Bevor wir antworten konnten, flitzte Jackson ab und ging in die Hocke.

»Wohl 'n Touristenschreck abgekriegt«, rief Rudy.

»Hm«, grunzte Jackson, es klang gar nicht gut.

»Montezumas Rache«, stichelte Rudy.

»Schau, Baby. Ich hab Durchfall, okay?« Jackson kam wieder zu uns.

»Tacos«, brummelte Rudy. »Ich hab ihm gesagt er soll keine Tacos von der Straße essen.«

»Bist du jetzt auch noch seine Mutter?«

»Seh ich aus wie die Mutter von jemandem?« knurrte Rudy, packte mich am Arm und zog mich an sich.

»Nicht so ganz. Allerdings erinnerst du mich an einen feuchten Traum, den ich 1984 mal hatte. Willst du's hören?« Ich streckte die Zunge heraus und leckte ihm über die Nase. Er war platt, ließ los und rieb sich das Gesicht mit beiden Händen.

»Alles okay?« fragte ich dem armen Jackson zugewandt. Er sah etwas blass um die Nase aus.

»Ich glaub nicht ... ah ... nein. Oh, Scheiße!« Er stürmte wieder los.

»Wißt ihr was, Jungs?« meinte Jackson als er zum zweitenmal aus den Büschen kam. »Ich fahr in die Stadt zurück und hol mir irgend 'ne Medizin dagegen.«

»Lomotil«, sagte Rudy bestimmt. »Frag einfach in 'ner Apotheke danach.«

»Wir bleiben hier. Was, Miles?«

»Äh ... klar. Toll. Du und ich ausweglos hier im Dschungel. Klingt super, Rudy. Ich bin dabei. Echt. Kein Problem.« Wir sahen zu, wie Jackson zurückfuhr, machten kehrt und schickten uns an, ein weiteres Stück Dschungel zu erobern.

»Bevor wir weitergehen« - Rudy kramte in unserer Tasche und zog eine Plastikflasche heraus. - »Ich hab gerade 'nen Moskito summen hören. Hier, reib mich ein.«

»Aber gern«, gab ich lüstern grinsend zurück. Ich quetschte die Lotion auf seine breiten Schultern und massierte sie ein. Als ich mit dem Rücken und den Beinen hinten fertig war, befahl ich ihm, sich umzudrehen. »Das ist meine Lieblingsstelle«, stichelte ich und verrieb ihm das Insektenmittel quer über die behaarte Brust. »Wollen ja nicht, daß die da rankommen«, trällerte ich und zwickte ihn fest in die Titten.

»Gib her, du Perversling!« jaulte er, entriß mir die Flasche und rieb den Rest selbst ein. »Hierher«, knurrte er bedrohlich, als ich an der Reihe war. Er teilte so gut aus, wie er eingesteckt hatte und bohrte, klatschte und mißhandelte mich, bis ich mit Schutzmittel bedeckt war. Völlig mückendicht fingen wir an, zu erforschen, was Rudy den Zeremonienhof genannt hatte.

Ich verlor das Interesse, nachdem ich zwanzig Minuten lang hinter Rudy hergestapft und ins Nichts gestarrt hatte. Alle drei oder vier Schritte blieb er stehen, murmelte etwas und ging methodisch weiter. Ich amüsierte mich damit, zuzusehen, wie sein Arsch seine Khakishorts spannte, aber auch das wurde langweilig. Es machte mich äußerst geil - aber ich wagte nicht, meinem Kumpel auf die Schulter zu klopfen und um 'ne Nummer zu bitten. Schade - jetzt hätte ich den Tequila gebraucht.

»Ich check mal den Hügel da aus«, sagte ich und ging auf einen lianenüberwucherten Haufen in etwa fünfzig Meter Entfernung zu. »Vielleicht entdeck ich was.«

»Gib acht auf Schlangen«, riet Rudy.

»Schlangen? Vielen Dank!« Ich nahm eine Taschenlampe und einen Apfel aus unserem Vorrat und machte mich auf. Für mich sah das alles immer noch wie ein überwuchertes Feld aus.

Als ich mich dem Hügel näherte, wurde klar, daß er zu regelmäßig war, um natürlich zu sein. Ich buddelte im Unterholz und wurde ganz aufgeregt. Unter der Vegetation war eine Pyramide aus einer Art grauem Stein. Ich drehte mich um, um es Rudy zu sagen, aber er war nicht mehr zu sehen. Ich spielte mit dem Gedanken, zurückzugehen, dann dachte ich mir, es geschähe ihm ganz recht, wenn er nicht als erster am Ort des Geschehens wäre. Er war einfach viel zu gründlich - verdammt, alleine würde er wahrscheinlich noch nach Stunden herumsuchen.

Ich erklomm die steilen Stufen der Pyramide, bis ich ungefähr zur Hälfte gekommen war. Das weitere Vorankommen wurde durch ein tiefes Loch in der Seite des Bauwerks verwehrt. Ein kühler Luftzug, der mir ins Gesicht wehte, ließ mich vermuten, das Loch könne zu irgend etwas Interessantem führen. Ich richtete den Strahl der Taschenlampe in die Öffnung und sah einen mit behauenen Steinbrocken übersäten, gepflasterten Boden, der tief ins Innere der Pyramide führte. Da ich kein Anzeichen von Schlangen oder anderem Kriechzeug bemerkte, beschloß ich mit Bildern von verborgenen Schätzen im Kopf, ein bißchen nachzuforschen.

Nach etwa hundert Schritten neigte sich der Tunnel. Ich ging weiter und ließ den Strahl über die kunstvollen Steinmetzarbeiten gleiten, die beide Seiten des Wegs säumten. Ich war mir nicht sicher, was die primitiven Figuren taten, aber die meisten taten es mit riesigen Erektionen - die Art von

Erektionen, bei denen im wirklichen Leben ein Mann umkippen oder in Ohnmacht fallen würde.

Als ich den geilen kleinen Kerlen folgte, bemerkte ich in der Ferne ein flackerndes Licht. Zuerst dachte ich, meine Augen spielten mir einen Streich, aber als ich die Lampe abwendete, erkannte ich, daß da wirklich Licht war. Ich schlich weiter, bis der Korridor in eine große, quadratische Kammer mit hoher Decke überging. Als ich hochschaute, sah ich daß ein Loch im Dach die Lichtquelle war. Ich dachte mir, ich müsse im Zentrum der Pyramide sein, obwohl mir nicht klar war, wie das möglich sein sollte. Ich war sicher, weit genug gegangen zu sein, um den gesamten Hof überquert zu haben. Andererseits war ich im Schätzen von Entfernungen noch nie gut gewesen.

In der anderen Ecke des großen Raums hörte ich ein Geräusch. Alle Gedanken, wo oder wie weit ich sein mochte, verflogen. Mein erster Gedanke war, als potentieller Leckerbissen in die Höhle eines wilden Tiers getappt zu sein. Nun, ein Tier war da, und es sah ziemlich wild aus, aber es weckte auch die Bestie in mir. Diese spezielle Tierart kannte ich gut, und ich vermutete, daß ich es unter günstigen Bedingungen würde zähmen können.

Ein Mann war in die Mitte des Raums getreten und stand nun direkt unter dem Sonnenstrahl von der Decke. Er war splitternackt und wies deutliche Anzeichen von akutem Testosteronstau auf. Sein Schwanz reckt sich an seinem Bauch, und sein schlanker, knackiger, unbehaarter Leib glitzerte von Schweiß. Von den goldenen Haaren - naturfarben, in diesem Fall - bis zu den nackten Fußsohlen war der Mann eine einzige Pracht.

Er stand da, ohne sich zu rühren - oder etwas zu sehen, soweit ich es beurteilen konnte. Verdammt, ich war keine drei

Meter von ihm entfernt, und es war nicht sehr dunkel, wenn die Augen sich angepaßt hatten. Egal, sein tranceartiger Zustand gab mir ausgiebig Gelegenheit, die Schönheit zu bewundern. Ich schätzte ihn auf Mitte zwanzig, auf jungenhafte Weise hübsch, mit großen blauen Augen und Haaren, die so hell waren, daß sie in der Sonne wie Silber glänzten. Seine Schultern waren breit, die Hüften schmal. Seine Brust war nicht kräftig, aber gut geformt - und hatte fette, rosige Warzen. In Beschaffenheit und Farbe paßten sie genau zu der pfeilförmigen Eichel an der Spitze seines Schwengels. Diese ragte derzeit leicht über den Nabel des Kerls hinaus, schwoll alle paar Sekunden an und sonderte kleine klare Tropfen ab, die langsam über den Schaft zu Boden rannen.

Auf dem kerzengeraden, bleichen Schaft ringelten sich schlangengleich zartblaue Adern. Die Röhre war angeschwollen, als wolle er gleich eine dicke Ladung abschießen. Die eng an den Schaft zusammengezogenen Eier waren ebenfalls ein Indiz. Aber Indiz wofür? Als ich in die Kammer gekommen war, hatte ich nichts davon gehört, daß der Typ sich einen runterholte. Und momentan wichste er auch nicht. Seine langen Arme hingen reglos herunter, nur auf seinem rechten Bizeps zuckte gelegentlich eine dicke Ader.

»Ahem!« räusperte ich mich, erhielt jedoch keine Antwort. »Hey Kumpel, alles okay?« Nichts - nur das stetige Heben und Senken seiner Brust. Ich stellte die Lampe ab und trat auf ihn zu, bemüht, den unartigen Schwanz in meiner Shorts zu richten. Er zuckte ein paarmal, dann lugte er, Beachtung heischend, heftig pochend über den Bund. Ständer schienen hier ansteckend zu sein, dachte ich und wischte mir den Schweiß von der Oberlippe.

Ich ging um ihn herum, um seine Rückseite zu begutachten. Auch hier war der Anblick sehr angenehm - ein hübsch muskulöser Rücken, eine Delle am Ende der Wirbelsäule, wo sich voll und fest der runde Knackarsch unter den Hüften wölbte. Seine unbehaarten goldenen Schenkel waren schlank und fest und ohne übertriebene Ausbeulungen, die die Eleganz seiner Konturen gestört hätten. Seine Waden hingegen waren dick mit majestätischen Muskeln bepackt. Hinten am linken Bein verlief eine dicke Ader von der Wade aufwärts bis in seine Spalte.

Ich ging so dicht um den Mann herum, daß ich die Duftmischung aus Schweiß und Sex riechen konnte, die von ihm aufstieg, aber er reagierte immer noch nicht. Die Neugier - oder reine Geilheit - gewann schließlich die Oberhand, und ich berührte ihn. Er war real, die Haut warm und glatt und mit unsichtbarem Flaum bedeckt, der an meinen Fingerspitzen kitzelte. Ich fuhr mit der Hand über seine Wellen am Bauch und steckte den Daumen in die leichte Vertiefung seines Nabels. Sein Schwanz zuckte und spuckte mir Honig über die Finger, aber er regte sich immer noch nicht.

Als ich seine Brust musterte, rann von seinem Hals ein kleiner Bach aus Schweiß und über den Rand der rechten Titte. Zitternd blieb ein Tropfen hängen, und meine Zunge fuhr heraus, um ihn aufzufangen. Die Wirkung war elektrisierend. Jegliche Skrupel mich an einen Mann in Trance heranzumachen, zerstoben, als die magische Energie, die den Blonden in den Klauen zu halten schien, auch auf mich übergriff.

Ich packte ihn an den Hüften und lutschte an dem saftigen Knoten, der gegen meine Zunge stieß. Der Muskel unter der Warze zuckte, aber der Mann regte sich immer noch nicht - selbst als ich leicht zubiß und den Kopf hin- und herschüttelte. Ich bearbeitete sie, bis sie gut einen Zentimeter hervorragte, um dann ihren Zwilling in einen ähnlichen Zustand zu kauen.

Meine Interessen richteten sich südwärts, und ich folgte ihnen. Ich leckte von der Kehle abwärts durch das tiefe Tal seiner Brust, über die festen Bauchmuskeln, bis zu dem heißen rosa Knubbel, den ich schon bewundert hatte. Die Lusttropfen quollen nur so aus ihm heraus und machten den Boden ganz glitschig. Ich ging vor ihm in die Knie, nahm ihn in den Mund und trank gierig meinen Anteil seines würzigen Safts.

Nachdem ich mich erfrischt hatte, erkundete ich den Rest seines Ständers. Wie alles an ihm fühlte er sich an, als sei er aus warmem Stein gemeißelt. Als ich so knabberte, wurde er noch steifer, und seine fetten Eier rollten sich auf und kämpften um den Platz an den Seiten seines geschwollenen Schafts.

Ich saugte die Kugeln in den Mund, zuerst einzeln, dann beide, verstaute sie in den Backen und züngelte an der warmen Seide seines Sacks. Es war nicht einfach, aber ich schaffte es, die Sehnen bis zur vollen Länge zu dehnen und ihn an den Schenkeln herabzuziehen. Jedesmal, wenn ich sie losließ, federte er zurück, und ich mußte von vorn anfangen.

Ich gab auf, trat hinter ihn und machte mich über den so oft vernachlässigten Teil des Schwengels her: das sieben bis zwölf Zentimeter lange Stück zwischen Eiern und Arschloch. Seine Beine waren gerade genug gespreizt, und ich fing an, die Röhre zu lecken und an dem harten Grat aus Schwanzfleisch zu knabbern, der sich zur Rosette erstreckte.

Noch immer regte der Mann sich nicht - obwohl ich immer fester kaute und er immer mehr heiße Lusttropfen auf meinen Schenkel ergoß, der sich zwischen seine kräftigen Waden geschoben hatte. Ich leckte und saugte mir meinen Weg allmählich zum zuckenden Hintereingang.

Kaum hatte ich die zusammengepreßte Fleischknospe mit der Zunge berührt, als sie zu einem winzigen O erblühte, das den Stärksten schwach gemacht hätte. Ich leckte wie wild, und die Öffnung klaffte weiter auf und lockte mich ins Unerforschte. Ich schürzte die Lippen und versenkte zehn Zentimeter zappelnder Zunge in ihm.

Dieser Teil seines Körpers schien als einziger nicht unter Trance zu stehen. Der Schließmuskel schnappte kurz zu, um den Eindringling zu prüfen. Zufriedengestellt, entspannte er sich und hieß mich willkommen. Ich steckte ihm fest das Gesicht zwischen die Beine, streckte die Zunge heraus und schlabberte wild an seinem Kanal. Drinnen war er heiß und glatt und fing an, sich rhythmisch zusammenzuziehen, fast als ob er mich in den Körper saugen wollte.

Na, inzwischen war ich dazu bereit. Mein Schwanz war bis zum Platzen angeschwollen und die Eichel so dick, daß ich nicht einmal die Haut zurückziehen konnte. Ich stand auf, legte ihm die Arme um den Leib und fing an, ihn leicht und locker in die Spalte zu rammeln, um ihn nicht zu erschrecken.

Er wirkte nicht erschrocken. Seine einzige Bewegung bestand in einem leichten Spannen seiner Arschbacken gegen meinen Schaft und dem langsamen, stetigen Heben und Senken seiner Brust. Ich leckte einen Finger ab, fuhr ihm damit in die Spalte und steckte ihn ins Bullauge. Der kleine Mund schluckte mich bis zum Anschlag und kaute heftig an meinem Knöchel. Ich stocherte nach. Als es an der Zeit schien fügte ich einen zweiten, dann einen dritten Finger hinzu und dehnte das Loch, um es für meinen ächzenden Ständer vorzubereiten.

»Hoffe, es stört dich nicht, Kumpel«, flüsterte ich, zog die Hüften zurück und setzte meine glitschige Eichel an der Pforte zum Paradies an. Mit der Spitze klopfte ich ein paarmal ans Tor, legte ihm dann eine Hand auf den Bauch, packte mit der anderen seinen Bolzen und stieß die Hüfte nach vorn.

Ein kleiner Widerstand, als der Ring sich weitete, um meine fette Eichel aufzunehmen, und dann ging's geradewegs bis zu den Eiern. Kein Gezeter, keine Proteste, keine Festkrallen an meinem Bauch - nur die reine Wonne eines dicken Pimmels, der durch ein tiefes Loch pflügt. Ich preßte ihm das Gesicht an die Schultern und überließ mich den Empfindungen, die mein eingehüllter Dödel an meinen Körper weitergab. Feuer im Bauch, Kribbeln in den Eiern - jenes unbeschreibliche Leichter-als-Luft-Gefühl, das es sonst nie im Leben gibt. Schlicht gesagt, es war der reine, ungetrübte Genuß, einen geilen Mann in den Arsch zu ficken.

Es war so köstlich, daß ich gar nicht anfangen wollte, zu rammeln, da dies alles abgekürzt hätte. Ich stand da, und meine Eier preßten sich dicht an die Rosette. Ich zeichnete lediglich mit den Fingerspitzen die fein gemeißelten Kurven seines perfekten Leibes nach. Ich führte die Finger zwischen seine Schenkel und genoß ihre Hitze und Kraft. Dann wanderten sie durch seinen Busch und seitlich an seinem fetten Schwanz aufwärts, schöpften den Saft auf und schmierten ihn über die harten Wellen seines Bauchs. Dann über die scharfe Kante seiner Rippen, die seinen glatten Bauch von der soliden Masse der Brust trennte.

Ich zeichnete die üppige Kurve seiner Brust bis zu den steifen Warzen nach. Als ich etwas Schwanzhonig auftrug, wurden sie noch härter und schienen - so wie sein Arschloch meinen Schwengel zu würgen begann - die Lustgefühle blitzartig von den Titten zwischen die Beine zu übertragen.

Ein letztes, zögerndes Streicheln der Warzen, dann wanderten meine Finger hinauf zu seiner Kehle, seinem Kiefer, schließlich zu seinen Lippen. Überrascht schnappte ich nach Luft, als er sie jäh in den Mund saugte und sie dort in flammender, feuchter Hitze gefangenhielt.

Ohne Vorwarnung fing der Blonde an, an beiden Enden zu

saugen. Sein Arschloch bewies ebenso große Begeisterung und Körperbeherrschung wie sein Mund. Innerhalb von Sekunden war mir klar, daß ich mich in ein Genie der Lust eingestöpselt hatte, das nicht nur alle Kniffe kannte, sondern sie auch anzuwenden wußte. Ich lehnte mich an ihn, Bauch an Rücken, Brust an Schultern, Hüfte an Arsch, Schenkel an Schenkel, Schienbeine an Waden.

Es war die reine Wonne, aber nichts kam den Gefühlen gleich, die sich von seinem Körper über meinen Schwanz auf mich übertrugen. Ich schwöre, jedesmal, wenn mein Schwengel zuckte, wußte ich genau, wie er ihn spürte, spürte es selbst im Arsch, durch die Prostata hindurch bis zu den Wurzeln meines Seins. Es war zweifellos der ultimative Fick - und ich hatte noch nicht einmal begonnen, den Mann zu bumsen!

Reglos stand ich hinter ihm, bis ich zu fürchten begann, ich würde explodieren, wenn ich nicht etwas unternahm, um den unglaublichen Druck in meinen Eier zu lindern. Die Lust war so köstlich, daß es schmerzte.

Ich bin froh, berichten zu können, daß der Schmerz verschwand, als ich anfing, den unglaublichen Arsch zu vögeln. Langsam zog ich den Schwanz heraus. Ich wollte schon ganz herausgehen, um die Lust zu genießen, wieder in ihn einzudringen, aber er packte die Eichel so flehentlich, daß es mir zu grausam erschien. Ich begnügte mich damit, sie an dem engen Muskelring zu reiben, bis mir die Brusthaare zu Berge standen. Dann stieß ich bis zum Anschlag in die enge Hitze zurück.

Rein, raus, rein raus; der Druck baute sich auf, bis ich zum Schuß bereit war, dann stand ich still. Ich biß mir auf die Zunge und wartete darauf, daß es vorbeiging, damit ich noch mal von vorn anfangen konnte. So machte ich es drei oder vier Mal, wobei ich nicht aufhörte, ihn sanft zu wichsen.

Der Honig sprudelte nur so aus ihm heraus und spie mir Hitze über die Knöchel, so oft ich an den kleinen Knoten tief in seinem Kanal stieß. Ich wartete, bis es mir auf die Hand tropfte, führte sie an den Mund und leckte sie ab. Schließlich konnte ich unmöglich länger an mich halten. Ich fing an, zu bocken und zu schnauben und fickte ihn wie wild, während ich ihn im Rhythmus meiner heftigen Stöße abwichste.

Ich explodierte in einer dicken, cremigen Flut von Sperma und pumpte ihm den Arsch so voll, daß es an den Seiten herausquoll und auf unsere bebenden Schenkel spritzte. Da, gerade als ich fertig war, erwachte der Mann in meinen Armen zum Leben; seine Hüften zuckten, und sein Schwengel stieß dicke Samenbatzen aus, die wie geschmolzene Lava auf den Boden klatschten.

»Oh!« war sein erstes Wort, als er schlaff in meine Arme sank. Ich ging in die Knie und hielt ihn fest. »Was - was ist passiert?«

»Wonne«, seufzte ich glücklich. »Die reine Wonne.«

»Wer zum Teufel bist du?« Es klang echt neugierig.

»Miles Diamond, stets zu Diensten«, antwortete ich. »Und wer bist du?«

»Martin, Martin Foster.«

»Angenehm, ehrlich.«

»Was machst du da mit mir?«

»Na, ich hab dich grade gefickt.« Bei diesen Worten flutschte mein Schwanz aus ihm und klatschte schwer auf die Steine. Er schaute nach unten und schnappte hörbar nach Luft.

»Das war in mir drin?«

»Hm-hmm«, stöhnte ich; die pure Erinnerung daran ließ meinen Schwengel aufsteigen und ein zweitesmal auf die Steine klatschen.

»Aber - aber - der ist ja riesig!«

»Danke.«

»Ich meine ... äh ... na ja, ich hab das noch nie gemacht. Mich ... äh, ficken lassen, nämlich. Also, na ja, der ist doch zu groß, oder?«

»Du bist ganz gut damit zurecht gekommen.« Ich leckte ihn im Nacken, und sein Kopf rollte auf meine Schulter.

»Das ist dieser Ort.« Er machte eine Kreisbewegung mit dem Arm.

»Es ist die Gesellschaft.« Ich fuhr mit den Fingern über seinen spermaverklebten Bauch.

»Eigentlich war dieser Tempel einem sehr bedeutenden Fruchtbarkeitsgott geweiht, auf den die eingeborenen Indianer wegen der Ernte vertrauten.«

»Wenn das hier ein Zeichen ist, dann haben sie ein sehr gutes Jahr.«

»Äh ... ja. Ja. Kann sein.« Er drehte sich um und schaute mich aus seinen blauen Augen an. »Wieso bist du überhaupt hier?«

»Deinetwegen.«

»Das glaub ich nicht - obwohl ich zugeben muß, daß es ein netter Gedanke ist.« Er schenkte mir ein bezauberndes Lächeln. Mein Schwanz zuckte wieder. »Ich vermute, du bist kein einfacher Tourist. Ich forsche hier seit drei Monaten, und noch nie ist jemand vorbeigekommen.«

»Ich suche nach einem verborgenen Schatz.«

»Was weißt du von einem Schatz?« Seine Augen wurden schmal, und seine Unterlippe verzog sich zu einer kleinen Schnute. Es sah sehr hübsch aus.

»Nicht viel«, antwortete ich aufrichtig. »Eigentlich sind meine Partner und ich eher zufällig hier. Wir sind auf einen kleinen Kobold namens Dämon des Todes gestoßen, und hier sind wir.«

»Du weißt davon?« Seine Augen wurden groß.
»Von dem Dämon? Gerade so viel, daß so ziemlich jeder, der davon gehört hat, ihn in die Krallen bekommen will. Hast du ‘ne Ahnung, worum es dabei geht?«
»Nur daß es mit dem Fruchtbarkeitskult zusammenhängt, den ich erforsche. Ich weiß, daß der Dämon besänftigt werden mußte, damit die Ernte gut wird.«
»Und wenn nicht?«
»Dann regierte die Gattin des Dämonen, die Hungersnot, das Land.«
»Wenn der Dämon also nicht glücklich war, sind alle verhungert.«
»So in etwa.«
»Glaubst du wirklich, der dämonische Scheißer hat irgendwas mit ‘nem Schatz zu tun?«
Martin schaute mich lange an, bevor er antwortete. »Ja«, sagte er schließlich. »Das glaube ich.« Mein Pulsschlag stieg an. »Aufgrund meiner Forschungen glaube ich, daß der gesamte Tempelkomplex mit verschiedenen Fruchtbarkeitskulten in Verbindung stand. Ich glaube sogar, daß die Herrscher - und die Bauern - hierher kamen, um Kinder zu zeugen. Es ist nicht unvernünftig, anzunehmen, daß es auch eine Schatzkammer gab. Ich habe nirgendwo Anzeichen gesehen, daß der Schatz je entdeckt wurde.«
»Er könnte also noch hier sein?«
»Wahrscheinlich. Das spielt aber keine Rolle. Ohne den Schlüssel, könnte der Schatz niemals in der Wildnis aufgefunden werden.«
»Den Schlüssel?«
»Den Stein.« Ich schaute ihn fragend an. »Es gab einen Stein hier in der Mitte der Kammer, genau wo wir jetzt sind. Der Dämon stand auf dem Stein, und am Morgen der Tag-

undnachtgleiche im Frühjahr leuchtete er in der Sonne auf und enthüllte den Priestern das Geheimnis des Schatzes.«

»Daran konnten sie sich nicht von einem Jahr aufs andere erinnern?« Das schien schwer glaubhaft. Selbst ich wäre einem Schatz auf der Spur geblieben.

»Die Priester wurden alljährlich geopfert, um die Reinheit der Fruchtbarkeitsriten zu gewährleisten.«

»Super. Muß schwer gewesen sein, neue Priester zu finden, wenn das mal raus war.«

»Es war wohl für alle edlen Familien eine Ehre. Manchmal wurden sogar herausragende Nicht-Adlige zu Priestern gemacht.«

»Also, für mich wär das nichts. Ich steh nicht so auf Opfer.« Kaum hatte ich die Worte ausgesprochen, hörte ich aus dem Dunkel ein Murmeln. »Was ist das?« zischte ich Martin ins Ohr.

»Ich weiß nicht.« Wir blieben, wo wir waren, meine Arme noch immer um ihn geschlungen, während die Geräusche lauter wurden. In dem Tunnel, durch den ich gekommen war, sah ich den Schein von Fackeln. Als ich die Augen anstrengte, erblickte ich einen großen, breitschultrigen Mann. Er trat vor, und ich erkannte Rudy. Er war nackt, und seine Arme waren an Handgelenken und Ellbogen auf den Rücken gefesselt. Er war nicht alleine.

»Gesegnet seien die Götter der Ernte«, dröhnte ein Mann mit verdächtig südlichem - das heißt Südstaaten - Akzent. »Beginnen wir mit den Vorbereitungen für das Opfer. Laßt uns den Zorn des Dämons des Todes besänftigen.«

ZWÖLFTES KAPITEL

Zorn. Opfer. Die Worte klangen mir in den Ohren, keines von ihnen tröstlich. Rasch überblickte ich die Gruppe und rechnete mir unsere Chancen aus. Sie standen schlecht. Rudy war fest verschnürt und wehrlos. Mein neuer Kumpel und ich saßen splitternackt auf dem Boden. Der Mann mit dem südlichen Akzent und seine Truppe waren uns drei zu eins überlegen.

»'ne Ahnung, wer die Kerle sind?« flüsterte ich Martin zu.

»Nicht die leiseste«, schüttelte er den Kopf. »Tarascaner sind es garantiert nicht - oder Eingeborene, so wie die aussehen.«

»Tara was?«

»Tarascaner. Das sind die, die vermutlich das hier gebaut haben. Das war ein Volk, dem es gelungen ist, den Azteken aus dem Weg zu gehen. Sie-«

»Ruhe!« nuschelte der Südstaatler und trat ins Licht. Er war groß, schlank und kräftig, in seinen blauen Augen blitzte der Irrsinn - oder vielleicht ein einheimisches Medikament mit spektakulären Nebenwirkungen. Er war nackt bis auf ein goldenes Emblem an einem Lederriemen um den Hals und einem Dolch, der in einem schmutzigen weißen Tuch um seiner Hüfte steckte. Sein Schwanz war groß und wuchs sichtlich, als er Martin und mich musterte. Unter anderen Umständen hätte es mich vielleicht interessiert, wie groß er werden konnte. Im Augenblick jedoch hatte ich andere Sorgen.

Seine Truppe hatte er offenbar eher aufgrund körperlicher Attribute ausgewählt, als aufgrund der Tatsache, daß sie aussahen wie jede beliebige Bande von Ureinwohnern. Alle waren jung - bestenfalls achtzehn bis zweiundzwanzig - groß, schlaksig, aber muskulös, und bestückt wie Bullen. Dies wurde durch die dicken goldnen Schwanzringe betont, die an ihrem Gemächt wie kleine Halos durch die Schamhaare unterschiedlicher Färbung schimmerten. Ihre Schwänze reagierten auf uns wie der ihres Anführers - vielleicht war ja *wirklich* was in der Luft. Egal, die dicken Pimmel der fremden, vermutlich feindseligen Männer, die auf mich zeigten, machten mich ein wenig nervös. Okay, ein bißchen turnte es mich auch an. Momentan stritten mein Schwengel und ich darüber, welches Gefühl obsiegen würde. Der Schwengel schien leicht im Vorteil zu sein.

»Ich bin Axhuizotl, der Hohepriester.«

»Na, hoch ist er ja«, murmelte ich Martin zu.

»Schweig, Abschaum!« dröhnte der Anführer. Seine Bauchmuskeln spannten sich, und sein Pimmel zeigte bedrohlich auf mich. Ich war fasziniert. »Ihr habt den Tempel durch eure Anwesenheit entweiht. Ihr werdet geopfert, um den Zorn des Gottes zu besänftigen.« Jetzt fing er schon wieder mit opfern an. Das sah nicht gut aus. Zu dumm, daß wir nicht mit Jackson zurückgefahren waren.

»Bringt den Gott der Aufgehenden Sonne herbei«, befahl der Mann. Ich spannte mich, bereit mich auf ihn zu stürzen. Acht Messer seiner Privatarmee blitzten in der Sonne auf, alle auf mich gerichtet. Die hatte ich an ihrem spärlichen Aufzug irgendwie übersehen.

Zwei der Soldaten packten Rudy an den gefesselten Armen und stießen ihn nach vorn. Sie standen dicht hinter ihm, und ihre steifen Schwänze streiften seine schmalen Hüften. Es war eindeutig, daß die beiden jungen Männer den Sexappeal ihres neuen Sonnengottes zu schätzen wußten - im Nu standen ihre Schwengel habacht, die Spitzen auf Rudy Achselhöhlen zeigend. Angesichts der schieren Größe ihrer Organe war das eine beeindruckende hydraulische Leistung.

»Jesses!« zischte Rudy und starrte mich fassungslos an. »Ich glaub's nicht!« Ich wollte schon in seine Klage einstimmen, ließ es aber bleiben. Ich war mir nicht sicher, ob er unsere Lage meinte - oder die unbestreitbare Tatsache, daß auch Rudy anfing, auf die den Ort durchdringende sexuelle Energie zu reagieren. Sein Pimmel schaute sich ebenfalls hellwach um. Sein beiden Wächter bemerkten es und knieten beide nieder, um seinen geäderten Schaft zu küssen.

»Muß 'ne Art erotischer Konvergenzzone sein«, meinte ich achselzuckend. Da die jungen Wächter anfingen, ihre Zungen einzusetzen, antwortete Rudy nicht. Sein Schwengel federte allerdings hoch und klopfte ihm an den Bauch, was ich als Zustimmung nahm.

»Die Sonne erhebt sich nun über den Mond!« Nun, ich schaute mich um, ohne dergleichen zu sehen, aber der selbsternannte Priester des Steinhaufens war offenbar auf einer anderen Ebene. Die jungen Männer, die Rudys Lanze geknutscht hatten, sprangen auf und führten Rudy zu der Steinplatte, vor der vor kurzem Martin so unvermutet aufgetaucht war. Es ist erstaunlich, wie schnell mein Glück sich wendet - vom Sunnyboy zum Abschaum in weniger als einer Stunde.

Zwei andere Macker packten Martin an den Armen, zerrten ihn zu der Platte und legten ihn mit dem Rücken darauf. Sie zerrten seine Beine weit auseinander, so daß sein rosa Arschloch zu sehen war. Dann wurden Rudys Fesseln zerschnitten. Als Rudy die kraftvollen Glieder schüttelte, um den Kreislauf wieder in Gang zu bringen, zogen die beiden Männer ihre Dolche und richteten sie auf Rudys Seiten, damit er nicht auf dumme Gedanken kam.

Dumme Gedanken hatte Rudy schon, aber sie schienen nichts mit Flucht zu tun zu haben. Eher damit, seinem zuckenden Ständer Erleichterung zu verschaffen. Ohne weiterer Anweisungen zu bedürfen, kletterte er auf die Platte, spuckte kräftig auf Martins prächtige, kleine Rosette und versank bis zu den kirschroten Eiern in ihm.

Martin heulte auf und wand sich, als die Männer jedoch seine Beine losließen, schlangen sie sich um Rudys Hüfte, so daß ich nur vermuten konnte, der Schrei sei einer der Lust, nicht des Schmerzes gewesen. Rudy machte sich mit bebenden Arschbacken, klatschenden Eiern und schweißüberströmten Schultern wuchtig über ihn her. Martin bockte und wand sich unter ihm, seine Hände streichelten Rücken und Seiten meines Kumpels, und seine Zunge leckte ihm den Schweiß von Hals und Brust. So wie Rudys Schultermuskeln sich verkrampften, als Martin an seinen Titten saugte, wünschte ich mir, der blonde Archäologe sei etwas lebhafter gewesen, als wir es getrieben hatten.

Ich hatte jedoch nicht lange Gelegenheit, darüber nachzudenken. Der Kerl, der die Show leitete, kam an und packte mich fest im Nacken. Das Messer, das er mir an den Hals setzte, hielt meine Aufmerksamkeit magisch gefangen.

»Du, Heilige Männerhure des Mondtempels.«

»Ich?« Immerhin war das ein Schritt über den Abschaum hinaus. »Wieso plötzlich die Beförderung?«

»Schweig, Hund!« Ich gehorchte, da ich mir derzeit nicht leisten konnte, in seiner Achtung zu sinken. »Du wirst den Hütern des Tempels dienen.« Ich schaute mir den Wald aus zuckenden Ständern an, und meine Laune besserte sich. Der Mann gab ein Zeichen und trat beiseite. Seine Jünger drängten sich um mich. Schnell berechnete ich, daß ich über zwei Meter Schwanz vor mir hatte. Ich wußte nicht genau, wo ich die alle hinstecken sollte, aber Herausforderungen haben mich schon immer gelockt.

Von allen Seiten kamen Hände und warfen mich auf den Rücken. Während ich das atemberaubende Schauspiel all des festen, saftigen Fleisches genoß, fingen die jungen Macker an, das feste, saftige Schauspiel, das ich bot, zu erkunden. Meine Beine wurden gespreizt, und zwei Pranken zogen meine Arschbacken weit auseinander. Ein anderer packte meinen Schwengel und fing an, meine Vorhaut langzuziehen, um zu sehen, wie weit er sie dehnen konnte. Sie streckte sich erstaunlich lange, und er vergrub mit sexy Grollen seinen Daumen darin. Ein anderer betatschte mich an den Eiern, und die beiden Kerle an meinen Seiten machten sich über meine Brustwarzen her.

Überflüssig, zu sagen, daß ich trotz der ziemlich bedrohlichen Umstände voll angeturnt war. Dem Moment zuliebe verdrängte ich vorübergehend die Gedanken an das Opfer. Die Schwänze der beiden Jungs an meinen Brustwarzen hingen über mir wir pralle Schwerter. Ich streckte die Zunge heraus und hob den Kopf. Die Jungs begriffen, und im Nu hatte ich zwei saftige Eicheln im Mund, die meine Backen ausbeulten wie bei einem Hamster. Ich ließ die Zunge zwischen den beiden massigen Organen kreisen. Die Jungs revanchierten sich, indem sie meine Nippel bis zum absoluten Maximum langzogen.

Unten verirrten sich Finger in meine pelzige Spalte. Ein dicker Pfahl bohrte an meiner Rosette. Der engelgleiche Blonde, der an meinem Schwanz zugange war, hatte nun beide Daumen unter meiner Vorhaut stecken und fing an, auch noch mit der Zunge darin rumzubohren. Während ich noch zuschaute, spürte ich etwas Warmes auf meine Eier klatschen, und mein Arschloch zuckte. Ich sah nach. Der Kerl, der meine Klöten in der Faust hatte, spuckte gerade dicke Batzen.

Mein rückwärtiges Verteidigungssystem stand unter heftiger Attacke. Ich blickte durch das Gewirr von Leibern und bekam meine analen Attentäter zu sehen. Auf der rechten Seite war ein hübscher Bursche mit glatten schwarzen Haaren und ein braungelockter auf der linken. Ich kapitulierte, und ein Finger glitt in mich. Er krümmte sich, und ein zweiter und dann ein dritter stopften sich dazu. Beim sechsten, fühlte ich mich ordentlich gedehnt. Ich wollte mich gerade aufsetzen und etwas sagen, als ich einen zweiten Blick auf das Gehänge meiner Peiniger warf und mir dachte, ich würde mich besser daran gewöhnen. Außerdem hatte ich den Mund zu voll, um einen zusammenhängenden Satz zu bilden.

Mein Blick wanderte kurz zu der Steinplatte. Rudy rammelte immer noch wie verrückt und ließ den blonden Archäologen jeden steifen Zentimeter seines Hammers spüren. Er rammte ihn rein bis zu den Eiern, dann ging er wieder zurück. Kurz war seine Eichel - glänzend, rosa und pupurn - zu sehen und dann das Arschloch des Blonden - glänzend, rosa und weit klaffend - dann war die Verbindung wieder hergestellt, und ihre knackigen Leiber krachten zusammen. Rudy hielt sich an den Schwänzen der beiden Wächter fest, die er fest umklammerte.

Für einen Mann, der noch nie gefickt worden war, lernte Martin erstaunlich schnell. Er schien diesen neuen Aspekt seines Lebens ebenfalls wild und leidenschaftlich zu erkunden. Er bewies dabei athletische Talente - nicht zu reden von einer unglaublichen Wendigkeit. Er hatte sich die Hände in die Arschbacken gekrallt und sie auseinandergezogen und sich gleichzeitig nach von gebeugt, so daß er den eigenen Schwanz lutschen konnte, was er schmatzend erledigte. Jedesmal wenn Rudy zustieß, schluckte Martin seinen halben Ständer. Auf seinem Gesicht erschien der Ausdruck reinster Wonne.

Ein heftiges Treiben in meinem eigenen Arschloch brachte mich wieder zu mir. Die Finger zogen sich zurück, um durch den Schwengel des Braunhaarigen ersetzt zu werden. Er war an der Schwelle zum Abspritzen. Die Eichel war aufgeblasen wie der Kopf einer kampfbereiten Kobra, und seine Eier hingen oben am Schaft. Er ließ mein Bein los und ging in Stellung.

Ich stieß ein tiefes Stöhnen aus, als er meinen Kanal bis zum Platzen ausfüllte. Sein Bauch erstarrte, und die Brust trat hervor, als ich mich wie eine rosa Bärenfalle um ihn schloß. Leicht wollte ich es dem kleinen Ficker nicht machen - ich stellte mir vor, es sei für uns beide viel genußvoller, wenn er um jedes Stück kämpfen mußte. Der Hohepriester - oder Anführer - beobachtete die Szene aufmerksam, während er sich mit beiden Fäusten bearbeitete. Seine massive, gespannte Gestalt zeigte eine beeindruckende Brust und zwei sehr beeindruckende Bizepse. Sein dicker Schwanz war zu erstaunlicher Größe herangewachsen und sonderte einen Strom klarer Lusttropfen ab. Lüstern grinsend ließ er den Blick über die Szene schweifen. Er genoß sie offensichtlich ebenso wie wir alle.

Ich überließ den Mann seinen einsamen Freuden und wandte mich wieder dem Wald aus fetten Dödeln zu. Der in meinen Hintern gebohrte stand kurz vor dem Abspritzen. Er zuckte wie irre, und der knackige Braune, der an ihm hing, befand sich bereits in den Klauen des Orgasmus. Das ist das Dumme bei den jungen Hengsten - sie sind voller Saft, schießen aber zu schnell. Was in diesem Fall keine Rolle spielte - es warteten noch genügend scharfe Torpedos auf mich.

Er schrie vor Lust und füllte meinen Hintern mit seiner warmen, cremigen Ladung. In drei wuchtigen Schwällen spürte ich sie tief in mir. Als er nicht mehr zitterte, stieg er ab und taumelte zurück. Sein schwarzhaariger Kumpel sprang in die Bresche, und mit Befriedigung sah ich, wie er sein Ding ansetzte. Seine heiße Eichel gab meiner Rosette einen kleinen Kuß. Er zwinkerte mir zu.

»Schieb's rein, Kumpel«, seufzte ich. Der Kerl zog mich am Sack und hob mich leicht an. Dadurch verriegelte sich mein Arschloch im gleichen Moment, als der Junge mich bestieg. Er stopfte seinen Schwanz in mich rein, und ich heulte vor Lust aus Leibeskräften.

»Bringt ihn zum Schweigen!« blaffte der Anführer. Seine Soldaten gehorchten - die beiden Männer, an deren Eicheln ich gelutscht hatte stopften mir abwechselnd die Kehle mit ihren langen, dicken Teilen. Ich war an beiden Enden wasserdicht, und mein Leib fieberte vor geiler Wollust.

Der Kerl, der mir die Vorhaut gedehnt hatte, ging endlich zu anderen Spielen über. Er hockte sich über mich und zog sich meine Vorhaut über den Schwanz. Die Spitzen berührten sich und er wichste hingebungsvoll. Selbst als ich mit den Händen über seinen glatten Rücken fuhr und ihm beide Daumen in die heiße, kleine Rosette rammte, ließ er keine Sekunde lang ab.

Schütze Nummer zwei feuerte, gerade als ich die Daumen eingelocht hatte. Er machte Platz, und der Bursche, der meine Eier gemartert hatte nahm seine Stelle ein, wobei er meinen Sack als Zügel für seinen wilden Ritt benutzte. Sein Schwengel saß genau im richtigen Winkel, so daß seine Eichel regelmäßig gegen meine Prostata klopfte und mich rasch zum kritischen Punkt brachte.

A propos kritisch: als ich den Kopf drehte, um einem besonders heftigen Stoß gegen meinen Adamsapfel auszuweichen, sah ich, daß Rudy und Martin kurz davorstanden, ihr Geschäft abzuschließen. Martin hing noch immer über seinem eigenen Schwanz und schlabberte geräuschvoll vor sich hin. Rudy rammelte ihm in den Arsch, während er gleichzeitig die beiden Schwänze in seinen Fäusten wichste. Ihre Besitzer tanzen beide hemmungslos zu beiden Seiten der Steinplatte und schwangen wild die Messer.

Ich hätte gerne noch länger zugeschaut, aber mein Kopf wurde herumgerissen, und ein dicker Batzen Sperma quoll mir auf die Zunge. Der Macker, der ihn abspritzte, hörte auf, zu pumpen, und begann, im Takt zu den Schwällen auf meine Brust einzuhämmern. Ich biß in den zuckenden Fleischbolzen, aber der Kerl bemerkte es nicht einmal.

Er wich zurück, und ein anderer fütterte mich mit einer zweiten Ladung, noch ehe ich die erste geschluckt hatte. Er war noch mitten dabei, als mir ein weiterer Schuß ins Arschloch rauschte. Zu alledem füllte sich meine Vorhaut mit dem Sperma des Kerls, der auf meinen Daumen hockte. Meine sämtlichen Öffnungen wurden von dickem, heißem Samen überströmt. Ich zog die Daumen aus dem Arsch des Blonden, packte ihn an der Hüfte und rammte ihn auf meinen Dödel, genau als ich losfeuerte. Sein Loch war eng wie eine Faust, und sein Protestgeheul ließ mich glauben, daß ich jungfräuliches Feld pflügte. Zur Rücksichtnahme war es allerdings viel zu spät - meine Hüften hatten bereits den höchsten Gang eingelegt.

Atemlos lag ich da, Sperma drang mir aus allen Poren, und

heiße Leiber hielten mich am Boden, als ein unglaublicher Lustschrei die Luft zerriß. Martin starrte dumpf auf seinen Schwanz, aus dem ihm weißes Sperma ins Gesicht spritzte. Der Schrei war jedoch nicht von ihm gekommen. Rudys Schwengel war aus dem Arsch des Archäologen geflutscht und schwankte wild. Rudy hatte die Hände hinter dem Kopf verschränkt, und sämtliche Muskeln waren so gespannt, daß es aussah, als wollten sie die Haut sprengen. Dann kamen wieder diese unglaublichen Schüsse, auf die er sich zu spezialisieren schien: mächtige Schwälle weißer Hitze, die hoch in die Luft stiegen.

»Heilige Scheiße!« grunzte der Anführer, was sich nicht sehr nach Hohepriester anhörte. Die Aufmerksamkeit aller richtete sich nun auf Rudy, der immer beachtlichere, anmutigere Bögen in die tropische Luft zeichnete. Als er den letzten Tropfen aus sich herausgepreßt hatte, brach er krampfhaft keuchend über dem verblüfften Martin zusammen.

Ich muß zugeben, ich hatte gehofft, die spontane Orgie würde die Meute etwas auflockern. Bei mir hatte sich jede Spannung aufgelöst. Ich war noch nicht ganz so weit, ein Besäufnis zu organisieren, hielt es aber für möglich, daß sie nun alle einfach dahin, von wo immer sie auch gekommen waren, zurückwankten, um ihre Notizen zu vergleichen. Aber es sollte anders kommen.

Der Hohepriester vergaß seinen Schwanz sofort, nachdem das Sperma versiegt war. Ich hatte den Verdacht, er habe nicht abgespritzt, da er noch deutlich steif war.

»Die Ernte ist nun gesichert. Wir müssen Sonne und Mond an Schwester Vulkan zurückerstatten.«

»Schwester Vulkan?« Ich traf Martins Blick. Er grinste mich benommen an. Offenbar hatte er sich noch nicht wieder ganz gefaßt. »Wer zum Teufel ist Schwester Vulkan?«

Ich richtete diesmal meine Frage lauter direkt an den Hohepriester.

»Schweig, Abschaum!« Offenbar war ich wieder degradiert worden. »Die Götter allen Lebens wohnen im Innern des Vulkans. Wir müssen ihnen ihre rechtmäßige Heimstatt zurückgeben.« Der Junge war offensichtlich ein paar Etagen vor allen anderen aus dem Lift gestiegen. Ich gab auf und schaute mich um, bei wem ich mich sonst erkundigen könnte.

»Psst!« Ich wandte mich an den, der mich zuerst gefickt hatte. »Welche Ernte haben wir eigentlich gesichert?« zischte ich.

»Marihuana!« zischte er zurück. Klar. Ich hab nichts gegen einen gelegentlichen Paff, aber der Hohepriester schien das als Hauptnahrungsmittel anzusehen. Er sah mich mit der Truppe fraternisieren und trat dazwischen. Er scheuchte seine knackigen Rekruten in sichere Entfernung und drückte mir die Spitze des Messers auf die Brust.

»Der Anbau von Marihuana ist illegal«, informierte ich ihn.

»Das Opfer könnte gleich hier stattfinden«, drohte er.

»Ich kann warten«, versicherte ich ihm.

»Ich bevorzuge die Umarmung von Schwester Vulkan«, sagte er gelassen. »Ist viel weniger Schweinerei als ein Messer.« Toll. Ein Irrer als reinliche Hausfrau.

»Ich auch«, stimmte ich mit meinem freundlichsten Lächeln zu. Er blickte mich finster an.

»Die Prozession mag beginnen!« Auf seinen Befehl formierte sich die Truppe. »Erhebt den Mond.« Mehrere Schweißfußsoldaten stemmten Martin auf ihre Schultern. Die anderen scharten sich um ihren Hohepriester und hoben auch ihn hoch. »Du, Abschaum, deine letzte Ehre wird sein, den Sonnengott zum Opferplatz zu tragen.«

»Wie bitte?«

»Beweg dich!« Die Soldaten stellten den Hohepriester wieder ab, und er kam mit blitzender Klinge auf mich zu. Ich bewegte mich.

»Den soll ich tragen?« Ich deutete auf Rudy, der erschöpft auf dem Stein kniete. Der Fick hatte den Ärmsten echt erledigt.

»Du wirst die Ehre stolz auf dich nehmen, oder hier in Schande sterben.« Angesichts meiner Wahlmöglichkeiten gab es nicht viel zu überlegen. Ich legte mir Rudys Arme über die Schulter, hielt ihn hinter den Knien fest und packte ihn mir auf den Rücken. Sein Schwanz war immer noch halb steif und pulsierte an meinem Rückgrat. Es half, mich davon abzulenken, wie schwer mein Kumpel war - fürs erste wenigstens.

»Gehe der Prozession voran, Hund!« blaffte der Hohepriester, der wieder auf die Schultern seines Gefolges gehoben wurde. Da ich den Weg nicht wußte, ließ der Hohepriester zwei Soldaten vor mir hergehen. Ich konzentrierte mich auf ihre kleinen Ärsche und schleppte mich durch den Tunnel zurück, durch den ich kurz zuvor gekommen war.

Ehrlich gesagt, erinnerte ich mich nicht daran, bei unserer Ankunft einen Vulkan gesehen zu haben. Während ich mit Rudy auf dem Rücken durch den Dschungel stolperte, sah ich immer noch nichts, aber mir stiegen schweflige Düfte in die Nase.

»Und, was machen wir jetzt?« flüsterte Rudy, nachdem ich ihn mindestens zehn Meilen weit, wie mir schien, geschleppt hatte.

»Du bist der Sonnengott«, knurrte ich. »Sag du's mir.«

»Mach halblang, Diamond. Wir müssen uns was einfallen lassen.«

»Ich denk drüber nach.« Das tat ich auch; ohne daß es zu

etwas geführt hätte. Der Pfad war stetig angestiegen, und als das Blattwerk den Blick auf öde, aschebedeckte Ebenen freigab, wurde mir flau im Magen.

»Ich glaub, da ist wirklich ein Vulkan«, murmelte Rudy düster. »Ich hatte gehofft, den gäb's nur in der Einbildung des verdammten Irren.«

»Pech gehabt, glaub ich.« Der Pfad wurde noch viel steiler. Ich tat mein Bestes als Lastesel. Als unser Zug zum Stehen kam, rang ich nach Atem. Die Schwefeldämpfe aus dem Krater brannten mir in Lungen und Augen.

Martin und der Hohepriester wurden abgesetzt, und sofort ließ ich Rudy höchst unsanft plumpsen. »Du bist dran, Sunny«, keuchte ich.

»Autsch!« japste Rudy und hob vorsichtig den Fuß. »Sind die Steine scharf!«

»Und ob«, entgegnete ich. »Versuch du mal, zweieinhalb Zentner hundert Meilen weit zu schleppen. Meine Füße bringen mich um.«

»Zweieinviertel«, berichtigte Rudy mich.

»Egal.« Ich schaute mich um. Am Rand der Krateröffnung befand sich eine merkwürdige, offensichtlich von unseren ausgerasteten Wächtern erbaute Konstruktion. Es schien sich um einen primitiven Bambuskäfig zu handeln, der von Seilen zusammengehalten wurde — Hanf vermutlich. Der Käfig selbst hing an einer langen, drehbaren Stange. Es sah aus wie das total vermurkste Werk von Pfadfindern. Ich fragte mich, ob die Jungs so etwas früher schon mal gemacht hatten.

»Die Sonne und der Mond mögen vortreten.« Rudy und Martin wurden auf den Käfig zugetrieben. Ich sah, daß Rudy zum Kampf bereit war, aber bei all den Messern, die auf seinen nackten Körper zielten, hatte er keine Chance. Ich hoffte, etwas unternehmen zu können, wenn sich die anderen auf ihr Ritual konzentrierten, aber diese Hoffnung wurde rasch zunichte gemacht. »Packet den schlammfressenden Abschaum und bringet ihn hierher, Jungens.« Der Hohepriester hörte sich allmählich so beunruhigend an wie Montezuma im Wunderland. Ich versuchte, abzuhauen, wurde aber alsbald von den Kerlen gestellt, die mich noch eben dumm und dämlich gefickt hatten. Ich grinste sie sexy an, aber sie bohrten mir ihre Dolchspitzen in den Bauch. Undankbare Biester.

»Können wir nicht 'n Deal machen, Jungs?« flehte ich. Der Braunhaarige packte mich am Sack und drückte fest zu. »Dann nicht!« krächzte ich. Ich folgte meinen Eiern zum Käfig und wurde roh hineingestoßen. Ich fiel gegen Rudy, der mich auffing.

»Alles okay, Miles?« Es klang aufrichtig besorgt.

»Ich überleb's«, antwortete ich. »Die paar Minuten jedenfalls.«

»Nimm unsere schlichte Gabe an, oh Schwester Vulkan«, näselte der Hohepriester. Seine Helfer hatten sich am anderen Ende der Stange versammelt und brachten zusätzliche Seile an, um uns ins Verderben zu senken.

»Tut es nicht!« rief ich und packte die Bambusstäbe. »Der schäbige Gammler ist kein Hohepriester, und der Vulkan ist nicht seine verdammte Schwester. Ihr steckt ganz tief in der Scheiße, wenn ihr uns nicht freilaßt.« Sie starrten mich aus verschleierten Augen an und arbeiteten weiter. Der Käfig ruckte und hob sich vom Boden.

»Nimm dieses Opfer an, oh Göttin des Feuers«, röhrte der verrückte Hohepriester mit hoch erhobenen Armen. Die Konstruktion knackte und ächzte, als wir langsam über die Leere geschwenkt wurden.

Der Rauch war dick, aber ich erkannte unten das blubbernde, geschmolzene Gestein. Die Hitze war unglaublich. Sie verbrannte mir die Fußsohlen und nahm mir den Atem. Martin lag von den Dämpfen betäubt an der Seite des Käfigs. Rudy umklammerte die dicken Bambusstäbe und zerrte heldenhaft an ihnen. Ich war mir nicht sicher, wohin er zu kommen hoffte, wenn er ausbrach, verstand seine Gefühle aber sehr gut.

»War schön, dich zu kennen, Kumpel«, sagte ich und legte ihm die Hand auf die Schulter.

»Gleichfalls, Miles.« Rudy drehte mich um und fixierte mich. »Glaub ich.« Vielleicht sah ich wirklich erbärmlich aus nach dieser Spitze. Jedenfalls umarmte Rudy mich fest. Wir wurden auseinandergerissen, als der Käfig sich bedrohlich senkte.

»Scheiße!« Rudy schaute zu Boden, und ich sah sofort, was er meinte. Die Seile, die den Fußboden zusammenhielten, fingen an, zu brennen, und an den Knoten leckten hungrig kleine Flammenzungen.

»Herrje, Miles, dein Freund!« Martin war ohnmächtig geworden und lag auf dem Boden. Um ihn her züngelten Flammen und versengten ihm die dichte Mähne. Ich nahm ihn in die Arme, was allerdings auch nichts half. Sein Kopf rollte an meine Brust, und sein Atem war flach.

»Ihr Schweine!« schrie ich laut, um das Dröhnen des Vulkans zu übertönen. Da ich noch nie über einem Krater gehangen hatte, wußte ich nicht, wie laut das war. Es war ein stetiges Grollen, das mit jeder Sekunde anzuschwellen schien. Ich blickte zurück zum Rand. Der Irre schwadronierte immer noch und wedelte aufgeregt mit den Armen. Zum Glück konnte ich ihn nicht hören.

»Miles, paß auf!« Rudys Schrei war wie ein Flüstern. Er machte einen Satz und schlang einen stahlharten Arm um mich. In letzter Sekunde. Die Seile rissen, und der Boden fiel aus dem Käfig. Ich stürzte und hätte ums Haar Martin in die Feuergrube fallen lassen. Rudys um eine Bambusstange geklammerte Hand war alles, was uns vom sicheren Tod trennte.

Ich verstärkte den Griff um Martin, wußte aber, daß ich den Kampf bald verlieren würde. Unsere Leiber waren glitschig vom Schweiß, was den Halt erschwerte. Rudys Arm fing auch an, abzurutschen, egal wie fest er ihn um mich spannte. Der Käfig ratterte so heftig, daß mein Herzschlag aussetzte. Ich verlor den Halt an Martin, der zu stürzen begann. Reflexartig schlang ich die Beine um seinen Körper. Ich fing ihn an der Hüfte auf und umklammerte ihn mit aller Kraft. Es hielt - für ein paar Sekunden wenigstens.

Ich griff nach oben und schloß die Arme um Rudys Hals, um seinen Arm etwas zu erleichtern. Er hatte den Kopf zurückgeworfen. Vielleicht schaute er zum Himmel auf. Vielleicht betete er. Als meine Finger um seinen Nacken geschlossen waren, ließ er mich los und streckte den Arm nach etwas aus, das ich durch all den Rauch nicht sehen konnte.

Das Grollen des Vulkans wurde immer lauter und zerfetzte mir die Trommelfelle. Vielleicht war es das Blut, das in meinen Ohren pochte. Oder vielleicht der Laut des Todes, der auf uns zuraste. Dann ruckte der Käfig erneut, und jeder Gedanke kam zu spät. Für einen Sekundenbruchteil schwebten wir in der Luft, um dann kopfüber mitten in die Glut zu stürzen.

DREIZEHNTES KAPITEL

Es war verblüffend. Wir schienen nicht zu fallen. Ich spürte zu keiner Sekunde den intensiven Schmerz, den ich mir immer beim Verbrennen vorgestellt hatte. Wir fielen einfach, und stiegen dann wie durch ein Wunder wieder. Ich hatte nie an solchen Unsinn geglaubt, daß man nach dem Tod zum Himmel aufsteigt, aber vielleicht hatte ich mich geirrt. Die Luft wurde kühler, der Qualm löste sich auf, und Strahlen himmlischen Lichts ergossen sich von oben über uns. Komisch, dachte ich - das Dröhnen pochte mir noch immer in den Ohren. Auch hielt ich Martin noch fest zwischen den Beinen, und meine Finger lagen hoch über meinen Kopf um Rudys Hals. Vielleicht waren wir zum Gruppentarif durch die Pforten getreten.

Dann sah ich den Hubschrauber. Jacksons Gesicht spähte angestrengt durch eine offene Tür. Da war noch ein anderes Gesicht, das mir entfernt bekannt vorkam. Eine weitere Gestalt tauchte an einem Seil hängend neben mir in der Luft auf. Sie packte Martin und bedeutete mir, ich könne loslassen. Ich schien die Beine nicht bewegen zu können. Dann spürte ich Hände an mir selbst, und zu dritt wurden wir in den Hubschrauber gezogen.

»Miles! Miles!« Vor mir zeichneten sich Nelson Chins feine Züge ab. »Du kannst jetzt loslassen.« Ich versuchte es - ehrlich - aber ich war erstarrt. Hilflos lag ich da, während Chin meine Finger von Rudys Hals löste und mir die zitternden Arme über der Brust faltete. Dann zwängten er und Jackson meine Beine auseinander und legten Martin neben mir auf den Boden. Jemand stülpte mir eine Sauerstoffmaske übers Gesicht, und ich verlor das Bewußtsein.

Als meine Augen aufklappten, sah ich Rudy an der Wand des Hubschraubers sitzen und mit Jackson reden. Martin lag noch ausgebreitet auf dem Boden, aber seine Farbe war besser, und er atmete regelmäßig. Etwas mitgenommen rappelte ich mich hoch. Jeder Muskel tat mit weh, und meine Haut fühlte sich an wie nach einem Sonnenbrand, dabei bekomme ich nie einen.

»Miles, mein Freund. Alles okay?«

»Ja, Nelson. Glaub schon. Ich nehme an, für die Rettung haben wir dir zu danken.«

»Eher Jackson. Ich traf ihn vor Acapulco auf dem Highway. Er war ganz aufgelöst. Ich war nur zufällig in der Nähe.«

»In einem Hubschrauber?« Chin zuckte abwehrend die Achseln. »Du bist mir gefolgt, stimmt's?«

»Nicht dir speziell, Miles, obwohl das immer eine Versuchung ist, die ich unterdrücken muß.« Er ließ seine perfekten Zähne blitzen. »Ich war geschäftlich hier und zufällig zur rechten Zeit am rechten Ort.«

»Geschäftlich?«

Er nickte sachlich. »Genau.«

Ich wußte es. Ich hätte ihn nie um Rat fragen dürfen. Jetzt war er hier, um sich einzumischen und den Preis zu stehlen. Wenn es einen Preis gab. Mist! Dann wieder, wenn er nicht hier herumgelungert hätte, um den Schatz zu stehlen, wäre ich jetzt Asche im Vulkan gewesen. Wieso muß das Leben nur so kompliziert sein?

»Interessanter neuer Look, Miles« sagte er und musterte mich neugierig. »Sehr ... anders.«

»Ach das?« Ich fuhr mir mit den Fingern durch die Wasserstofflocken. Sie waren trocken und steif. »Ich brauchte mal kurz 'ne Verkleidung.«

»Das auch.« Ich blickte ihn verwirrt an. »Ich meinte das andere.«

»Das andere?«

»Du siehst sexy aus. Aber du wirkst so ... nackt. Es betont eindeutig deine Muskeln.«

»Tja, Nelson, Ich bin nackt«, gab ich zurück, während ich mich fragte, was zum Teufel er meinte. »Und was die Muskeln betrifft, ich-« Ich fuhr mir mit der Hand über die Brust und brach ab. Ich schaute nach unten. Zu meiner äußersten Verblüffung entdeckte ich, daß ich kein Haar am Leib hatte. Nicht ein einziges. Weder auf Beinen, Brust noch Armen. Selbst meine Schamhaare waren verschwunden, in der intensiven Hitze des Vulkans weggebrannt. So hatte ich nicht mehr ausgesehen, seit ich mit zwölf in die Pubertät gekommen war. Es war ein gewisser Schock.

»Fühlt sich sexy an.« Chin streichelte die Innenseiten meiner Schenkel.

»Bitte«, seufzte ich und stieß seine Hand weg. »Ich hatte 'n Scheißtag.«

»Es ... äh ... betont das ... äh ... Ausmaß deiner Ausstattung«, bemerkte Chin sittsam. Ich schaute auf meinen Schwanz. Er hatte recht. Gut fünf Zentimeter waren immer von den dicken Ringeln verdeckt worden. Jetzt sah er aus wie eine der polnischen Würste, die manchmal zu Hause im Schaufenster hingen. Nur daß die meisten keine Vorhaut hatten.

»Wau, Miles!« Jackson hatte sich hingekauert und untersuchte mich von Nahem. Er schaute auf und zuckte die Achseln.

»Was?« fragte ich gereizt.

»Das wird jucken wie verrückt, wenn die nachwachsen.«

»Toll«, stöhnte ich und lehnte mich an. »Einfach scheißtoll.«

»Wir gehen nicht nach Acapulco zurück, oder?« Rudys geflüsterte Bemerkung zu Jackson schreckte mich auf. Wir waren schon eine ganze Weile im Hubschrauber, aber ich hatte die Aussicht bewundert. Ich nahm an, wir würden zur Stadt zurückfliegen

»Sieht nicht so aus«, stimmte Jackson mit gerunzelten Brauen zu. »Verdammt, ich wußte, daß ich dem zwielichtigen Gauner nicht hätte trauen dürfen, aber ich war verzweifelt. Nachdem ich zurückgekommen war und gesehen hatte, was passiert war - na, sagen wir, ich hatte nicht die Zeit, mir auszusuchen, wen ich um Hilfe bitten sollte.«

»Irgend 'ne Ahnung, wo's hingeht?«

»Tut mir leid. Nicht die geringste.«

»Ich find's raus«, sagte ich und ging nach hinten zu Nelson Chin. Verträumt betrachtete er die schlafende Gestalt des hübschen Archäologen. »Nelson?«

»Miles?«

»Wo zum Teufel bringst du uns hin?«

»In Sicherheit«, sagte er, für meinen Geschmack etwas zu vage.

»In Sicherheit oder aus dem Weg?«

»Von beidem ein wenig. Betrachtet es als kostenlosen Luxusurlaub, Miles. Ich verspreche, ihr werdet gut versorgt.«

»Gut bewacht, meinst du.«

»Miles, du triffst mich zutiefst.« Er legte seine Hand an meine Brust. »Ich kann mich einfach nicht dran gewöhnen«, schwärmte er und umkreiste meine linke Brustwarze. Es tat gut - fast zu gut. Mühsam erinnerte ich mich, wie wütend ich war.

»Schau, Nelson, ich weiß, daß du weißt, daß wir nach etwas gesucht haben. Warum tun wir uns nicht zusammen? Es gibt wahrscheinlich genug für uns alle.«

»Es gibt nie genug, Miles. Das solltest du wissen.« Er kicherte. Das laszive Geräusch ließ mich vermuten, daß er nicht an Geld dachte. »Ich bringe euch zu einem alten Freund. Er ist eine Art Einsiedler - ein sehr wohlhabender. Er lebt fern der Zivilisation mit seinem Sohn und seinen Dienern. Er ist sehr kultiviert.«

»Das ist sicher sehr nett, Nelson. Trotzdem denke ich, wenn man's recht überlegt, sollten wir besser zurück nach Acapulco gehen.«

Chin zuckte die Achseln und schüttelte den Kopf. »Wenn man's recht überlegt, Miles, werdet ihr dort hingehen, wo ich es sage.« Und damit war anscheinend Schluß.

In einem hatte Chin recht gehabt. Sein Freund, Señor Manuel Hermosilla lebte fern der Zivilisation. Sein palastartiges Haus stand in starkem Kontrast zu dem dichten Dschungel, der es von allen Seiten umgab. Der Hubschrauber senkte sich auf einen Landeplatz auf einem der Nebengebäude, und Chin scheuchte uns nach draußen in die Obhut einer Abteilung der bulligen Leibwächter des Großgrundbesitzers.

»Was ist mit Martin?« fragte ich, als klar wurde, daß er uns nicht begleiten würde.

»Ich glaube, ich werde seine Dienste an der Ausgrabungsstätte brauchen können. Ich habe Grund zu der Annahme, daß er etwas über den angeblichen Schatz weiß.«

»Und wenn nicht?« fragte ich, um Martins Sicherheit fürchtend.

»Ich verspreche, ich werde ihm nicht wehtun, Miles«, antwortete Chin. »Du traust mir wirklich nicht, stimmt's?«

»Nicht weiter, als ich dich werfen kann«, gab ich zu. »Was nicht heißt, daß ich dich nicht mag. Das darf man nicht verwechseln.«

»Absolut nicht, Miles.« Er schickte sich an, die Tür des Hubschraubers zu schließen. »Ich schwöre bei deinem schönen, großen Schwanz, daß ich seinem perfekten Körper kein Leid zufügen werde. Genügt dir das?«

»Muß wohl«, schmunzelte ich. »Wir haben uns nicht zum letztenmal gesehen, Nelson. Bei weitem nicht.«

»Ich rechne darauf, Miles. Wirklich.« Er salutierte, und der Hubschrauber erhob sich in die Sonne. Als er außer Sicht kam, gaben die Männer mir und Rudy einen Bademantel und führten uns zu dritt ins Haupthaus.

Man zeigte uns unsere Zimmer und sagte uns, falls wir hungrig seien, stehe ein Abendessen bereit. Ich nahm eine lange, heiße Dusche und schlüpfte in eine Leinenhose zum Zuschnüren, ein weites Hemd und Sandalen, dann ging ich in den Hof, der von unserem Flügel des Anwesens umgeben wurde. Ich blickte zum Mond auf, der durch eine Wolke weißer Hibiskusblüten schien, als Rudy und Jackson herauskamen und sich zu mir gesellten.

»Wunderschön, nicht?« bemerkte ich und sog tief die frische Nachtluft ein.

»Sieht verdammt viel besser aus als der bescheuerte Krater«, gab Rudy zu. »Trotzdem gefällt's mir nicht. Jetzt ist Chin hinter der Sache her, und es gibt keinen Zweifel, daß er sich den Indianerschatz schnappt. Ein wertvoller archäologischer Fund geht rettungslos verloren.«

»Ich glaube nicht, daß er so leicht bekommt, was er will«, sagte Jackson. »Besonders nicht, wenn er auf den kleinen Schmerbauch rechnet, den wir mitgeschleppt haben.« Rudy schaute Jackson erwartungsvoll an. »Ich hab ihn versteckt.«

»Meine Karte auch?« fragte ich in Anspielung auf das, was Rudy als antike Papierklobrille bezeichnet hatte.

»Alles. Ich glaube nicht, daß er es findet. Als ich von der Stadt zurückkam, sah ich die Tasche herumstehen. Dadurch kam ich drauf, daß ihr Ärger hattet. Es sah Rudy nicht ähnlich, sie einfach stehen zu lassen. Also hab ich sie versteckt, bevor ich nachschaute. Ich denke, ich hab's gut genug gemacht, daß Chin sie nicht in die Finger kriegt. Hoffe ich.«

»Hoff ich auch. Erstmal hab ich Hunger.« Wie aufs Stichwort öffneten sich zwei Türflügel nach innen und ein grauhaariger Mann verbeugte sich. Er sagte etwas auf Spanisch, und Rudy ratterte eine Antwort.

»Das Essen ist fertig, Jungs«, sagte er.

Wir betraten einen großen Raum mit einem riesigen Tisch in der Mitte. In breiten Kandelabern flackerten Kerzen in der feuchten Luft. Als wir uns setzten, öffnete sich eine andere Tür und jemand betrat den Raum.

»Ich bin Rafael. Im Namen meines Vaters heiße ich Sie in unserem bescheidenen Heim willkommen.« Der Sprecher war jung - und so atemberaubend, daß mir die Augen schmerzten. Er war groß und schlank, und um seine schmale Hüfte spannte sich eng eine weiße Hose. Sein glattes, glänzend schwarzes Haar war aus der Stirn gekämmt und hing ihm auf die Schultern. Seine Augen waren glitzernde Seen bernsteingelben Feuers; seine Wangen rot wie der Sonnenaufgang; seine vollen Lippen leicht gewölbt; seine olivfarbene Haut fest über die hohen Wangenknochen gespannt. Sein offenes Hemd ließ den schmalen Hals und die Vertiefung an seiner Kehle sehen, die Details seines fein gemeißelten Rumpfes waren nur zu erahnen. Kurz, er war eine totale Sahneschnitte. Ich war sofort fasziniert. Ich begehrte ihn verzweifelt. Mein Knochen ächzten nach ihm, mein Herz klopfte, mein Schwanz zuckte. Er war so vollkommen, daß ich es kaum fassen konnte.

»Ruhe, Junge«, flüsterte Jackson und versetzte mir einen Stoß in die Rippen.

»Wie bitte?« Ich schaute ihn unschuldig an.

»Ich kenn die Symptome, Miles. Krieg dich ein. Ich glaube kaum, daß unser Gastgeber dein Interesse an seinem Kind zu schätzen wüßte.«

»Das ist kein Kind, Jackson - der ist erwachsen. Außerdem, wie kommst du drauf, ich sei auch nur im mindesten an ihm interessiert?«

»Also, entweder du bist drauf und dran, ihn anzuspringen, oder Barnum und Bayley's haben versucht, 'ne Filiale in deiner Hose aufzumachen.« Ich blickte nach unten. Mein Schwanz gab sein Gefallen an dem jungen Rafael kund und versuchte gerade, ein Zelt in meiner Hose aufzurichten. Ich schlug die Hände über meinen Schoß und blickte angestrengt zur Wand.

»Bitte setzen Sie sich, Gentlemen.« Rafael nötigte uns zum Tisch. Ich wählte einen Stuhl in der Mitte einer Zwanzigerreihe an dem riesigen Eßtisch. Rudy und Jackson nahmen gegenüber Platz. Rafael läutete mit einer Glocke die Diener herbei und setzte sich - direkt neben mich. Schweig, mein pochendes Herz.

»Sie sind Amerikaner, sí?« Er wandte sich an mich und lächelte. Ich fürchtete, einen Herzschlag zu bekommen. Das Lächeln war engelhaft und verführerisch in einem - eine Kombination, der meines Erachtens kein vernünftiger geiler Schwuler widerstehen kann. Ich nickte und lächelte zurück, bemüht nicht zu tröpfeln. »Aus welchem Teil der Vereinigten Staaten?«

»Äh ... Seattle«, stammelte ich, wobei es mir schwer fiel, mich auf meinen Herkunftsort zu besinnen. »Seattle, Washington.«

»Und was führt Sie in diesen abgelegenen Teil der Welt?«

»Seine Gesundheit ist schwach«, mischte sich Rudy in unser Tête-à-Tête ein. »Sehr schwach«, fügte er eindeutig als Warnung hinzu.

»Was fehlt ihm?« fragte Rafael und legte mir die Hand auf den Unterarm. Seine Finger waren kühl, aber für mich fühlte es sich an, als würde ich gleich in Flammen ausbrechen. »Sie wirken so stark und gesund.« Seine Finger schlossen sich, und mein Arm zuckte unwillkürlich.

»Es betrifft eigentlich seine *geistige* Gesundheit.« Rudy starrte mich an. »Er ist sehr labil.«

»Sie wirken nicht labil. Ich halte Sie für sehr massiv.« Rafaels Hand glitt an meinen Bizeps. Mir brach der Schweiß aus.

»Ach, momentan geht es ihm gut«, improvisierte Rudy ins Blaue hinein. »Allerdings kann er bei der kleinsten Provokation hochgehen. Er sollte unter keinen Umständen erregt werden. Mein Kollege, Dr. Jackson, und ich lassen ihn nie allein. Das wäre zu gefährlich«, schloß Rudy geheimnisvoll. »Wir wollen keinesfalls eine Wiederholung des schrecklichen Zwischenfalls in Nassau, oder, Miles?«

»Nassau? Ich glaube nicht, daß ich je in Nassau war?«

»Da«, sagte Rudy gackernd wie eine alte Henne. »Sehen Sie, Rafael, da liegt das Problem. Im einen Moment ist der Verstand da; im nächsten weg.«

»Mit meinem Verstand ist alles in Ordnung, Rudy«, protestierte ich.

»Sagst du.« Rudy wedelte abschätzig mit der Hand. »Leider ist das nicht die Ansicht von Dr. Jackson oder anderer klinischer Psychologen, die die Familie konsultierte. Nein, ich fürchte, es ist hoffnungslos. Ein Jammer.«

Zum Glück kamen jetzt die Speisen, und Rudy fing an, zu essen. Ich nutzte seinen Appetit, um gedämpft mit Rafael zu plaudern. Ich erfuhr, daß er achtzehn war und, unterrichtet von seinem Vater und Privatlehrern, fast sein ganzes Leben in dieser Einöde verbracht hatte. Er hatte keine gleichaltrigen Freunde, las die lateinischen Klassiker im Original, spielte Klavier, studierte Meeresbiologie - und liebte *Wide World of Wrestling*, das er entdeckte hatte, nachdem sein Vater eine Satellitenschüssel installiert hatte. Na, von den Klassikern wußte ich nicht viel, kannte aber ein paar Wrestlinggriffe, die ich ihm bei Gelegenheit gerne gezeigt hätte.

Rudy hatte eindeutig das Ziel, mir diese Gelegenheit zu versauen. Nach dem Essen, wollte ich plaudern - oder vielleicht Rafael auf einen Spaziergang im Mondschein begleiten - aber bevor ich etwas vorschlagen konnte, packte Rudy zu und zerrte mich aus dem Sessel, wobei er mir fast den Arm aus dem Gelenk riß.

»Mr. Diamond muß jetzt ruhen«, teilte er Rafael mit, der Enttäuschung über meinen abrupten Aufbruch äußerte. »Er braucht seine Medizin.« Ich hätte protestiert, aber Rudys Finger bohrten sich so brutal in meinen Bizeps, daß ich Angst um ihn hatte. Ich zuckte mit der Schulter, in der ich noch Gefühl hatte und ließ mich von Rudy aus dem Speisesaal abführen.

»Willst du, daß wir gekillt werden?« knurrte Rudy als wir sicher in meinem Schlafzimmer waren.

»Das stand eigentlich nicht auf meiner Liste«, gab ich zurück und rieb mir vorsichtig den Arm- »Ich wollte nur Konversation machen.«

»Du wolltest nur - Punkt. Herrje, Diamond, ruhst du nie mal aus?«

»Wirklich Rudy, hast du ‘ne dreckige Phantasie.« Ich tat mein Bestes, um die Moral hochzuhalten. Es klappte nicht.

»Weißt du, Miles, das ist kein Urlaub in den Tropen, den wir gewonnen haben. Wir sind hier, weil Chin uns aus dem Weg haben wollte. Ich weiß nicht, wie's dir geht, aber ich komm mir vor wie ein Gefangener.«

»Du bist unheilbar mißtrauisch, Rudy.«

»Ach ja? Also, du trauriger Pechvogel. Nur um ruhig schlafen zu können, schließe ich dich vorsichtshalber ein.« Rudy bemächtigte sich meines Türschlüssels. »Schlaf gut, Miles. Ich laß dich morgen zum Frühstück raus.«

Ich konnte es nicht fassen. Rudy war schlimmer als meine Eltern. Und sein Mißtrauen! Ich wartete, bis seine Schritte im Flur verklungen waren, dann rüttelte ich an der Tür. Sie war verschlossen, und der Rahmen war sehr stabil. Das Glas zu zerbrechen, wäre zu laut gewesen. Außerdem war ich wirklich ein wenig müde. Es war ein sehr aufreibender Tag gewesen.

Ich träumte von Rafael, als ich meinen Namen hörte. Schläfrig öffnete ich die Augen und sah, wie das Objekt meiner Träume neben dem Bett kauerte und mich leicht schüttelte.

»Wie bist du reingekommen?« fragte ich.

»Ich hab Schlüssel für alles«, erklärte Rafael schelmisch grinsend. »Sie sagten beim Essen, Sie wüßten alles über Wrestling.«

»Na ja, vielleicht nicht alles«, antwortete ich bescheiden. »Ich sagte nur, daß ich auf der Highschool etwas Wrestling gemacht habe.« In Wahrheit hatte sich mein Wrestling damals auf den Umkleideraum nach dem Training beschränkt, wo ich mich mit Max Zabriskie und Stan Himmelfarb in der Abstellkammer eingeschlossen hatte. Ach war das schön!

»Zeigen Sie's mir?« Ich setzte mich auf, jäh hellwach. Rafael ging still durchs Zimmer und zündete eine Kerze auf dem Nachttisch und eine zweite auf einem Tischchen neben dem Bett an. Da bemerkte ich, daß er nackt war. Sein Körper bestand aus anmutigen Rundungen und glatten Flächen, und die Haut glänzte wie Bronze. Sein Arsch war ein Gedicht: zwei symmetrische Halbkugeln, etwas heller als sein Rücken. Nicht zu kräftige Waden und Schenkel und dazwischen Schwanz und Eier, beschattet von einem feinen Hauch dunkler Schamhaare.

»Bitte«, flüsterte er und streckte beide Hände aus. Ich stand auf, und er blickte mich aus funkelnden Augen an. Als ich auf ihn zukam, hielt er mir eine Flasche entgegen. »Machen Sie's mir zuerst?«

»Äh ... klar. Ist mir ein Vergnügen.«

»Ach, Mr. Diamond.« Sein Lachen klang wie ein Silberglöckchen. »Ich meinte das Öl. Für das Wrestling.«

»Ich weiß«, kicherte ich und nahm die Flasche. Ich drehte sie um, und das süß duftende Öl rann ihm über den Leib. Ich verrieb es auf seiner Brust und streichelte ihm mit den glitschigen Handflächen den Bauch. Als ich bei den Füßen angekommen war, drehte Rafael sich um, und ich bedeckte ihm Rückseite der Beine, verweilte bei den Oberschenkeln und genoß es, seinen festen jungen Hintern zu berühren, solange es ging.

Die Haut auf seinem Arsch war glatt und warm, das Fleisch fest, aber nachgiebig. Ich ölte es gewissenhaft ein und tastete mit den Fingern in seiner Spalte nach der weichen Rosette.

»Jetzt ich«, murmelte Rafael unschuldig lächelnd. Er nahm die Flasche und setzte sie mir an die Brust. Seine Hand an meiner frisch enthaarten Haut schickte mir Schockwellen der Lust durchs gesamte Nervensystem. »Sie sind sehr muskulös, Miles Diamond.« Die Stimme klang wie Musik, wenn sie meinen Namen sagte. »Wenn Sie die Arme anspannen, öle ich sie ein.«

»Kein Problem«, stöhnte ich, ballte die Faust und spannte meinen sehnigen Bizeps. Warmes Öl strömte über die Kurven und wurden rasch von Rafaels geschickten Fingern einmassiert.

»Mmmm!« seufzte er, meine Innenarme, die Achseln und die Seiten streichelnd. Ich spürte noch mehr Öl auf meinem Bauch, und seine magischen Finger zeichneten jede Welle meiner gespannten Bauchmuskeln nach. Ich seufzte, als das Öl an meinen Schenkeln hinab und über meinen Schaft rann. Einen noch tieferen Seufzer stieß ich aus, als Rafaels Finger seiner Spur folgte.

»Sie haben keine Männerhaare«, bemerkte er, als er über die Region strich, wo noch vor kurzem meine Schamhaare Hof gehalten hatten. »Wieso rasieren Sie sich?«

»Eigentlich hab ich mich nicht rasiert«, gab ich zu. »Ich hatte einen kleinen Unfall. Ich hoffe, es stört dich nicht.«

»Sie wurden doch nicht etwa verletzt?« Er klang aufrichtig besorgt.

»Ich denke, es funktioniert noch alles«, beruhigte ich ihn.

»Ah, ja, Ich sehe.« Er fing an, meinen Schwanz zu streicheln. »Sie sind überall sehr groß, Miles.« Er nahm meine Eier und wiegte sie sachte. »Überall.« Sein Gesicht an meine Brust gepreßt schlang ich die Arme fest um ihn.

Er spielte mit meinem Dödel, bis dieser sich erhob und ihm die Eier fest zwischen die Schenkel drückte. Meine Hand glitt langsam über seinen prallen Arsch, bis ich meine Eichel berührte. Ich zog sie ihm in die Spalte und fing an, vor und zurück zu stoßen.

»Welche Wrestlinggriffe willst du denn lernen?« fragte ich verträumt und genoß das Gefühl seines Ständers an meinem Bauch.

»Mir ist nicht mehr so nach Wrestling«, gestand Rafael engelhaft lächelnd. »Später vielleicht.«

»Später«, stimmte ich zu und trug ihn zum Bett. Wir sanken in die zerknautschten Kissen, und ich küßte ihn zärtlich auf die Lippen. Sein Mund öffnete sich, und seine süße Zunge fuhr über meine Lippen, um sich dann zwischen meine Zähne zu bohren. Ich saugte das zuckende Fleisch ein und ließ ihn die Innenseite meiner Wangen kitzeln. Dann rammte ich ihm selbst die Zunge hinein. Rafael wimmerte leise, und seine Hände klammerten sich um meine Schultern.

Ich küßte ihn wieder, um danach langsam und gemütlich seinen Körper von der Kehle übers Schlüsselbein bis zur rechten Brustwarze zu erkunden. Ich saugte daran und züngelte über den Knoten, worauf er sich unter mir wand wie ein Fisch auf den Trocknen.

Von da aus ging ich weiter über seinen gewölbten Bauch, durch den seidigen Busch, um schließlich seinen steifen Bolzen in den Mund zu nehmen und ihn bis zum Anschlag zu schlucken. Ich fühlte seine Eichel in der Kehle zucken, als ich die Zunge um den Schaft wand und ihm den Honig entlockte.

Er fing augenblicklich an, zu tröpfeln, und der süß-salzige Geschmack floß mir in die Kehle wie wilder Honig. Ich lutschte, bis mir seine Eier fast am Kinn klebten, dann senkte ich mich auf die fein geschnittenen Konturen seines Leibes, um weitere Schätze zu sammeln. Meine Zunge streifte über die verknoteten Eier und über den Kamm dahinter bis zu der eng zusammengezogenen Rosenknospe in seiner Spalte. Er äußerte keinen Einwand, als ich seine Beine anhob und sie mir über die Schulter legte, um seine Backen weit zu spreizen.

Sein Loch war perfekt, wie alles an ihm - unbehaart, rötlich braun pulsierte es jungfräulich nur Zentimeter vor meinem Mund. Ich küßte es, indem ich die Lippen fest gegen die würzige Hitze drückte. Ich leckte ihn, und seine Fersen klopften leicht an meinen Rücken. Ich schaute zu ihm auf, aber kein Schock oder Ekel verzerrte seine hübschen Züge. Rafael lächelte nur, legte mir die Finger um den Hals und drückte mich wieder hinunter.

Langsam, aber unnachgiebig, preßte ich die Zunge in ihn. Der enge Muskelring leistete anfangs Widerstand, gab dann aber meinem Drängen nach. Sobald ich die äußere Verteidigungslinie überwunden hatte, glitt ich tief ins Innere. Wir erstarrten beide und bewegten keinen Muskel - außer dem zuckenden, kleinen Loch und meiner emsigen Zunge.

Er wurde immer lockerer und protestierte nicht, als ich der Zunge probeweise einen Finger hinzufügte, um ihn noch weiter zu öffnen. Ich begehrte ihn verzweifelt - so sehr, um die ganze Nacht damit zu verbringen, seinen jungfräulichen Schließmuskel zu dehnen, bis mein brennender Schwanz hineinpaßte.

»Ja«, antwortete Rafael murmelnd auf meine ungestellte Frage. »Ich will dich in mir haben. Mach mich zu deinem Mann. Ich warte schon so lange darauf. Ich bin bereit.«

Glaubt mir, bereit war ich selber. Ich zwinkerte ihm zu und rutschte herum, bis ich zwischen seinen Beinen kniete. Ich betrachtete meinen Schwanz. Ohne den Kragen aus Schamhaaren wirkte er riesig. Rafael schaute ihn auch aus geweiteten Augen an. Ich hoffte sehr, er würde ihm keine Angst machen und ihn dazu bringen, es sich anders zu überlegen.

»Warte!« schrie er und versuchte, sich aufzusetzen. »Ich muß ihn zuerst probieren.« Er tauchte ab und landete mit offenem Mund auf ihm. Ich betrachtete seinen glatten Rücken, während er daran lutschte, als sei es ein Eis am Stiel. Er saugte ein Stück Vorhaut ein und knabberte spielerisch daran. Als er versuchte, ihn ganz aufzunehmen, gelang es ihm nicht, die Eichel hinter die Mandeln zu bekommen. Er versuchte es eine Weile, dann gab er auf und warf sich zurück in die Kissen. »Ja«, keuchte er und leckte sich die Lippen. »Ja!«

Ich entblößte meine Eichel und drückte sie in seine Spalte. Dann stieß ich unter seinen aufmerksamen Blicken mit sachtem Druck mit den Hüften zu. Ich nutzte meinen Vorteil als ich spürte, daß sein Loch sich ein wenig entspannte, packte ihn an den Hüften und zog ihn auf mich zu. Zwei Zentimeter, dann fünf, bis ich halbwegs in seinen zuckenden Eingeweiden steckte. Die ungeheure Hitze ließ mir den Schweiß ausbrechen.

»Es ist schön zuzusehen«, stellte Rafael sachlich fest, als ein weiteres Stück in ihm verschwand. »Ich mag das Gefühl. Miles, du bist so gut.«

»Du bist selbst ziemlich gut«, grunzte ich kurz darauf verblüfft, als ich spürte, wie sein Schließmuskel sich eng um meine Schwanzwurzel zog. Reglos blieb ich lange so, um das tolle Gefühl zu genießen. Daß etwas so Einfaches, wie den Ständer in einen anderen Mann zu stecken, sich so unglaublich anfühlte, war eines der Wunder der Natur. Wieder dankte ich meinem Glücksstern, daß ich das im Lauf der Jahre so oft hatte tun können.

Der Versuch, meine persönliche Lebensphilosophie zu entwerfen, wurde unterbrochen, als Rafael anfing, mit den Hüften um meinen Schwanz zu kreisen. Es war offensichtlich, daß er von Natur aus passiv war. Es war sein erstes Mal - daran zu zweifeln, gab es keinen Grund - und er war dazu geboren. Tief, gerade und eng schluckte mich sein jungfräulicher Kanal, liebkoste mich und ließ mich vor Lust beben.

Ich legte die Hände an seinen Kopf, spreizte die Knie und fing an, ihn zu ficken, indem ich tief vorstieß und wieder weit zurückging. Jeder Stoß wurde von einem erregten leisen Wimmern begleitet - und einen ebenso erregenden Krampf seines weichen Tunnels. Meine Eier klatschten ihm an den Hintern, und seine waren fest an meinen glatten Bauch gepreßt. Kein Wunder, daß unbehaarte Typen gerne pelzige Männer ficken. Es fühlte sich phantastisch an.

Rafaels Hände wanderten ziellos über meinen Körper und streichelten alles, was sie erreichen konnten. Besonders zu faszinieren schienen ihn meine Brustwarzen, die er zwickte und zwirbelte, bis sich meine Zehen kringelten. Ich wußte nicht, ob er ihre knubbelige Oberfläche mochte oder einfach die Wirkung, die sie auf meinen Schwanz hatten. Bei jedem Kneifen blähte sich meine Eichel. Dies wiederum übte beträchtlichen Druck auf seine Prostata aus. Dieser schlichte Druck - das wußte ich aus reicher Erfahrung - schickte, wenn die Massage richtig angewendet wurde, fast unerträgliche Schockwellen der Ekstase durch den gesamten Leib.

Rafaels Atem wurde unregelmäßig und flach, und ich glaubte, er würde gleich abspritzen. Ich drückte den Bauch heraus und quetschte so seinen Schwengel zwischen uns ein. Er machte das gleiche und brachte sich damit im Nu an die Schwelle. Er warf mir die Arme um den Hals und küßte mich leidenschaftlich, während er mir seine Ladung über Brust und Bauch spritzte. Der Duft seines würzigen Spermas, gepaart mit der Enge und Hitze seines jungen Arschlochs, ließ mir keine Wahl, als mich anzuschließen. Mein Schwengel zuckte, die Säfte kochten über und ergossen sich tief in ihn.

Mein Gesicht war eng an Rafaels Brust gepreßt. Unsere Herzen schlugen so heftig, daß es in meinen Ohren hallte, als würde man mit Fäusten gegen Holz schlagen. Ich preßte das Gesicht noch dichter an ihn und pumpte noch ein paarmal langsam nur zum Vergnügen. Aus irgendeinem Grund wirkte Rafael aufgeregt und wand sich heftig, um freizukommen. Ich schaute auf, und der Ausdruck äußersten Schreckens in seinem Gesicht, erfüllte mein Herz mit Kummer.

»Stimmt was nicht?« fragte ich und berührte zärtlich seine Wange. Er hatte keine Gelegenheit, zu antworten. Ich hörte Glas splittern, dann spürte ich rohe Hände auf mir, die uns auseinanderzerrten. Ich kämpfte dagegen an, aber es waren zu viele.

»So entehren Sie also meine Gastfreundschaft!« brüllte Rafaels Vater, sein Gesicht eine Maske kalter Wut. »Das ist unverzeihlich!«

»Ich hab ihm nicht wehgetan!« japste ich, als ob ich geglaubt hätte, daß das den Mann kümmern würde.

»Schweigen Sie!« blaffte der Mann. Einer seiner Leute rammte mir die geballte Faust in die Rippen. »Bringt ihn weg«, befahl Rafaels Vater. »Er wird bei Morgengrauen hingerichtet.«

»Aber-« Mein letzter Einwand brach ab, als mich ein Gewehrkolben am Kopf traf. Es wurde rasch dunkel. Das letzte, was ich sah, als mir der Kopf auf die Brust fiel, war Rafaels tränenüberströmtes Gesicht. Er schien die Hände nach mir auszustrecken, aber ich war zu schwach, sie zu nehmen.

VIERZEHNTES KAPITEL

Miles! Diamond! Wach auf, du Arschloch!« Langsam kam ich zu mir. Ich hatte geträumt, jemand würde mich mehrmals ohrfeigen. Kaum war ich wach, entdeckte ich, daß es stimmte. Ich öffnete die Augen und sah Rudy in dreifacher Ausgabe - jede davon schlug mich grob.

»Hör auf«, murmelte ich benommen. »Das tut weh.« Alles tat weh. Mein Kopf dröhnte, als würde ein Elefant über meinen Schädel trampeln. Ich glaubte, der Schmerz würde aufhören, wenn Rudy aufhörte, mich zu schlagen. Ich irrte.

»Was ist passiert?« stöhnte ich kläglich.

»Dein blöder Schwanz ist passiert, du dumme Sau.« Rudy war extrem sauer, kein Zweifel. Ich schaute ihn an - er war nur noch doppelt. Beide waren rot vor Zorn.

»Wir müssen hier raus, bevor wir alle umgebracht werden.«

»Oh, mein Gott!« japste ich. »Das Erschießungskommando. Danke, daß ihr gekommen seid, um mich zu retten.«

»Das war Jacksons Idee«, blaffte Rudy bösartig. »Ich hätte dich am liebsten deinem Schicksal überlassen.«

»Das meinst du nicht ernst, Rudy.« Mit einem Mal tat ich mir sehr leid.

»Wollen wir wetten?« Aufgrund des ernsthaften Untertons ließ ich es lieber bleiben.

»Bist du schwer verletzt, Kumpel?« Jackson war meinen kleinen Mängeln gegenüber offenbar bedeutend nachsichtiger.

»Ich sehe doppelt, und mein Kopf bringt mich um. Ich glaub, ich hab 'ne Gehirnerschütterung.«

»Dazu bräuchte man ein Gehirn, Miles. Mir scheint, diesbezüglich bist du nicht in Gefahr.« Rudy konnte manchmal unbarmherzig sein. Ich war zu erledigt, um zu protestieren. »Hier, zieh dich an.« Er warf mir ein Bündel Lumpen zu und tigerte durchs Zimmer.

»Wo sind wir?« fragte ich, während ich mich bemühte, das reale rechte Bein in das reale rechte Hosenbein zu stecken. Es war nicht leicht. Schließlich mußte Jackson mein Bein packen und den Fuß durch das Loch stopfen. Ich dankte allen beiden.

»Ach, nur in einem schwer bewachten Zimmer mit Gitterstäben vor dem Fenster und einem bewaffneten Wächter vor der Tür.«

»Und wie seid ihr reingekommen?«

»Ich hab den Wächter abgelenkt, und dann hat Jackson ihm einen Knüppel übergebraten.«

»Abgelenkt?«

»Frag nicht, Diamond. Mach zu.« Er warf mir ein nicht sehr sauberes Hemd über, und ich mühte mich ab, die Arme an die richtige Stelle zu bekommen. Danach schmierte mir Rudy etwas auf den Kopf.

»Was soll das?« murmelte ich. Das Zeug roch komisch und fühlte sich schmierig an.

»Schuhcreme, Miles. Sonst siehst du wohl kaum wie ein Mexikaner aus.«

»Gehen wir auf ein Kostümfest?« Ich war immer noch nicht ganz da.

»Wir gehen auf eine Flucht, du Idiot. Wenn nicht, werden wir an die Wand gestellt und erschossen. Mann, wahrscheinlich werden wir alle abgeknallt. *Comprende?*«

»Kapiert«, nickte ich.

»Dann los.« Rudy setzte mir einen Hut auf und zog mich hoch. Ich ging ein paar Schritte und lief direkt gegen eine Wand. Offenbar hatte ich die falsche Tür gewählt. Doppelt sehen kann sehr verwirrend sein. Rudy packte mich am Hemd und zog mich so dicht an sich, daß unsere Nasen sich berührten. Sein Zwilling verschmolz mit ihm, und ich mußte mich mit nur einer wütenden Fresse begnügen. »Krieg dich ein und zwar schnell, Diamond. Wenn das schiefgeht, sind wir alle tot. Dann red ich kein Wort mehr mit dir. Verstanden?«

»Äh ... klar.« Darüber würde ich eine Weile nachdenken müssen. Es erschien zu einfach, um wahr zu sein.

»Los, Jungs«, drängte Jackson. Wir schlichen zur Tür, stiegen über den bewußtlosen Posten und flitzten über den Hof. Im Osten wurde der Himmel heller und löschte den Sternenteppich aus. Als wir zu der hohen Umfriedung kamen, drehte Jackson sich um und stellte sich mit dem Rücken dagegen. Er verschränkte die Hände, und Rudy nahm Anlauf. Mit gestreckten Armen sprang er hoch in die Luft. Er krachte hart gegen die Mauer, konnte aber den Rand fassen und sich hochziehen.

»Los, Miles«, flüsterte Jackson. Ich versuchte zu rennen, aber meine Knie waren noch zu weich. Jackson winkte mich zu sich, und ich stieg auf seine Schultern. Rudy streckte die Arme aus und zerrte mich über die Mauer. Ich schaute zurück. Jackson schien meilenweit unter uns zu sein.

»Hör zu, Miles«, zischte Rudy. »Tu was ich dir sage, und

stell keine Fragen.« Ich nickte. »Nimm mich an den Knöcheln, und spring runter. Und laß auf keinen Fall los.«

»Klar.« Ich dachte, er habe den Verstand verloren, aber andererseits war es mit meinem Verstand momentan auch nicht weit her. Ich tat was er sagte, dann hing ich an der anderen Seite der Mauer und meine Nase scheuerte an dem rauhen Putz. Rudy hatte sich auf die andere Seite gebeugt. Ich wußte nicht, was ihn zu einer solchen Demonstration athletischen Könnens bewog, hielt aber fest. Ich hörte ein Grunzen, und fast wären wir auf die Hofseite der Mauer gerissen worden. Dann hörte ich ein Scharren. Kurz darauf erschien Jacksons Kopf über der Mauer. Offenbar hatte Rudy sich hinuntergebeugt, die Arme ausgestreckt und ihn mittels brutaler Kraft heraufgezogen. Bald kauerten wir draußen auf der Erde.

»Okay, Jungs«, flüsterte Jackson. »Als wir gestern eingeflogen wurden, hab ich die Gegend ausgecheckt. Wir sind etwa eine Meile von der Küste entfernt. Wenn wir hier den Hügel runtergehen und die Sonne im Rücken behalten, müßten wir ganz einfach zum Wasser kommen. Am Strand liegt ein kleines Dorf, also paßt auf. Ich vermute, die Einwohner arbeiten für unseren ehemaligen Gastgeber. Wahrscheinlich empfinden sie eher Loyalität ihm gegenüber als Mitleid für uns. Los geht's.«

Bemüht, Schritt zu halten, folgte ich meinen Kumpels durch die üppige Vegetation. Jacksons Meile erschien mir wie zehn, aber dann erreichten wir doch eine Lichtung mit primitiven Hütten. Die wenigen Frauen, die auf Lehmöfen das Frühstück bereiteten, warfen uns nur neugierige Blicke zu, um sich dann wieder ihrer Arbeit zu widmen. Kurz darauf kamen wir an einen breiten Strand. Auf dem Sand lagerten ein paar Fischerboote, aber wir ignorierten sie und gingen auf ein Gebäude in einer Bucht zu.

»Wenn es hier ein richtiges Boot gibt, dann dort«, meinte Jackson und sprang um die Ecke eines großen Steinhauses. Er riß die Tür auf und spähte ins Innere. »Bingo!« Ich schaute ihm über die Schulter und erblickte auf einem Gestell ein schmales, rotes Rennboot. Es gab noch andere Boote, aber es wäre unmöglich gewesen, sie vor der Flut zu Wasser zu lassen.

»Los!« bellte Jackson. »Und bitte etwas Mühe. Sie werden sich bald denken, wo wir sind.« Wir lösten die Sicherheitsklammern, die das Boot festhielten. Ein Schloß war nicht zu sehen - offenbar fürchtete der große Boss nicht, daß die Einwohner es stehlen würden. Zu dritt schulterten wir das Boot und hasteten zum Strand.

»Scheiße!« knurrte Jackson, als er einstieg und sich hinters Steuer setzte.

»Was?«

»Keine Schlüssel!«

»Und jetzt?«

»Kurzschließen.« Jackson steckte den Kopf unters Armaturenbrett und fummelte an den Zünddrähten. Rudy suchte nervös den Strand nach Verfolgern ab. Fürs erste war die Luft rein. Im Nu war Jackson wieder auf seinem Posten, und der Motor röhrte auf. Jackson gab Vollgas, und das Rennboot erhob sich hoch aus dem Wasser. Wir schossen vorwärts, durchschnitten die See wie ein Messer und ließen eine glitzernde Gischt hinter uns. Ich legte mich auf den Boden zwischen den Sitzen und verlor sofort das Bewußtsein.

Als ich aufwachte war es still, bis auf das Wasser, das an den Bootsrumpf schwappte. Im Grunde war es vermutlich die Stille, die mich weckte. Jackson schaute nach dem Treibstoff. Er blickte düster.

»Kein Sprit mehr!« jammerte er und trat gegen den leeren Tank. So wie er die Stirn runzelte, hatte es wehgetan.

»Und jetzt?« fragte ich, stand auf und blickte zum Ufer. Es war zu sehen, aber die Wasserfläche, die uns vom Festland trennte, war entmutigend.

»Wir schwimmen.« Rudys Ton machte klar, daß das kein Vorschlag war. »So weit ist es nicht, aber wir müssen aufpassen. Die Strömungen könnten trügerisch sein.«

»Nicht sehr wahrscheinlich, daß wir einfach an den Strand treiben, hm?«

»Tut mir leid, Miles. Seit der Motor abgestorben ist, sind wir immer weiter hinausgetrieben. Der einzige Strand, an den wir treiben ist dort.« Er zeigte über die weite Wasserfläche. »Wir machen's am besten gleich, sonst ist es zu spät.«

»Alles okay; Miles?« Jackson legte mir die Hand auf die Schulter. Ich nickte.

»Mir geht's schon viel besser, danke. Ich seh nicht mehr doppelt. Und abgesehen von den wahnsinnigen Kopfschmerzen, schwimm ich überall hin.«

»Versuch's in Richtung Strand«, stichelte Rudy, der mir einen seiner Blicke zuwarf. Er wirkte nicht mehr so sauer wie zuvor, war aber immer noch wütend.

»Du siehst gar nicht übel aus mit den schwarzen Haaren.« Ich schaute ihn dankbar an. »Am Rand ist's ein bißchen verschmiert, aber das kriegen wir mit etwas Schminke hin. Wenn wir wieder in der Zivilisation sind, kann ich was mit deiner Körperbehaarung machen. Der Kontrast wirkt ein wenig unnatürlich.« Mein Blick klebte an seinen Unterarmen. »Hey, wie bist du aus der Vulkangeschichte gekommen, ohne versengt zu werden wie ich?«

»Wahrscheinlich hat der Wasserstoff deine Haarwurzeln völlig angegriffen, Miles. Ich weiß nicht. Dafür ist jetzt jedoch keine Zeit. Schnür deine Klamotten zusammen, und auf geht's.«

»Wir schwimmen nackt?«

»Wenn du angezogen schwimmen willst, nur zu. Wenn du willst, bind ich dir nur allzu gerne den Anker an den Knöchel. Du hast die Wahl, Miles.«

Ich zog mich aus. Rudy sprang zuerst, dann Jackson. Ich band mir das Kleiderbündel um die Hüfte und stürzte mich in die azurblauen Wogen. Das Wasser tat gut, und meine Kopfschmerzen ließen nach, als ich mit regelmäßigen Zügen dahinschwamm. Ich befand mich im Kielwasser von Rudy und konzentrierte mich mehr auf seine bleichen, pelzigen Backen als auf die Küste. Ich beobachtete, wie sie sich spannten und bei jedem Stoß durchs Wasser brachen.

Ich hatte kaum angefangen, es zu genießen, als Jackson mir die Stimmung mit einem einzigen Wort verdarb: »Hai!« Er klang angespannt.

»Weiterschwimmen!« rief Rudy über die Schulter. »Versuch, näherzukommen, aber spritz um Gottes Willen nicht herum. Vielleicht ignoriert er uns.« Ich befolgte Rudys Anweisungen auf den Punkt und kam ihm so nahe, daß ich an seinen Zehen hätte knabbern können. Jackson näherte sich. Leider auch der Hai.

Zuerst sah ich gar nichts. Dann brach keine zwanzig Meter von uns eine dunkle dreieckige Flosse durchs Wasser. Sie beschrieb einen weiten Kreis um uns, offenbar um unsere Eignung als Happen auszuchecken. Ich hatte von Haiattacken gelesen - es hatte nie mit einem Happy End geendet. Selbst Überlebende hatten mit fehlenden Gliedern und häßlichen Narben zu kämpfen. Es sah wirklich sehr übel aus.

Der Hai vollendete einen dritten Kreis, bog dann ein, und seine Flosse kam auf uns zu wie ein Messer. Wir schwammen beharrlich weiter, vor allem weil uns nichts andres übrig blieb. Als der Hai so nahe war, daß ich seine häßlich schnittige Form sehen konnte, schoß etwas wie ein Torpedo auf ihn zu. Der Hai drehte abrupt ab, um dann erneut anzugreifen. Wieder raste ein Schatten auf ihn zu, und er drehte wieder ab.

»Was zum Teufel?« schrie ich.

»Schwimm weiter«, rief Rudy. Das fiel mir nicht schwer. Ich legte den höchsten Gang ein, und schwamm mit aller Kraft auf den Strand zu. Als ich wagte, mich wieder umzuschauen, war keine Flosse zu sehen. Dann, gerade als mein Herz wieder vom Hals in die Brusthöhle sinken wollte, kochte das Wasser um uns auf, und mehrere stumpfschnäuzige, lächelnde Kreaturen streckten die Köpfe über die Wellen.

»Delphine!« rief Rudy, und ging in Hundstrab über. »Wir sind von Delphinen gerettet worden.«

»Wau«, sagte ich und schwamm zu Rudy. »Von Flipper gerettet.«

»Sind wir froh, euch zu sehen, Jungs!« Rudy streckte die Hand aus, und einer der Delphine kam näher und berührte mit der Nase seine Finger. Zu meiner großen Überraschung wirbelte der Delphin herum und schoß zwischen uns hindurch, wobei sein kühler Leib meine Beine streifte. Die anderen folgten ihm, und wir fingen an, mit den Tieren zu spielen.

»Vielleicht laßt ihr uns ja reiten, Jungs«, schlug Rudy vor und streichelte einen unserer neuen Freunde. »Wenn sie's machten, das wär's.«

»Und was sollen wir machen?« Ich konnte nicht schnell genug aus dem Meer kommen.

»Versuch, eine Rückenflosse zu fassen - die hinter dem Kopf. Wenn sie uns lassen, bringen sie uns vielleicht zum Strand.«

»Und woher wissen wir, wohin sie uns bringen?« Ich war gespannt, aber noch nicht ganz überzeugt.

»Es gibt Wissenschaftler, die sie für klüger als Menschen halten«, teilte Rudy mir mit. »Ich glaube ihnen. Ich hab das Gefühl, sie erkennen uns als landbewohnende Vettern.«

Ich zweifelte immer noch, aber als Rudy sachte nach der Flosse eines dicken Burschen faßte, der um ihn herumschwamm, schien es das Tier nicht zu stören. Im Gegenteil, es schwamm los und zog Rudy hinter sich her. Jackson hatte ähnlichen Erfolg. Als ich nahe genug kam, legte ich die Hände um eine steife Flosse und hielt mich so fest, wie ich konnte, während ich blitzschnell durch das Wasser geschleppt wurde. Es war ähnlich wie Wasserskifahren - ohne Boot und Skier. Es war atemberaubend, muß ich zugeben. Ich juchzte wie ein Kind, als ich auf den Strand zuschoß.

Unsere Wassertaxis setzten uns zwanzig Meter vor dem Strand ab und warteten, während wir zum Festland schwammen. In hüfthohem Wasser fand ich Halt und drehte mich um, um unseren Rettern zuzuwinken. Einer sprang hoch in die Luft und machte einen perfekten Doppelsalto. Die anderen schlugen mit den Schwanzflossen, dann verschwanden sie so schnell, wie sie gekommen waren.

»Das war wunderbar!« sagte ich, als wir nach Luft ringend nebeneinander am Strand saßen. »Ich war mir sicher, wir wären Mittagessen.«

»Waren wir auch fast«, stimmte Rudy zu. »Zum Glück mögen Delphine Haie nicht.«

»Gut, daß sie Menschen mögen.«

»Das, Miles, ist eines der Geheimnisse des Universums, wenn man bedenkt, was Menschen ihnen und ihrem Lebensraum im Lauf der Jahrhunderte angetan haben. Erinnert mich, daß ich, wenn ich je an Geld komme, dem Institut zum Schutz von Meeressäugetieren eine dicke Spende vermache.«

»Und jetzt, Jungs?« Wir waren wieder in unsere nassen

Kleider gestiegen und schauten uns um. Mir kam alles wie undurchdringlicher Dschungel vor.

»Nach Norden«, bestimmte Rudy. »Ich weiß nicht genau, wo wir sind, aber früher oder später müssen wir auf Zivilisation treffen. Es gibt an der Küste eine Reihe von Siedlungen.«

»Irgend 'ne Ahnung, wie weit Acapulco ist?« Ich hatte keine Lust, tagelang durch den Dschungel zu stapfen.

»Wer weiß? Wir waren eine gute Stunde im Boot, bevor der Motor schlappmachte. Könnten fünfzig Meilen sein oder hundert. Wir können nur losmarschieren, Miles.« Mit dieser tröstlichen Einschätzung der Lage machte Rudy sich auf. Ich schloß mich mit Jackson an.

Die Sonne wanderte Richtung Westen über den Himmel. Am Nachmittag war noch immer kein menschliches Zeichen zu sehen. Zum Glück hatte Jackson eine kleine Gruppe Bananenbäume entdeckt, und wir hatten etwas gegessen. Eine Stunde vor Sonnenuntergang stolperten wir in ein verschlafenes, kleines Fischerdorf. Es waren nicht mehr als ein Dutzend Häuser, aber ich roch warmes Essen. Hätte man uns plötzlich nach Paris oder Rom verfrachtet, ich hätte nicht glücklicher sein können.

»Ich erkundige mich, wo wir sind«, sagte Rudy. »Versuch, den Mund zu halten, Miles. Ich würde lieber so wenig wie möglich darüber sagen, wo wir herkommen.«

»Entschuldige, aber du siehst auch nicht grade aus wie Pancho Villa. Wenn du als Einheimischer durchgehen willst, hast du hoffentlich noch mehr Schuhcreme.« Es stimmte: unser Bad hatte alles Schwarz aus Rudys roter Mähne gewaschen. Er sah kein bißchen mexikanisch aus.

»Mach keine Witze! Verdammt. Dein Haar ist noch schwarz wie Teer, Miles. Ich nehm an, der Wasserstoff hat die Creme aufgesogen wie ein Schwamm.«

»Das war dann mein Leben als Blondine«, seufzte ich. Ich fuhr mir durch die Haare. Es fühlte sich an wie ein Scheuerschwamm. Als ich die Finger zurückzog, bemerkte ich angewidert, daß etwas an ihnen hing, das Haaren ähnelte. Ich wußte nicht, ob ich schon bereit war, bald kahl zu sein, obwohl das sicher zu meinem restlichen Körper gepaßt hätte. Es war echt beunruhigend.

»Wir müssen noch klären, wo wir sind, und möglicherweise ein Transportmittel auftreiben. Ihr könnt genau so gut mitkommen.« Zu dritt gingen wir ins Dorf und waren bald von von einer Meute bellender Hunde und neugierigen Kindern umringt.

Ein würdiger Greis kam aus einer der Hütten auf uns zu. So wie alle ihm gehorchten, schien er eine bedeutende Persönlichkeit zu sein. Er sprach, und Rudy antwortete ihm auf Spanisch, wobei er Jackson und mich mit einer weiten Geste der Hand einbezog.

Danach kam Rudy zu uns zurück. »Ich glaube, wir haben Glück - hoffe ich zumindest. Ich erklärte unser Problem - teilweise wenigstens - und der alte Mann wird uns zu jemandem bringen, der uns vielleicht helfen kann.«

»Toll!« jubelte ich »Hoffen wir's«, murrte Rudy zweifelnd. »Der Mann, zu dem er uns bringt, ist ein Gringo. Die meisten Amerikaner, die sich hier im Dschungel verkriechen, haben guten Grund dazu. Normalerweise geht es dabei nicht darum, dem Friedensnobelpreis zu entgehen.«

Wir schlossen uns der Prozession hinter dem Alten an. Kurz darauf standen wir auf einer Lichtung vor einer recht imposanten Hütte. Ein Kahlkopf, etwa Mitte vierzig, trat heraus. Man konnte sehen, daß er einmal einen tollen Körper gehabt hatte, der allerdings etwas heruntergekommen war. Ein Blick auf seine Blumenkohlohren und die platte Nase verriet, daß er Boxer gewesen war - wahrscheinlich kein sehr erfolgreicher. Er starrte uns durchdringend an.

»Rock?«

»Lightning?« Jackson trat plötzlich vor, und die beiden umarmten sich.

»Rock?« Ich wandte mich an Rudy. Er zuckte ratlos die Achseln.

»Wie geht's dir, Kumpel? Mann, das ist was - zehn Jahre her?«

»Mindestens. Du siehst toll aus.« Jackson drehte sich um und winkte uns zu sich. »Jungs, ich möchte euch einen alten Kumpel vorstellen. Lightning Grabowski, das sind Rudy Vale und Miles Diamond. Zwei meiner besten Freunde.« Wir schüttelten uns die Hände. Bevor ich mich versah, saßen wir unter einem großen Strohschirm und tranken eine Art Rumpunsch, während Lightning und Rock - alias Jackson - in Erinnerungen an die Zeit im Ring schwelgten.

»Lightning hat mir alles beigebracht, was ich übers Boxen weiß«, sprudelte Jackson hervor und warf dem Älteren die Arme um die Schultern. Ich betrachtete mir Jacksons platte Schnauze und nickte. Die Ähnlichkeit war verblüffend. Zum Glück hatte ich die Geistesgegenwart, nicht darauf hinzuweisen. Lightnings zerknautschtem Gesicht nach zu urteilen, hatte Jackson gut daran getan, rechtzeitig aus dem Ring zu steigen.

Während Jackson und sein Mentor plauderten, wurde meine Aufmerksamkeit zur Tür der Hütte gezogen. Dort war ein Mann erschienen, der, offenbar gerade von einem Schläfchen erwacht, sich streckte und gähnte. So wie die Beule in seiner Unterhose aussah, hatte er sehr angenehm geträumt. Sein Schwanz reckte sich über die rechte Hüfte und dehnte ungebärdig den dünnen, weißen Stoff.

Er sah meinen Blick und streckte sich erneut, wobei sich die Muskeln in seinen langen Armen zu beeindruckend dicken, festen Knoten blähten. Dann richtete er die Eier in der Hose und zupfte gedankenverloren an dem Streifen dunkler Haare, der zu seinem Nabel verlief.

Er war gut gebaut - breite Brust, Waschbrettbauch, Schenkel, zwischen denen man Kokosnüsse knacken konnte. Bis auf die Linie auf dem Bauch und den Flaum auf den kräftigen Schenkeln war seine Haut glatt wie Seide. Er drehte den Kopf und sah mich wieder zu ihm schauen. Ich lächelte und zwinkerte, in der Hoffnung, er habe nichts gegen den kleinen Flirt. Er grinste mich breit an. Sein makelloses Gesicht ließ mich vermuten, daß er einen Bogen um den Boxring gemacht hatte. Ich hoffte, das würde so bleiben - zu seinem Besten.

»Hey, Davey«, rief unser Gastgeber und winkte den Mann herbei. »Komm und mach dich mit den Jungs hier bekannt.« Davey trottete herüber und schüttelte uns schüchtern lächelnd die Hände. Er nahm mit gespreizten Beinen und noch immer zuckendem Ständer neben mir Platz.

»Davey. Geh doch mal, und sieh, ob du den alten Truck in Gang bringst. Unsere Freunde müssen ihn sich ausleihen.«

»Klar, Lightning.« Er stand auf. »Hey, Macker.« Er schaute mich direkt an. »Lust, mit Hand anzulegen?«

»Klar«, sagte ich und sprang eifrig auf. Hand? Mann, bei dem hätte ich beide Hände angelegt und die Zunge dazu. Ich trank meinen Punsch aus und folgte seinem knackigen Arsch hinter die Hütte.

Der Truck stand unter einem Strohdach und rostete in der feuchten Luft friedlich vor sich hin. Davey öffnete die Kühlerhaube und musterte eindringlich den Motor. Er fummelte eine Weile herum, was mir Gelegenheit bot, die subtile Poesie seines breiten Rückens und der schmalen, festen Hinterbacken zu studieren. Als er sich schließlich umdrehte und die Hände mit einem Lappen wischte, sprang ich schuldbewußt auf und versuchte, meinen Ständer mit den Händen zu verbergen.

»Das sollte reichen«, verkündete Davey, schlüpfte in die Kabine und drehte den Schlüssel. Der alte Truck lief stotternd an, und der Motor lief erstaunlich rund. Zufrieden brachte Davey den Motor zum Stehen und kam zu mir zurück.

»Mann, bin ich geil«, sagte er unverblümt und griff sich an den Schwanz. Er zuckte immer noch und machte keine Anstalten, schlaff zu werden.

»Nicht viel los hier, hm?« Ich versuchte eine heikle Balance zwischen Sachlichkeit und echter Anteilnahme zu treffen. In Wahrheit mühte ich mich, nicht zu tröpfeln. Der Mann hatte die größten, saftigsten Brustwarzen, die ich je gesehen hatte. Die Höfe hatten die Größe von halben Dollars und die Knubbel in der Mitte ragten einen guten Zentimeter heraus.

»*Nada!*«, schnaubte er. »Nichts. Die Eingeborenen sind sehr prüde. Außerdem turnt mich keiner von denen richtig an.«

»Äh ... was genau würde dich denn anturnen?« fragte ich um Hilfe bemüht.

»Meinen Hammer in ‘n schön enges Loch zwischen zwei festen glatten Backen zu stecken.« Oha! Ich dachte daran, meine derzeit unbehaarten Backen zum Wohl des Ganzen bescheiden zu offerieren. »Mann, es ist Monate her.« Davey beäugte mich. »Du siehst ziemlich unbehaart aus«, stellte er mit einem Blick auf das V meines Hemds fest.

»Glatt wie ein Kinderpopo«, gab ich zu. Ich erwog gerade, ihm zu zeigen, wie glatt, als Davey die Sache in die Hand nahm. Mit einem komischen Blick riß er mir mit beiden Händen daß Hemd herunter. Das Geräusch des reißenden Stoffs hing noch in der Luft, als er mich herumdrehte und mich über den Kühler des Trucks schubste. Noch ein Reißen, und mein Arsch hing im Freien.

»Verdammt geil«, brummte Davey und versetzte mir einen schallenden Schlag auf die Backen. »Spreizen, Junge!« Als ich zögernd anfing, packte Davey meinen linken Knöchel und zerrte mein Bein über den Kühler. Ich drehte mich um, um etwas zu sagen, aber er legte mir eine Pranke auf den Rücken und rammte mir den Kopf in die Eingeweide des Motors. Ich hörte, wie er ausspuckte und spürte den Batzen auf meinem Arschloch. Die Attacke begann.

»Au!«, japste ich. »Sachte!« Sachte gehörte nicht zu Daveys Vokabular. Er setzte den Ständer an und stieß so fest zu, daß mir die Zähne klapperten. Scheiße, als hätte er mir einen heißen Baseballschläger reingerammt.

»Enger, Wichser!« Daveys Befehl wurde von noch einem Hieb auf den Arsch begleitet. Meine Muskeln verkrampften sich, und Davey knurrte zufrieden. Sobald mein Loch den gewünschten Druck ausübte, fing er an, mich gnadenlos zu rammeln, wobei mir wiederholt der Kopf an die übel verrostete Batterie knallte. Ich versuchte, mich abzustützen, bekam aber nur eine Handvoll Drähte und Schläuche zu fassen, die nicht den nötigen Halt boten.

Er bockte wie ein Wilder, und bei jedem brutalen Stoß knallten seine Eier an mein Gehänge. Ich quiekte und heulte, aber der Mann war so darauf aus, sich die Eier trockenzulegen, daß er es völlig ignorierte. Zum Glück forderte nach ein paar Minuten die Natur ihr Recht, und ich fing an, die Reibung zu genießen. Mein Schwanz reckte sich den Truck entgegen und zuckte mächtig unter Daveys arschzerfetzender Attacke. Als er mir seine Ladung ins weit gedehnte Loch gespritzt hatte, entlud ich mein Sperma ins linke Hosenbein. Dann brach ich völlig erschöpft über dem Kühler zusammen.

Davey stieg ab und ging. »Danke ebenso«, murmelte ich und versuchte, aufzustehen. Irgendwas stimmte nicht. Mein Kopf hatte sich in einem Schlauch unter der Kühlerhaube verfangen. Ich wand und drehte mich, aber das machte alles noch schlimmer. Schließlich griff ich in meiner Verzweiflung nach einem Kabel und zerrte fest daran. Das war ein Fehler.

»Scheiße!« Der Lärm der Hupe war ohrenbetäubend. Ich tanzte wild herum, aber die Hupe blökte weiter, und ich saß immer noch fest.

»Was zu Teufel?« Ich hörte Stimmen, dann spürte ich Hände, die an den Schläuchen zerrten. Die Hupe verstummte im gleichen Moment, als mein Kopf befreit wurde. Ich stand auf und drehte mich dämlich grinsend zu meinen Rettern um.

»Danke, Jungs«, sagte ich schwach. »Ich hing fest.«

»Offensichtlich«, meinte Rudy sachlich mit undeutbarem Blick.

»Ich wollte nur-«

»Spar dir's, Diamond. Ich will's nicht hören. Der Anblick hat mir genügt. Den werd ich sicher ins Grab mitnehmen.« Rudy schüttelte den Kopf. »Wir sind fertig. Das heißt, falls du dich losreißen kannst.«

»Fein«, antwortete ich schlicht und raffte meine Klamotten auf. Wenn ich die Überreste meines Hemds um die Hüfte band, war mein Arsch bedeckt. Solange kein Wind kam, reichte das.

Wir stiegen ein, und Jackson verabschiedete sich von Lightning. Von Davey war nichts zu sehen. Anscheinend hatte ihn der Aufwand an Energie zu einem weiteren Nickerchen veranlaßt. Ich setzte mich hinten auf den alten Truck - Rudy hatte erklärt, für drei sei es in der Kabine zu eng - und hielt mich fest, während wir über den rauhen Feldweg holperten.

Nach etwa einer halben Stunde bog Jackson auf den Highway ab. Ich sah ein Schild, dem zufolge wir nur fünfundzwanzig Kilometer von Acapulco entfernt waren, und träumte von einer heißen Dusche. Meine Hoffnung verflog, als Jackson auf einen anderen miesen Feldweg abbog.

»Was soll das?« protestierte ich durchs Beifahrerfenster.

»Wir fahren direkt zur Kultstätte.«, erklärte Rudy.

»Es ist mitten in der Nacht!« Ich dachte, das würde die Sache zu meinen Gunsten wenden. Wieder ein Irrtum.

»Genau. Dann kommen wir hin, ohne gesehen zu werden. Wir müssen unseren Dämon wiederhaben.«

Der Dämon. Natürlich. Ich setzte mich wieder hin und lenkte mich durch den verborgenen Schatz von der knochenharten Straße ab. Es half - ein bißchen.

Wir parkten vor dem Eingang zur Tempelanlage und schlichen im Mondschein über die offene Plaza. Alles schien verlassen - keine Spur von Menschen, Tieren oder Autos. Jackson ortete die Tasche mit dem Dämon und der Karte - ein erstaunlicher Beweis von Ortsgedächtnis, wenn man mich fragt - und wir kehrten zu dem Tempel zurück, wo ich Martin getroffen hatte. Jackson schaltete eine Taschenlampe ein, und wir betraten den unterirdischen Gang.

Da die Hauptkammer leer war, versammelten wir uns um die Steinplatte, auf der Rudy und Martin sich gepaart hatten, bevor wir zu dem Vulkan verschleppt worden waren. Jackson stellte die Lampe ab und zog den Dämon und den Plan aus der Tasche.

»Was ist da passiert!« fragte Rudy mit einem Blick auf die Sprünge, die entstanden waren, als ich den Dämon vor Tagen hatte fallen lassen.

»Meine Schuld«, gab ich zu und nahm ihm die Figur ab. Ich rieb mit dem Finger über einen Sprung, und es splitterte eine Lage von dem Stein. Ich beseitigte ein anderes Stück.

»Schaut euch das an, Jungs!« sagte ich aufgeregt, nachdem ich ein Viertel des Rückens freigelegt hatte.

»Sieht aus wie Schnörkel.« sagte Jackson.

»Zeig mal, Miles.« Rudy nahm die Figur und schlug weitere Stücke ab. »Gib mir deine Karte.«

»Meinst du die antike Klobrille?«

»Äh ... ja, die.« Ich liebte es, Rudy eins auszuwischen. Das passierte viel zu selten. »Jesses! Das ist es.«

»Das ist was?« zischte Jackson.

»Spuck's aus!« forderte ich.

»Das ist die Karte der Tempelanlage. Einzeln sieht alles wie zufällige Linien aus. Aber wann man beide zusammenlegt, ist es ein Plan. Seht ihr diese Hieroglyphe?« Rudy deutete auf ein komisches Gekrakel in der oberen Ecke.

»Ach?«

»Prüf's nach.« Rudy drehte den Dämon um und zeigte auf den Bauch des Kleinen. Ich hatte das Zeichen schon gesehen, es aber für den Nabel gehalten. »Wenn ich mich nicht irre, sind wir im falschen Teil der Anlage. Der Tempel des Dämons des Todes ist auf der anderen Seite der Hauptplaza.«

»Und der Hohepriester? Er schien zu glauben, daß die Riten hier gefeiert wurden.«

»Dieser Trottel?« Rudy schnaubte abfällig. »Nein. Ich bin sicher, der Tempel - und vielleicht der Schatz, wenn es einen gibt - sind hier gegenüber.«

»Das nehme ich an mich, Gentlemen.« Ich wirbelte herum und schaute in die Augen von Nelson Chin. Er blickte ganz freundlich, aber seine Kanone wirkte todernst. »Bitte.«

FÜNFZEHNTES KAPITEL

Und jetzt?« fragte ich geknickt. Nelson Chin, die Ratte, hatte uns zu dritt Rücken an Rücken gefesselt und nicht versäumt, die schwere Kette, durch eine Öse am Boden zu ziehen. Die Kleider hatte er uns auch abgenommen - kein schwerer Verlust in meinem Fall. Rudy war nicht so begeistert. Nun, so nahe, daß der Erfolg fast zu riechen war, saßen wir an den Boden gekettet im falschen Tempel.

»Na, unsere Hoffnung auf eine Belohnung können wir begraben«, brummte Jackson düster.

»Nicht zu reden von der Gelegenheit, den Schatz dem mexikanischen Volk zurückzugeben, dem er rechtmäßig gehört.« Ich hielt Rudys Pläne mit dem Schatz ja für kalten Kaffee, wagte aber nicht, es ihm zu sagen. Ich seufzte nur tief.

»Was ist das?« fragte Jackson und zerrte uns zur Wand der Kammer. »Das da. Schaut!«

»Ein Schwanzring?« schlug ich, nach dem glitzernden Gegenstand blinzelnd, vor.

»Das ist der gottverdammte Schlüssel!«, schrie Rudy auf.

»Chin hat den Schlüssel dagelassen?« Ich konnte es nicht fassen. »Dann sind wir gerettet.«

»Ich glaub nicht, daß wir drankommen«, sagte Jackson zweifelnd. Er versuchte vergeblich, eine Hand zu heben.

»Vielleicht erwisch ich ihn mit dem Fuß«, bot ich an. »Ich hab lange Zehen.«

»Nein!« brüllte Rudy, aber zu spät. Ich legte meine ganze Kraft in den Tritt. Ein wichtiges Detail hatte ich in meiner Berechnung ausgelassen: unsere Knöchel waren ebenfalls angekettet. Ich zerrte Rudy und Jackson die Beine weg, und wir fielen alle klirrend übereinander.

»Klasse, Diamond. Wirklich klasse«, blaffte Rudy, während wir uns mühsam aufrappelten.

»Tut mir leid.« Düster starrte ich den Schlüsselbund an. Er waren keine zwanzig Zentimeter, aber es hätte ebenso eine Meile sein können. Ihn mit der Nase oder den Zehen zu erwischen, war unmöglich. Ich konnte nicht fassen, daß uns weniger als zwanzig Zentimeter einen Strich durch die Rechnung machen sollten. Dann kam mir eine Idee - eine echt tolle Idee. Eine Idee von genialem Kaliber.

»Rudy?«

»Was?«

»Wie lang ist dein Schwanz?«

»Schnauze, Diamond. Geht dich nichts an.« Er klang gereizt.

»Ich frag nicht nur so. Ich muß es wirklich wissen.«

»Lang genug.«

»Jackson, wie lang ist Rudys fetter Hammer?« Ich spürte, daß Rudy erstarrte. Ich war froh, daß wir Rücken an Rücken zusammengekettet waren.

»Miles, das ist eine sehr persönliche Frage.«

»Ich muß es wissen. Das heißt, wenn ihr daran interessiert seid, aus der Scheiße hier zu kommen und den Schatz zu retten.«

»Dreiundzwanzig Zentimeter«, sagte Jackson. »Vierundzwanzig kurz vorm Abspritzen. Wieso?«

»Ihr wißt doch, daß Rudys Schwengel am Ende diese nette, kleine Kurve macht. So daß die Eichel nach oben steht.«

»Halt's Maul, Diamond.«

Ich ignorierte Rudy. »Ich glaube, wenn Rudy ihn hochkriegt und wir alle in die Richtung ziehen, daß er den Bund auf den Schwanz nehmen kann und wir frei sind.«

»Diamond. Du bist so sexbesessen, daß es deinen Verstand vermurkst hat!«

»Es könnte klappen, Rudy«, schlug Jackson sich auf meine Seite.

»Nicht du auch noch! Glaubt ihr etwa, ich brächte unter diesen Umständen 'n Ständer hin? Vergeßt es und überlegt euch was weniger Abgefahrenes.«

Es gibt Zeiten, da muß man einlenken, und andere, wo das zum Wohle aller nicht angebracht ist. Eine solche schien mit jetzt vorzuliegen. Deshalb fing ich an - ohne um Erlaubnis zu bitten - Rudy Vale den Finger in den Arsch zu stecken.

»Hör auf! Was machst du da? Aufhören! Aaaaahhhh!« Er versuchte, dichtzumachen, aber ich habe kräftige Finger und war fest entschlossen. Ich rammte ihm den Mittelfinger bis zum Anschlag rein und fing an, in dem heiß-feuchten Kanal herumzuwackeln.

»Jesses, Miles! Tu das nicht.«

»Hilf mir, Jackson. Ich weiß, daß es klappt.«

»Der bringt dich um, wenn wir freikommen.«

»Das riskier ich - falls wir freikommen.« Jackson dachte nach, um dann einen seiner klobigen Griffel neben meinen in Rudys Loch zu stecken. Gleichzeitig trafen wir Rudys Prostata und massierten sanft den kleinen Knoten. Rudy bockte und zuckte, aber zum Ausweichen waren wir zu eng aneinandergekettet. Nach ein paar Minuten gab er es auf.

»Klappt's?« Ich reckte den Hals, um selbst nachzusehen.

»Ja«, japste Rudy. »Es klappt. Aaaahhhh!« Das klang durchaus so. Ich rammte ihm einen zweiten Finger ins Loch und Jackson auch. Rudys Schließmuskel verkrampfte sich, und er fing an, geil mit dem Arsch zu wackeln. Ich streckte den Finger und bearbeitete eifrig seinen Lustknoten.

»Steht er schon?« fragte ich nach ein paar weiteren Minuten.

»Oh, ja. Und wie. Uff! Gott!«

»Alles klar, Jackson?«

»Jawoll!«

»Hör zu , Rudy. Du hilfst uns, deinen Schwanz in Richtung Schlüsselbund zu bringen. Paß auf, daß du nicht umfällst.«

»Okay«, grunzte Rudy. Sein Arsch schnappte nach meinen Fingern, als wolle er sie abbeißen. Mit dem Daumen fuhr ich über den Grat zwischen Eiern und Loch. Er war steinhart. »Fester, verdammt! Massier ihn!«

Ich gehorchte bereitwillig und klopfte wild gegen seinen G-Punkt. Ich spürte, wie seine Schultern sich verkrampften und griff wieder an. Rein der Gedanke, Rudy mit den Fingern zu ficken, hatte mich äußerst erregt. Ich schaute nach unten und sah, daß mein Schwengel auf klassische Weise reagierte. Ich war noch immer nicht daran gewöhnt, ihn so nackt zu sehen. Als Rudy lüstern stöhnte, hob er sich und schwoll so an, daß meine Eichel die Hülle durchstieß und zu tröpfeln anfing.

»Drückt mich an die Wand«, befahl Rudy. »Genau. Fester.« Vereint stocherten wir in Rudys Höhle. »Fester, sag ich, verdammt!« Wir beugten uns vor, um Rudys Oberkörper zurückzuziehen, während er die Hüfte in Richtung Wand streckte. »Ich bin fast da. Fast. Fester. Aahhh! Ich hab ihn.« Ich hörte die Schlüssel rasseln, aber nicht zu Boden fallen. »Oh!« Rudy klang erschöpft.

»Was ist?« fragte Jackson.

»Die Schlüssel. Ich hab sie, aber sie sind auf den Schwanz gerutscht.«

»Tolle Arbeit«, jauchzte ich. »Wir ziehen einfach die Finger raus, dann wirst du schlaff, und die Schlüssel fallen. Kleinigkeit.«

»So läuft das nicht«, stöhnte Rudy. »Wenn ich mal steif bin, dann für Stunden. Außerdem ist dieser Schwanzring eng.«

»Wie eng?«

»Echt eng. Ich fürchte, ihr müßt weitermachen, bis ich abspritze.«

»Wie lange kann das dauern?«

»Herrje, Miles. Ich weiß nicht. Du bist doch der Experte auf dem Gebiet.«

»Ich hab nie abgestoppt«, gab ich sittsam zurück.

»Spiel an meinen Eiern«, befahl Rudy. »Jackson, du weißt, wie ich's mag.« Jackson zog die Finger aus Rudys Loch und massierte ihm die prallen Eier. Ich steckte zwei Finger dazu und pumpte weiter.

»Miles.«

»Hm?«

»Leck mir die Brustwarzen.«

»Die Brustwarzen?« Ich drehte mich um und kämpfte gegen die schweren Ketten an. »Rudy, ich kann deine Titten nicht mal *sehen.*« Rudy drehte mir seinen Oberkörper zu, und ich reckte den Hals. Schließlich senkte sich unter Gefährdung meiner Halssehnen mein Mund über seinen großen Nippel. Ich nahm den harten Knubbel zwischen die Zähne, fing an zu saugen und fuhr mit der Zunge über das warme Fleisch. Rudys Brust hob sich, und sein Arschloch schloß sich um meine Finger.

»Genau so Jungs. Zieh mir den Sack lang. Leck mir die Titten! Aahhh!«

Ich leckte und stocherte. Mein Schwengel zuckte und klatschte mir saftsprühend an den Bauch. Meine Eichel schwoll an, und meine Eier saßen eng am Schaft. Ich hoffte nur, Jackson genoß es genau so wie ich.

»Es kommt, Jungs!« rief Rudy. Er atmete schwer und sein Ständer war obszön angeschwollen. Der Schlüsselbund glitzerte zwischen seinen kupfernen Schamhaaren. »Fester! Noch fester!« Jackson und ich zerrten, bohrten und kauten mit aller Kraft, während Rudy mächtig aufheulte. Sein Pißloch klaffte mit weißem Zeug angefüllt auf und fing an zu spucken.

Der erste heiße Schwall traf mich ins Gesicht. Beim Geruch und dem Gefühl seiner Hitze federte mein Bolzen gegen meinen Bauch. Sein zweiter Schuß flog hoch hinaus und regnete dick und heiß auf uns. Ich biß zu, und er stieß eine dritte Fontäne aus, die mir auf der Brust zerplatzte. Auf die nächste Eruption wartend, starrte ich auf seinen zuckenden Schaft. Sie kochte aus ihm heraus und traf mich mitten zwischen die Augen. Heiße Sahne rann mir über die Nase auf die Lippen. Ich streckte die Zunge heraus und leckte die klebrigen Schätze auf, um mich dann wieder über seinen Nippel herzumachen.

Rudy feuerte noch ein paar gute Schüsse ab, dann versiegte seine Ladung. Endlich zwängte er den letzten heraus und sank keuchend und schweißüberströmt gegen uns. Ich ließ die Finger in ihm drin, bis ein besonders starkes Zucken seines Schließmuskels sie ausspie. In einem Exzess der Geilheit stopfte ich sie mir selbst ins Loch und wurde mit der Entspannung belohnt, die sich so verzweifelt brauchte. Mein Schwanz explodierte heftig und spritzte Sperma quer über meinen Bauch und schließlich auf den Boden um mich her.

Ich versuchte immer noch, mich zu fassen, als ich das metallische Geräusch fallender Schlüssel hörte. Rudy kniete nieder und zerrte mich roh zu Boden. Er fummelte, um den Schlüssel ins Loch zu stecken, dann hörte ich ein Klicken, und wir waren wieder frei.

»Tolle Idee, was, Rudy?« stichelte ich, als wir uns Hand- und Fußgelenke massierten, um den Kreislauf wieder in Gang zu bringen.

»Ich diskutiere mein Sexualleben lieber nicht mit dir, Miles«, sagte Rudy kühl. Er kann manchmal so prüde sein. Ich versteh das nicht.

»Seid ruhig, bleibt unten und Vorsicht«, wies Jackson uns an. Wir kauerten im lianenbewehrten Eingang eines anderen Tempels auf dem Gelände. Weit entfernt konnte ich ein flackerndes Licht erkennen und Stimmen hören. Er klang, als sei ein Streit im Gange.

»Haben wir etwas, das entfernt an Waffen erinnert?« flüsterte ich. »Ich hab das Gefühl, die sind uns über mit ihren Kanonen.«

»Sei bloß ruhig«, blaffte Rudy. »An Kanonen will ich nicht mal denken.«

»Ich hab 'n Stück von der Kette«, sagte Jackson.

»Ich hab das.« Ich hielt den Stock hoch, den ich im Tempel, aus dem wir entkommen waren, gefunden hatte.

»Super«, murrte Rudy. »Ein Stück Kette und ein spitzer Stock. Wir sind auf alles vorbereitet.«

»Was war das?« Die Stimmen waren lauter geworden. Ich hörte einen Schmerzensschrei.

»Ich weiß nicht, aber es gefällt mir nicht. Vielleicht sollten wir in die Stadt gehen und die Polizei alarmieren.«

»Vergiß es, Rudy. Bis wir alles erklärt haben und wieder hier sind, kann der Schatz weg sein.«

»Und wir verfaulen für alle Ewigkeit im Knast.« Rudy betonte nie die positiven Seiten.

»Miles hat recht, Rudy. Die Überraschung ist auf unserer Seite.«

»Klar«, knurrte Rudy. »Ich frag mich nur, wer mehr überrascht sein wird - die, wenn sie uns nackt und unbewaffnet sehen, oder wir, wenn sie uns abknallen.«

»Los.« Jackson schlüpfte durch die Lianen in den Gang. Rudy folgte kopfschüttelnd. Ich bildete die Nachhut.

Wir krochen durch den langen Tunnel, bis wir in die große Kammer sehen konnten, in die er führte. Der Raum war gut doppelt so groß wie der andere, und die Wände waren mit komplizierten Gravuren bedeckt. Gegenüber des Eingangs schien ein Altar zu stehen. Dahinter befand sich eine fein ausgeführte Reihe von Figuren im Halbrelief, die alle zu einer unregelmäßigen Nische in der Wand blickten.

Um den Altar standen mehrere Männer, die mir, zumindest vom Sehen, bekannt vorkamen. Martin kauerte mit gefesselten Händen und einer Schürfwunde an der Wange vor der Wand hinter dem Altar. Darüber würde ich Nelson Chin zur Rede stellen. Er hatte versprochen, ihm nicht wehzutun.

Links vom Altar sah ich zwei Gestalten, die ich bei einem mitternächtlichen Rendezvous im mexikanischen Dschungel nicht erwartet hätte. Corliss, den Museumsdirektor, und Grizzard sr., den ehemaligen Besitzer des Dämons, der jetzt auf dem Altar stand. Ich vermutete, daß die beiden von Anfang an bis zur Halskrause in der Sache gesteckt hatten, und das war der Beweis. Ich fragte mich, was ihre Kollegen im Kunstmuseum wohl gesagt hätten, wenn sie sie in dieser illustren Runde angetroffen hätten.

Ihnen gegenüber stand der Mann, den Jackson als Ramirez, den berüchtigten Drogenbaron - und Auftraggeber von Fingers Kominski - identifiziert hatte. Kominski war auch da, ebenso der knackige Dennis, auf dem ich so unsanft gelandet war. Er lungerte herum und wäre eindeutig lieber in Miami gewesen.

Ein paar andere, die ich nicht kannte, waren vermutlich eher ihrer - beachtlichen - Muskeln, denn ihrer, schon auf den ersten Blick minimalen, persönlichen Ausstrahlung wegen engagiert worden. Bei näherer Betrachtung bemerkte ich, daß die beiden Gorillas einen dritten Mann hielten, der auf den Knien lag und die Arme unbequem auf den Rücken gedreht hatte. Sein Kopf rollte auf der Brust, und ich war mir sicher, daß er die Position nicht freiwillig eingenommen hatte.

Das letzte Mitglied des kleinen Tableaus lag flach vor dem Altar. Ich schaute hin, dann ein zweitesmal. Ich hatte Nelson Chin noch nie bewußtlos gesehen. Er war sehr still und sehr bleich. Ich gebe es nicht gerne zu, aber ich empfand kurz Sorge um den Mann, selbst wenn er ein hinterhältiger, mieser, verräterischer, heimtückischer Krimineller war. Ich hoffte, er war nicht tot.

»Du hast zu fest zugeschlagen!« herrschte Ramirez einen seiner Gorillas an. »Ich sagte, du sollst ihm die Informationen rausprügeln, nicht das Hirn.«

»Tut mir leid, Boss«, murmelte der Bulle.

»Können wir jetzt weitermachen?« Grizzard tigerte auf und ab, wobei er immer wieder über Chin hinwegstieg. »Wir müssen uns überlegen, was wir mit dem verdammten Dämon machen.« Er nahm meinen kleinen Freund und hielt ihn der Runde entgegen. »Er ist der Schlüssel zu dem Schatz. Ich weiß es.«

»Nun«, mischte Corliss sich ein, »wenn wir nur wüßten, was Chin mit diesem Trottel Diamond und seinen Kumpanen gemacht hat. Ich bin sicher, dann hätten wir die Antwort. Seit dieser Depp da reingeraten ist, läuft alles aus dem Ruder.«

»Hey, Mann«, blaffte Ramirez. »Mein Mann hier hat versucht rauszubekommen, was Chin mit ihnen gemacht hat. Vielleicht ist Ihnen aufgefallen, daß er nicht reden will.«

»Herrgott!« schnaubte Grizzard und ging schneller. »Wenn ich diesen Diamond nur für eine Minute in die Finger bekäme. Dem würde ich die Informationen rausquetschen, und ihm dann den Kopf abschneiden und ihm in den Arsch schieben.«

»Klingt spaßig«, Kominski kicherte, und seine Hände zuckten. Nun, es war nicht unbedingt meine Vorstellung von Spaß. Schon der Gedanke daran ließ mir das Blut in den Adern erstarren.

»Ist's zu spät, um zur Polizei zu gehen?« flüsterte ich zu Rudy gewandt. Er schaute mich an und schüttelte den Kopf. Ich konzentrierte mich wieder auf die Kammer. Chin wachte auf. Er stöhnte leise und versuchte mühsam, sich aufzurappeln.

»Okay, Jungs«, kicherte Ramirez und trat Chin gegen den Oberschenkel. »Er ist wach. Bereitet ihn fürs weitere Verhör vor.« Der Bulle, der Chins Mann gepackt hatte, warf den Herrn zu Boden, und Kominski stellte ihm den Fuß auf den Hals. Der Mann würde Chin wohl nicht zu Hilfe kommen.

Die beiden Gorillas packten Chin an den Armen, zerrten ihn hoch und knallten ihm die Fäuste in den Bauch. Chin stöhnte, redete aber nicht. Nach einer Weile verlor Ramirez die Geduld. »Bringt den her!«, befahl er auf Martin deutend.

Ein Mann hielt den schlaffen Chin, der andere schleppte Martin vor Ramirez.

»Kominski!« Ramirez brauchte keine weiteren Anweisungen zu geben. Kominski verstand. Er trat noch einmal brutal auf den Hals des Mannes am Boden und schlenderte zu Martin. Martin schwankte, blieb aber stehen. Kominski griff in die Manteltasche und zog eine Spule dünnen Drahts mit Handgriffen an beiden Enden heraus. Ich erschauerte.

»Rede, verdammt!« Ramirez schlug Chin roh ins Gesicht. Chin starrte ihn trotzig an.

»Ich weiß nicht, wo Diamond und seine Leute sind«, blaffte er. »Ihr habt den verdammten Dämon. Wenn ihr zu dumm seid, selbst auf sein Geheimnis zu kommen, Pech gehabt. Den armen Teufel umzubringen, wird daran nichts ändern.«

»Das werden wir ja sehen«, sagte Ramirez. »Los.« Kaminski legte die Würgeschlinge um Martins Hals. Martin quiekte panisch.

»Halt!« Erstaunt schaute ich mich um. Es hatte geklungen wie meine Stimme. So wie die Indizien lagen - meinen Stock schwingend stand ich vor der ganzen Meute - war es wirklich meine Stimme gewesen. Ich trat vor und hielt den Stock wie das Schwert eines Racheengels. Zum Umdrehen und Weglaufen war es zu spät. »Laßt ihn los!«

»Wer zum Teufel bist du?« fluchte Ramirez und hielt mir einen kurzläufigen Revolver vor den Bauch.

»Miles Diamond!« sagte ich, mich stolz in die Brust werfend. »Ruf deinen Gorilla zurück, und ich verrate dir alles über den verdammten Dämon.« Angesichts meines Wissens über den Dämon und wie er zu dem erhofften Schatz paßte, würde das nicht lange wirken.

»Kominski.« Fingers nahm widerwillig die Schlinge von Martins Hals.

Als ich den Raum betrat, traf mich etwas, das sich nur als Erleuchtung beschreiben läßt. Mein Gesicht hellte sich triumphal auf, und ich nahm die Skulptur. »Aufgepaßt, Gentlemen.« Ich ließ den Dämon vor den Versammelten aufblitzen. Alle Blicke ruhten gierig glitzernd auf mir. An Ramirez und Grizzard vorbei ging ich um den Altar. Sie machten finstere Gesichter, ließen mich aber durch. Ich kannte das Geheimnis jetzt. Ich hatte den Dämon schon zu oft in der Hand gehabt, um nicht zu erkennen, daß die unregelmäßige Vertiefung in der Wand die Behausung des kleinen Scheißers war. Ich brachte ihn an seinen Platz und drückte gegen seinen Bauch, damit er sicher stand.

Es gab einen Klick und dann ein dumpfes Grollen, als die Wand hinter dem Altar sich zu verschieben begann. »Heilige Scheiße!« japste ich. Ich konnte nicht glauben, was ich sah. Der Schatz des Dämons funkelte mich an und blendete mich mit einem Glanz, der die Mittagssonne verfinstert hätte. Das also hatten die spanischen Konquistadoren gesucht, um seinetwillen waren sie bereit gewesen, ganze Zivilisationen auszurotten. Gold - tonnenweise. Glitzernd, verführerisch, gefährlich.

Ich spürte den Impuls, fast als strahle er seinen eigenen Magnetismus aus, der mich in die Schatzkammer zog. Ich griff zu und packte das erste, was mir in die Hände kam. Er war ein kunstvoll gearbeitetes Armband aus purem Gold. Ich streifte es über die Hand und schob es auf den Oberarm. Wie von einem inneren Feuer beseelt, legte es sich eng um meinen Bizeps. Ich griff wieder zu und zog ein anderes Objekt aus dem Haufen, einen Zeremoniengürtel aus Goldschnüren. Ich legte ihn mir um die Hüfte, und ließ die Enden gegen meine Schenkel fallen.

Ich sah andere ausgestreckte Hände - Corliss, Grizzard,

Chin, Ramirez, selbst der unerschütterliche Jackson grabschten nach dem Zierrat und legten ihn um Handgelenke, Hälse, Knöchel. Alle waren nackt, hatten sich im Goldrausch die Kleider vom Leib gerissen. Ich drehte mich um und sah die weiten Augen des noch immer gefesselten Martin. Ich zog einen Zeremoniendolch aus dem Schatz und zerschnitt seine Fesseln, um ihn dann in den Schatz zu stoßen. Er stand knöcheltief in goldenen Pokalen und schüttelte verständnislos den Kopf.

Die Luft war erfüllt von einer Energie, die über das Gold hinausging. Sie ähnelte dem Gefühl unwiderstehlicher Geilheit, das ich beim ersten Treffen mit Martin empfunden hatte. Ich hatte es meiner Libido zugeschrieben, aber hier war es anders. Zudem war ich nicht der einzige, der es spürte. Wenn ich mir all die nackten, goldüberkrusteten Männer in der Kammer betrachtete, sah ich überall den Beweis.

Der junge Dennis war vor einem der Gorillas seines Sugardaddys auf die Knie gesunken. Der Mann sah nicht besonders aus, hatte aber eine tolle Brust und einen Schwanz, der aussah, als könne er an Dennis' Mandeln beträchtlichen Schaden anrichten. Ungeachtet der Gefahr sperrte Dennis weit auf und schluckte den Mann in einem einzigen lüsternen Vorstoß. Ohne auch nur Atem zu holen, bewegte der leckere Junge den Kopf vor und zurück, um die pralle Rute heftig zu polieren.

Ramirez hatte keine Zeit, sich über die Untreue seines Freundes zu beklagen. Er hatte mit Corliss und Grizzard zu tun. Diese Ehrenmänner hatten es auf Ramirez abgesehen, Corliss vorn, Grizzard hinten. Corliss stopfte sich wichsend Ramirez' Schwanz in den Arsch, und Grizzard lag auf den Knien und leckte Ramirez' pelzige Hinterbacken.

Der andere Gorilla war, die Hände auf den Knien, vornübergebeugt und ließ sich von Fingers Kominski die Seele aus dem Leib ficken. Kominski mochte für seine Fingerfertigkeit berühmt sein, verfügte aber auch über etwas, das ihm auf anderem Gebiet hätte Ruhm eintragen können. Mindestens fünfundzwanzig Zentimeter lang bohrte es sich eben zwischen die Arschbacken seines Kollegen. Und mein Kumpel Jackson spreizte weit Kominskis Schenkel, um dem Mann die fetten Eier zu lecken.

Chin und Martin lagen im Clinch. Martin lehnte, den Arsch herausgestreckt, an der Wand und ließ sich von Chins langer Zunge Tribut zollen. Chin schlabberte gierig am Schlitz des jungen Archäologen, um dann aufzustehen und sich so heftig in ihn zu versenken, daß dem Mann die Knie weich wurden. Chin jedoch hatte ihn aufgespießt und hielt ihn fest.

Mein Blick fiel auf Rudy. Auf seiner breiten Brust glitzerte ein massiver Brustschmuck, und um Schwanz und Eier hatte er einen so engen dünnen Goldreif geschlungen, daß seine Eichel verführerisch anschwoll. Ich beobachtete, wie er die verfügbaren Öffnungen absuchte, und fragte mich, wohin er sich wenden würde. Sein Blick blieb an Dennis' wackelndem Hintern hängen, und er ging hinter dem jungen Mann in die Knie und rieb seinen Schwanz in der Spalte. Dennis reckte den Arsch, fing Rudys Schwanz ab und ließ sich darauf nieder.

Nicht willens, ausgeschlossen zu werden, lief ich benommen durch den Raum und bot meine Ständer allen und jedem an. Grizzard griff als Erster zu und ließ Ramirez kurz im Stich, um gierig an meiner Eichel zu saugen. Er schob die Vorhaut zurück und bohrte sich in mein Pißloch, daß mir Blitze durch die Wirbelsäule schossen. Ich ließ ihn machen, während mein Blick an Ramirez und seinem geilen Arsch klebte.

Ramirez war ein begehrenswertes Stück Fleisch - so lange man vergaß, wer und was er war. Ich war bereit, es für einen Augenblick zu vergessen, so bereit, daß ich nur pure Lust empfand, als ich ihm meinen Schwengel ins heiße Arschloch schob. Seine Backen klatschten an meinen Bauch, und ich fing an, zu rammeln. Grizzard rappelte sich auf und versenkte sich in mir, während Corliss zwischen unsere Füße kroch und uns die Eier leckte. Ich schwankte hin und her, unfähig, zu entscheiden, was mir am besten gefiel: zu ficken, oder gefickt zu werden. Es kam zum Stechen.

Nachdem ich vorne und hinten ordentlich vorbereitet war, machte ich mich zu Martin und Chin davon. Chin hatte den Archäologen an den Boden genagelt, seine Hände klammerten sich an die dicken Bizepse des Blonden, und er vögelte ihn in den Arsch. Ich kniete zwischen ihren Beinen nieder und lochte in Chin ein. Er blickte über die Schulter und grinste mich lüstern an.

Es gab so viele Möglichkeiten, und ich war so gierig. Ich machte ein paar Stöße in Chins Arsch, dann zog ich mich zurück und legte mich flach auf den Rücken. Mein Kopf landete so bequem zwischen Rudys Beinen, daß es nicht schwer war, den Hals zu recken und seine heißen Eier zu schlucken. So, wie er Dennis' Hinterteil rammelte, schien er es zu schätzen. Er schätzte es noch mehr, als ich ihm einen Finger in den Arsch steckte - ich nehme an, er war daran gewöhnt. Ermutigt schob ich mich noch weiter zwischen seine Schenkel, bis mein Kumpel sich hinsetzen konnte. Er sank auf meinen zuckenden Ständer ohne zu zögern.

Während Dennis an meinen Titten zugange war, packte ich die mächtigen Schenkel des Kerls, den der Junge blies, und stieß ihm die Zunge in den Arsch. Ich war vollständig von heißem, geilem, heftig kopulierendem Mannesfleisch bedeckt. Ich gewöhnte mich gerade daran, als jemand meine Beine packte und sie sich über die Schultern hakte. Dann streifte etwas Seidiges meine Rosette, und ich wurde von einem riesigen Steifen aufgespießt.

Es schien, als würden wir alle auf einander zustreben, uns übereinanderhäufen in der verzweifelten Suche nach einer verfügbaren Öffnung. Der Arsch, an dem ich leckte, wurde plötzlich mit einem Schwanz versiegelt. Im Nu stand mein Mund vor einer neuen Herausforderung in Form eines dick geäderten Schwengels, der immer näher kam, an meine Lippen klopfte und mir den Kiefer auseinanderzwängte. Ich machte weit auf und nahm einen dicken, sehr harten Sexhammer bis zu den Eiern auf.

Während ich so saugte und fickte und den Arsch anspannte, schien das Gewirr der Leiber sich immer stärker zu einem schwitzenden, sexbesessenen Haufen ineinanderzuwinden. Einmal wurde Rudy mitten im Stoß von meinem Schwanz gezogen und von einem anderen ersetzt, bevor mein Ständer auch nur gegen meinen Bauch klatschte. Im Arsch spürte ich eine dicke Ladung hochschießen, dann zog sich der Täter hastig zurück. In den nächsten Minuten wurde ich kurz hintereinander von drei verschiedenen Schwengeln verlötet: einer lang, einer sehr dick und einer mit einer bösartigen Krümmung nach links.

Ich griff in die Masse aus anonymen Gliedern und tastete hemmungslos nach Eiern und Titten und Ärschen. Wenn ich einen Schwanz in die Hand bekam, zog ich ihn aus dem Mund oder Arschloch, in dem er steckte, wichste ihn ein paarmal und stopfte ihn wieder zurück. Bei Schwänzen, die ich nicht befreien konnte, fuhr ich mit der Hand über den zuckenden, glitschigen Schaft, um zu spüren, wie sie sich so fest in Arschlöcher bohrten, daß sie mir fast die Finger zerquetschten.

Ich erfuhr nie, in wen ich meine Ladung abschoß oder wer

mir in den Arsch oder den Mund spritzte, aber der ganze Haufen fing zum lustvollen Stöhnen aus einem Dutzend Kehlen an, gefährlich zu schwanken. Einer nach dem anderen spritzte ab und sackte geschwächt zusammen. Mit einem letzten Stoß versenkte ich mich bis zu den Eiern in einem heißen, verkrampften Loch und feuerte. Mein Sperma kochte über, floß an meinem Schaft herunter und tropfte mir auf die nackten, erschlaffenden Eier.

Nachdem die Rammelei beendet war, versuchten wir, uns zu entwirren, und auf allen Gesichtern lag ein befriedigtes, leicht benommenes Lächeln. Ich setzte mich und schaute mich um. Ich konnte kaum glauben, was passiert war, aber die Beweise lagen vor. Auf Brust, Bauch und Schwanz hing mir in Krusten das Sperma, und noch mehr davon, rann mir aus Arschloch und Mund. Ich zitterte am ganzen Körper und erinnerte mich nur dunkel und entfernt an die drohende Gefahr.

Sehnsüchtig blickte ich noch einmal zu den funkelnden Bergen aus goldenen Schätzen, dann sank ich auf den Boden zurück und drehte mich um. Es war eine einfache Bewegung, aber im Nu waren die Nachbeben verebbt. Zuerst sah ich nur schwarze Stiefel. Mehrere Paare. Beim Aufschauen kamen schwarzbekleidete Beine und Rümpfe, kräftige Arme mit Tarnfarbe und finstere, ähnlich beschmierte Gesichter hinzu. Bis auf einen, waren sie schwer bewaffnet.

Ein Gesicht musterte ich genauer: den Mann vorne, offenbar der Anführer. Er war atemberaubend hübsch, und sein knackiger Leib platzte nahezu aus dem ärmellosen schwarzen Hemd. Trotzdem vermißte ich den grauen Anzug fast. Ich zwinkerte ihm zu und setzte mich auf.

»Keine Bewegung!« Er zielte mit der Kanone mitten auf meine Stirn. Seine Stimme war hinreißend - ein tiefer Bariton, der die Eier zum vibrieren brachte. »Sie sind alle verhaftet.«

SECHZEHNTES KAPITEL

Die Fahrt nach Acapulco zurück verlief schweigend. Die Sitzordnung war einem Geplauder nicht förderlich. Neben jedem von uns saßen zwei bis an die Zähne bewaffnete, wachsame und bemerkenswert verschlossene Regierungsbeamte. Als ich fragte, wo es hingehe, wurde mir ein Pistolenlauf ins Nasenloch gesteckt, was mich veranlaßte, die Frage-und-Antwort-Stunde auf eine geeignetere Zeit zu verschieben.

In Acapulco wurden wir im Gefängnis abgeliefert und unsanft in Arrestzellen geworfen. Ich war erleichtert, die Zelle mit Rudy, Jackson und Martin zu teilen. Die Ramirezbande warf drohende Blicke von gegenüber, während Chin und sein Kumpan düster in der Zelle daneben hockten. Corliss und Grizzard konnte ich nicht sehen, hörte aber, daß sie sich bitter über die spartanische Einrichtung beklagten.

Zum Glück war ich zu erschöpft, um wachzubleiben und mir über unsere Lage Sorgen zu machen. Ich rollte mich auf meiner schmalen Liege zusammen und schlief ein wie ein Baby.

Am nächsten Morgen wachte ich vom Geräusch unserer sich öffnenden Zellentür auf. Ein bulliger Wächter bedeutete Martin, ihm zu folgen. Er warf uns rasch einen dankbaren Blick zu und ging.

»Wo bringen sie ihn hin?« fragte ich schläfrig.

»Zum Verhör«, sagte Rudy. Das Wort beschwor Szenen aus diversen billigen 2.-Weltkriegs-Filmen herauf, die ich erst kürzlich im Nachtprogramm gesehen hatte. Mir brach der Schweiß aus.

»Wißt ihr, ich hab einen der Kerle, die uns verhafteten, erkannt.« Ich nannte den geheimnisvollen Mann in Grau. »Wißt ihr, für wen der arbeiten könnte?«

»Nein.« Rudy war heute morgen auffallend einsilbig.

»Na, wenigstens ist er kein völlig Fremder. Er verfolgt mich jetzt schon eine ganze Weile. Er muß wissen, was passiert ist. Ich finde das beruhigend, oder?«

»Im Gegenteil, Miles, es ist das Beunruhigendste, was ich bis jetzt gehört habe«, widersprach Rudy gehässig.

»Irgend 'ne Ahnung, was mit uns passiert?« Ich versuchte, das Thema zu wechseln. Es war nicht die rechte Zeit, Rudy zu ermutigen, sich über mein Sexualleben auszulassen.

»Wenn's gut geht? Ach, ich nehm an, wir verfaulen für den Rest unseres Lebens in einem US-Gefängnis.«

»Äh...und das soll gut sein?«

»Die Alternative ist, den Rest unseres Lebens in einem mexikanischen Gefängnis zu verfaulen. Andererseits, wenn wir wirklich Glück haben, stellen sie uns vielleicht an die Wand und knallen uns ab.«

»Rudy!« Der Tag fing nicht gut an. »Wir waren an einem Fall und gaben unser Bestes, ihn zu lösen. Wir haben nichts Schlimmes getan. Wir erklären einfach alles ruhig und sachlich und kommen raus aus dieser Scheiße.«

»Ach? Natürlich. Wir erzählen einfach, wir seien in Häuser und Geschäfte eingebrochen, hätten Diebesgut über internationale Grenzen gebracht und uns mit Kriminellen, Drogenbaronen, Berufsmördern und Schmugglern eingelassen. Dann erwähnen wir kurz, daß wir versucht haben, einen bedeutenden Teil des mexikanischen Nationalerbes zu stehlen. Ach ja, und vergiß nicht, daß wir illegal ins Land eingedrungen sind. Und dann ist da noch die Kleinigkeit mit dem gestohlenen Truck. Ich bin sicher, da ist noch mehr, fällt mir aber grade nicht ein.« Rudys Stimme wurde ein bißchen schrill. »Zweifellos liegen wir am frühen Nachmittag am Strand und saufen Tequila.«

»Ich weiß, wenn man die nackten Fakten betrachtet, klingt's nicht so gut.« Eine monumentale Untertreibung.

»Klingt nicht so gut?« Rudys grüne Augen bohrten sich in meinen Schädel. »Miles wir reden hier vom Lebenswerk eines Supergangsters. Und das haben wir alles in weniger als zwei Wochen hingekriegt.«

»Sieh doch mal das Gute«, flehte ich.

»Das Gute?«

»Hey, Rudy. Niemand könnte sich sowas ausdenken. Sie müssen uns glauben.«

»Ach, komm runter, Miles. *Ich* glaub's ja nicht mal - und ich war *dabei*.« Er stand auf, streckte sich und setzte sich wieder. »Andererseits haben wir keine andere Wahl, als es durchzuziehen und zu sehen, was passiert.«

Uns blieb keine Zeit, eine moderatere Version der Ereignisse zu entwerfen. Der Wächter kam zurück und führte Jackson aus der Zelle. Der hob die Daumen und zwinkerte Rudy zu. Ich bekam Angst. Mein Unbehagen wurde nicht weniger, als klar wurde, daß keiner, der zum Verhör geholt wurde, zurückkam. Nachdem Jackson eine halbe Stunde weg war, kam Dennis dran, dann Corliss, dann Chins Mann. Die Spannung wuchs im Lauf des Tages.

»Was machen die nur?« fragte ich Rudy. Er schenkte mir ein dünnes Lächeln und schüttelte den Kopf. »Also, Schüsse hab ich noch nicht gehört«, sagte ich schwach. Er lachte. Sehr leise.

Kurz darauf wurde Rudy abgeholt. »Bis später, Miles«, sagte er sanft.

»Viel Glück.«

»Danke.« Ich starrte an die Wand. Die übrigen Häftlinge wurden nach und nach abgeführt, bis ich alleine war. Es erinnerte mich ein wenig an die Zeit als Kind. Ich war ein so mieser Basketballer, daß ich oft als Letzter gewählt wurde. Manchmal, wenn genügend Leute da waren, wurde ich überhaupt nicht genommen und mußte vom Rand zusehen. Ich konnte die Brücke zu meiner jetzigen Lage nicht ganz schlagen, aber meine Mutlosigkeit blieb.

Im Flur hörte ich schwere Schritte. Sie kamen immer näher und hielten vor meiner Zelle an. Auf den Wächter gefaßt, der die anderen abgeholt hatte, schaute ich auf. Statt dessen sah ich den mysteriösen Mann. Er war immer noch schwarz gekleidet, hatte aber die Tarnfarbe abgewaschen.

Von den früheren Begegnungen war mir vage ein gutaussehender Mann in Erinnerung. Bei näherem Hinsehen stellte sich heraus, daß ich seine Reize gewaltig unterschätzt hatte. In seinen hinreißenden Zügen lag etwas sehr Exotisches. Eine feine Abart eines mexikanischen Mestizen - einer Mischung aus indianischem und spanischem Blut - mit einem Hauch Mittleren Ostens. Sein dickes, leicht gewelltes Haar war rabenschwarz. Ebenso die Brauen über seinen tiefliegenden Augen. Und was für Augen - fast schwarz spiegelten sich winzige Punkte eisigen Lichts in ihnen. Seine Nase war ebenmäßig - und leicht gebogen, was ich sehr sexy finde. Sein Mund, der jetzt mürrisch nach unten gezogen war, verriet

Sinnlichkeit. Die Lippen waren voll. All das in einem Gesicht mit hohen Wangenknochen und einem kräftigen, breiten Kiefer, entsprach meiner Vorstellung von einem richtigen Mann.

Ihn erneut in dieser Kleidung zu sehen, änderte meine Einstellung in einem Punkt entscheidend. Ich vermißte den grauen Anzug nicht mehr. Seine Arme starrten von Muskeln. Vom Handgelenk bis zur Schulter zog sich ein Netz dicker Adern. Selbst wenn seine großen Hände locker an den Seiten hingen, wölbte sich sein Bizeps beeindruckend.

Unter der Kleidung gab es auch ein paar gut plazierte Wölbungen. Seine Brust dehnte den Stoff seines hautengen, schwarzen Muscleshirts, und die Warzen ragten aggressiv heraus. Die schwarze Hose saß eng auf seinen schmalen Hüften und verheimlichte nicht die dicke Beule im Schritt oder die pralle Rundung seines Hinterns. Die Hose steckte in schweren, schwarzen Stiefeln. Wer immer er auch war, er war ein bemerkenswerter Macker.

»Miles Diamond?« Ich nickte. »Ich bin Special Agent Antonio Goldstein. Ich bin vom FBI.« Ich nickte erneut. »Ich habe ein paar Fragen an Sie, Mr. Diamond.« Ich nickte zum drittenmal. Allmählich kam ich mir vor wie so ein Spielzeugvogel, den man neben ein Glas stellt, damit er auf- und abnickt, bis ihm der Schnabel abfällt, oder jemand ihn satt hat und in den Müll wirft. »Kommen Sie bitte mit.«

Leicht verlegen trat ich vor ihm aus der Zelle. Ich war immer noch nackt. Obgleich man uns unseren Goldschmuck abgenommen hatte, waren keinem von uns Klamotten angeboten worden.

»Hier rein!« Ich schreckte auf. Er war dichter hinter mir, als ich gedacht hatte. Im Nacken konnte ich seinen Atem spüren.

Ich trat durch die Tür, auf die er gezeigt hatte, und mir sank der Mut. Der Raum war groß und hatte keine Fenster. In der Mitte stand ein Tisch unter einer kahlen Birne, und an der Wand sah ich mehrere Schatten, die Gerüsten ähnelten. Es sah äußerst ungemütlich aus.

»Diamond!« Die Stimme brachte meine Eier zum Vibrieren wie beim erstenmal in dem Tempel. Ich drehte mich zu ihm um. Er war groß, mindestens einsneunzig. In seinen Augen funkelte etwas, das nichts mit der Macht seiner Position zu tun hatte. Es wirkte finster und gefährlich - und aufregend sexy. Er roch gut - eine würzige Melange aus Schweiß und eigenem Körpergeruch, bei der mein Herz schneller schlug. »Reden Sie.«

Ich redete. Special Agent Goldstein wirkte skeptisch, vielleicht sogar leicht amüsiert. Als meine phantastische Geschichte beendet war, schüttelte er den Kopf. »Ist das alles?«

»Ja. Das war's«, antwortete ich achselzuckend und versuchte ein schwaches Lächeln. »Ich weiß, es klingt total unglaublich, aber...was soll ich sagen?«

Er stand hinter dem großen Tisch auf und umkreiste mich wie ein ungezähmtes Raubtier. »Sie faszinieren mich, Diamond.« Jäh machte er vor mir Halt. »Sie haben mir nichts weiter zu sagen?«

»Äh ... nein, Sir. Ich habe alles gesagt.«

»Das glaube ich nicht.« Er legte mir die Hand ans Kinn und riß meinen Kopf brutal nach oben. »Da ist noch eines, was ich hören möchte.«

»Was?« schluckte ich. Die hübsche Maske seines Gesichts verriet nichts. »Was soll ich sagen?« Er schüttelte nur den Kopf.

»Ich glaube, ich muß Sie dazu überreden«, sagte er - geheimnisvoll, wie mir schien. »Hier rüber.« Er packte mich hart am Bizeps und zog mich zu einem Gestell im Schatten.

»Äh ... was machen Sie da?« fragte ich nervös. Das Gestell war kein Gestell, eher eine Sprossenwand. Oben und unten erkannte ich Fesseln. Ich fing an, zu schwitzen.

»Hände hoch!« herrschte er mich an.

»Was soll ich denn aussagen? Sagen Sie's mir.«

»Deine Hände.« Er griff mir zwischen die Beine und packte meine Eier. »Dreh dich langsam um, und heb die Hände über den Kopf, Diamond.« Mit jedem Wort quetschte er meine Eier fester. »Sofort!«

»Ich ... äh ...« Agent Goldstein zerrte so heftig an meinem Sack, daß ich beinahe umkippte. »Aaaahhh!« schrie ich auf, und mir traten Tränen in die Augen.

»Was für schöne, dicke Eier«, knurrte er, während er den Daumen gegen den glänzenden Knoten in seiner Faust drückte. »Zum letzten Mal, Hände hoch.« Meine Arme schossen über meinen Kopf.

»Na also.« Er drehte mich um und befestigte die Fesseln für die Handgelenke, dann fesselte er die Knöchel, so daß meine Beine weit gespreizt waren. Ich fing an, mich wehrlos zu fühlen.

Ich hörte etwas schnappen, als ob die Schnallen eines Aktenkoffers geöffnet würden, und blickte über die Schulter. Agent Goldstein kniete hinter mir und wählte einen lebensechten, fleischfarbenen Dildo aus einer recht reichhaltigen Sammlung in dem Koffer, einen, der etwa der Größe und Länge meines eigenen Gehänges entsprach, und stippte die Spitze in eine Dose mit Gleitmittel. Dann stand er auf und klatschte ihn mir heftig gegen den Arsch.

»Na dann«, schnurrte er mit funkelndem Blick. »Rede. Sag mir die Wahrheit.« Er preßte den glitschigen Plastikschwanz an mein Arschloch und schob. Ich versuchte nicht einmal, Widerstand zu leisten. Der Dildo glitt in mich hinein, bis die

Faust an meine Backen knallte. Der Bolzen an meiner Prostata ließ mich zucken. »Die Wahrheit.«

»Ich hab die Wahrheit gesagt.!« Er drehte den Schwanz in meinem Kanal. Der Mann wußte, was er tat. »Aaahhh!« Er zog den Dildo heraus und rammte ihn mir wieder hinein.

Er stand dicht hinter mir und blies mir seinen Atem in den Nacken. Die Art, in der er mir mit dem Schwanz im Arsch stocherte, entfachte Blitze äußerster Lust im ganzen Körper. Wenn das seine Vorstellung von Folter war, dann lag er weit daneben. Ich verstand nicht recht, war aber nicht in einer Lage, in der man Fragen stellt.

Nach ein paar weiteren heftigen Stößen trat er zurück, wobei er das Spielzeug tief in mir stecken ließ. Dann hörte ich Stoff über Haut gleiten. Ich linste, und mein Herz machte einen Satz. Agent Goldstein war nackt bis auf die Stiefel - und so atemberaubend, wie es seine Klamotten angedeutet hatten. Sein Oberkörper war schlichtweg ein Gedicht. Nur Knoten und Wellen. Eine dichte Matte langer schwarzer Haare bedeckte seine Brust, lockte sich um seine kräftigen Titten, verbreitete sich über seine Schlüsselbeine und zog sich in einer feinen Linie bis zu seinem Schoß. Glitzernde Locken ringelten sich um die Schwanzwurzel und sprenkelten seine starken Oberschenkel.

Agent Goldstein hatte ein Wahnsinnsgehänge. Bei jeder Bewegung pendelte schwer der Schaft, der von einer enormen, stumpfen Eichel heruntergezogen zu werden schien. Seine Eier baumelten verführerisch zwischen den Beinen, das linke leicht höher als das rechte. Er sah meinen Blick und ließ sie schwingen, indem er sie mit Daumen und Zeigefinger anschnippte.

»Na, wie wär's jetzt mit Reden, Diamond«, fragte er, nahm einen noch größeren Dildo und cremte ihn ein. Ich schaute ihn aufmerksam an, aber da es nichts mehr zu erzählen gab, blieb ich stumm. Er kam wieder näher, und versohlte mir die wehrlosen Arschbacken. Mein Arschloch zog sich zusammen und spuckte den ersten Dildo aus. Goldstein ging in die Knie und beobachtete, wie mein Schließmuskel sich wieder schloß.

Dann stand er auf und hielt mir das neue Spielzeug unter die Nase. Die Haare auf seinem massiven Unterarm kitzelten mich, aber das tröstete mich nur wenig. Der neue Plastikschwanz maß von der pfeilförmigen Spitze bis zur Wurzel gut dreißig Zentimeter und war fast so dick wie Agent Goldsteins breites, behaartes Handgelenk. Er zog ihn mir über den Leib bis zwischen die Beine, kniete wieder nieder und stieß mit aller Kraft zu.

»Aarghhh!« Er wühlte sich durch meinen Tunnel bis in die Gedärme. Goldsteins Hand schob sich zwischen meinen Beinen hindurch und packte wieder meine Eier, auf die er einen stetigen Druck ausübte. Ich drehte und wand mich, als das letzte Stück eindrang, und wartete darauf, daß er mir mit der Faust die Nüsse knackte. Statt dessen zog er sie mir bis zu meinem gestopften Arschloch zurück, um an den fetten Kugeln zu lecken und zu knabbern.

Mein Schwanz verwechselte Agent Goldsteins Verhör mit Sex - eine Unterscheidung, die mir selbst nicht leicht fiel - und richtete sich zu voller Länge auf. Goldstein leckte erneut, dann wandte er sich ab und nahm seine Zunge - und den Dildo - fort.

Ich wartete ab, während die Spannung rasch purer, ungezügelter Lust Platz machte. Ich hörte etwas klicken und dann Goldsteins Stöhnen aus tiefer Brust. Ich guckte, und guckte noch mal. Ich wollte es nicht glauben. Goldstein kniete neben dem teuflischen Koffer und befestigte bösartig aussehende Klammern an seinen tollen Brustwarzen, dann zupfte er, um sicherzugehen, daß sie richtig saßen. So wie sein Schwengel zuckte war die Verbindung zustande gekommen.

Als er wieder aufstand, sah ich, daß er auch seine Eier geschmückt hatte. Eine kleine, silberne Schelle lag um seinen Sack und ließ seine Hoden in einem glänzenden, haarigen Knoten hervorstehen. An der Schelle hing ein Gewicht. Es sah recht schwer aus und zog ihm die Eier bis halb zu den Knien.

Unsere Blicke trafen sich. Er öffnete die geballte Faust, in der sich ein Lederriemen mit regelmäßigen Knoten befand. Ich war platt. Er schnürte sich den Riemen kreuzweise um den Schwanz von der Wurzel bis zur klebrigen Spitze. Als er fertig war, zeigte sein Arschbrecher an die Decke, und der schmale Riemen schnitt tief ins Fleisch. Es war atemberaubend schön.

Er holte noch etwas aus dem Koffer und kam auf mich zu. Ich spürte seinen Schwengel am Hintern reiben wie eine heiße Keule. Er tröpfelte. Ich stöhnte, als ich spürte, wie sein Honig mir über den Arsch rann. Er legte seine dicken Arme um mich, und ich fühlte etwas Kühles im Schritt. Als ich hinunterblickte, sah ich daß die Silberklammern mit einer Kette verbunden waren. Er zog sie mir über Bauch und Brust. Die Kette schabte an meinen Brustwarzen, dann glitten die Klammern wieder abwärts. Als sie auf Höhe meiner geschwollenen Knoten war, drückte er sie zusammen und ließ die Stahlenden klaffen.

»Aaahhh!« Sie bissen in mein zartes Fleisch, daß sich meine Schultern verkrampften. Er zog an der Kette und fing an, meinen Bauch zu massieren. Als er bei meinem Schwanz ankam, packte er ihn mit beiden Händen und zog ihn mir zwischen den Beinen durch. Ich war fast steif, aber mein Gehänge war noch biegsam genug, daß Agent Goldstein ihn zurückziehen konnte, bis ich die Eichel am Hintereingang spürte. Ich japste, als er anfing, mein Loch mit meinem eigenen Schwanz zu stopfen.

Er kriegte ihn rein, aber dort blieb er nicht. Das Gefühl, mir mit dem Schließmuskel die eigene Eichel zu quetschen, trieb mir das Blut in mein Teil, und machte es steinhart. Es flutschte aus meinem Loch und federte mit langen Fäden klebriger Lusttropfen an der Spitze vor mir auf.

Er lehnte sich wieder an mich und rieb seine behaarte Brust an meinem Rücken. Ich stieß den Arsch zurück an seinen Waschbrettbauch. Seine riesige, fette Eichel rutschte in meine Spalte und kroch unaufhaltsam auf meine Hintertür zu.

»Sagst du jetzt die Wahrheit, Diamond?« Es klang sehr eindringlich.

»Die Wahrheit? Klar.« Mann, ich kannte jetzt nur noch eine Wahrheit. »Die Wahrheit ist, daß ich will, daß du mich fickst, bis mir der Kopf platzt, du geiles Schwein.« Es schien keinen großen Bezug zum Fall zu haben, aber wenigstens war es aufrichtig.

»Genau das wollte ich hören«, säuselte er. »Genau das.« Er griff nach oben, und die Fesseln fielen von meinen Handgelenken. Dann kniete er nieder, und ich war wieder frei. Während ich mir die Handgelenke rieb, setzte er sich hin, lehnte sich zurück und stützte sich rückwärts auf dem Boden ab. Sein mächtiger Bolzen ragte zur Decke, und aus seiner tiefen Kerbe blubberte der Schwanzhonig.

Ich kam auf ihn zu und setzte mich, das Loch nur wenige Zentimeter über seiner Eichel, auf seine Hüften. Ich hakte einen Finger in die Kette zwischen den Brustwarzenklammern und zog sachte daran. Er atmete tief ein. Seine massive Brust wölbte sich. Dann stieß er mit den Hüften unter mir. Mein Arschloch öffnete sich, und ich wimmerte, als er in mich eindrang. Goldsteins Lider schlossen sich flatternd und sein sinnlicher Mund formte sich zu einem kleinen, lüsternen O. Sein seliger Blick wurde noch seliger, als sich nach und nach meine nackten Eier auf seine seidigen Schamhaare senkten.

Er fing an, wild zuzustoßen, so daß jeder Knoten in dem Riemen um seinen Hammer mich kitzelte wie kleine Stummelfinger. Die Eichel traf immer wieder an meinen Lustknoten, und mich durchfuhr ein Stromschlag, der mich hilflos zucken ließ. Ich vergrub die Hände im dichten Wald seiner Brusthaare und hielt mich fest. Agent Goldstein verlagerte das Gewicht auf eine Hand, um mit der freien meinen Körper zu erkunden. Er fing mit dem Schwanz an, den er bis zur haarlosen Wurzel massierte, um dann die Hand auf meinen Bauch zu legen.

Sie wanderte nach oben, und ein Finger hakte sich in die Schlaufe der Tittenkette. Er zog, worauf mein Arschloch sich spannte und ihn mitten im Stoß stoppte. Er zog erneut, und mein ganzer Leib verkrampfte sich. Mein Schwanz füllte sich mit Blut, federte gegen seine Knöchel und spritzte heißen Saft auf meine Brust.

Goldstein mochte das Gefühl offenbar, denn er zog immer wieder an der Kette und dehnte meine Brustwarzen erbarmungslos. Er erhielt den Druck aufrecht, bis mein gesamter Körper platzen wollte, dann ließ er los, bis ich mich entspannte. Dann zog er wieder, und mich durchzuckten verzwickte Reize aus Schmerz und Lust und purer, animalischer Gier. Während dessen fickte er immer weiter - feste, stetige Stöße, die uns immer näher an die Schwelle brachten.

Schließlich beugte ich mich nach vorn, um den Druck auf meinen schmerzenden Titten zu mildern, und meine nackte Brust scheuerte an der behaarten von Agent Goldstein. Das Gefühl war unbeschreiblich. Da dies zweifellos das einzige

Mal sein würde, daß ich so etwas erlebte, beschloß ich, das Gefühl näher zu erforschen. Ich stützte mich zu beiden Seiten des bockenden Agenten auf dem Boden ab und hielt mich so, daß sein Seidenfell nur schwach an meiner Brust kitzelte. Kein Wunder, daß glatte Jungs behaarte Männer mögen. Agent Goldstein schaute zu mir auf und zwinkerte mir zu.

»Komm näher«, bat er und bleckte die Zähne, als eine heftige Woge der Lust über ihn hinwegschwemmte. Ich gehorchte, und unsere Brustwarzen berührten sich. »Gefällt dir das?« grunzte er und spannte die Brust, um den Kontakt aufrechtzuerhalten.

»Das ist ein milder Ausdruck«, seufzte ich.

»Wir könnten die Verbindung sichern«, keuchte er und berührte mein Kinn mit den Lippen. Ich nickte. Goldstein hörte zu pumpen auf und gab Anweisungen. Ich entfernte die Klammern von meiner Brust und öffnete die Klammer auf seiner linken Warze. Unsere Nippel waren so fest angeschwollen, daß es leicht war, sie aneinanderzupressen und sie mit der kleinen Stahlklammer festzuhalten. Ich wiederholte den Vorgang, und wir waren an der Brust fest verbunden.

»Das hält dich schön nahe bei mir«, lechzte er, wobei er seinen verschnürten Specht zurückzog und ihn wieder tief hineingleiten ließ. Ich nickte selig und küßte ihn.

Unsere Zungen wanden sich und stießen mit der gleichen Kraft zu wie Agent Goldsteins mächtiger Bolzen.

Wir fickten hemmungslos; die heftigen Stöße seines Ständers standen in scharfem Kontrast zu seinen zunehmend zärtlichen Küssen. Das konstante Kitzeln seines behaarten Bauchs an meinem Schwanz forderte seinen Zoll. Ich tröpfelte wie verrückt. Jede Bewegung seines Körpers brachte mich der unvermeidlichen Explosion näher.

Agent Goldstein stieß noch einmal mächtig zu, und mein

Körper stieg in die Luft. Mein Arschloch krampfte sich um seinen Ständer, der zuckend anfing, abzuspritzen. Bei jedem Krampf erschauerte er - dann ich - wobei sich die Wucht seines Orgasmus direkt in mein Nervensystem übertrug. Als die Hitze aus seinen Eiern durch seinen Schwanz zu kochen begann, warf ich mich wild herum. Goldstein stieß mit dem Bauch zu, fing meinen Schwengel zwischen unseren Leibern, und ich schoß ihm heiße Ströme von Sperma gegen den verschwitzten Rumpf.

Agent Goldstein bockte und stöhnte noch lange, nachdem ich trockengelegt war. Endlich erschlaffte er unter mir, und wir sanken reglos auf den kalten Fußboden. Er nahm die Klammern ab. Dann saßen wir mit überkreuzten Beinen auf der Erde und schauten uns benommen an.

»Sie können jetzt gehen, Mr. Diamond«, sagte er schwach, als er schließlich aufstand und mir auf die Füße half. »Ich denke, meine Untersuchung ist abgeschlossen.«

»Kann ich jetzt etwas fragen?«

»Nur zu, Mr. Diamond.«

Ich griff nach seinem eingeschnürten Steifen und zog ihn an mich.

Eine Frage führte zur andern, und es war recht spät, als Antonio - wir waren im Lauf unserer dritten Verhörrunde zu den Vornamen übergegangen - und ich zum Hotel kamen. Rudy und Jackson waren ausgegangen, hatten mir aber eine Nachricht hinterlassen, daß sie im *La Flor de Acapulco*, einem Restaurant im Zentrum der Altstadt, sein würden, und bestanden darauf, daß wir zu einer Feier dazukämen. Das ›wir‹ wunderte mich. Ich fragte mich, woher sie wußten, daß ich nicht allein sein würde. Ich vermutete ein Komplott. Nun, wenn Rudy versucht hatte, mir eine Lehre zu erteilen, dann hatte ich sie mir wirklich zu Herzen genommen.

Antonio hatte wieder seinen grauen Anzug an, der mir für eine Feier höchst unpassend schien. In unserem Zimmer hatte ich einen Berg Einkaufstüten entdeckt und sie durchsucht. Natürlich hatte Rudy nach seiner Entlassung eingekauft. Ich dachte mir, es würde ihn nicht stören, wenn ich mir ein paar Sachen auslieh, und wählte zwei Kombinationen. Ich schlüpfte in Shorts und einen Tanktop und überredete Antonio, den Anzug gegen eine weiße Musselinhose und ein Muscleshirt zu tauschen, das für den geringen Aufwand an Stoff bemerkenswert teuer war. Es wurde Antonio gerecht.

»Guten Abend, Jungs«, rief ich, als ich Rudy und Jackson an dem großen Tisch auf der Plaza ausmachte. »Ihr erinnert euch doch an Agent Goldstein.«

»Klar«, ließ Jackson sich vernehmen und schüttelte Antonio die Hand. »Wie geht's, Tony?«

»Toll. Hey, Rudy.«

»Antonio.« Rudy blickte mich über Antonios breite Schulter an und zwinkerte. Ich fragte mich, wie ihr Verhör wohl gelaufen waren.

Als wir alle um den Tisch saßen, kam ein Kellner mit zwei Flaschen Dom Perignon auf Eis. »Wer hat Champagner bestellt?« fragte ich. Alle zuckten die Achseln.

»Das ist ein Geschenk, Sir«, erklärte der Kellner, stellte den Kühler auf den Tisch und entfernte die Kapsel von einer der Flaschen. »Mit Empfehlung von Mr. Nelson Chin.« Der Kellner ließ den Korken knallen und füllte vier eisgekühlte Gläser. Ich gab ihm ein großzügiges Trinkgeld und merkte mir den Namen auf seinem Schild. Er war ein hübscher Bursche. Wir hoben die Gläser zu einem stummen Toast auf unsere Freiheit und tranken.

»Wie ist Chin da frei rausgekommen, Antonio? Er mußte doch etwas verbrochen haben.«

»Technisch gesehen, ist es nicht illegal, jemandem zu folgen. Chin hat keine Gesetze verletzt - jedenfalls kann das niemand beweisen. Wie er mir erklärte, machte er sich Sorgen um eure Sicherheit. Ich muß zugeben, daß ich ihn verstand.« Antonio zwinkerte mir zu und nahm noch einen weiteren Schluck.

»Aber er hat uns den Schatz klauen wollen.«

»Erstens hat er uns nie gehört, Miles«, unterbrach Rudy. Außerdem hat er niemandem etwas weggenommen oder zerstört, da mußten sie ihn gehen lassen.« Rudy schaute hilfesuchend zu Antonio. Der nickte.

»Also, Nelson hat einen guten Geschmack, was Champagner betrifft.« Ich stieß mit allen an und brachte einen Toast aus: »Auf Nelson Chin, der uns aus dem Vulkan gerettet hat.« Alle tranken. »Wir genießen das jetzt lieber. Sieht aus, als würden wir morgen zu Wasser und Brot und Arbeitslosigkeit zurückkehren.«

»Jetzt werd nicht melodramatisch, Miles.« Rudy rief einen Kellner und ratterte ihm etwas auf Spanisch zu, das, wie ich hoffte, mit Essen zu tun hatte. Vom Ficken werd ich immer hungrig. »Du hast's ihm doch erzählt, Antonio?«

»Wer, ich? Nein, ich hab nichts gesagt. Ich dachte, ihr wolltet die Ehre haben.«

»Mir was erzählt?«

»Sollen wir's ihm sagen, Jackson?« Antonio spielte mit mir. Ich schaute auf Aufklärung wartend in die Runde.

»Wieso nicht?« zuckte Jackson die Achseln. »Wir werden's ohnehin nicht lange verheimlichen können.«

»Was verheimlichen? Kommt schon, Jungs. Raus damit.«

»Also, Miles«, - Antonio zog die Worte quälend in die Länge - »bei dem Fall gibt es einen finanziellen Aspekt, der dich und deine Freunde betrifft.«

»Noch Champagner?« fragte Rudy. Antonio brach ab und sah zu, wie Rudy langsam sein Glas füllte.

»Jungs!«

»Was?«

»Redet. Was ist mit dem ›finanziellen Aspekt‹.«

»Ach, das«, kicherte Antonio. »Mal seh'n. Wo war ich? Ach ja. Die Regierungen von Mexiko und den Vereinigten Staaten sind schon ein paar Jahre hinter Juan Ramirez her. Für Informationen, die zu seiner Ergreifung führen, war eine bedeutende Belohnung ausgesetzt.«

»Wie bedeutend?«

»Grob eine halbe Million Dollar - US.«

»Grob?« Ich schluckte. Das erschien mir keineswegs grob.

»Ja. Dann ist da die Sache mit dem Tarascanerschatz, zu dessen Entdeckung ihr beigetragen habt. Sobald die mexikanische Regierung die Kunstwerke hat schätzen lassen, ist ein nicht unbedeutendes Geschenk zu erwarten. Ich glaube, Mr. Martin Foster, dein hübscher, blonder Freund, ist bereits vor Ort, um eine vorläufige Schätzung vorzunehmen. Er brennt darauf, das Team zu leiten, das die bedeutende Stätte ausgräbt.«

»Geschenk?« Vor meinen verwunderten Augen tanzen goldene Schätze.

»Außerdem habe ich gehört, daß die Gesellschaft, bei der Mr. Nicholas Grizzards Sammlung versichert war, mit dem Ausgang der Affäre sehr zufrieden ist.«

»Tja«, schmunzelte Jackson. »Fünfzig Riesen zufrieden.«

»Fünfzig?« Im Geist überschlug ich rasch. »Haben wir ein Glück.« Das lauernde Gespenst der Armut trat in den Hintergrund, was mich sehr durstig machte. Ich hob die Hand, und mein folgsamer Kellner eilte herbei, um die zweite Flasche Klickerwasser zu öffnen.

»Corliss und Grizzard hatten weniger Glück«, bemerkte Rudy mitleidlos. »Sie hinterließen eine so breite Spur von Versicherungsbetrug und versuchtem Schmuggel, daß selbst ihre cleveren Anwälte sie da nicht raushauen. Außerdem hatten sie sich mit Ramirez eingelassen. Ein großer Fehler.«

»Tja«, Antonio nickte. »Die Kerle hätten bei dem Weiße-Kragen-Zeug bleiben sollen. Zuerst hatten sie nur vorgehabt, die Versicherung übers Ohr zu hauen. Dann kam dieser zwielichtige Kunsthändler in Mexico City - wie hieß er noch?«

»Martinez«, antwortete Rudy.

»Ja, Martinez. Der hatte jedenfalls Hintergedanken, nachdem er Grizzard den Dämon in Seattle übergeben hatte. So weit ich es aus dem Verhör von Ramirez verstanden habe, kam Martinez in den Besitz der Karte und erfuhr von der Legende um den Schatz. Jedenfalls wollte er den Dämon zurück, aber da steckte Grizzard schon tief in seiner Versicherungsgeschichte und weigerte sich, ihn zurückzugeben. Ramirez war einer der wichtigsten Kunden von Martinez-«

»Ramirez sammelt Kunst?«

»Klar, Miles. Mann, der konnte sich's leisten, und er schätzte das Ansehen, das ihm eine bedeutende Sammlung verschaffte. Martinez mußte nur etwas von der Schatzkammer einer antiken indianischen Kultur andeuten, und Ramirez tröpfelte. Er flog nach Seattle und stellte Grizzard, aber da hattest du schon den Schlüssel zum Geheimnis, und die Jagd ging los. Leider waren Grizzard und Corliss gierig - oder dumm - genug, sich mit Ramirez einzulassen. Allerdings konnten sie ihn auch schlecht ausbooten.«

»Diese Lumpen haben das bekommen, was sie verdienen«, sagte ich. »Aber sag mal, wer von denen hat eigentlich dauernd versucht, mich umzubringen?«

»Corliss. Gleich als er dich zum erstenmal sah, glaubte er, daß du hinter ihm her seist und wollte kein Risiko eingehen.«

»Nun«, sagte ich bescheiden, »diesen Verdacht hatte ich von Anfang an. Ich glaube, er wußte, daß ich ein Faktor war, mit dem er rechnen mußte.« Ich wandte mich Antonio zu und legte ihm die Hand auf die Schulter. »Das warst doch du, der mich die ganze Zeit gerettet hat, oder?« Er nickte. »Das weiß ich zu schätzen.

»Es war mir ein Vergnügen, Miles.«

»Antonio, warum erzählst du ihm nicht, was Corliss genau gesagt hat?« Rudy grinste auf eine Art, die meiner Selbstachtung nicht gut tat.

»Nee.« Antonio schüttelte den Kopf und schaute mich verlegen an. »Ich hätte es nie erwähnen sollen.«

Unbeirrt plapperte Rudy weiter. »Er sagte, jeder, der so blöd daherkommt wie du, muß etwas im Schilde führen. Er dachte wirklich, du wüßtest etwas. Ist das zu glauben?« Rudy sah sehr zufrieden aus.

»Danke, Rudy.« Ich rutschte unbequem auf dem Stuhl herum. Es fühlte sich an, als hätte ich Hitzepickel. Ich kratzte mir die Brust und schaute an mir herunter. Eine schnelle Musterung anderer Körperflächen bestätigte meinen Verdacht: am ganzen Leib hatte ich einen Zwei-Tages-Schatten. Meine Haare wuchsen nach. Jackson hatte verdammt recht gehabt - es juckte wie der Teufel. Ich hoffte, es würde Antonio nicht stören. Dann wieder, aufgrund meiner, zugegebenermaßen begrenzten Erfahrung mit dem Mann, war ich zuversichtlich, daß er in der Lage sein würde, meinen Zustand auf irgendeine abgefahrene Art auszunutzen. Schon bei diesem Gedanken kribbelte mein Arschloch.

»Auf uns, Gentlemen.« Ich hob das Glas in die Runde. »Und unsere Zukunft.«

»Auf uns«, stimmte Jackson ein.

Rudy hob sein Glas weit hoch. »Auf uns, Miles. Nie wieder.« Er lächelte mich zuckersüß an. Ich glaubte ihm keine Sekunde.